W0183301

KNAUR

Jason Arnopp

Die letzten Tage des Jack Sparks

Horror-Thriller

Ins Deutsche übertragen
von Ruggero Leò

KNAUR

Die englische Originalausgabe erschien 2016 unter dem Titel
»The Last Days of Jack Sparks« bei Orbit.

Besuchen Sie uns im Internet:
www.knaur.de

FSC
www.fsc.org
MIX
Papier aus verantwortungsvollen Quellen
FSC® C083411

Deutsche Erstausgabe Februar 2019

Ein Imprint der Verlagsgruppe
Droemer Knaur GmbH & Co. KG, München

Redaktion: Hanka Leò
Covergestaltung: ZERO Werbeagentur, München
Coverabbildung: plainpicture / Elodie Ledure; FinePic® unter
Verwendung von Motiven von shutterstock.com
Satz: Adobe InDesign im Verlag
Druck und Bindung: CPI books GmbH, Leck
ISBN 978-3-426-22681-0

2 4 5 3 1

Für meine Mum und meinen Dad, die mir nie rieten,
einen ordentlichen Beruf zu ergreifen.

Wenn du

zu wissen glaubst,
was zum Teufel hier los ist,
redest du vermutlich

nur Scheiße.

Robert Anton Wilson

Vorwort von Alistair Sparks

Inmitten des Hauses, in dem mein seliger Bruder Jacob und ich aufwuchsen, gab es ein schwarzes Loch.

So nannten wir es. In Wahrheit war es ein kleines Zimmer, das der Architekt dem Bauplan aus unerklärlichem Grund hinzugefügt hatte. Ein viereckiger Raum, inmitten eines Bungalows im vorstädtischen Suffolk. Ohne Lampen, Fenster oder Luftschächte. Nicht größer als zwei zusammengelegte Umkleidekabinen in einem Kaufhaus. Drei Türen führten hinein und hinaus.

Unsere Mutter machte – wie es ihre Art war – das Beste aus diesem nutzlosen Verteilerkasten und hämmerte eine Garderobenstange an eine der Wände. Also wurde aus dem Raum eine Garderobe für Jacken und Mäntel.

Jacob, der unter dem Namen Jack Sparks Ruhm und Ehrlosigkeit erlangte, teilte meine instinktive Furcht vor dem Wort »Mantel«. Mäntel bedecken Leute, verleihen ihnen eine unheimliche Ausstrahlung, und so wuchs unsere Furcht vor dem Raum nur noch mehr. Ihn »das schwarze Loch« zu taufen, nahm ihm ein wenig von seiner einschüchternden Wirkung. So wurde er zu etwas, was sich wissenschaftlich erklären ließ.

Um den Garderobenraum zu meiden, nahmen wir einiges in Kauf. Jedes Mal wählten wir den längeren Umweg – alles war uns lieber, als dieses stickige schwarze Loch zu betreten. Eilte man hindurch, beschleunigte sich der Puls beträchtlich. Man keuchte oder schrie sogar auf, wenn man das Prickeln im Nacken versehentlich für den kalten Atem der Toten und Begrabenen hielt.

Der Vorfall ereignete sich an einem Samstag, im Sommer

1983, als Jacob fünf Jahre alt war, vier Jahre jünger als ich. Wie bei allen Geschwistern gab es auch zwischen uns Rivalitäten, für gewöhnlich aber vertrugen wir uns gut. Wir kletterten auf Bäume, fuhren Rad und spielten Fußball. Wir stützten einander, während wir humpelnd den Heimweg antraten, nach Unfällen, in die meist Bäume, Fahrräder oder Fußbälle verwickelt waren.

Der Vorfall fußte auf rein kindlicher Unschuld, erscheint mir jedoch in meinem Beitrag zu diesem Buch, den zu verfassen ich mir nie auch nur ausgemalt hatte, unerwartet relevant. Ich glaube wirklich, der Vorfall erklärt sowohl das Wesen meines Bruders als auch, so leid mir die Bemerkung tut, den Grund, warum er in diese entsetzliche Abwärtsspirale geriet.

An jenem Tag standen die meisten Fenster offen. Draußen flimmerte die heiße Luft. Unsere Mutter lag im Garten, ausgestreckt auf einem Liegestuhl, der gelegentlich zusammenbrach und ihr derart laute Flüche entlockte, dass sich die Nachbarschaft beschwerte. Sie hatte einen Krimi mit hinausgenommen, ein Päckchen Silk Cuts und wie immer keinerlei Sonnencreme.

Jacob vertrieb sich die Zeit mit einem Spielzeugauto, ließ es mit roten Wangen über den Fußboden des Esszimmers brausen. Ich ergriff meine Chance, mir einen Spaß mit ihm zu erlauben, schlich durchs Haus und schloss alle Türen des Mantelzimmers, bis auf eine. Die geschlossenen verbarrikadierte ich mit Möbeln. Der Architekt hatte zumindest so weit mitgedacht, dass die Türen nach außen aufschwangen.

Durchs Küchenfenster sah ich, dass Mum mit dem aufgeschlagenen Buch auf dem Bauch eingenickt war. Dann offenbarte ich Jacob, dass wir jetzt ein Spiel spielen würden.

Ich erklärte ihm, er würde in die Rolle eines Geisterjägers schlüpfen. Und ich wäre ein Geist, der ihn jagte. Die Spielregeln waren simpel: Ich würde ihn durchs Haus verfolgen, und er musste versuchen, das schwarze Loch dreimal zu durchqueren, ohne geschnappt und dadurch selbst in einen Geist verwandelt zu werden.

Jacob wirkte verunsichert. »Wenn ich ein Geisterjäger bin, wieso laufe ich dann davon?«

»Weil du *mir* begegnet bist«, erwiderte ich. »Ich bin ein derart großer und böser Geist, dass du nicht gegen mich ankommst.«

Er dachte darüber nach, dann willigte er ein. Die Falle war gestellt. Jauchzend rannte er vor mir her, während ich mit den Armen herumfuchtelte und unheimliche Laute von mir gab. Ich drosselte mein Tempo, um ihn nicht einzuholen, und er lief quer durchs Esszimmer, schnurstracks auf die Tür zu, die ich offen gelassen hatte, und sauste in die Dunkelheit.

Ich sprintete los und wäre fast hingefallen, erreichte die Tür und schlug sie hinter ihm zu. Dann packte ich die Türklinke fest mit beiden Händen, spannte die Armmuskeln an und wartete.

Ein gedämpftes Rütteln war zu hören, als Jacob versuchte, den Raum durch eine der Türen zu verlassen, und feststellen musste, dass es unmöglich war. Seine Stimme war nur undeutlich zu verstehen, wie bei einer schlechten Telefonverbindung.

»Hey! Die geht nicht …«

Er probierte die nächste Tür aus. Wieder ein Rütteln, diesmal gefolgt von einem fassungslosen Schrei.

Das Blut pochte mir im Kopf, während ich die Klinke umklammerte, bereit für den Ansturm, der Sekunden später erfolgte. Jacob versuchte, sie herunterzudrücken, und spürte, dass jemand die Klinke festhielt.

Furcht trat in seine Stimme. »Ali, lass das! Ali!«

Es war ausgeschlossen, dass meine Mutter ihn hörte, trotzdem schrie Jacob immer lauter und gellender weiter. Einige

Male unterbrach er die vergeblichen Versuche, die Tür zu öffnen, dann probierte er es unvermittelt erneut, in der Hoffnung, mich zu überraschen. Ich hörte es krachen, wenn er sich gegen eine der anderen Türen warf und nach Mum rief. Dennoch lenkte ich nicht ein. Da er weder panisch klang noch weinte, war ich mir sicher, dass er meinen Streich lustig fände, sobald ich ihn freiließ.

Dann hörten die Rufe in der Garderobe schlagartig auf.

Da mein Bizeps vor Anstrengung brannte, drehte ich mich um und stemmte mich mit dem ganzen Gewicht gegen die Tür. Während ich den Fliegen zusah, die einander jagten, horchte ich angestrengt.

Ich lauschte eine gefühlte Ewigkeit lang.

Nichts.

Allmählich verlor ich den Spaß an der Sache.

»Keine Bange«, rief ich durchs dicke Holz. »Ich lasse dich jetzt raus, ja?« Ich lachte schwach.

Jacob antwortete nicht.

Obwohl ich in einem sonnendurchfluteten Raum stand, packte mich Beklommenheit.

Ein tückisches, obskures Bild trat mir vor Augen.

Ich stellte mir vor, wie Jacob sich in dem Raum verwandelt hatte.

Wie er nun in einem Mantel dastand, und dort, wo sein Gesicht hätte sein sollen, nur leere Schwärze war.

Ich war davon überzeugt, dass dieser gespenstische Mönch, der einst mein Bruder gewesen war, stumm darauf wartete, dass ich ihn erblickte. Sobald ich die Tür öffnen würde, käme er herausgesprungen und würde mir lachend die Gliedmaßen abreißen, eine nach der anderen.

»Jakey?«, rief ich.

Noch immer keine Antwort.

»Jacob?«

Mein Herz, das eben noch aufgeregt gehüpft war, fühlte sich an, als hämmere es an eine Tür, um ins Freie zu gelangen.

Mir war übel vor Sorge um meinen Bruder.

Es ängstigte mich, was in diesem unergründlichen Raum aus ihm geworden war.

Sekunden später quoll etwas unter der Tür hervor.

Ganz gewiss will ich mit dieser Anekdote den Online-Trollen, die mich irrigerweise für die Wendung in Jacobs Leben verantwortlich machen, keine Munition liefern. Ich biete lediglich einen flüchtigen Einblick in seine prägenden Jahre und zeige auf, dass er als Kind ungewöhnlich extrem auf einen im Grunde harmlosen Streich reagierte. Was das anbelangt, ist mein Gewissen rein. Zudem halte ich es für vernünftig, den Vorfall aus meiner Sicht zu schildern, da mein Bruder ihn später in diesem Buch ebenfalls zur Sprache bringt. Leider ist seine Version übertrieben und von viel weniger Ehrlichkeit geprägt als meine.

Mein Bruder starb mit sechsunddreißig, und obgleich die Medien seinen vorzeitigen Tod bis aufs Äußerste ausschlachteten, ist dem Gelegenheitsleser womöglich nicht klar, was Jacob erreicht hat.

Als Kind wollte ich in die Unterhaltungsbranche, wurde dann jedoch Wissenschaftler. Jacob hingegen sprach oft ambitioniert davon, in die Wissenschaft zu gehen, doch natürlich wurde er Autor und eine Art Medienstar. Sein erster Schritt auf diesem Weg war ein Praktikum beim *New Musical Express* im Jahre 1996. Ich muss noch heute grinsen, wenn ich daran zurückdenke, wie mich der übermütige, achtzehnjährige Emporkömmling anrief und sagte: »Ich bin drin!« Der *NME* hatte ihn damit beauftragt, seine erste offizielle Schallplattenrezension zu schreiben. Jack kannte sich mit Musik aus, auch wenn er einen anderen Geschmack hatte als ich. In unseren Teenagertagen dröhnten aus seinem Zimmer die Sex Pistols, Motörhead und die Sisters of Mercy, während bei mir die Pet Shop Boys ihre Songs zum Besten gaben.

Er änderte früh seinen Namen, denn er hielt »Jack Sparks« für cooler. Ich war damals bis über beide Ohren mit meinem Abschluss in Biochemie beschäftigt, dennoch freute es mich, dass mein Bruder anscheinend im Begriff stand, meinen eigenen Kindheitstraum zu verwirklichen.

Nachdem Jack ein wenig Erfahrung gesammelt hatte, ließ er Mum und mich in Suffolk zurück und zog nach Camden Town in London, wo er sich hartnäckig in die Arbeit stürzte. In seinen Zwanzigern übertraf er sich selbst und überquerte für seinen Job mehrfach den Atlantik. Zwar verpasste ich damals viele Ausgaben des *NME* – obwohl ich Jack öfters um Exemplare bat –, doch bekam ich mit, dass seine unumstößlichen Ansichten und seine forsche Interviewtechnik die Leser zu Diskussionen anstachelten. Dieser polarisierende Effekt hielt an, als er Horizonte jenseits des musikalischen Gettos anstrebte.

Sein erstes Sachbuch, *Jack Sparks auf dem Springstock* (Erubis Books, 2010), wirkte vordergründig heiter, denn er reiste dafür auf einem Pogostab von Land's End bis John o' Groats. Da er auf der Strecke keine Autobahnen benutzen durfte, wurde die Reise über die kaum befahrenen Straßen zu einer faszinierenden Studie der alten Kuriositäten Großbritanniens, die sich links und rechts des Wegs bestaunen lassen.

Mit *Jack Sparks' Welt der Gangs* (Erubis, 2012) tauchte er kopfüber in wildere Wasser, vermutlich, weil die Reaktionen auf das erste Buch gemischt ausfielen. Es bereitete mir Sorge, dass mein Bruder sich mit gewalttätigen Gangs einließ und seine Erkenntnisse verbreitete, gleichwohl hatte es wenig Zweck, ihn davon abbringen zu wollen.

Gangs gewann den Sara-Thornwood-Preis. Ein unstrittig aufschlussreiches Werk, das meinen Horizont hinsichtlich der

Gangkultur erweiterte, sowohl der englischen als auch der amerikanischen. Ungefähr zu jener Zeit etablierte sich Jack als prominenter Atheist und hatte Gastauftritte in TV-Talkshows wie *Never Mind the Buzzcocks*, *Would I Lie To You?* und *Shooting Stars*.

Sein drittes Buch polarisierte bislang am meisten. Allein der Titel *Jack Sparks' Welt der Drogen* (Erubis, 2014) brachte ihm viel kostenlose Publicity ein. Das Konzept meines Bruders bestand darin, jede Droge der Welt auszuprobieren und seine Erfahrungen damit zu dokumentieren. Ich war strikt gegen das Projekt, und unsere Beziehung kühlte sich stark ab, wegen des Buchs und anderer Vorfälle in dieser Zeit. Zudem war es nicht hilfreich, dass die Drogen Jack schwieriger und starrsinniger denn je machten. Dass wir schließlich getrennter Wege gingen – obwohl er in jenem Sommer eine Entziehungskur antrat –, gehört zu den Dingen, die ich stets bereuen werde.

Mir ist nur zu bewusst, dass Jacks letztes Buch, das den Titel *Jack Sparks' Welt des Paranormalen* tragen sollte, seit der Ankündigung umstritten ist.

Mittlerweile habe ich jede Form von Online-Attacke erlebt, einschließlich unverhohlener Morddrohungen gegen mich und meine Familie. Ein Troll tauchte sogar eines Abends vor unserer Haustür auf, bewaffnet mit einem Fleischerbeil. Die Frau ist jetzt hinter Gittern.

Einerseits hat das Buch zahlreiche Anhänger, andererseits sähen viele es gern, wenn es verboten würde. Manche denken sicher, ich bereichere mich auf kalte, zynische und recht geschmacklose Weise an dem Werk, zumal Jack keine Nachkommen hat. Ich habe dazu mehrfach in den sozialen Medien Stellung bezogen, doch derlei Worte gehen leicht unter im ohrenbetäubenden Tumult. Ein Anteil der Einnahmen geht an bekannte Wohltätigkeitsorganisationen auf der ganzen Welt, die sich der Heilung der Motoneuron-Krankheit verschrieben haben. Ich verspüre keinerlei Verlangen, mich an Jacks Tod zu bereichern, den ich selbst noch nicht verarbeitet habe. Dieses Buch zu schreiben, hatte eine zutiefst reinigende Wirkung. Jacks Herausgeberin, Eleanor Rosen, mit der er die letzten fünf Jahre zusammenarbeitete, war überaus entgegenkommend, hat mir aber auch Paroli geboten, wenn es nötig war.

Es ist ein Glück für uns, dass mein Bruder seine Bücher stets schon in der Recherchephase schrieb. So mancher Autor hortet eine Vielzahl aufgezeichneter Interviews, Gedanken und Notizen, um sich mit dem ganzen Material am Schluss zu befassen, Jack hingegen wollte alles sofort dingfest machen. Er hasste es, Interviews zu transkribieren, und erledigte die Arbeit daher lieber in kleinen Häppchen.

Bei der Redaktion dieses Werks haben Eleanor und ich nur unbedeutende Fehler hinsichtlich Rechtschreibung und dergleichen korrigiert, während wir Jacks Aufbau und seine Art zu schreiben unangetastet ließen, vor allem in der zweiten Hälfte, in der sich der Tonfall merklich ändert. Das Buch in zwei Teile zu unterteilen, war unsere Entscheidung. Ich halte es Eleanor ewig zugute, dass sie meine Ansicht teilte, Jacks Anmerkungen an sie beizubehalten, mit denen der Text durchsetzt ist.

Von Herzen spreche ich den Familien der Verstorbenen meinen Dank und mein Beileid aus, denn sie erteilten uns die Erlaubnis, die echten Namen ihrer Geliebten im Buch zu nennen. Manche Namen jedoch wurden geändert. Glauben Sie mir, der Entschluss, *Jack Sparks' Welt des Paranormalen* völlig unzensiert zu veröffentlichen, fiel uns keineswegs leicht, und ich weiß, wie schwer es für die Hinterbliebenen ist, die Berichte über solch schreckliche Ereignisse zu lesen. Zugleich hoffe ich, dass das Buch eine Art Abschluss bildet und die wenig hilfreichen Spekulationen – nicht zuletzt die über die Todesart meines Bruders – im Internet beendet.

Ich danke meiner wunderschönen Frau Chloe und unseren Töchtern Sophie und Xanna für ihre unglaubliche Unterstützung.

Wie sehr ich mir wünsche, Jack hätte nie diesem Exorzismus beigewohnt.

Wie sehr ich mir wünsche, er hätte nie dieses YouTube-Video entdeckt.

Ruhe in Frieden, mein Bruder, und sei dir gewiss, dass ich dir vergebe.

Alistair Sparks: Jacks ehemaliger Agent Murray Chambers schickte mir diesen E-Mail-Austausch, der einen Tag, nachdem mein Bruder in Italien dem Exorzismus beiwohnte, begann.

Datum: 1. November 2014
Von: Jack Sparks
Betreff: RE: RE: Mein neues Buch!
An: Murray Chambers (The Chambers Agency)

Murray, warum zur Hölle verlangt Erubis 30 000 Wörter des Buchs, »ehe ihr weitermachen könnt«? Wir haben noch immer einen Vertrag mit denen – und acht Wochen nach Erscheinen ist *Welt der Drogen* in den Top 10 so gut wie FESTGENAGELT!
Haben die meine Inhaltsangabe denn nicht gelesen? Ein Exorzist, ein besessenes Mädchen, ein unheimliches YouTube-Video ... ein Scheißgeheimnis. Eine Mission!
Musste Bill Bryson auch erst 30 000 Wörter schreiben, ehe er sein neustes Buch verkaufen durfte, in dem es nur um ihn geht? Natürlich nicht, und ich sollte auch nicht dazu gezwungen werden. Bring das in Ordnung.

J

Datum: 1. November 2014
Von: Murray Chambers (The Chambers Agency)
Betreff: RE: RE: RE: Mein neues Buch!
An: Jack Sparks

Jack, lass mich deine Erinnerung ein wenig auffrischen.
(1) Während du *Welt der Drogen* schriebst, wurdest du drogensüchtig.
(2) Das Buch war so desaströs, dass ein Ghostwriter es retten musste.
(3) Du hast die Verlegerin von Erubis um drei Uhr morgens völlig zugekokst angerufen und sie mehrmals als »Riesenfotze« bezeichnet.
Vor allem der letzte Punkt bedeutet, dass wir einige eingerissene Brücken neu aufbauen müssen. *Jack Sparks' Welt des Paranormalen* ist zwar das vierte Buch, für das wir unterschrieben haben, aber Erubis hat (a) nicht mit einem Werk über Geister gerechnet und muss (b) wissen, ob du auf den Pfad der Tugend zurückgekehrt bist. Die sind nervös. Ich arbeite daran, aber leider können wir uns nicht darauf verlassen, dass Eleanor sich für dich einsetzt, so wie du sie behandelt hast. Also musst du ein bisschen guten Willen zeigen, Kumpel. Schreib die dreißigtausend.

Mx

PS: Brysons Bücher kreisen streng genommen nicht allein um ihn selbst. Deine hingegen schon. (Keine Kritik, nur für deine Augen bestimmt.)

Datum: 1. November 2014
Von: Jack Sparks
Betreff: RE: RE: RE: RE: Mein neues Buch!
An: Murray Chambers (The Chambers Agency)

Fick dich, Murray.
Fick. dich.

Das ist doch krank! Schön, ich hatte einen Aussetzer. Aber ich bin immer noch JACK SPARKS, Murray. Wenn überhaupt, hat die Entziehungskur meinen Marktwert erhöht, und das weißt du. Ich tippe keine 30 000-Wörter-Leseprobe für Erubis. Ich schreib nicht mal 30. Davon abgesehen kann ich meine Reise nicht fortsetzen, wenn ich keinen Vorschuss bekomme. Ruf sie an und klär das.

Datum: 2. November 2014
Von: Murray Chambers (The Chambers Agency)
Betreff: RE: RE: RE: RE: RE: Mein neues Buch!
An: Jack Sparks

Okay ... Ich habe sie überredet, die nächste Rate des Vorschusses anzuweisen. Ich habe ihnen versichert, dass es dir gut geht. Damit habe ich meinen Kopf in die Schlinge gelegt und hoffe, du weißt das zu schätzen.
Sorg einfach dafür, dass das Buch toll wird und du *pünktlich abgibst.* Übrigens: Wann kriege ich meine 500 Pfund zurück? Ich warte schon sechs Monate drauf.

Mx

Datum: 2. November 2014
Von: Jack Sparks
Thema: RE: RE: RE: RE: RE: RE: Mein neues Buch!
An: Murray Chambers (The Chambers Agency)

Ha! Ich wusste, die werden vernünftig. Murray, das wird ein verflucht gutes Buch.

Lass uns DEN GIPFEL ERSTÜRMEN!

Jack Sparks' Welt des Paranormalen

Erster Teil

Kapitel eins

Ehe wir in Satans klaffendem Maul verschwinden, will Bex etwas klären.

Sie sitzt neben mir in einem sehr kleinen Wagen und sagt: »Dein neues Buch handelt also vom Übernatürlichen. Woran du nicht glaubst. Nicht im Mindesten.«

»Das ärgert die Leute jetzt schon«, erwidere ich. »Hast du den Kladderadatsch gestern mitbekommen?«

Zerknirscht sieht sie mich an. »Wieso kannst du nicht akzeptieren, dass ich mich nicht für die sozialen Medien interessiere?«

»Weil ich dir das nicht abkaufe.«

»Als ich mich das letzte Mal damit befasst habe, das war so ungefähr 2009, boten die sozialen Medien eine Plattform für Leute, die einander nicht zuhörten und stattdessen herumschrien: ›Mein Leben ist super!‹ Ich bezweifle, dass sich das geändert hat.«

»Wieso hast du dann noch immer Profile auf den Plattformen?«[1]

Bex stößt einen frustrierten, abschätzigen Laut aus, wie man ihn sonst nur bei kurzen, chaotischen Katzenkämpfen hört. »Ich habe diese Profile noch, Jack, damit alte Freunde mich kontaktieren können, aber ich lese keine Posts auf den Seiten. Die sozialen Medien bewirken nur, dass die Menschheit in meinem Ansehen sinkt. Mir wäre es lieber, wenn ich ihre selbstbesessene Scheiße nicht mitbekäme.«

1 Jack nennt selten konkrete Social-Media-Websites in seinen Büchern. Seinem Agenten Murray Chambers zufolge ist das seine »Rache« dafür, dass ihn einige Betreiber nicht für ihre Nennung bezahlen wollten. – *Alistair*

»Wie egoistisch von dir.«

»Dein Buch fällt bestimmt ziemlich kurz aus, oder? Nur eine große, aufwendige Atheisten-Reise um die Welt, bei der du sehr oft ›Bullshit‹ sagst.«

Ich runzele die Stirn, weil sie mein Konzept stark unterschätzt. »Ich werde das Thema ganz sicher rational behandeln. Trotzdem bleibe ich völlig unvoreingenommen. In den sozialen Medien tummeln sich viele Leute, die Geister für echt halten, also gebe ich ihnen die Chance, mich in die richtige Richtung zu lenken. Ich führe eine laufende Liste mit Hypothesen über paranormale Phänomene. Ich nenne sie die SPUK-Liste. Die Abkürzung steht für …«

»Ich kann damit leben, es nicht zu erfahren.«

»Und wenn das Buch fertig ist, kann ich den ganzen Verrückten wenigstens sagen: ›Ihr hattet eure Chance, mich zu überzeugen, und habt sie vermasselt.‹«

»Wie edelmütig von dir.«

Meine hoffnungslose Liebe für Bex wächst, wenn sie gehoben klingende Wörter in sarkastischem Kontext benutzt. Meine Stammleser kennen sie noch als Fitnesstrainerin Ende zwanzig, mit der ich schon zu lange zusammenwohne, als dass zwischen uns etwas laufen könnte. Zudem wissen sie, dass ich es schwierig finde, dabei zuzuhören, wie Bex im Nachbarzimmer Männer vögelt. Möglicherweise ist das der Grund, warum ich für meine Bücher immer reisen muss. (Übrigens vögelt sie nicht viele Männer. So eine ist sie nicht. Sie war mit einem Kerl namens Lawrence sechs Monate zusammen, obwohl er ein schmieriger, kinnloser Verlierer ist. Und das ist er wirklich.)

Ich kann hier meine Liebe für sie öffentlich gestehen, denn Bex liest meine Bücher nicht. »Jack, ich *wohne* mit dir zusammen«, sagte sie einmal, als wir auf unserem großen gelben Sofa saßen, *EastEnders* schauten und vorrangig chinesisches Essen aßen. »Ich muss diese Bücher nicht lesen. Wieso sollte ich noch einmal durchleben, wie du dir auf der Toilette eine Überdosis Kokain reinziehst?«

Abgesehen von dem Fehler, meine Bücher nicht zu lesen, ist Bex die vernünftigste Person, die ich kenne. Um die Wahrheit zu sagen, hole ich mir bei ihr immer die Bestätigung für meine Buchideen. Darum will ich sie auch vom aktuellen überzeugen.

Unser kleiner Wagen fängt an zu rattern und zu brummen. Mit einem Knarren setzen wir uns in Bewegung.

»Also«, sagt sie, »wie war Griechenland?«

»Italien«, korrigiere ich sie, während die Leute hinter uns schon mal kreischen. »Dort gab es mächtig Ärger. Ich hab was Schlimmes getan, und dann hat mich ein Exorzist angebrüllt.«

»An Halloween. Perfekt.«

»Anschließend hab ich ein seltsames YouTube-Video gesehen.«

Bex verarbeitet die ganzen Informationen. Als unser Wagen Fahrt aufnimmt, hat sie entschieden, welche Frage sie stellen will. »Welches Video?«

»Erzähl ich dir später.«

Dann verschwinden wir im Maul.

Etwa vierundzwanzig Stunden zuvor bin ich also in der tiefsten Provinz Italiens. Die erste Etappe meiner epischen Reise in die Welt des Übernatürlichen, bei der ich eine Kampfmagierin in Hongkong treffen werde, einen ??? in ??? und ein ??? in ???, ganz zu schweigen von einer ??? in ??? (*Eleanor: Ich entferne die Platzhalter, sobald ich weiß, wen ich genau treffe und wohin es geht. Falls ich das vergesse, gebührt dir die Ehre.)*

Ich betrete gleich eine Kirche.

Das alte Gebäude steht einsam und verlassen auf einem Hügel, dessen hinteres Ende eine steile Felswand bildet. Wirft man von hier oben einen Stein hinab, verschwindet er auf halber Strecke in den verwundenen, arthritischen Fingern kahler Bäume. Die Kirche, dieser steinerne Wächter, überblickt das dichte Waldgebiet und die am Horizont zusammengescharrten Hügel. Ihr Inneres ist funktional, vergleichsweise minimalistisch. Es gibt zwar noch einige der typischen, einschüchternden Statuen und ein paar glitzernde Symbole, die von Überfluss und Macht zeugen, dennoch ist das kunstvollste Merkmal das Bleiglasfenster an der Rückwand, durch das die Wintersonne scheint.

Ich finde, die Schönheit von Buntglasfenstern ist in einer Kirche vergeudet.

Alles ist so still und ernst, man würde nicht glauben, dass wir in neunzig Minuten einen Krankenwagen brauchen.

Es ist 13.30 Uhr, als ich – eine halbe Stunde zu spät – mit interessanter Sturmfrisur hineineile. Der achtzig Jahre alte Pater Primo Di Stefano begrüßt mich mit einem steifen Lächeln und entsprechendem Händedruck. Er trägt einen weiten schwarzen Talar und wird von zwei frostigen Gehilfen flankiert. Die beiden sind klein und gedrungen, tragen schwarze Hemden und graue Hosen. Äußerlich unterscheiden sie sich nur dadurch, dass der eine Haare im Gesicht hat; also lasst sie uns Bart und Bartlos nennen. Ich habe einen praktischen italienischen Dolmetscher namens Tony im Schlepptau. Dolmetscher-Tony. Trotz der behaarten Werwolfhände, der Monobraue über den lebhaften braunen Augen und der Zahnlücken, durch die eine Kawasaki passen würde, ist Tony der einzige halbwegs sympathische Kerl hier. Wir haben uns draußen bei einer Zigarette angefreundet, weil er mein Messing-Zippo bewundert hat. Ein altes angelaufenes Ding, aber es funktioniert.

Di Stefano steht der hiesigen Kirche nicht vor. Im Grunde ist der Priester hier genau wie ich zu Gast. Als einer der vertrauenswürdigsten Fußsoldaten des Papstes ist er in Rom stationiert und viele Meilen gereist, um die Kirche auf seiner Gnadenmission in Beschlag zu nehmen. Genauer gesagt, ist er hier, um einem dreizehnjährigen Mädchen den Teufel auszutreiben, nur mit der Macht von Worten, Gesten und jeder Menge Sturm und Drang. Dieser Mann behauptet, über zweihundert Exorzismen durchgeführt zu haben. Rein zufällig hatte das den lukrativen Nebeneffekt, dass er dabei genug Material für eine Buchreihe sammeln konnte, die seine Kreuzzüge detailliert schildert. Die Werke tragen Titel wie *Im Krieg gegen den Teufel, Mein lebenslanger Kampf gegen den Antichrist* und natürlich *Satan & Ich*. Letzterer ist mein Lieblingstitel – er klingt nach einer schrulligen Sitcom. »In der heutigen Folge von *Satan & Ich* will Pater Di Stefano eine Hausparty für seine Freunde schmeißen, doch sein schadenfroher Mitbewohner Satan schlachtet alle ab und lästert auch noch Gott!«

Bitterkalte Luft weht durch den Hauptgang, als Pater Di Stefano, Dolmetscher-Tony und ich uns eine Bank zum Plaudern zurechtrücken. Wir müssen Zeit totschlagen, bis die Empfängerin des priesterlichen Rituals eintrifft.

Exorzismen lassen sich durch die Jahrtausende zurückverfolgen, bis zum Ursprung der Zivilisation. Von Anfang an schob man eifrig alle Krankheiten – ob körperliche oder geistige – bösen Geistern zu. Und all diese Leute, angefangen mit den alten babylonischen Priestern, haben sich nur zu gern als Exorzisten bezeichnet. Als Retter. Der berühmteste von allen war vorgeblich Jesus Christus, der von der Rolle gar nicht genug bekam.

Di Stefano hält den Exorzismus im Onlinezeitalter für wichtiger denn je. »Das Internet«, lässt er mir durch Tony ausrichten, »hat den Informationsaustausch erleichtert, aber nicht immer sind die Informationen gut. Die Menschen experimentieren mit Ouija-Brettern und bringen sich in Schwierigkeiten. Und dann sollen wir ihnen helfen.«

Der Mann hat das faltige Gesicht und das Betragen einer Dogge. Nicht der winzigste Funke Humor flackert in seinen dunklen Augen. Er toleriert mich gerade so. Seine Gehilfen stehen in Hörweite, was mich bei Interviews stets irritiert. Ich bitte sie, sich ein Stück zu entfernen, doch sie ignorieren mich. Bald stelle ich fest, dass auch Di Stefanos Gehör immer dann versagt, wenn er es will – wenn ich ihm eine heikle Frage stelle, zum Beispiel. Sage ich hingegen etwas, das er scharf kritisieren möchte, ist sein Hörvermögen wieder voll da.

Di Stefano hat im Laufe der Jahre nur wenige Interviews gegeben – meistens, wenn eins seiner Bücher auf den Markt kam –, doch soweit ich weiß, durfte ihm bislang kein Journalist bei einem Exorzismus zusehen. Der heutige Tag scheint ein Zugeständnis an die modernen Medien zu sein, eine pfiffige PR-Maßnahme: Wenn die Leute sehen, dass die Kirche ihnen hilft, bleibt sie in den Augen der Welt relevant. Und wenn es eines gibt, um das sich Religion heutzutage sorgen sollte, dann um Relevanz. Und fraglos wäre es ein gelungener Streich, wenn sich Jack Sparks konvertieren ließe.

Ich kann nicht anders, als mir vorzustellen, wie Di Stefano mit völlig ernster Miene einen Exorzismus durchführt, und einen Lachanfall bekommt, sobald er später die Wohnungstür hinter sich schließt. Bestimmt lacht er sich kaputt über den Schwachsinn, mit dem er Tag für Tag davonkommt. Trotzdem hat das Ganze zweifellos eine zutiefst ernste Seite. Immerhin hat Di Stefano häufig mit sehr verzweifelten Menschen aller Altersgruppen zu tun (nur nicht mit Babys. Babys sind grundsätzlich dermaßen wahnsinnig, dass man kaum beurteilen kann, ob sie besessen sind, sofern sie nicht plötzlich in der Luft schweben). Der Löwenanteil der Betroffenen leidet wohl an irgendeiner Geisteskrankheit oder unter den Nachwirkungen eines Missbrauchs.

»Das stimmt«, gesteht Di Stefano zu meiner Überraschung

ein. »Wissen Sie, wir erkennen sehr oft, ob eine Person geistesgestört ist oder eine andere Ursache infrage kommt. In diesen Fällen kann man die Schuld keinem Dämon zuweisen. Natürlich führen wir die Betreffenden der korrekten medizinischen Behandlung zu. Es ist sogar ziemlich selten, dass ein Exorzismus vonnöten ist.«

»Woran erkennen Sie, dass ein Exorzismus nötig ist?«

Di Stefano schaut mich von oben herab ab. Er hält mich für den unverschämten Amateur, der ich bin. Sein Blick ist unnachgiebig, er hat die toten Augen eines Kabeljaus. »Irgendwann erkennt man die Anzeichen für eine echte dämonische Besessenheit«, sagt er. »Man spürt sie. Das ist ein völlig anderes Gefühl.«

So weit, so vage. »Wie fühlt es sich denn genau an, wenn man es mit einem echten Dämon zu tun hat?«, hake ich nach.

»Die Luft fühlt sich … dick an«, antwortet er angewidert. »Und schwarz wie Öl. Das ist …« Er reibt Daumen und Zeigefinger aneinander, auf der Suche nach der richtigen Formulierung. Dann tauscht er einige Italienischsalven mit Tony aus, der schließlich das Wort liefert, das dem Priester auf der Zunge liegt: »Beklemmend.«

»Außerdem«, fährt Di Stefano fort, »sieht man es in den Augen des Besessenen. Wissen Sie, die Augen sind die Fenster zur Seele. Man kann sehen, wer oder was darin lebt.«

»Wie können Sie sicher sein, dass Sie sich das nicht alles einbilden?«, frage ich.

Das Doggengesicht wirft noch mehr Falten als zuvor. Das ist nicht besonders schwer, wenn ein Gesicht ohnehin schon einem Stück Dörrobst gleicht. Ihm gefällt meine kritische Frage nicht. Kein Wunder, denn man könnte sie problemlos auch auf die Religion als solche beziehen. Dennoch zeigt er Mut und Nachsicht mit mir. »Soweit ich weiß, bin ich geistig völlig gesund. Genau wie meine Exorzisten-Brüder. Die Dinge, die wir gesehen haben ... die Art, wie sich Leute benehmen, wenn ein Dämon in ihnen steckt ... das ist echt.« Mit ausholender Geste deutet er auf das Innere der Kirche. »Ich glaube, das werden Sie heute noch sehen.«

»Haben Sie *Der Exorzist* gesehen?«, frage ich.

»Den Film? Vor langer Zeit. Ich erinnere mich kaum daran.«

»Ist ein Exorzismus so ähnlich wie in diesem Film?«

»Manchmal schon«, antwortet er träge. Als ob er die nächste Frage voraussieht, fügt er hinzu: »Aber wissen Sie, Exorzismen gab es bereits lange vor diesem Film. Die Macher haben sich an früheren Ritualen orientiert. Im echten Leben habe ich viel schrecklichere Dinge gesehen.«

Ich beuge mich vor, in der Hoffnung auf ein gutes Zitat. »Können Sie uns dafür ein Beispiel nennen?«

Di Stefano erinnert sich an eine alleinstehende Mutter mittleren Alters aus Florenz, die Blut geweint hat. Ihre Haut verfärbte sich kränklich grün und bildete offene Wunden aus. Als er in einem Dachbodenzimmer versuchte, ihr die Dämonen auszutreiben, wisperte sie das Vaterunser rückwärts und pulte sich mit einem alten rostigen Esslöffel einen Augapfel aus. Di Stefano (damals in den Siebzigern noch Assistent) und sein Exorzismusmentor fesselten sie, legten das Auge auf Eis und brachten sie rasch ins Hospital. Trotz der fünfstündigen Notoperation ließ sich der Augapfel nicht wieder einsetzen. Di Stefano behauptet, dass er der Frau den Dämon schlussendlich trotzdem austrieb und dass sie zu ihren Kindern zurückkehren konnte.

Als ich ihn nach seiner allerschlimmsten Erinnerung frage, gräbt er widerwillig einen Fall aus dem Jahre 2009 aus, in dem es um einen Zehnjährigen in Mailand ging.

Während er über den Jungen spricht, ist seine volltönende Stimme kaum mehr als ein Raunen. »Als ich den ersten Exorzismus an ihm durchführte, lachte er mir ins Gesicht, während er sich nacheinander jeden Finger brach.«

»Nur die Finger einer Hand?«, hake ich neugierig nach. »Er konnte sich nicht die Finger beider Hände brechen, richtig?«

Di Stefano funkelt mich an, als wolle ich mir einen Scherz mit ihm erlauben.

Dann senkt er den Kopf. »Ich konnte ihn nicht retten. Die Dämonen hatten ihn zu fest im Griff. Ich glaube, sie wollten mir etwas beweisen, mich von der Mission meines Lebens abbringen. Während des dritten Exorzismus schlug der Junge die Ecke eines Glastischs mit dem Gesicht ein, überall war Blut. Bei Nummer fünf drohte er, meine Nichten umzubringen. Er sagte, er würde ihnen die Gesichtshaut abziehen, während ich zusähe, und dann würde er mich zwingen, die Haut zu essen.«

Dolmetscher-Tony steckt sich einen viereckigen Nikotinkaugummi in den Mund.

Di Stefano gönnt sich einen Moment, um sich zu sammeln. »Zwei Nächte später hatte ich eine meiner Visionen.«

Ach ja, Di Stefanos berühmte Visionen. Seine Bücher sind voll davon. Bei diesen Anfällen kann er sich nicht von der Stelle rühren, während sein Geist mit erstaunlichen übersinnlichen Bildern geflutet wird. Interessanterweise erzählt er nur selten von einer Vision, *bevor* sie sich im echten Leben bewahrheitet. Als würde er erst im Nachhinein behaupten, sie gehabt zu haben.

»In meinem Kopf sah ich, wie der Junge seinen schlafenden Stiefvater mit einem Hammer erschlägt und anschließend aus dem Fenster springt. Und genau das geschah auch, dreißig Minuten später. Der Junge sprang zehn Stockwerke tief auf die belebte Straße. Es war so schrecklich, so schrecklich … Die Leute erzählten, er habe noch während des Sturzes Gott gelästert.«

Zufrieden, dass mir auf diese finstere Geschichte keine clevere Bemerkung einfällt, oder besorgt, dass ich Einzelheiten über den Stiefvater erfahren will, erhebt er sich und beendet unseren gemütlichen Plausch. Er behauptet, beten und sich mental vorbereiten zu müssen.

Ich lasse ihn vor dem Altar kniend zurück und frage mich, wie viele Exorzismen wohl in Kirchen stattfinden. Müssten die Besessenen nicht in Flammen aufgehen, sobald sie über die Schwelle treten, oder zumindest protestieren oder zappeln? Haben diese Leute nie *Das Omen* gesehen?

Ich öffne mein Notizbuch und schaue mir meine SPUK-Liste an:

DIE SPUK-LISTE (Sparks' Prinzipien des Unheimlichen Kokolores) (Offenlegung: Ich musste die Schwarmintelligenz der sozialen Medien anzapfen, um auf »Kokolores« zu kommen. Davor hatte ich nur »Käse«, was einfach nicht gut genug war.)

Die Leute behaupten, übernatürliche Phänomene aus folgenden Gründen erlebt zu haben:
(1) Sie versuchen, andere zu täuschen
(2) Sie wurden von anderen getäuscht

Das sind in meinen Augen die einzigen beiden *brauchbaren* Erklärungen, in absteigender Reihenfolge, von höchstwahrscheinlich bis äußerst fraglich. Es überrascht Sie sicher nicht, dass ich »Geister sind echt« für keine brauchbare Hypothese halte. Zudem glaube ich kaum, dass der Verstand einem Menschen einen Streich der Größenordnung spielen kann, dass er einen Geist »sieht«. Nicht ohne den Einsatz von LSD jedenfalls, und in diesem Fall ist eindeutig die Droge für die Wahnvorstellung verantwortlich. Nach dem Vorfall mit den im Sturzflug angreifenden Spinnengänsen[2] weiß ich das wohl besser als die meisten.

2 Vgl. *Jack Sparks' Welt der Drogen* (Erubis Books, 2014), S. 146 – *Alistair*

Sowohl heute in der Kirche wie auch im Rest des Buches habe ich vor, jede meiner Beobachtungen einer der beiden Erklärungen auf meiner Liste zuzuweisen. Sollte keine davon zutreffen, füge ich ihr vielleicht eine dritte Erklärung hinzu.

Das halte ich für höchst unwahrscheinlich, aber lassen wir uns überraschen.

Die dreizehnjährige Maria Corvi trifft zu Fuß mit ihrer fünfzig-noch-was Jahre alten Mutter Maddelena ein. Die kühle Halloweenluft verwandelt ihren Atem in Dampf. Sie leben irgendwo jenseits der Furcht einflößenden Wälder, in denen es nur wenig gute Spazierwege gibt. Während der letzten anderthalb Stunden meiner Fahrt hierher sah ich weder Städte noch Dörfer – nur gelegentlich ein abgetakeltes Häuschen oder eine Hütte in einiger Entfernung zu den stark gewundenen Trampelpfaden. Falls diese Kirche je für eine lebhafte Gemeinde gedacht war, so ist Letztere schon seit Langem verschwunden.

Auf den ersten Blick wirkt Maria auf mich nicht sonderlich dämonisch. Andererseits ist sie auch nicht so niedlich-fröhlich wie Linda Blairs *Exorzist*-Figur Regan MacNeil, die ein Jahr jünger war. Maria Corvi strahlt die verdrießliche Lässigkeit eines typischen Teenagers aus, der sich nach Kräften bemüht, seine Furcht zu verbergen. Sieht man näher hin, stellt man fest, dass Maria – wie ihre Mutter – ziemlich verzweifelt ist. Die beiden tragen die gleichen schlichten blauen Kittel und Stiefel wie bei der Feldarbeit. Maria ist hübsch und besorgniserregend dürr, gar ausgemergelt, und die dunklen Ringe unter ihren Augen lassen auf schlaflose Nächte schließen. Ihr ungewaschenes schwarzes Haar reicht ihr fast bis zur Schulter.

Abgesehen von einem grauen Fleck im Haupthaar, ist Maddelena so eindeutig Marias Mutter, dass die beiden russische Matroschkas sein könnten.

Ich beobachte genau, wie Maria die Schwelle zur Kirche übertritt. Ihr Körper fängt weder Feuer, noch kreischt sie los. Gleichwohl berührt sie mit der Hand ihre Kehle und schluckt schwer, als kämpfe sie gegen Übelkeit an. Verlegen, beinahe schüchtern begegnet sie meinem Blick und schaut weg, während sie sich mit ihrer Mutter Di Stefano nähert, als sei nichts geschehen.

Der Priester begrüßt Maria und Maddelena mit einer formellen Ansprache auf Italienisch. Es erinnert mich an Telefonate mit Versicherungsvertretern, die einem langweilige juristische Details vorlesen, während man Candy Crush spielt und alle dreißig Sekunden »ja« sagt. Maria und ihre Mutter bestätigen erneut – zweifellos, damit ich darüber ins Bild gesetzt werde –, dass sie das Ritual freiwillig über sich ergehen lassen. Die Kirche, betont Di Stefano, verlange einen Exorzismus nur dann, wenn der Betroffene einen anderen verletzt habe oder noch verletzen könnte.

»Bitte haben Sie keine Angst«, sagt er beruhigend zu den Frauen. »Heute, Maria, wirst du von der Negativität befreit, die nichts in dir zu suchen hat.« Später erfahre ich, dass »Negativität« ein Euphemismus ist, den die Kirche oft verwendet. Angeblich, um den Besessenen nicht durch Suggestion zu beeinflussen. Was für eine Organisation wie die Kirche ungewöhnlich vernünftig wirkt.

Maria nickt mit unbeteiligter Miene. Ich weiß nicht, ob sie an diesen Kram glaubt oder das Ganze nur ihrer Mutter zuliebe über sich ergehen lässt. Ob Maddelena ein Ozzy-Osbourne-Album auf Marias iPod gefunden und eilig die kostenlose TEUFELSKIND-Hotline des Vatikans gewählt hat.

Di Stefano erläutert kurz den Grund meiner Anwesenheit. Dann führt er Maria auf die staubigen Fliesen vor dem Altar. Ihre Mutter unterzeichnet einige juristische Dokumente, die ihr Bart in die Hand gedrückt hat (oh ja, juristische Dokumente – die Kirche wird ebenso ungern verklagt wie jede andere internationale Firma). Dann drängen Bart und Bartlos sie, mich und Dolmetscher-Tony zu einer für uns vorgesehenen Kirchenbank, fünf Reihen vom Altar entfernt.

Maddelena kaut auf den Überbleibseln ihrer Fingernägel herum, während Tony ihre Worte übersetzt. »Ich weiß, dass das nötig ist. Aber … sie ist mein Baby, wissen Sie? Ich verstehe das nicht. Wieso hat Satan sie ausgewählt?«

Das scheint nicht der richtige Zeitpunkt zu sein, um ihr zu sagen, dass Satan nicht existiert. Oder sie zu fragen, Sie wissen schon, ob Maria vielleicht nur ein durchschnittlicher Teenager ist, der ein bisschen verrückt wirkt – vor allem in Anbetracht dieser ländlichen Gegend. Stattdessen frage ich Maddelena, was sie dazu bewegt hat, einen Exorzisten zu engagieren.

»Maria fing an zu schlafwandeln.« Ihre Blicke bleiben unentwegt auf ihrer Tochter, der Di Stefano soeben letzte Anweisungen zuraunt. »Zumindest dachte ich, sie würde schlafwandeln. Mitten in der Nacht fand ich sie vor unserem Haus, am Rand der Lichtung …« Maddelenas Blick huscht durch die Kirche, ehe sie fortfährt. »Sie stand nackt in der Eiseskälte. Ich dachte, sie schläft, also sage ich zu ihr: ›Maria, bitte wach auf.‹ Aber sie drehte ihren Kopf – mit weit geöffneten Augen. Und sie grinste. Ich hatte sie noch nie so verrückt grinsen sehen. Sie sagte zu mir: ›Ich *bin* wach‹, und dann …«

Für einen Moment scheint sie den Tränen nahe, doch dann reißt sie sich zusammen. Als sie die Stimme senkt, tut Dolmetscher-Tony es ihr nach. »Und dann … gab sie mir eine Ohrfeige und sagte: ›*Du* solltest besser aufwachen, du Jesus-Schlampe, ehe ich dir dein verdammtes Herz rausreiße.‹«

Danach seien Marias nächtliche Wanderausflüge eskaliert. Maddelena behauptet, sie hätte beide Türen, die nach draußen führen, abgeschlossen und die Schlüssel versteckt, trotzdem sei es ihrer Tochter gelungen auszubrechen. Einmal hätten Maddelena und ein Suchtrupp aus Freunden Maria mitten in der Nacht eine Meile von ihrem Zuhause entfernt gefunden. Sie streifte wieder nackt umher, mit dem Blut eines Rehs bedeckt, das sie mit einem Fleischmesser aus der Küche erlegt hatte.

»Sie lachte, als wir sie fanden«, erzählt Maddelena schaudernd. »Danach habe ich mich so verloren gefühlt. Ich wusste, nur die Kirche kann mir bei so was helfen. Der alte Pastor, der hier predigt, stellte den Kontakt zu Pater Di Stefano in Rom her. Der gute Pater schickte einen Assistenten zu Maria, dann beschlossen sie, dass eine Segnung wohl am besten wäre.«

Noch so ein Euphemismus. Es ist viel leichter, einer Segnung zuzustimmen als einem Exorzismus. Als ich Maddelena frage, ob sie je medizinische Hilfe für ihre Tochter in Betracht gezogen hätte, verrät mir ihre Miene, dass sie Ärzten und Wissenschaft ebenso sehr vertraut wie ich Priestern und Religion.

»Wenn das hier nicht funktioniert, vielleicht …«, erwidert sie, als wäre das wirklich der letzte Ausweg.

Ich bin nicht gefasst auf die Transformation von Maria Corvi. Ich hätte nicht gedacht, dass dieses magere Kind es dermaßen in sich hätte.

Auf dem schlichten, knarrenden Holzstuhl vor dem Altar wirkt sie reserviert, aber gefügig, hat den Kopf gesenkt und die Hände im Schoß gefaltet. Sie zeigt eine winzige Gefühlsregung, als sie ihre Mutter anschaut. Ich würde eine hübsche Summe darauf verwetten, dass Feindseligkeit in ihrem Blick liegt. Ein Blick, der sagt: »Zufrieden? Ich mache es.«

Marias Mutter scheint den Blick anders zu interpretieren. Sie wirft ihrer Tochter ein ermutigendes Lächeln zu und ringt erwartungsvoll die knochigen Hände, als nähme ihre Tochter am Casting für *X Factor* teil.

Pater Di Stefano steht vor Maria, eine alte, in Leder gebundene Bibel aufgeschlagen in Händen. Bart und Bartlos beziehen in gebührendem Abstand rechts und links von ihm Stellung, die Hände hinter dem Rücken verschränkt.

Di Stefano liest endlose Passagen aus dem Buch vor. Seine Worte hallen geheimnisvoll von der gewölbten Decke wider. Maria wirkt verlegen, als wisse sie nicht, was sie tun soll. Das Ganze hat eine seltsam hypnotische Wirkung. Da ich am Tag zuvor in Rom bis in die Nacht gefeiert habe, verlieren meine Augen den Fokus, und ich gleite in einen traumähnlichen Zustand …

Schlagartig versteift sich Marias Körper. Ihre Augen treten hervor, und sie reckt die Hände und Füße in alle Richtungen. Von hier aus sehe ich ihre Zehen nicht, nur ihre zittrigen, weit gespreizten Finger. Sie behält diese Haltung allenfalls eine Sekunde bei, dann zerbricht der Stuhl unter ihr mit einem Krachen.

Maria fällt zu Boden, ihr Rücken wölbt sich über dem Haufen aus zerborstenem Holz, ihr Körper erschlafft. Ich schüttele den Kopf, enttäuscht, dass die allmächtige Kirche sich uralter Slapsticktricks wie halb durchgesägten Stuhlbeinen bedient, um die Sache aufzupeppen. In der nächsten Folge tragen Maria und Di Stefano ein Piano eine lange Treppe hoch – mit amüsanten Folgen!

Neben mir keucht Maddelena auf, umklammert mit einer Hand einen Rosenkranz so fest, dass die Perlen zu bersten drohen. Bart und Bartlos eilen herbei und untersuchen das leblose Mädchen, während sie vorsichtig die Teile des Stuhls unter ihr wegziehen. Dann kehren sie an die Seitenlinien zurück: Zwillingsroadies, die während eines Auftritts hastig einen widerspenstigen Mikrofonständer repariert haben.

Di Stefano richtet seine Aufmerksamkeit von der Bibel auf den am Boden liegenden Teenager. »Ich wende mich direkt an den Geist, der in Maria Corvi haust. Nenne deinen Namen, ehe ich mich dazu veranlasst sehe, es selbst zu tun.«

Bei dem Wort »selbst« geschieht etwas Dramatisches. Etwas, das zugegebenermaßen schwerer zu erklären ist als der wundersam zusammenbrechende Stuhl.

Als Kind besaß ich etwas, das man gemeinhin als Drückfigur bezeichnet: einen kleinen Holzesel, der auf einem runden Sockel stand und dessen winzige Körperteile durch ein Gummiband miteinander verbunden waren. Drückte man mit dem Daumen von unten in den Sockel, brach der Esel zusammen. Zog man den Daumen zurück, sprang das Tier in seine aufrechte Haltung zurück.

Maddelena Corvi schreit entsetzt auf, als Maria ruckhaft vom Kirchenboden hochschnellt wie damals mein Holzesel. Ihre Fersen bleiben dabei auf dem Boden, doch der restliche Körper erhebt sich so rasch, als reiße ein unsichtbarer Flaschenzug ihn hoch. Doch im Gegensatz zu meinem Esel bleibt Maria schlaff. In ihrem Körper scheinen sich keine Knochen zu befinden. Mit geschlossenen Augen schwankt sie hin und her wie unter Wasser. Ich stehe in der Reihe, spähe über die Sitzbänke hinweg nach vorn und erkenne, dass sie auf den Zehenspitzen steht. Unmöglich, dass ein menschliches Wesen eine solche Haltung einnehmen und sie so lange beibehalten kann. Maria scheint so gut wie keinen Schwerpunkt mehr zu haben. Der Zauberkünstler David Blaine würde sich jetzt Notizen machen.

Pater Di Stefano ist natürlich nicht beunruhigt. Er hat derlei Dinge schon oft gesehen. Um die Wahrheit zu sagen, hat er sie erfunden. Denn während er erneut das Böse in Maria auffordert, seinen Namen zu nennen, begreife ich, was in Wirklichkeit vorgeht. Erinnern Sie sich an Jim Carreys Figur im Film *Die Truman Show* – an den Kerl, der herausfindet, dass die Welt um ihn herum künstlich ist? Das Ganze hier ist ein riesiges Schauspiel, eigens für mich inszeniert. Dieses Gefühl kennen Journalisten gut, wenn auch in kleinerem Maßstab: den

Eindruck, dass man nicht länger ein neutraler Beobachter eines Ereignisses ist, sondern selbst den Funken entzündet hat, der dazu führte.

Falls Maria Corvi keine Schauspielerin ist, dann ist sie sich mit ihrer Mutter gewiss darüber einig, dass sie eine werden wird, was ihr zweifellos ein besseres Leben bescheren wird. *(Eleanor: Bitte komm mir an dieser Stelle nicht mit Verleumdung. Ich ertrage wirklich keine weitere Debatte wie die über Katy Perry und die Tasche mit … na, du weißt schon.)* Das Arrangement der Kirchenbänke und die Fläche vor dem Altar erinnern an Publikumsraum und Bühne, wobei die Bühnenmanager Bart und Bartlos an den Flanken lauern. Worum sonst ging es stets in der Kirche, wenn nicht um ein zusammengeschartes Publikum, das eine Vorstellung besucht? Und hier bin ich nun, einige Bankreihen weiter hinten eingeklemmt, damit ich dieses Propagandaschauspiel bloß nicht aus dem falschen Blickwinkel betrachte.

Maria öffnet die Lider und offenbart gelbe Augen, zweifellos hervorgerufen durch einen kunstvoll aufgetragenen Farbstoff. Nette Idee. Sie steht nach wie vor auf den Zehenspitzen, und inzwischen vermute ich, dass sich unter ihrem viel zu großen Kittel eine Art Gurtzeug verbirgt. Ihre Lippen verziehen sich zu einem widerlichen Grinsen und geben den Blick auf die Zähne frei. Ihre trällernde, kindliche Stimme steht in direktem Gegensatz zu ihren Worten. »Du schwanzlutschender Sack«, sagt sie zum Priester und erfüllt damit die Minimalquote an Fellatio-Erwähnungen, die in der Post-Friedkin-Ära bei einem Exorzismus üblich sind. Dolmetscher-Tony senkt ehrerbietig die Stimme, während er weiterhin übersetzt: »Du fickst Kinder und willst mich verurteilen?«

Marias Lachen klingt schlüpfrig. Wenn eine Schlange lachen könnte, würde es so klingen.

Diese Maria, wie heißt sie wohl in Wahrheit? Sie ist gut.

Von einem Mann wie Pater Primo Di Stefano perlen Vorwürfe, Kinder missbraucht zu haben, einfach ab, egal, ob ein Mensch oder ein Dämon sie vorbringt. Er fasst in seinen Talar und holt ein robustes, altbackenes Holzkreuz mit Christusfigur hervor.

Als er Maria seine Trumpfkarte präsentiert, reagiert sie darauf, als hätte man sie gezwungen, direkt in die Sonne zu schauen. Sie schlägt nach dem Priester und dem Kreuz, die Finger wie Klauen gekrümmt. Di Stefano weicht einen Schritt zurück, während Bart und Bartlos zu Maria eilen und jeweils einen ihrer Arme packen. Sie wehrt sich mit überraschender Kraft gegen die beiden und schickt Bart taumelnd zu Boden.

»Maria gehört uns«, sagt sie. Ihre Stimme klingt nun tief und kehlig, wenn auch mit sonderbar hohen Tönen durchsetzt. »Wir sind ihr Blut. Ihr Fleisch, ihre Knochen, ihre Innereien. Wir haben ihre Seele befreit. Verletz uns mit deinen Kinkerlitzchen, und du verletzt sie.«

Di Stefano hält das Kreuz vor sich und kehrt in den Kampf zurück. »Dieses Opfer erbringe ich gern, solange sie dadurch ihre Freiheit zurückerlangt.«

Was wohl Maddelena davon hält, dass Di Stefano diese Entscheidung eigenmächtig fällt? Zu meiner Bestürzung scheint ihr das nichts auszumachen. Ach nein, hey, sie steckt ja in der Sache mit drin. Sie hält sich lediglich ans Drehbuch.

Und so geht es weiter. Die gelbäugige Maria beschimpft Di Stefano, spuckt, kreischt und benimmt sich im Großen und Ganzen reichlich schlecht. Di Stefano bleibt fromm und standhaft. Er setzt seine religiösen Symbole wie ein bedrohliches Pfefferspray ein und erwähnt mindestens dreimal pro Minute Jesus Christus. Dolmetscher-Tony hat Mühe, mit ihnen mitzuhalten.

Tja, ich sag Ihnen was. Es ist eine universelle Wahrheit, dass Gelächter umso wunderbarer wirkt, je unangebrachter es ist.

Tabus sind lustig. Das ist einfach so. Wenn man absolut nicht lachen soll, wird das Lachen nur umso mächtiger und unaufhaltsamer. So schrecklich unausweichlich wie ein Niesen oder ein Jucken, das einen zum Kratzen *zwingt*, ganz gleich, wie dämlich man dabei aussieht.

Etwa inmitten von tieftraurigen Menschen auf einer Beerdigung. Oder in einer TV-Nachrichtensendung, während man in die Kamera blickt und der Welt vom jüngsten Genozid berichtet.

Oder, wie in meinem Fall, wenn man einer gestellten Teufelsaustreibung beiwohnt. Ich bin bestimmt nicht der einzige Mensch auf Erden, der *Der Exorzist* als Komödie empfindet. Selbst als ich ihn das erste Mal sah, als Kind in den späten Achtzigern, kicherte ich bei den meisten Stellen, statt mich zu gruseln. Friedkins grantige Ernsthaftigkeit hat mich zwischen den Rippen gekitzelt. »Die Kraft Jesu Christi bezwingt dich!« wurde zu einem Spruch, den ich breit grinsend anderen Kindern auf dem Spielplatz zurief.

Je mehr das Ritual eskaliert, desto stärker wird mein Drang, darüber zu lachen. Die ganze Scharade ist so dermaßen todernst, dass Lachen die einzig gesunde Reaktion ist. Es hilft mir dabei, diese jämmerlichen Gestalten zu ertragen. Und während mich die Heiterkeit immer mehr übermannt, besteht kein Zweifel daran, dass ich mit meinem Lachen auch ein Statement abgebe. Denn der anhaltende Glaube der Menschen an praktischerweise unsichtbare Teufel erschwert der Wissenschaft die Arbeit. Er schlägt eine Bresche in den Fortschritt und fördert rückwärtsgewandtes Denken.

2012 wurde während einer Fernsehsendung in der Dominikanischen Republik der Kopf des US-amerikanischen Zauberkünstlers Wayne Houchin in Brand gesetzt. Der Täter hielt ihn angeblich für einen Voodoo Praktizierenden. 2013 ergab eine YouGov-Umfrage, dass über fünfzig Prozent der US-Amerikaner an den Teufel und an Exorzismen glauben. Und Anfang dieses Jahres sprach der britische Arzt und Fernsehmoderator Christian Jessen im Rahmen seiner Dokumentation über »Heilungsmöglichkeiten von Homosexualität« mit US-amerikanischen Teenagern, die ernsthaft glaubten, gleichgeschlechtliche Liebe werde durch dämonische Besessenheit verursacht. Der Glaube daran, dass Satan mitunter von Kindern Besitz ergreift, hat rund um den Globus zu Todesfällen geführt. Manche Morde geschahen vorsätzlich: Kinder wurden verbrannt oder lebendig begraben – Methoden, die direkt aus dem Mittelalter stammen. Andere kamen bei fehlgeschlagenen Versuchen um, die eingebildeten Dämonen auszutreiben; oft war der Täter ein eigenwilliger Exorzist. Auf den Philippinen verhungerte 2011 ein magersüchtiges Mädchen namens Dorca Beltre während eines stümperhaften, fünf Tage andauernden Exorzismus.

Und deshalb müssen wir über diesen mittelalterlichen Scheiß lachen. Das ist unsere Pflicht.

Mein Lachen platzt also aus mir heraus, unaufhaltsam und aus vollem Hals, verstärkt durch die ihm innewohnende, glorreiche Unangemessenheit.

Bex kreischt noch, als wir wieder aus Satans Maul heraussausen, das sowohl den Eingang als auch den Ausgang umrahmt.

Eine schlichte Geisterbahn verwandelt sie in eine Jungfrau in Nöten. Jedes Mal, wenn Nylonspinnweben unsere Wange streiften und zu allen Seiten Grimassen schneidende Ghule aufsprangen, packte sie mich verängstigt mit ihren Koalaarmen.

Das Hell Hotel liegt inmitten eines verworrenen Netzes aus Glühbirnen, Achterbahngleisen und verrückten kranähnlichen Fahrgeschäften am Ende des Brighton Piers. Wenn wir beide mal daheim sind und einen Ausgleich brauchen, ist das unser Ritual: Geisterbahn, dann ein paar Pints, dann Fritten. Ich war öfter im Hell Hotel als in jedem *echten* Hotel. Genau wie Bex, trotzdem scheint es für sie immer so aufregend zu sein wie beim ersten Mal. Ich hingegen mag einfach die alten knirschenden Zahnradmechanismen, die unseren Wagen durch die Dunkelheit befördern. Und diesmal ist die Fahrt etwas Besonderes: Es ist unsere erste, seit ich vor ein paar Wochen aus dem Entzug zurückgekehrt bin.

Wir schlendern über die charmant unebenen Planken zur Victoria's Bar, die sich in der Piermitte befindet. Im Westen steht der Horizont in Flammen. Möwen fliegen über uns hinweg, scheinbar gegen ihren Willen, getragen von seltsamen Winden – der Sorte, die dir in die Kehle weht und dir den Atem raubt. Bex nimmt ihre wilden roten Locken in beide Hände und bändigt sie mit einem Haargummi.

»Ich glaube, das habe ich dich noch nie gefragt«, sage ich. »Ich weiß, du bist nicht sonderlich religiös, aber du glaubst, dass es einen Gott geben könnte. Glaubst du dann auch an Geister?«

»Wenn man die Existenz eines Gottes für möglich hält, muss man auch die Existenz von Geistern für möglich halten. Schließlich weiß man nie, stimmt's?«

»Tja, das ist es ja. Dank der Wissenschaft *wissen* wir's.«

»Wie können wir wissen, was nach dem Tod kommt? Es ist der Tod! Das große Unbekannte. Aber wir können uns nicht vorstellen, kein Bewusstsein zu haben. Auf ewig nichts zu empfinden.«

»Was empfindest du denn, wenn du schläfst?«

»Dann träume ich.«

»Schön für dich.« Ich stehe im Begriff, ihr zu erklären, was es mit der Beweislast und der Wahrheit über sogenannte Nahtoderfahrungen auf dem OP-Tisch auf sich hat, als ihr eine drängendere Frage in den Sinn kommt.

»Also, was ist in Italien passiert?«

Auf dem Weg zum Pub erzähle ich ihr von meinem Lachanfall. Immer, wenn Bex lacht oder auch nur grinst, hält sie sich die Hand vor den Mund, weil sie irrigerweise glaubt, ihre Zähne seien zu groß. »Du bist ein böser Mann. Und was hat dieses YouTube-Video damit zu tun?«

»Dazu komme ich noch. Lass mich ausreden!«

»Okay. Also. Du hast während der Austreibung gelacht …«

»Ja«, antworte ich und denke mir eine dramatische Schlagzeile aus. *»Und du glaubst nie, was dann passiert ist.«*

Alistair Sparks: Es folgen einige Textnachrichten, die Jack und ich eine Woche vor seiner Italienreise austauschten.

28. Oktober 2014

Hi Jack. Lange nichts gehört usw. Hoffe, dir geht's gut. Hab's von deinem Agenten Murray gehört – ich bin froh, dass du wieder draußen bist und ein neues Buch schreibst. Über welches Thema?

Ach, bitte, als ob dich das interessiert. Rede nicht hinter meinem Rücken über mich.

Natürlich interessiert mich das, Jack.

Bist du als Christ wiedergeboren worden, oder so?

Trotz allem, was zwischen uns vorgefallen ist, besteht kein Grund, unfreundlich zu sein. Wovon handelt dein neues Buch?

HA, »Trotz allem« – danke, dass du mich erinnerst. Es geht um Geister. Und jetzt leck mich am Arsch.

Echt?! Wieso Geister?

(Jack antwortete nie darauf.)

Kapitel zwei

Pater Primo Di Stefano richtet sich auf, bis er so groß ist wie das Silberkreuz auf dem Altar hinter ihm. Sein Talar raschelt dramatisch, und seine Augen sind groß wie Eier.

»Signore! Bitte, was soll das? Zeigen Sie ein wenig Respekt.«

Di Stefano ist mächtig wütend. Für ihn als Achtzigjährigen gibt es im Leben genug, worauf er sauer sein kann, angefangen vom moralischen Verfall der Welt bis hin zu der Tatsache, dass er beim Wasserlassen kräftig drücken muss. Gibt man noch eine Vatikanladung rechtschaffenen Eifers hinzu, erhält man einen Mann mit Schlaganfallpotenzial.

Bart und Bartlos verziehen die Gesichter, die Hände an den Hüften geballt. Maddelena schaut mich mit sengendem Blick von der Seite an.

Trostloses Schweigen senkt sich über die Kirche.

Mit breitem Grinsen applaudiere ich den versammelten Darstellern, die Hände über den Kopf gehoben, jedes Klatschen hallt von den Dachbalken wider.

»Bleibt locker«, sage ich. »Ich genieße nur die Show. Hochgradig unterhaltsam.« Dankenswerterweise übersetzt Tony meine Worte.

Marias Reaktion ist am sonderbarsten von allen. Statt weiter gegen den gekreuzigten Nazarener zu wettern, sieht sie mich unverwandt an, neigt verwundert den Kopf, und ein Sonnenstrahl lässt ihre gelben Augen aufblitzen. Dann *lächelt* sie mich an. Alle anderen blicken finster drein, aber Maria lächelt. Sie spielt nach wie vor ihre Rolle, nehme ich an. Improvisiert. Aus dem Stegreif. Klasse Schauspielerin!

Sie dreht sich um, und ich folge ihrem Blick zum großen

Buntglasfenster in der Rückwand. Dann richtet sie die Augen wieder auf mich und setzt einen merkwürdig wissenden Ausdruck auf. Beim besten Willen kann ich mir nicht erklären, was dieser seltsame Moment mit dem Fenster mir sagen soll.

Offenbar darauf bedacht, die Stimmung wiederherzustellen, verfällt Di Stefano in einen leiernden Sprechgesang, bei dem es sich um ein Austreibungsgebet handelt, wie ich im Nachhinein herausfand. Maria ignoriert ihn. Nach wie vor sieht sie mich an. Als ich ihres Grinsens und ihrer B-Movie-Augen überdrüssig werde, zücke ich mein Smartphone. Der Empfang ist zwar schlecht, aber ich bekomme ein schwaches Signal.

Di Stefanos Gebet und Tonys Übersetzung (»Im Namen Jesu Christi, unseres Gottes und Herrn, gestärkt durch die Fürbitten der unbefleckten Jungfrau Maria, Mutter Gottes …«) treten in den Hintergrund, während ich die neusten Benachrichtigungen durchgehe. Die sozialen Medien sind wie immer ein berauschendes Potpourri aus Herzen und Meinungen.

»Wie lang warst du im Entzug, Kumpel?«, fragt *Jack-Sparks'-Welt-der-Drogen*-Fan Monky617 (die Antwort lautet: zwei Monate, falls Sie ähnlich neugierig sind – und seither habe ich nur eine Droge konsumiert, und zwar Alkohol, mit dem ich noch nie ein Problem hatte). PaulTrema8 will wissen, wovon mein nächstes Buch handelt (als wäre der Exorzismus nicht schon Hinweis genug). SpazzDick2 hingegen bietet mir freundlicherweise an: »Ich hau dein verkackten Kopf ab du aroganter [sic] Schwanz.« Ich bin mir ziemlich sicher, dass ich ihn letzte Woche geblockt habe, aber das war wohl seine frühere Inkarnation, SpazzDick1.

»… so wie Wachs im Feuer schmilzt, vergehen die Gottlosen im Angesicht Gottes …«, leiert Di Stefano, und Maria zischt etwas Unkultiviertes zurück.

Es wirkt vielleicht so, als verletze ich meine journalistische

Pflicht, indem ich während eines Exorzismus meine Nachrichten lese. Aber angesichts dieses amateurhaft inszenierten Gesellschaftsstücks sind die sozialen Medien für mich eine Lebensader zur echten Welt. Ich folge dem starken Drang, mich damit zu verbinden, und feuere eine Nachricht in den Äther:

»Es mag nicht so gut sein, einen Lachanfall zu bekommen, während einem dreizehnjährigen Mädchen der Teufel ausgetrieben wird. Tja, ich hatte gerade einen. Ihr müsstet diesen Schwachsinn SEHEN.«

Ich erwäge, auch ein Foto des Rituals hochzuladen, verwerfe den Gedanken aber. Das könnte dazu führen, dass Bart und Bartlos mich zu Boden drücken und mein Telefon konfiszieren wollen. Ich könnte es zweifellos mit beiden aufnehmen, will mir aber nicht die Mühe machen.

Di Stefano ist in seinem Element. Er hält einen Holzstab hoch, an dessen Ende eine perforierte Metallkugel sitzt, und untermalt spezielle Schwachsinnsfloskeln, indem er mit dem Ding Tropfen irgendeiner Flüssigkeit auf Maria spritzt.

»Wir *bannen* dich von hier, wo immer du auch bist …«

Maria kreischt jedes Mal, wenn die Flüssigkeit sie trifft. Oh ja, jetzt fährt er die schweren Geschütze auf. Weihwasser! Noch ein Punkt abgehakt.

»Unreine Geister, alle Mächte Satans, alle höllischen Eindringlinge …«

Erneut kreischt Maria auf und bleckt die Zähne. »Arme Maria«, grollt sie. »Hat solche Schmerzen, ist tief in sich selbst eingesperrt. Sie stirbt, ehe wir sie freigeben.«

»Alle boshaften Legionen, Scharen und Sekten …«

Maria windet sich vor Qual, als die letzten drei Ladungen Weihwasser sie ins Gesicht treffen. Interessanterweise rötet sich ihre Haut, als wäre sie verbrüht. Wie die das wohl hinkriegen? Ich sollte besser aufpassen.

»Weißt du noch, was ein kleiner Junge dir mal gesagt hat,

über deine Nichten?«, fragt Maria den Priester. »Er meinte ernst, was er sagte. Glaub mir.«

Di Stefano wirft mir einen flüchtigen, vielsagenden Blick zu, als wolle er sich rechtfertigen.

Ein großartiger Moment. Sehr clever. Mir gefällt es, wenn die dramaturgischen Anschlüsse stimmen.

Auf meinen Exorzismus-Post gibt es schon über zweihundert Reaktionen. Die meisten Leute wollen wissen, ob ich wirklich einer Teufelsaustreibung beiwohne und wo genau sie stattfindet. Einige schreiben, dass sie sich bei einem solchen Ritual sehr fürchten würden, während andere sich darüber so amüsieren wie ich. »Machen die diesen Kram immer noch?«, fragt Domina22 aus Kapstadt. »Das ist, als würde es die Wissenschaft gar nicht geben.«

Bart und Bartlos halten Maria, so fest sie können, und der Exorzismus steuert auf das große Finale zu. Di Stefano stößt seine frommen Phrasen aus, lauter und forscher denn je. Eines ist sicher: Falls Maria Corvi nicht die beste Vorstellung ihres jungen Lebens abliefert, braucht sie sofort einen Kernspintomografen. Sie hat Schaum vor dem Mund, von ihren Augen ist nur noch das Weiße zu sehen, und ihr Hals scheint sich gestreckt zu haben, was wohl wieder an meinem Blickwinkel liegen muss. Die Typen nutzen immer die Blickwinkel aus.

Schließlich verkrampft sie sich, reißt sich von den Assistenten los und fällt auf die Knie. Dann erbricht sie etwas Rotes und unerwartet Festes, das mit einem Klirren auf dem Boden aufschlägt.

Okay, sie haben sich gesteigert. Meine Aufmerksamkeit ist ihnen wieder sicher. Ja, das mit dem Erbrechen ist ein weiteres Exorzismus-Klischee, aber ich bin neugierig. Wieso hat es geklirrt? Ich recke den Hals, um mehr zu sehen, leider erfolglos, daher springe ich auf, zwänge mich an Maddelena vorbei und laufe Richtung Altar. Ich bin ein Zuschauer, der die Security umgeht und sich nähert, um bei einer Penn-&-Teller-Show besser sehen zu können.

Bartlos gibt mir mit einer Geste zu verstehen, dass ich zurückbleiben soll. Wenn ich nicht gehorche, wird es sicher eine Herausforderung, ihn zu überwinden. Ich ignoriere ihn, denn ich will unbedingt ergründen, was Maria erbrochen hat. Ich erkenne Blut, eine seltsam schwammige Substanz … und Metallstücke, die schwer zu identifizieren sind.

»Du wirst dieses arme Mädchen verlassen«, befiehlt Di Stefano, »dieses Kind Christi!«

Das junge Mädchen gackert auf allen vieren. Blutige Speichelfäden reichen von ihrem Kinn bis zum Boden.

»Du kehrst in die schändlichen Tiefen zurück, aus denen du stammst. Die Kraft Jesu Christi bezwingt dich!«

Der letzte Satz amüsiert mich, Maria hingegen scheint er zu erschüttern. Als würde sie auf die Erhöhung des Einsatzes reagieren, schreit sie den Priester wütend an. »Lass uns in Ruhe, Di Stefano! Oder wir schlachten diese Schlampe ab.«

Ihr ganzer Körper zuckt, und ihre Finger schaben über den Holzboden.

Ich zucke zusammen, als sich ein Fingernagel spannt, zurückbiegt und abbricht.

Maria reißt den Kopf zurück, dann schießen feste Objekte in einer Wolke roten Nebels aus ihrem Mund. Eines der Geschosse trifft Di Stefanos linken Oberschenkel und bleibt bebend stecken. Er schreit auf und packt es, gleich darauf spritzt ihm sein eigenes Blut auf die Hand.

Mr Bart stellt sich zwischen ihn und Maria, als wolle er weitere Geschosse abfangen. Bartlos eilt Di Stefano zu Hilfe, der trotzdem rücklings zu Boden fällt und sich den Kopf anschlägt.

Ich habe noch nie etwas so Beeindruckendes gesehen, auch nicht in der unberechenbaren, gewalttätigen Welt der Gangs.

Das Ganze ist so überzeugend chaotisch, dass meine *Truman-Show*-Theorie ins Wanken gerät.

Vorerst.

Da wir mitten im Nirgendwo sind, dauert es eine halbe Stunde, bis die Rettungssanitäter eintreffen.

Während wir warten, kümmern sich Bart und Bartlos bestmöglich um Di Stefano. Sie schieben zwei Kirchenbänke zu einem behelfsmäßigen Krankenlager zusammen und legen ihn darauf. Er stöhnt, wiegt sich hin und her und murmelt auf Italienisch einige Gebete. Die Assistenten reißen und schneiden den Talar um die Wunde auf und legen einen rostigen, fünfzehn Zentimeter langen Nagel frei, der aus seinem bleichen, knochigen Oberschenkel ragt. Ich beuge mich so weit vor, wie es angemessen erscheint, und nehme ihn in Augenschein. Er sieht echt aus. Eindeutig kein Special Effect.

Interessant. Di Stefano nimmt jede Mühe auf sich, um einen Ungläubigen wie mich von der Existenz Satans zu überzeugen – selbst wenn er sich dafür einen Nagel im Bein einfängt. Entweder das, oder er und die Corvis stecken nicht unter einer Decke. Falls Letzteres stimmt, hat der Priester seine theatralische Masche mit einem gestörten Teenager abgezogen, der Metallobjekte geschluckt hat, und ist nun unter die Räder schmerzhafter Gerechtigkeit geraten.

Ich inspiziere das Erbrochene auf dem Boden. Großartig. Noch ein Nagel liegt darin, wie der in Di Stefanos Bein, außerdem ein zackiges, undefinierbares Stück Metall. Als ich den Nagel aufheben will, brüllt Bartlos mir etwas zu, das sich als »Nicht anfassen!« erweisen dürfte, sobald es mir jemand übersetzt. Glücklicherweise ist Dolmetscher-Tony nirgends zu sehen, daher stelle ich mich dumm und drehe den Nagel in meinen Fingern hin und her. Er besteht wirklich aus schwerem Metall.

»Nicht anfassen«, befiehlt mir Bart. »Das ist jetzt eine Polizeiangelegenheit.«

»Nein, nein, nein«, presst Di Stefano zwischen zusammengebissenen Zähnen hervor. »Ich zeige kein junges Mädchen an, das nicht weiß, was es tut.«

Ich wette, der alte Bursche bereut es inzwischen, einen Journalisten bei seinem Exorzismus zugelassen zu haben. Das Ritual lief vermutlich nicht ganz so glatt ab wie gehofft. Was für ein Glück, dass ich den Autorisierungsvorbehalt nicht mit meinem echten Namen unterschrieben habe. Falls Sie es nicht wissen: Ein Autorisierungsvorbehalt regelt, dass die interviewte Person den fertigen Text oder Film vor der Veröffentlichung begutachten darf, was normalerweise damit endet, dass sie ihn so zurechtstutzt, wie er ihr in den Kram passt. Dieses Phänomen gibt es seit ein, zwei Jahrzehnten, weil ein eierloser Redakteur einem einflussreichen Prominenten dieses lächerliche Recht einräumte. Seither ist es eine Plage für die Branche, zusammen mit einigen anderen Regelungen – zum Beispiel dass Manager oder Agenten beim Interview anwesend sind und Fragen im Voraus genehmigt werden müssen. Und Sie wundern sich, warum ich in die Welt der Bücher abgewandert bin.

Jetzt, wo die Vorstellung vorbei ist, verhält Maria sich wieder normal. Ihre Augäpfel sind weiß, und ihr Hals scheint wieder die natürliche Länge zu haben, auch wenn ihre rote Gesichtshaut und der blutende Finger mit dem abgebrochenen Nagel schmerzhaft aussehen. Sie sitzt mit ihrer Mutter auf der anderen Seite des Gangs, wirkt verängstigt und verwirrt und stellt laufend Fragen auf Italienisch. Maddelena ringt mit den Tränen und versucht, die Fragen zu beantworten, während sie das Blut rings um Marias Mund mit einem Taschentuch abtupft.

Ich spüre Maddelenas unangenehm langes Starren und versuche, ihr zu erklären, dass ich über die Situation, nicht über ihre Tochter gelacht habe. Doch da Tony nicht mehr da ist, um seinen Job zu erledigen, begreift sie den Unterschied nicht so recht. Als ich sie frage, wie ihre nächsten Schritte aussehen, bringt sie ein wenig Englisch zustande: »Ich weiß nicht. *Vielleicht* Doktor.«

»Das ist gut«, erwidere ich. »Es ist gut, alle Möglichkeiten zu nutzen.« Ich will hinzufügen: »Zumal Ihre Tochter gerade Blut und Metall erbrochen hat«, aber das ist gewiss offensichtlich genug.

»Signore«, sagt Di Stefano von der anderen Gangseite. Es klingt, als rufe er mich zu sich, also mache ich mich auf die Suche nach Tony. Ich finde den arbeitsscheuen Bastard draußen. Er steht im Gras und blickt an der Kirche vorbei zum Rand der Klippe. Zigarettenrauch dringt aus seinen Nasenlöchern. Ich erwähne die Szene nicht ohne Grund: Als Tony mich nämlich erblickt, zuckt er heftig zusammen, verwirrt und erschüttert, und greift instinktiv nach dem kleinen Kreuz, das er um den Hals trägt. Das erinnert mich daran, wie eindrucksvoll ein Exorzismus für einen Gläubigen sein kann. Er reißt sich zusammen, wirft die Zigarette fort und folgt mir in die Kirche.

Die Bartbrüder haben die Blutung des Priesters bestmöglich gestillt, doch er ist blass. Seine Assistenten wispern ihm etwas auf Italienisch zu, vermutlich, dass er den dämlichen Journalisten vergessen und seine Kräfte schonen soll.

Doch ist ihm die Frage, die er stellen will, zu wichtig. »Wieso war der Exorzismus komisch?«

Er durchbohrt mich mit seinem leblosen Blick.

Wäre ich Louis Theroux oder Jon Ronson, würde ich mir nervös die Brille zurechtrücken und eine ausweichende Antwort geben, höchstwahrscheinlich in Form einer Gegenfrage. *(Eleanor: Ich weiß, du und Murray mögt nicht, wenn diese Jungs in einem Buch erwähnt werden, aber ich habe gehört, Ronson ist letzte Woche im Radio über mich hergezogen. Er hat zwar nicht meinen Namen genannt, mich aber trotzdem unverblümt verleumdet. Und in der Fitzroy-Kneipe konnte es sich ein Lakai von Theroux nicht verkneifen, mir alles über Louis' Buchverkäufe und Einschaltquoten zu erzählen. Außerdem hat er mich gefragt, ob ich selbst schon eine TV-Serie an Land gezogen habe. Was mich betrifft, ist die Jagdsaison verdammt noch mal eröffnet.)* Stattdessen erkläre ich Di Stefano, ich hätte gelacht, weil mir sein Exorzismus wie ein Bühnenstück vorgekommen wäre.

Di Stefano steckt den Körpertreffer mit Würde weg, sofern das jemand kann, der mit zerfetztem Talar unbeholfen auf einer Kirchenbank liegt und ein dreckiges Stück Metall im Bein hat.

»Auf mich hat wohl jede Religion diese Wirkung«, füge ich hinzu. »Ich bin ein –«

»Atheist«, fällt mir der Priester ins Wort. »Ja. Ich weiß über Sie Bescheid. Ein Atheist und ein Drogensüchtiger.«

Stöhnend fasst er sich mit der leberfleckigen Hand ans Bein. Ich bin froh, dass er Schmerzen hat. Denn ich bin kein Junkie, wie sie es mir jeden Tag in der Entzugsklinik gesagt haben. Genau wie Religion ist Drogensucht etwas für Schwache. Genau hier und jetzt, an diesem sonnigen, ruhigen Nachmittag, habe ich die Kontrolle. Ich fühle mich gut. Sogar großartig. Ich hab schon ewig nicht mehr an Kokain gedacht, meine bevorzugte Droge.

Bartlos liest aufmerksam den kleinen Beipackzettel auf der Schachtel mit Schmerzmitteln. Er und Bart debattieren darüber, ob sie Di Stefano noch mehr davon geben sollen, bevor der Krankenwagen eintrifft.

»Anfangs«, sage ich zum Pater, »dachte ich, Maria wäre in den Betrug involviert.« Ich blicke den Nagel in der Wunde an. »Aber jetzt glaube ich das nicht mehr.«

»Tja«, erwidert der Priester, »dann haben wir Sie ja doch irgendwie überzeugt. Aber ich versichere Ihnen, das hier war kein Betrug. Die einzige Täuschung hier findet in Ihrem Kopf statt.«

Ich ignoriere die alberne Retourkutsche. »Ernsthaft, Kumpel, erkennen Sie denn nicht, dass das Mädchen geistesgestört ist?«

Di Stefanos selektive Taubheit setzt wieder ein. »Ich warne Sie.« Seine Stimme klingt zwar sanfter, weniger donnernd, trotzdem frage ich mich, ob er mir drohen will. »Sie können über die Kirche lachen, kein Problem. Wir werden jeden Tag ausgelacht. Aber wenn Sie über …«

Sein Blick huscht durch die Kirche.

»Wenn ich über den Teufel lache?«, frage ich mit erhobener Stimme, Maria und jedem anderen zuliebe, in der Hoffnung, dass sie und ihre Mutter mich verstehen. »So etwas wie den Teufel gibt es nicht!«

Di Stefano stößt einen Laut aus, der an ein Pferdewiehern erinnert. Ich glaube, er will mir damit sagen, dass ich mich auf dünnem Eis bewege, was den Fürsten der Finsternis anbelangt.

Am anderen Ende der Kirche entdecke ich Maddelena, allein. Offenbar hat sie unsere Unterhaltung aufmerksam belauscht und nicht bemerkt, dass Maria verschwunden ist. Mit wallendem Haar sucht sie hektisch die Kirche ab.

Ich bedenke Di Stefano mit meinem skeptischsten Stirnrunzeln. »Wieso sollte das dem Teufel etwas ausmachen? Besteht nicht sein größter Trick darin, der Welt weiszumachen, dass er nicht existiert?«

»Maria?«, ruft Maddelena. Mit einer fließenden Bewegung zieht sie den Vorhang des Beichtstuhls beiseite, der sich als leer erweist.

Der Pater öffnet den Mund, damit Bartlos ein paar Pillen hineinfallen lassen kann, dann schluckt er sie mit etwas Wasser herunter. Langsam und bedächtig, als belehre er ein Kind, sagt er zu mir: »Das war ein Kinofilm.«

Der Priester unterschätzt mich, indem er annahm, ich würde statt Charles Baudelaire nur Filmdialoge zitieren, trotzdem beeindruckt mich, dass er *Die üblichen Verdächtigen* gesehen hat. Es lässt ihn menschlicher erscheinen, wenn ich mir vorstelle, wie er sich in Unterwäsche eine DVD einlegt. Ich verkneife mir die Frage, welche coolen Filme aus den Neunzigern er sonst noch gesehen hat, so was wie *Reservoir Dogs* oder *Goodfellas* (»Mein Exorzismus ist witzig, ja? Ich amüsiere dich, ich bring dich zum Lachen, ja?«).

Maddelenas Stimme klingt leiser ohne das Echo – vermutlich ist sie draußen. »Maria? Maria? Dove sei, la mia bambina?«

Ich deute zum Bleiglasfenster, auf das Maria während des Rituals so gezielt geblickt hat. Die bunten Glasfragmente stellen einen bekümmerten Jesus Christus dar, der auf ein paar Steinen sitzt. »Was bedeutet das?«

»Nicht mehr reden, nicht mehr«, sagt Bart und macht mit den Händen die universelle Geste für *nicht mehr*. »Gehen weg.«

Di Stefano schaut gereizt zum Fenster. »Das ist Christus während seiner vierzig Tage in der Wüste«, sagt er und sinkt erleichtert zurück, als die Sirene eines näher kommenden Krankenwagens zu hören ist.

Man sollte meinen, die Ankunft des Krankenwagens würde dem Wahnsinn in der Kirche ein Ende bereiten, aber weit gefehlt. Es gab noch einen Vorfall, sehr zu meinem Vergnügen.

Mutter und Tochter sind wieder vereint. Wie sich herausstellt, wollte Maria nur ein wenig frische Luft schnappen. Die Notärzte kümmern sich zunächst um Di Stefano und untersuchen dann das Mädchen. Sie nehmen sogar eine Probe des Blutes vom Kirchenboden, das beunruhigenderweise mit Rost vermengt ist.

Im Grunde fahren alle ins Krankenhaus, außer Dolmetscher-Tony und ich. Ich muss meinen Flug nach London erwischen, was bedeutet, dass ich Tony nicht mehr brauche. Wie schade, dass der Spaß ein Ende hat: Es hätte mir perverses Vergnügen bereitet, Zeit mit einem katholischen Priester, einem nagelspuckenden Teenager und zwei Hohlbirnen in einem überfüllten Krankenwagen zu verbringen. Tolles Material für eine weitere Folge von *Satan & Ich*.

Während Di Stefano auf eine Trage geschnallt wird, zücke ich mein Telefon und laufe auf der Suche nach Empfang umher.

Mein Post über den Lachanfall während des Rituals hat für Furore gesorgt. Kurios, dass es heutzutage noch kontroverse Reaktionen darauf gibt, wenn man dem Teufel ins Gesicht kichert. Natürlich unterstützen mich viele, aber mindestens ebenso viele Spirituelle nehmen Anstoß an meiner »Arroganz«, »Respektlosigkeit« und »Unhöflichkeit«. Und mit solchen Leuten gibt sich mein guter Freund Richard Dawkins jeden Tag ab. Die Sorte von Mensch, die glaubt, die Erde sei erst sechstausend Jahre alt. Allmählich dämmert mir, wie Richs Online-Leben so sein muss. Davon hatte ich einen Vorgeschmack bekommen, als ich einmal etwas über Atheismus gepostet hatte, aber nicht in diesem Ausmaß.

»Ein Exorzismus kann sehr gefährlich sein, sowohl für den Priester als auch für den Exorzierten!!! Schämen Sie sich!!!«, schreibt GodsAmy12 aus Tucson, Arizona. Mir gefällt das Wort »Exorzierter«. Gibt's das überhaupt? »Dir wirt [sic] sich das Lachen noch im Hals umdren [sic] wenn du in der Hölle brennst!«, meint eine Frau mit dem unmöglichen Namen TickleTumTina aus Ipswich, Suffolk. Sorry, dass ich deine Nachricht noch mal öffentlich gepostet habe, Tina! Hoffentlich haben dir meine 251043 Follower nicht *zu* viel Ärger gemacht …

»Sie sind SO selbstsüchtig«, schreibt TheRossotron aus Tampa, Florida. »Sie lachen nicht nur während eines Exorzismus, sondern erzählen das auch noch allen. Wieso müssen wir das erfahren? Soll uns das beeindrucken?« Ich sollte anmerken, dass TheRossotron zu meinen Followern gehört. Vermutlich freiwillig.

Ich habe gelernt, dass es zwecklos ist, mit einzelnen Leuten im Internet zu diskutieren. Selbst wenn es einem gelingt, sie zu überzeugen, stellen dir zehn andere dieselben Fragen und zählen dieselben dämlichen Argumente auf. Wenn man so viele Follower hat wie ich, artet die Sache aus. Ebenso gut könnte man versuchen, das Meer mit einer Tasse auszuschöpfen. Am besten bündelt man seine Zeit und Energie, indem man seine Posts an alle zugleich richtet. Und selbst nicht mehr als fünfzehn Leuten folgt.

Es ist bekanntermaßen unklug, den Trollen Munition zu liefern, trotzdem ärgert mich der Schwall an Beschimpfungen auf meinen letzten Post. Di Stefano blafft die Ärzte an, die versuchen, ihn in eine bequemere Lage zu bringen, und alles, was ich sehe, ist ein dummer alter Mann mit viel zu viel Macht über die »kleinen Leute«. Einen Mann, der, wie die meisten, die das Übernatürliche bewerben, *andere zu täuschen versucht.*

Ich poste ein neues Sendschreiben: »Hallo zusammen, jetzt mal im Ernst. Wenn der Teufel, Geister und Ghule existieren, meint ihr nicht, dass YouTube inzwischen voll damit wäre? Wo ist der BEWEIS?« Dann kehre ich zum Krankenwagen zurück, um dem Exorzisten und der, ähem, Exorzierten einige letzte Worte zu entlocken.

Pater Primo Di Stefano liegt im hinteren Teil des Wagens, wartet ungeduldig auf den Abtransport und hat mir offenbar nichts mehr zu sagen. Als ich ihn bitte, zusammenzufassen, wie der Exorzismus gelaufen ist, wehrt er mit der Hand eine imaginäre Fliege ab.

»Ich habe nicht damit gerechnet, dass es so sein würde«, wiederholt die bekümmerte Maddelena einige Male – zu mehr ist sie nicht imstande.

Maria zuckt zusammen, als ihr ein Notarzt vorsichtig den Finger bandagiert. »Ich weiß nicht mehr, was passiert ist«, sagt sie hörbar verzweifelt. »Genau wie bei den anderen Sachen, die ich nachts getan habe und von denen Mama mir hinterher immer erzählt. Aber heute ist es zum ersten Mal tagsüber geschehen.«

Maddelenas Miene verdüstert sich – ich glaube, ihr ist gerade bewusst geworden, dass Di Stefanos Ritual den Zustand ihrer Tochter verschlimmert hat.

Ich sorge mich um Maria, dagegen komme ich nicht an. Scheiß auf die journalistische Neutralität: Ich rate, nein, *flehe* Maddelena an, sich professionellen Rat im Krankenhaus zu holen. Hoffentlich dringen meine Worte diesmal zu ihr durch. Ich wünsche ihnen alles Gute und gehe auf meinen gemieteten Alfa Romeo zu, die rasselnden Schlüssel in der Hand.

»Hey!«, ruft Maria. »Hey, Jack Sparks.«

Ihre Stimme kommt nicht vom Krankenwagen. Sondern aus der entgegengesetzten Richtung. Sie kommt von Dolmetscher-Tony, der zu seinem Wagen geht. Er dreht sich zu mir um wie eine benommene Puppe mit merkwürdigem Körperschwerpunkt. Sein Mund öffnet und schließt sich, und Marias Stimme ertönt daraus. »Genieß deine Reise«, sagt er, oder vielmehr Maria. Sein Mund, aber ihre Stimme. Tony wirkt ebenso überrascht darüber wie alle anderen, die Worte einer Dreizehnjährigen auszusprechen. Dann fügt er mit der Mädchenstimme hinzu: »Ich bin in ein paar Stunden zurück, okay?« Was auch immer das bedeuten soll.

Im Krankenwagen stößt Maria ein kindisches Kichern aus. Sie stellt dasselbe wissende Grinsen zur Schau wie während der Austreibung, kurz nachdem sie zum Fenster gesehen hat. Ihre Augen sind wieder verfärbt wie bei einer an Gelbsucht erkrankten Frau.

Maddelena entgleisen die Gesichtszüge, als sei nun endgültig alles verloren. Pater Di Stefano stimmt auf seiner Trage ein lautes Gebet an.

Das Ganze ist verwirrend, und ich weiß nicht, wie ich reagieren soll. In der heutigen Zeit sind wir so sehr daran gewöhnt, dass man Momente immer wieder abspielen kann, dass ich instinktiv nach einer Rückspultaste suche, die leider nicht existiert.

Bislang hatte ich geglaubt, Tony sei nicht in den Trickbetrug verwickelt. Wie also konnte er mit Marias Stimme sprechen – und woher kennt sie meinen Namen? Di Stefano hat ihn nie erwähnt. Als er Maria und Maddelena erklärt hat, warum ich hier bin, hat er mich nur als »Journalist aus England« vorgestellt.

Doch dann fällt mir ein, dass Di Stefanos Büro mir Tony empfohlen hat – und dass Maria meinen Namen kennt, weckt erneut das *Truman-Show*-Gefühl in mir. Sie und ihre Mutter sind also doch Handpuppen des Vatikans. Die ganze Sache war nichts als eine ausgetüftelte Falle. Wie zum Teufel konnte ich zwischenzeitlich etwas anderes glauben? Bedenkt man den Reichtum der katholischen Kirche, erscheint die überzeugende Illusion eines ausgespuckten Nagels, der ein Bein trifft, sowohl bezahlbar als auch vergleichsweise subtil. Die Stimme eines jungen Mädchens aus dem Mund eines Mannes tönen zu lassen? Kinderspiel!

Die ganze Sache war perfekt organisierte Religion: Erfundene Wahrheiten sorgen dafür, dass man sich klein, behütet und dankbar fühlt.

Ich belohne jeden einzelnen Darsteller mit dem langsamsten, sarkastischsten Klatschen, zu dem ich fähig bin, dann steige ich in meinen Wagen.

Diesmal wird mich selbst das aufwendigste Täuschungsmanöver nicht dazu bewegen, zu ihnen zurückzublicken.

Während der langen, öden Fahrt zurück in die Zivilisation gehe ich im Kopf noch einmal die SPUK-Liste durch. Nach dem heutigen Erlebnis ist es nicht erforderlich, ihr eine weitere mögliche Erklärung hinzuzufügen. Irgendwann während des Rituals hat Pater Di Stefano versucht, »andere zu täuschen« (Erklärung Nr. 1), während Maria und Maddelena »von anderen getäuscht« wurden (Erklärung Nr. 2). Am Ende stellte sich heraus, dass eigentlich nur Erklärung Nr. 1 nötig war. Alle haben eine Rolle gespielt und sich einen Wolf gelogen – ewige Schande über sie.

Mein Telefon klingelt – ein Anruf von einer unbekannten Nummer. Allerdings wird das Wort »unbekannt« nicht angezeigt wie sonst. Vielmehr ist das Display schwarz, bis auf die Buttons für »annehmen« und »abweisen«.

Ich drücke auf »annehmen«, und sogleich tönt ein durchdringendes elektronisches Kreischen aus dem Handylautsprecher. Ein verzerrtes, digitales Feedback: die Art von Geräuschen, die Aphex Twin auf seinen Alben verwendet. *(Eleanor: Ich weiß jetzt schon, dass du willst, dass ich diese Referenz gegen einen Verweis auf eine aktuellere Band austausche. Sorry, aber es klang wie Aphex Twin. Nicht meine Schuld, dass du zu jung bist, um ihn zu kennen.)* Ein ziemlich lautes Kreischen. Sehr laut. Ich hatte keine Ahnung, dass mein Telefon zu solchen Dezibelpegeln fähig ist.

Der Schreck bringt mich dazu, mir mit beiden Händen die Ohren zuzuhalten. Was schlecht ist, denn ich fahre gerade in einer engen Kurve.

Der Romeo holpert mitten über die nicht asphaltierte Straße. Falls mir etwas in dieser Kurve entgegenkommt, gibt es einen Frontalzusammenstoß ohne Überlebende.

Ich packe das Steuer. Bremse. Lenke. Beende den Anruf mit der Fernsteuerungstaste am Lenkrad. Bete.

Ich lasse die Kurve hinter mir. Vor lauter Adrenalin ist mir übel, meine Ohren klingeln. Ich bekomme den Romeo wieder in den Griff, bin in Sicherheit.

Das Kreischen klang dämonisch. Wie der natürliche oder unnatürliche Soundtrack zu Edvard Munchs *Der Schrei*. So flüchtig das Erlebnis auch war, hinterher ertappe ich mich bei dem Gedanken, dass dieser Anruf etwas mit Maria Corvi und ihrem inneren Mitbewohner zu tun haben könnte. Was lächerlich ist. Völlig bescheuert. Trotzdem denke ich über das Paranormale nach, darüber, wie verflucht süchtig man nach dieser Welt werden kann. Denn solche Schlussfolgerungen sind heimtückisch. Sobald man sie zieht, wird man bestimmt bald abhängig davon. Man wird hineingesogen, und die eine Folgerung führt zu zahllosen anderen: zu einem riesigen Social-Media-Netzwerk der Glaubensrichtungen. Und ehe man sichs versieht, schleppt man seine Tochter zu einem Vertrauten des Papstes, in eine abgewrackte Kirche am Ende der Welt.

Als ich mich schließlich auf die Theke stütze, in einer brutal unpersönlichen Bar am Flughafen von Rom, scheint die Außenwelt nur noch aus buntem Pistenfeuer zu bestehen. Meine Ohren klingeln nach wie vor, und mein Telefon hält noch mehr Überraschungen bereit. Als ich die Frage stellte: »Wo ist der BEWEIS?«, hielten das unzählige Leute für die Aufforderung, einen BEWEIS zu liefern – oder zumindest etwas, was ihrer Interpretation nach ein BEWEIS ist. Daher ist mein Nachrichtenverlauf jetzt zugemüllt mit hilfreichen Links zu empfohlenen Geistervideos.

»Schau mal hier, Jacky-Boy! [Link]«

»Ach ja? Probier mal DIESES Video! [Link]«

»Fick dich, guck das. [Link]«

Anfangs überwältigt mich diese Nachrichtenflut.

Dann beschließe ich, mir die Videos anzusehen. Jedes einzelne.

Wenn all diese Follower wirklich glauben, dass ein YouTube-Video den Beweis für ein Leben nach dem Tod liefern kann, ist es wohl das Mindeste, dass ich einen Blick darauf werfe und meine Fans bei Laune halte.

Ich poste: »Also gut, also gut, ich danke euch, Leute, für die geisterhaften YT-Links. Ich sehe mir diese wichtigen BEWEISE an und melde mich dazu. Kann's kaum ERWARTEN.«

Ich stöpsele meine Kopfhörer ans Smartphone. Die Bar macht ihre mangelnde Atmosphäre mit gutem WLAN wett. Mir ein paar Videos anzuschauen, wird dabei helfen, die zweieinhalb Stunden bis zu meinem verspäteten Abflug totzuschlagen, ebenso wie ein paar große Jacks mit Cola.

Meiner geistigen Gesundheit zuliebe überspringe ich die Clips, die offensichtlich Müll sind. Kichernde Leute, die ihre Partner mit weißen Laken über dem Kopf filmen und »Huuuu!« rufen. Diese Videos erkennt man aus zwei Kilometern Entfernung schon an Titeln wie »Was lauert in meinem Schuppen? LOL!« oder »Dannys Hintern ist besessen – hört selbst, was er zu sagen hat!«.

Ehrlich gesagt, glaube ich nicht, dass die Leute, die mir derartige Links schickten, die Sache sonderlich ernst nehmen. Ich überspringe sie, was die Liste gleich um die Hälfte reduziert. (Zugegeben, ich war neugierig, was Dannys Hintern zu verkünden hatte. Und das ist ein Satz, den zu schreiben ich mir nie hätte ausmalen können.)

Die übrigen Videos führen mich in eine Welt, die kein Tabu kennt, wenn es darum geht, den Zuschauer mit lahmen Methoden zu erschrecken. Eine Welt, die sich niemals nur mit einem einzigen Ausrufezeichen zufriedengibt und nichts über den korrekten Gebrauch von Apostrophen weiß. Eine Welt, die Mark Snow, dem Komponisten der Titelmelodie von *Akte X,* Millionen Dollar Tantiemen schuldet.

Ich quäle mich durch Foto-Slideshows, die von einer Erzählstimme untermalt werden, und keine davon ist überzeugend. Immerhin wurden Fotos schon seit dem frühen 19. Jahrhundert manipuliert. Doppelt belichtete Aufnahmen mögen auch heute noch auf Leichtgläubige eine machtvolle Wirkung ausüben, aber nur, wenn diese Leute verzweifelt sind. Photoshop und ähnliche Programme haben die Fälscher mit fortschrittlichem Werkzeug ausgestattet und ihr Werk zugleich erkennbarer gemacht. Ein Video von User WooWooWooo trägt den kühnen Titel »Unheimlichste Fotos 2014 – NICHT allein anschauen!«. Es ist mir ein wenig peinlich, es mir inmitten von Geschäftsleuten, deprimierten Touristen und Flughafenbaristas anzusehen. Ich bin zu Tode gelangweilt, als das dritte Familienfoto mit einem »grausigen« Beckenschlag erscheint, auf dem ein mutmaßlicher Geist, der hinter Tante Mauds Rock hervorlugt, mit einem Kringel markiert ist. Über eine Million Leute wurden dazu verleitet, sich dieses Video anzuschauen. Das dürfte dem Macher des Clips ein paar nette Werbeeinnahmen eingebracht haben.

»Vielen Dank fürs Anschauen. Bitte hinterlasse einen Kommentar und abonniere meinen Kanal. ☺«

Ich ertrage Videos, die – man staune – bewegte Bilder haben. Die meisten davon sind gemacht wie Oren Pelis erfolgreiches Found-Footage-Filmfranchise *Paranormal Activity*. Darauf deutet schon das Wort »paranormal« im Titel hin. Sie wurden in irgendwelchen Häusern gedreht, grundsätzlich in Amerika, und zeigen jemanden, der herumalbert oder ein Video über ein allgemeines Thema dreht, bis irgendwann im Hintergrund eine Tür zuknallt. Während *Paranormal Activity* den Zuschauer wirklich davon überzeugt, dass seine Stars gewöhnliche Leute sind, zeigen die Protagonisten der YouTube-Videos weit weniger Talent, wenn es um Schauspielerei oder Improvisation geht.

»Vielen Dank fürs Anschauen. Bitte hinterlasse einen Kommentar und abonniere meinen Kanal. ☺«

Irgendwie überstehe ich Clips, die die Grenzen des guten Geschmacks überschreiten, indem sie den Tod von Prominenten ausbeuten. Man erhascht einen flüchtigen Blick auf den Furcht einflößenden Geist eines Schauspielers, der vornehmlich Filme mit Autorennen gedreht hat (*Eleanor: Siehst du? Ich* kann *mich sehr wohl selbst zensieren. Ich habe den Namen des Kerls nicht genannt. Ich tue alles, um dich und diese Anwaltsbürschchen davon abzuhalten, von so was wie Verleumdung zu brabbeln*). Man sieht, wie sich der Geist vom Wrack des Autos entfernt, in dem der Schauspieler im echten Leben umgekommen ist. Der dümmste Beitrag ist ein Video von User Higgs-Bassoon4, der behauptet, der Geist von Prinzessin Diana sei auf seiner eigenen Hochzeit erschienen. Wir sehen in Mehrfachschleife, wie das glückliche Brautpaar den Kuchen anschneidet, jedes Mal ein wenig vergrößert und näher herangezoomt. Wir kneifen die Augen immer mehr zusammen, im vergeblichen Versuch, etwas im Fenster hinter ihnen zu erkennen, das offenbar nicht da ist.

»Vielen Dank fürs Anschauen. Bitte hinterlasse einen Kommentar und abonniere meinen Kanal. ☺«

Ich fluche über Videos, die mich anleiten, mich auf die monotone Aufnahme einer Überwachungskamera zu konzentrieren, die einen Korridor zeigt. Nach dreißig Sekunden erfolgt ein Sprungschnitt auf ein grässliches Gesicht, das mit lautem Gekreisch untermalt wird und den Zuschauer erschüttern soll. Die besten Videos dieser Kategorie bringen einen dazu, zusammenzuzucken, selbst wenn man mit dem Effekt rechnet, aber natürlich lassen sie extrem zu wünschen übrig, was einen Beweis für das Übernatürliche anbelangt.

»Vielen Dank fürs Anschauen. Bitte hinterlasse einen Kommentar und abonniere meinen Kanal. ☺«

Falls je ein Video Ihre Neugier weckt, das angeblich einen »megaweißen Geist« bei einem Schul-Krippenspiel zeigt, klicken Sie es nicht an. Nachdem ich ScalpLaughs65s Clip mehrmals angesehen habe, ohne den Geist zu entdecken, wurde mir schließlich klar, dass es ein Witz auf Kosten eines ungewöhnlich blassen Jungen ist.

»Vielen Dank fürs Anschauen. Bitte hinterlasse einen Kommentar und abonniere meinen Kanal. ☺ ☺ ☺ ☺ ☺ Vergiss nicht, dein Hirn einzusammeln, ehe du gehst. ☺ ☺ ☺ ☺ ☺ LOL PMSL ROFLCOPTER«

☹ ☹ ☹ ☹ ☹

Je länger ich mich durch diesen Mist kämpfe, desto mehr trinke und ärgere ich mich über den Mangel an Kreativität. Ich schwöre, ich könnte das besser. Nichts davon ist ansatzweise nervenaufreibend, unheimlich oder – am wichtigsten – überzeugend. Ich mache mir nicht in die Jeans. Mein Sausen bleibt ohne Muffen. Und mein Herz weit oberhalb der Hose.

Es ist, wie ich den Leuten von Anfang an erklärte: Falls es ein echtes Geistervideo gäbe, wüssten wir das. Der verdammte Clip würde auf BBC News gezeigt und sich schneller um den Globus verbreiten als ein Barack-Obama-Sextape.

Oder im Sinne der SPUK-Liste formuliert: All diese Leute filmen unechte Geister, entweder, um andere zu täuschen, oder weil sie selbst getäuscht wurden. Keine dritte Erklärung nötig.

Wohl wissend, dass die User der Social-Media-Plattformen mal wieder meine Zeit verplempert haben, kämpfe ich mit der Autokorrekturfunktion meines Smartphones, die umso lästiger wird, je mehr man trinkt. »Okay, Leute! Ich habe mir eure Geistervideo-›BEWEISE‹ angesehen. Das sind ausnahmslos – und ich meine AUSNAHMSLOS – idiotische Fakes. Schickt mir so was NIE WIEDER.«

Ich bin zuversichtlich, dass dies der Sache ein Ende bereitet. Ich muss nicht mehr über unheimliche Videos nachdenken. Und dann checke ich meinen Nachrichtenfeed. Großer Fehler.

Während ich die letzten dreißig Videos gesehen habe, kamen viele Nachrichten herein wie etwa »Hast du das denn selbst gedreht?« oder »Das ist wirklich ziemlich unheimlich!«. Manche User haben ihren eigenen Followern Posts geschickt wie »Unheimliches neues Video von TheJackSparks!«. Die Beiträge haben zwei Dinge gemeinsam: Sie verbreiten sich schnell und enthalten alle denselben anklickbaren YouTube-Link.

Das verwirrt mich zutiefst.

Ich klicke den Link an und lande auf meinem eigenen YouTube-Kanal. Darauf veröffentliche ich sporadisch Videos, rede zu meinem Ozean aus Fans über Themen, die mich gerade beschäftigen. Meistens geht es um Wissenschaft, Technik, Musik oder meine Bücher. Seit meinem Entzug habe ich den Kanal schleifen lassen, und mein letzter Post ist geschlagene drei Monate alt.

Mein letzter Post ist so alt.

Jetzt steht ganz oben ein vierzigsekündiges Video auf der Seite, das ich nicht hochgeladen habe.

Es hat weder einen Titel noch sonst eine Beschreibung. Nur das Datum und die Veröffentlichungszeit sind zu sehen. Es wurde heute, vor etwa einer halben Stunde hochgeladen. Alles deutet darauf hin, dass ich es gepostet habe, nur ist das definitiv nicht der Fall.

Ich starre die Seite an. Das Video, das nur darauf wartet, angeschaut zu werden. Stirnrunzelnd klicke ich den Zurück-Button an, dann rufe ich den Link erneut auf. Dass ein mir völlig fremder Clip auf meiner YouTube-Seite ist, muss ein Glitch sein, der sich von allein behebt.

Allerdings weiß ich, dass andere es auch gesehen haben.

Japp. Das Video ist noch immer da.

Die ganzen vierzig Sekunden.

Mein Zeigefinger schwebt über dem Abspielbutton. Mein Magen verkrampft sich, weil ich befürchte, ein Fremder hat etwas Obszönes und Verfängliches auf meinen YouTube-Kanal geladen.

Einige donnernde Herzschläge später berühre ich den Abspielbutton.

Alistair Sparks: Es folgen einige Worte, die mit Kugelschreiber auf eine Serviette gekritzelt sind, gefunden am 21. November 2014 im Fach eines Aktenkoffers, in einem Hotelzimmer, das auf den Namen Jack Sparks gebucht war, im Sunset Castle Hotel in Los Angeles. Die Serviette stammt nachweislich aus der Flughafenbar in Rom, die Jack angeblich besucht hat.

Notizen zum Video:

Füße/Beine schwarz
Ein- und Ausblende. Seltsam
Dunkler Raum. Keller?
Etwas auf dem Boden. Mensch?
Dreht sich langsam um [unlesbares Wort auf Serviette]
Kommt um die Ecke – aah!
Drei lange Wörter – gleiche Bedeutung?

Kapitel drei

Weißes Feuer brennt auf Bex' Gesichtshälfte und lässt sie umso strahlender erscheinen. Hinter ihr hängen eine Million scheintote Staubpartikel in der Luft, sichtbar in den breiten Strahlen aus Sonnenlicht, das in Victoria's Bar einfällt.

Bex blinzelt und setzt die Sonnenbrille auf. »Also war das Video kein Pädo-Porno, nehme ich an?« Wie immer sagt sie das viel zu laut. In jeder Bibliothek von East Sussex hat sie Hausverbot. »Denn wenn es ein Pädo-Porno wäre«, fährt sie fort, obwohl ich »Pst!« sage, »hätte ich mittlerweile davon gehört. Und die Einheimischen würden dich vom Pier jagen.«

Von der Decke hängen viele schwere Gegenstände, unter anderem eine Tuba, ein Kinderwagen, ein Modellflugzeug und eine gliederlose Schaufensterpuppe. Sobald ich Bex alles über das Video erzählt habe, spielen wir bestimmt wieder unser traditionelles, lustiges Spiel, bei dem wir benennen, von welchem dieser Gegenstände wir am liebsten erschlagen werden würden. Das beste Spiel überhaupt, stimmt's?

Schön, wie Sie wollen.

Bex ist heute so lebhaft wie ein verwirrter Tiger auf Crack, und wir streiten uns mehr als sonst. Wir zanken uns ein halbes Pint lang darüber, ob ich sie gestern versehentlich aus Italien angerufen habe, als mein Handy in der Hosentasche steckte. Sie behauptet, das sei so, obwohl ich das Protokoll meiner ausgehenden Anrufe durchscrolle und ihr das Gegenteil beweise. Ich weiß nicht genau, ob dieses belanglose Gezanke eher auf eine Bruder-Schwester-Beziehung hinweist oder auf eine unterschwellige sexuelle Anziehung.

»Was ist das denn jetzt für ein Video?«, fragt sie schließlich gequält, hin- und hergerissen, ob sie die Vorfreude noch länger auskosten oder endlich die Auflösung hören will. »Weißt du was? Sag's mir nicht. Zeig's mir lieber.«

Sie deutet auf mein Telefon, und ich seufze. »Ich wünschte, das könnte ich.«

»Sag bloß, du hast das Ding wieder ins Klo fallen lassen?«

»Nein. Es ist nur …«

»Was, was, was?«

Ich erzähle ihr dasselbe wie nun Ihnen.

Ich sitze also in Rom in einer Flughafenbar. Angepisst, betrunken und wütend. Ich habe eine ordentliche Menge Jack Daniel's intus, und irgendein Spinner hat sich Zugriff auf meinen YouTube-Kanal verschafft.

Ich habe das Video zwei, drei, vier Mal gesehen. Außerdem habe ich gepostet: »Falls jemand weiß, wer diesen Clip auf meinem YT-Kanal veröffentlicht hat, wüsste ich WIRKLICH gern, wer das war. Denn ich war's nicht (ernsthaft): [YouTube-Link].«

Das verdammte Video anzusehen, war verflucht schwer, denn zum einen ist es in fast völliger Dunkelheit gedreht, und zum anderen musste ich mich konzentrieren und den Blick fokussieren, um nicht alles doppelt zu sehen. Ich bestelle einen vierfachen Espresso, dann überprüfe ich meinen Nachrichtenfeed. Er enthält ziemlich viele »WTF?!?!«, »:-O«, »O_o« und »OMG, ist das unheimlich!!!«, sowie die unvermeidlichen Varianten von »Äh, soll das gruselig sein oder so?!«.

Obwohl ich natürlich selbst eher zu letzterem Lager gehöre, hat mich dieses Video durchaus fasziniert.

Der Barista knallt meinen Espresso neben mir auf die Theke. Das bittere Getränk liebkost meine Geschmacksknospen. Ich leere die Tasse in einem Zug und drücke erneut den Play-Button. Diesmal fällt es mir leichter, die Augen offen zu halten, und ich will dem freakigen, kurzen Clip größere Aufmerksamkeit schenken. Irgendwas ist daran besonders. Er unterscheidet sich irgendwie von den anderen Videos.

Irgendwie.

Eine Nachricht poppt auf: »Dieses Video ist nicht mehr verfügbar. Es wurde vom User gelöscht.«

Innerlich rufe ich: »Nein! Fick dich, *ich* bin der User!« Wie sich herausstellt, brülle ich es in den Raum und zeige auf mein Telefon, wodurch alle ringsum zusammenzucken. Ich ernte viele böse Blicke, doch im Vergleich mit Pater Primo Di Stefanos geballtem Zorn, den ich mir heute schon zugezogen habe, kommt mir der Unmut der Bargäste vor wie duftende Rosenblüten, die mein Kinn streicheln. Amateure, ausnahmslos. Trotzdem entschuldige ich mich, um mir Zeit zu erkaufen. Ich muss noch eine Weile hierbleiben. Und das Passwort für meinen YouTube-Account ändern. Und so lange auf »aktualisieren« klicken, bis diese blöde Nachricht verschwindet und das Video wieder auftaucht. Wo zur Hölle ist es hin? Wieso hat der »User« es gelöscht, so kurz nach dem Hochladen? Tausende Fans stellen sich dieselbe Frage. Sie wollen wissen, was ich damit bezwecke, und ich versuche, ihnen klarzumachen, dass ich überhaupt nichts getan habe.

Ein kahler Barista mit Brille beugt sich über die Theke und fordert mich auf, mich zu beruhigen und den Mund zu halten. Woraufhin ich *ihm* rate, sich zu beruhigen und den Mund zu halten, was ihn jedoch weder beruhigt noch dazu bringt, den Mund zu halten. Daher sage ich, er könne mich am Arsch lecken, in der Hoffnung, dass der umgekehrte psychologische Ansatz funktioniert.

Ich poste: »Nope, ich habe dieses Video WIRKLICH nicht gedreht/gepostet. Und ich habe es auch nicht gelö–«

Ehe ich das Wort »gelöscht« vollenden kann, reißen mich Kahlkopf und ein zweiter Barista vom Hocker. Versehentlich berühre ich »senden«, was mich wie einen Hohlkopf wirken lässt, der sich nichts dabei denkt, einen Satz mit »nicht gelö« und ohne Satzzeichen zu beenden.

Während mich die Bastarde rauswerfen, ruft eine aufgeregte Stimme meinen Namen über das Lautsprechersystem. Offenbar bin ich der letzte Passagier, auf den Flug 106 wartet. Alles ringsum verschwimmt, als ich zum Gate renne. Gänge, verwirrende Schilder, Fahrsteige, die dummerweise nicht für Betrunkene entworfen wurden … und Menschen, viel zu viele Menschen. Umhertorkelnde Zombieschafe.

Das alles blendet mich, dann wird mir schwindelig, und ich sehe nur noch grün. Ich bleibe stehen, schließe die Augen und konzentriere mich.

Als ich in die Realität zurückkehre, ist das Erste, was ich sehe, das Gesicht von Pater Primo Di Stefano. Mehrmals.

Trotz meines berauschten Zustands erkenne ich rasch, dass sein Gesicht auf dem Cover seines Buches prangt, von dem zahlreiche Exemplare im Werberegal vor einer Buchhandlung stehen. Den Titel kenne ich noch nicht: *Die Opfer des Teufels*. Muss brandneu sein. Ohne darüber nachzudenken, dass ich schon drei Werke von diesem Kerl zur Recherche gekauft habe und seine neueste Sammlung aufgewärmter Anekdoten und Dogmen wohl nicht brauche, schnappe ich mir ein englischsprachiges Exemplar und trage es zur Kasse. Die Lautsprecheranlage erwacht wieder zum Leben und verlangt, dass Jack Sparks *unverzüglich* zum Gate kommen soll.

Oh ja, ich bin ein Rockstar, Baby. Wer mag es nicht, wenn sein Name über eine Lautsprecheranlage durchgegeben wird, aus welchem Grund auch immer? Von einem Typen, der Tausende unfreiwillige Follower hat. Welch Ehre! Genau hier und jetzt kennt jeder im Flughafen von Rom meinen Namen. Der Gedanke löst einen weiteren Schwindelanfall aus, diesmal sehe ich aus irgendeinem Grund alles in Rot und kippe beinahe um.

Ich schlendere ins Flugzeug, gedanklich viel zu sehr mit dem Video und dessen Verschwinden beschäftigt, als dass mich die zahlreichen zusammengekniffenen Augen stören würden, während ich die Sitzreihen passiere. Als ich endlich angeschnallt auf meinem Fensterplatz sitze, betöre ich die niedliche irische Stewardess, damit sie mir unauffällig einen großen Gin Tonic bringt. Um Punkt Mitternacht rollen wir Richtung Startbahn. Ich lehne mich zurück und sortiere meine Gedanken.

Das Video wirkte, als wäre es nicht für die Öffentlichkeit bestimmt. Im Gegensatz zu den üblichen Filmen, in denen jemand »Waaas? Sieh dir das an!« brüllt, enthielt es keine irritierenden Untertitel, kein »Folge mir auf Facebook« oder »Besuche auch meinen anderen Kanal!«. Es enthielt keine zusätzlichen Details und hatte nicht mal einen Titel. All das fesselte mich auf Anhieb. Dieses Video hatte jemand wirklich *gefunden*. Das digitale Äquivalent einer Videokassette ohne Aufkleber, die dir jemand vor die Haustür legt … und einige Zeit später aus dem Wohnzimmer stiehlt. Jemand will, dass du sie dir ansiehst, aber nicht behältst. Ein flüchtiger Blick auf unheimliches Filmmaterial.

Bei YouTube-Videos geht es nur um Aufmerksamkeit. Die Aufrufe, die Zahlen, die Werbung. Verwandle deine Inhalte in Geld, so lautet die neuste Methode. Die einzig richtige Methode. Und wenn ein faszinierendes YouTube-Video auftaucht und nach wenigen Hundert Aufrufen wieder verschwindet, will ich wissen, wieso. Zwar bezweifle ich nicht, dass die Macher nur versuchen, andere zu täuschen (SPUK-Erklärung Nr. 1), trotzdem sind die Umstände, unter denen der Film entstand, ungewöhnlicher Natur. Aus irgendeinem Grund haben diese Leute es auf mich abgesehen, und es wäre flegelhaft von mir, nicht darauf zu reagieren und mitzuspielen.

Also dann. Ich werde fair sein. Das Spiel geht weiter.

Das viele Tonnen schwere Flugzeug steigt in elegantem Bogen in die Nacht auf, und ich weiß nur, dass ich das Video SCHNELLSTMÖGLICH noch mal sehen muss. Meine Besessenheit davon zementiert auch meinen Entschluss, das Buch zu vollenden, das Sie in Händen halten – denn die Idee, über das Paranormale zu schreiben, kam mir eines schönen Tages eher aus einer Laune heraus.

Während ich auf meinem Platz 40A die Zehen spreize, schwöre ich mir, die Macher des Videos aufzuspüren. Denn wenn es mir gelingt, das überzeugendste (nicht, dass das viel aussagt) aller Geistervideos als Fälschung zu entlarven, müssen alle anderen Videos ebenfalls gefakt sein.

Ich blicke aus meinem kleinen runden Fenster auf bovistförmige Wolken, auf die beruhigend blinkende Signallampe an der Tragfläche und, Tausende Kilometer unter mir, die breiten Landstriche Italiens in der Halloweennacht. In mir tragen die starken Mächte Kaffee und Alkohol ihren Kampf aus, wodurch ich mich sehr lebendig fühle. Irgendwo unten in den Hügeln sehe ich den winzigen Schein eines Feuers. Da ist wohl irgendeinem Hinterwäldler sein Barbecue gehörig außer Kontrolle geraten.

Ich fühle mich ein wenig besser, als mir einfällt, dass mir die genussvolle Lektüre von *Die Opfer des Teufels* bevorsteht. Ich ziehe das Buch aus meiner Umhängetasche, entspanne mich, schlage die erste Seite auf und höre während des gesamten Rückflugs nicht mehr auf zu kichern.

Eine große Möwe mit Teufelsaugen erhebt sich flatternd in die Luft. Erschrocken duckt sich die Touristengruppe neben dem Tarotwagen. Bex beobachtet das Schauspiel durchs Barfenster, auf ihren Wangen liegt das gesunde, glückliche Rot, das man beim dritten Pint automatisch bekommt.

»Hast du denn herausgefunden, von wem das Video stammt?«, erkundigt sie sich.

»Ich muss erst noch recherchieren, damit ich mich nicht zum Narren mache.«

»Gütiger Gott.« Sie grinst und hält sich unbewusst die Hand vor den Mund. »Sieh mal einer an. Wer hätte das gedacht.« Als sie sich genug über den eigenen Sarkasmus amüsiert hat, wird sie neugierig. »Wie meinst du das genau?«

»Mir kam der Gedanke, dass es sich bei dem Video um die virale Marketingmaßnahme irgendeiner Firma handeln könnte. Weiß der Kuckuck, wie sie das angestellt haben oder ob es legal ist, aber möglicherweise haben sie den Clip auf den YouTube-Kanälen diverser Journalisten veröffentlicht und dann wieder gelöscht, um deren Interesse zu wecken. Du weißt schon, nach dem Motto: Mach sie neugierig, und so.«

Bex denkt darüber nach. »Wenn das stimmt, wofür machen sie Werbung? Um welches Produkt geht es – Ektoplasma? Und *wann* sagst du mir endlich, was in dem Video zu sehen ist?«

»Was ist Ektoplasma?«

»Du weißt nicht, was Ektoplasma ist, und schreibst ein Buch über das Übernatürliche …«

»Tja, ich hab vor, während des Schreibens etwas zu lernen.«

Sie verdreht die Augen und ahmt meine Stimme lächerlich pompös nach: *»Oho, der Herr hat vor, während des Schreibens etwas zu lernen.«*

»Hey«, rufe ich und pikse ihr mehrmals in die Schulter. »So rede ich gar nicht! Ich bin nicht Prinz Charles. Jedenfalls habe ich die wenigen Journalisten gefragt, die noch mit mir reden, und die haben sich bei allen anderen erkundigt. Keiner hat dieses Video erhalten. Niemand hat in den sozialen Medien davon was mitgekriegt … nur halt die Leute, die es an jenem Abend gesehen haben.«

Der Alkohol beflügelt sowohl Bex' Begeisterung als auch ihre Frustration, als wäre das Video das einzig Wichtige auf der Welt. Sie setzt sich neben mich und packt den Kragen meines

T-Shirts so fest, dass sie mir den Adamsapfel leicht einklemmt. Anfangs glaube ich, das ist die Rache für das Piksen. Vielleicht hab ich zu fest getippt.

»Was. Ist. In dem. Scheiß. Video zu sehen?«, fragt sie. Ihre Schmolllippen sind herrlich dicht an meinem Mund. Was würde wohl ihr Freund denken, wenn er jetzt reinkäme?

Komm schon, Lawrence, tu mir den Gefallen: Komm jetzt rein. Dann lauf heulend raus und spring ins Meer. Und schlag dir während des Sturzes den Kopf an.

»Hast du schon mal über Aggressionsbewältigung nachgedacht?«, frage ich mit einer Stimme, die nach Donald Duck klingt, woraufhin Bex mir die Luft mit dem Kragen noch mehr abschnürt. Mit erhobenen Händen gebe ich auf und lächle, als sie mich loslässt. »Wie schon gesagt, ich hab es nur ein paarmal gesehen, und zwar in ziemlich betrunkenem Zustand. Das ist, als soll ich mich an einen Traum erinnern. Also: Es wurde in einem Raum gefilmt, der wie ein Keller aussieht … und jemand steht am anderen Ende. Man sieht nur die Beine, Füße und …«

»Den Oberkörper sieht man nicht?«

»Nein, nur die … Oh, hör mal, ich will dich wirklich nicht verarschen, aber wenn ich es dir so beschreibe, klingt das lächerlich. Ich bin Schriftsteller, kein Redner.«

Bex' Miene lässt sich am besten mit *leidenschaftlich* beschreiben. »Du *musst* dieses Video finden.«

»Ich geb mein Bestes!«

»Ja«, antwortet sie. »Bestimmt.«

Es ist zwar erst halb sechs, aber schon dunkel, als wir unsere Hintern wieder auf das riesengroße gelbe Sofa plumpsen lassen. Scheiß November. Wir sind in einem Zustand, in dem man den Schwung des nachmittäglichen Alkohols nicht aufgeben will, und trinken blindlings weiter. Ich schnappe mir eine

Flasche Wein und kämpfe mit dem Korken, während Bex einen Joint rollt. Sosehr ich auch versucht bin, Dope als Recherchemittel zur Kommunikation mit der Geisterwelt zu rechtfertigen, bleibe ich lieber strikt bei Alkohol.

Wir haben eine TV-Dokumentation auf Channel 5 eingeschaltet, die um Riesenbabys mit Syphilis oder so kreist. Hinter uns bietet der abgeschirmte Balkon eine Panoramaaussicht: Man sieht den Palace Pier, ein scheiß Riesenrad und den Vollmond, der das weite, schwarze Meer zum Glitzern bringt. Der Anblick erinnert mich an das *Floodland*-Album von Sisters of Mercy. Die Wohnung ist unglaublich toll und der Grund, aus dem ich vor fünf Jahren von London nach Brighton umgezogen bin. Wie meine Stammleser sicher noch wissen, trat ich damals einem Fitnessklub bei, wo ich Bex kennenlernte, die händeringend eine Wohnung suchte. Ich wollte sie so unbedingt als Mitbewohnerin haben, dass ich mein Arbeitszimmer opferte und es eilig in ein Schlafzimmer umgestaltete.

Bring das Fitness-Mädchen, das du gerade erst kennengelernt hast, dazu, bei dir einzuziehen, denn das mündet sicher in einer erfüllenden Beziehung. Wirklich tolle Männerlogik, Sparks.

»Wieso haben wir keinen Korkenzieher?«, grummele ich. Meine Halsschlagadern treten hervor, während ich an dem Korken zerre. »Man braucht *immer* einen Korkenzieher im Haus.«

»Her damit, du Trottel«, sagt sie und nimmt mir die Flasche weg. Während ich ihr dabei zusehe, wie sie mühelos den Korken entfernt, fällt mir auf, dass sie die einzige Person der Welt ist, die so mit mir reden darf.

Nach der zweiten Flasche liegt der Raum im Nebel und riecht so streng, dass er einem Amsterdamer Coffeeshop Konkurrenz machen könnte. Vage erinnere ich mich an freakige, riesige Bildschirmbabys; daran, dass ich Bex von meinen unzähligen

Plänen für mein Buch erzählt habe; und dass der Raum sich auf eine gute Weise drehte – langsam, aushaltbar, entspannt.

Nur an ein Detail des Abends entsinne ich mich wirklich lebhaft. Sekunde um Sekunde, Atemzug um Atemzug, Pore um Pore.

Ich erkläre gerade Bex voller Stolz, was meine SPUK-Liste ist, als sie mich knurrend anspringt und aufs Sofa drückt. Die Tigerin hockt auf mir, keucht mir ins Gesicht, ihre Hände halten meine Gelenke gepackt, und ihre dicken roten Ringellocken baumeln vor ihrem Gesicht. Eine atemberaubende Wendung.

»Hör auf, über *dich* zu reden«, sagt sie mit amüsant übertriebener Wildheit. »Ich will dir den ganzen Abend was Wichtiges sagen, kriege aber keine Gelegenheit dazu. Du lässt mich nicht zu Wort kommen. Ständig sprichst du nur über dich und deine Arbeit, bei der es auch nur um dich geht. Ist dir das bewusst, du Arsch? Es ist wirklich nervtötend, mit jemandem zusammenzuwohnen, der entweder über sich selbst spricht oder nur auf die Gelegenheit dazu lauert. Klar so weit?«

Zutiefst verliebt sehe ich zu ihr auf. »Ja«, presse ich hervor. »Es tut mir leid, aber du hast mich ständig über Italien ausgefragt. Und ich ...«

Sie lässt mein rechtes Handgelenk los und hält mir den Mund zu. »Nein, nein, nein, Scooby-Doo: Jetzt rede ich, und du hörst zu.«

Ich nicke. Ich spüre ihre Leiste an meiner Taille und ihre Finger auf meinen Lippen. Ich könnte mühelos das Salz davon ablecken, aber das lasse ich bleiben.

Bex senkt den Kopf noch weiter. Nur ihre Hand trennt meine Lippen von ihren. Dann zieht sie die Hand weg und sagt: »Ja. Hör gut zu.«

Oh mein Gott. Plötzlich fällt mir eine App namens Secret auf meinem Telefon ein, mit der man anonyme Geständnisse seiner Kontakte lesen kann. Neulich lautete eins: »Ich möchte wirklich gern mit meinem Mitbewohner schlafen, aber wir sind schon zu lange befreundet.«

Das war Bex! Gleich sagt sie mir, dass sie mich mag. Dann küsst sie mich. Und nach dem Sex, im Bett, oder vielleicht noch hier auf dem Sofa, teilt sie mir mit, dass sie mit Lawrence Schluss macht, weil es das Richtige ist.

Bex' Augen sind wie zwei glühende Laternen. Ihr Atem streift mein Gesicht, wenn sie spricht. »Lawrence hat mich gefragt, ob ich bei ihm einziehen will. Und ich hab Ja gesagt.«

Der Raum fängt an, sich auf eine miese Art zu drehen.

Ich fühle mich erst besser, als ich neben der Toilette liege und meine E-Mails abrufe. Verschwommenen Blickes sehe ich, dass mir jemand das Video erneut zugeschickt hat.

Alistair Sparks: Unser Mailwechsel am 28. Oktober hatte mich ein wenig verletzt, deshalb habe ich leider auf die unten stehende Mail von drei Uhr morgens nie geantwortet.

Datum: 2. November 2014
Von: Jack Sparks
Betreff: Hä?!?!
An: Alistair Sparks

Als ich mir in Rom am Flughafen ein Buch kaufte, sah ich dich auf dem Bildschirm, der an der Wand hing. Du hast in die Kamera gesprochen, die Hollywood Hills waren im Hintergrund zu sehen. Was zur Hölle machst du im Fernsehen? Der Ton war ausgeschaltet, daher konnte ich deinen Sermon nicht hören.

Was steckt dahinter?

Du hast immer im Scherz gesagt, du willst in meine Fußstapfen treten, stimmt doch, oder nicht? Ich muss zugeben, Kumpel, ich hätte nie damit gerechnet, dich in der Glotze zu sehen. Dein Gesicht taugt allenfalls fürs Radio.

Übrigens: Du kennst doch einen Kerl bei Scotland Yard, richtig? Der Videos über Kindesmissbrauch aufspürt und so 'n Zeug. Tu einmal im Leben so, als wärst du ein passabler Bruder, und schick mir seine Kontaktdaten, ja?

Jack

Alistair Sparks: Isla Duggan ist eine zweiunddreißigjährige Flugbegleiterin, die in West Sussex lebt und in Kinsale, Irland, geboren wurde. Sie gehörte zur Besatzung auf Flug 106 von Rom nach London Gatwick am 31. Oktober 2014, bei dem mein Bruder angeblich an Bord war. Es folgt mein Interview mit ihr.

ALISTAIR SPARKS: Erinnern Sie sich, auf welchem Platz Jack Sparks an jenem Abend saß?
ISLA DUGGAN: Ja, er saß auf 40A. Ein Fensterplatz.
ALISTAIR: Hegen Sie den geringsten Zweifel daran, dass es sich um Jack Sparks handelte?
ISLA: Nicht den geringsten, seit ich in den Zeitungen und im Fernsehen Bilder und Videos von ihm gesehen habe. Er hat genauso geredet, wissen Sie, seine Eigenheiten und so. Davon abgesehen, musste er mindestens zweimal seinen Reisepass vorzeigen, sonst wäre er nicht an Bord gekommen. Aber es war schon seltsam, dass er während des Flugs so ausgeflippt ist. Ich weiß nicht, ob das untypisch für ihn war.
ALISTAIR: War er spät dran für den Flug?
ISLA: Er hat uns locker zwanzig Minuten Verspätung eingebrockt. Die Fluggäste waren nicht erfreut, aber das kommt

ständig vor. Ich sage immer, wir sollten diesbezüglich keine Toleranz zeigen wie die Billig-Airlines. Jack kam angeschlendert, als hätte er nichts falsch gemacht. Ich merkte gleich, dass er einiges getrunken hatte, und er wollte noch mehr vor dem Start. Also zog ich den alten Trick mit ihm durch und gab ihm ein Glas mit Eiswürfeln und Tonic, dessen Rand ich mit einem Tropfen Gin eingerieben hatte.

ALISTAIR: Und was ging dann schief?

ISLA: Tja, auf dem Weg zur Startbahn lief ich durch den Gang und führte die üblichen Kontrollen durch. Ich sah, dass Mr Sparks schockiert und verstört wirkte. Er war ganz blass, als hätte er eine schreckliche Nachricht erhalten, die er nicht verkraftete.

ALISTAIR: Haben Sie zu diesem Zeitpunkt mit ihm geredet?

ISLA: Ich fragte ihn, ob es ihm gut gehe, und er zuckte zusammen, als ich ihn sanft an der Schulter berührte. Ich weiß nicht mehr genau, was er sagte, aber irgendwas in der Art von »Mir geht's gut«. Allerdings sah er nicht so aus. Er las weiter in seinem Buch und wirkte, als … ich schätze, er konnte nicht glauben, was er da las.

ALISTAIR: Das Buch war der Grund dafür, dass er die Beherrschung verlor?

ISLA: Ich nahm an, er liest Stephen King oder so was. Jedenfalls ging der eigentliche Ärger erst los, als wir gerade in der Startphase waren. Dann sind die Passagiere immer am angespanntesten, daher ist das Letzte, was man braucht, dass einer von ihnen durchdreht – zumal die Flugbegleiter alle angeschnallt auf ihren Plätzen sitzen. Wir dürfen beim Start nicht mal aufstehen, wenn die Passagiere anfangen, sich gegenseitig umzubringen. Ein paar Fluggäste versicherten Mr Sparks, dass sie »den Geruch nicht wahrnehmen«, als wollten sie ihn beruhigen. Als das »Anschnallen«-Zeichen erlosch, ging ich sofort zu Mr Sparks. Ich wollte ihn vor meiner Nummer zwei erreichen, das ist mein Kollege, der bei Problempassagieren oft aggressiv wird.

Mr Sparks hatte eine Panikattacke. Ich gab ihm eine Spucktüte, in die er atmen sollte, aber er redete einfach weiter und behauptete, es rieche verbrannt – dabei roch es nicht mal ansatzweise so. Rings um ihn herum sah ich lauter besorgte und verärgerte Gesichter – die Leute erwarteten von mir, dass ich für Ruhe sorge. Als ich Mr Sparks beruhigen wollte, wurde er wütend. Er warf mir vor, das Ganze nur zu »vertuschen«, und nannte mich »eine verdammte Lügnerin«. Wir dürfen solche Beleidigungen eigentlich nicht hinnehmen, andererseits besteht kein Grund, ein Problem unnötig eskalieren zu lassen. Zu diesem Zeitpunkt dimmte unsere Chefstewardess die Leselichter – meiner Meinung nach vor allem, weil sie einen Kater vom Vorabend hatte –, und Jack blickte verängstigt auf. Ich wusste, wenn ich nicht schnell reagiere, fängt er noch an zu schreien.

ALISTAIR: Wie haben Sie die Situation bewältigt?

ISLA: Ich hätte ihm Ativan geben können, unser Bordberuhigungsmittel, aber wir müssen uns über Funk in Amerika die Erlaubnis dazu einholen. Und Ativan ist in Kombination mit Alkohol keine gute Idee. Als letzten Ausweg hätten wir Mr Sparks an den Sitz fesseln können, was für niemanden ein Spaß ist. Falls es ungemütlich wird, kann sich ein Crewmitglied einen Knochen brechen oder Schlimmeres. Ich wollte die Sache wirklich anders lösen. Die Leute von 40B und 40C hatten sich schon umgesetzt, daher nahm ich neben Mr Sparks Platz, redete ruhig mit ihm und lächelte.

Ich erklärte ihm, wenn tatsächlich etwas brennen würde, hätte unser empfindliches Alarmsystem das registriert. Das war eine Notlüge, denn wir haben Rauchmelder in den Toiletten, und die Besatzung wird bei Problemen mit dem Triebwerk gewarnt, aber das ist auch schon alles. Außerdem lenkte ich ihn mit ein paar Tatsachen ab. Ich erklärte ihm, unsere Maschine sei auf dem Weg nach Rom durch gefrierenden Regen geflogen und hätte nach der Landung mit Enteisungsmittel besprüht werden müssen. Wenn ein enteistes Flugzeug startet, kommt ein Geruch aus der Kabinenbelüftung. Der ist so ungewöhnlich, dass die Leute ihn nicht zuordnen können. Als ich fertig war, sagte er: »Versprechen Sie mir, dass Sie mir die verdammte Wahrheit sagen.« Und ich antwortete ihm ganz ruhig: »Ja, ich sage die verdammte Wahrheit.« Ich habe festgestellt, wenn man die Flüche eines Fluggasts erwidert, ist das wie eine Art Kurzschluss in ihrem Gehirn. Das verblüfft sie.

ALISTAIR: Und entspannte sich die Lage danach?

ISLA: Ja, er fing an, in den Beutel zu atmen. Das Buch machte ihn wohl noch nervös, denn er bat mich, es bis London in »etwas Sicheres einzuwickeln«. Das war ein bisschen verrückt, aber was tut man nicht alles für einen ruhigen Flug. Nachdem wir das Essen serviert hatten, schlug ich das Buch in jede Menge Alufolie ein, die von den Verpackungen der warmen Mahlzeiten stammte. Mr Sparks ging in Gatwick von Bord, ohne sich zu entschuldigen oder zu bedanken, und das war's. Als ich von den, Sie wissen schon, von den schrecklichen Vorfällen las, brauchte ich eine Weile, um eins und eins zusammenzuzählen. Ich war schockiert. Er wirkte eigentlich wie ein netter Kerl. Anmaßend und ziemlich aufgewühlt, aber im Grunde in Ordnung, wissen Sie?

ALISTAIR: Haben Sie je verstanden, warum das Buch ihm solche Angst einjagte?

ISLA: Nein, aber ich erinnere mich an den Titel: *Die Opfer des Teufels*, verfasst von dem Priester, der auf dem Cover zu sehen ist. Und der Teufel ist immer Furcht einflößend, stimmt's?

Kapitel vier

»Oh mein Gott«, sagt Bex. Ihre Kifferaugen wirken wie Schlitze. »Wir sehen es uns jetzt wirklich an?«

Es ist kurz nach Mitternacht. Sie und ich stieren die Videodatei auf meinem Desktop an, die nur darauf wartet, angeklickt zu werden. Ich sitze an meinem Schreibtisch, und die Flecken von Erbrochenem auf dem Hemd verbannen auch den letzten Hauch sexueller Erregung, der nach Bex' Paukenschlag bezüglich Lawrence übrig war. Sie hockt auf meiner Bettkante. Ich bin nicht erpicht darauf, mit ihr zu reden, konnte aber auch nicht für mich behalten, dass das Video zurück ist. Paradox.

Dank eines Fans hat der Clip den Weg zu mir zurückgefunden; danke, Calvin aus Cardiff. Als eingefleischter Techniknarr hat Calvin das Video in der kurzen Zeit gerippt, in der es auf meinem YouTube-Kanal online war, in der Absicht, es unter die Lupe zu nehmen. Als er meinen Online-Aufruf nach dem Verschwinden des Videos las, schickte er mir einen Einzeiler über das Kontaktformular auf JackSparks.co.uk und hängte die Datei an. Ich mag diesen Kerl.

Bex runzelt die Stirn. »Geht's dir gut, Bärchen? Ich dachte, du würdest dich mehr über das Video freuen.«

»Mir ist immer noch schlecht«, lüge ich und unterdrücke die Wut darüber, dass sie zu einem Vollidioten zieht, obwohl sie eindeutig mit mir zusammen sein müsste.

Sie nickt, dann verschränkt sie die Arme und schaut erwartungsvoll und fordernd zum Bildschirm.

Da Sie dieses Buch in Händen halten, geneigte Leser, haben Sie vermutlich das Video schon gesehen. Falls nicht, es steht online auf (*Eleanor: hier bitte URL einfügen, danke!*).[3] Aber da das nicht unbedingt dem Geist des Buchlesens folgt und Sie vielleicht sehbehindert sind, beschreibe ich es hier im Detail.

Einsteigen in die Geisterbahn, bitte …

Eigentlich ist das Video in Farbe, enthält aber so viel Schwarz, Grau und Weiß, dass es größtenteils wie eine Schwarz-Weiß-Aufnahme wirkt. Die Qualität scheint der Norm des digitalen Zeitalters zu entsprechen, aber sicher sein kann man sich dabei nicht. Das gehört zu den Dingen, die ich bei meiner Nachforschung untersuchen will, jawohl.

Die Szene ist dunkel, gerade genug beleuchtet, dass wir grob sehen, was vorgeht. Selbst, wenn wir es nicht ganz verstehen.

Wir sind in einem Korridor, in einer Art Keller oder Heizungsraum oder beidem zugleich. Die Aufnahme ist mit einem tiefen, dröhnenden Brummen untermalt. Das bereits erwähnte Licht stammt anscheinend von einer einzigen Glühbirne, die an einem Kabel hängt – wir erhaschen etwa in der siebten Sekunde einen Blick darauf. Die Glühbirne ist verstaubt, wodurch ihr Licht zusätzlich getrübt wird.

Der dampfende Atem des Unbekannten hinter der Kamera verrät uns, dass es kalt ist. Der Einfachheit halber nennen wir ihn Kamerajunge. Es gibt zwar keinen audiovisuellen Beweis dafür, dass er tatsächlich männlich ist, aber seien wir ehrlich: Kein Mädchen ist dumm genug, um in einem kalten, dunklen, unheimlichen Keller einen Film zu drehen.

Die Kamera ist dreißig bis sechzig Zentimeter über dem Boden positioniert. Sie bewegt sich langsam wackelnd vorwärts. Sieht so aus, als würde Kamerajunge auf den Knien krabbeln.

3 Als die wahre Natur des Videos ans Licht kam, bannte *YouTube* und jede andere Videoplattform es von ihren Servern. Sie löschen es jedes Mal, wenn es wieder auftaucht. Trotzdem verbreitet es sich nach wie vor über Torrent-Sites. – *Alistair*

Ein paar Meter weiter links ist eine blanke Backsteinmauer, deren Oberfläche abgenutzt, verblasst und alt wirkt. Unmittelbar rechts von uns verlaufen jede Menge Rohrleitungen an der Wand, jede einzelne davon mehrere Zoll dick. Die Rohre sind in diversen Primärfarben gestrichen, wobei die Farbe größtenteils abgeblättert ist.

Die Leitungen führen in altmodische, verstaubte Kästen mit diversen Anzeigeskalen und wieder hinaus.

Der Korridor verbreitert sich vor uns zu einem Bereich, der nur aus Schwärze besteht. Dort zweigt der Gang nach rechts ab, wie man am Verlauf der Rohrleitungen sieht. Während Kamerajunge sich der Ecke nähert, hält er sich dicht an der Wand und verlangsamt sein Tempo, als sei er sich der Abzweigung durchaus bewusst. Inzwischen sehen und hören wir seinen Atem, der schnell geht und spinnwebartigen Dampf erzeugt. Er hat offenbar ziemlich große Angst.

Eine Weile geschieht gar nichts. Man spürt regelrecht, wie Kamerajunge sich wappnet. Man riecht regelrecht, wie Kamerajunge sich in die Hose macht. *(Eleanor: Ich entscheide mich vermutlich später für einen von beiden Sätzen. Ich weiß schon, welchen unsere kleine Miss Förmlich bevorzugt …)*

Dann krabbelt er weiter und nähert sich der Abzweigung.

Keine Bange: Das Video endet nicht an der Stelle. Das wäre verdammt ärgerlich, oder? Nein, wir haben noch etwa dreißig Sekunden vor uns.

Kamerajunge wirkt halbwegs vernünftig und stürmt nicht einfach um die Ecke. Stattdessen späht er um sie herum, Millimeter für Millimeter. Es ist zwar unmöglich zu bestimmen, aber vermutlich hält er nur die Kamera um die Ecke und schaut dabei auf den Bildsucher. Das jedenfalls würde ich tun, ob ich nun an Geister glaube oder nicht.

Es dauert einen Moment, bis sich die Linse auf die neue Perspektive fokussiert, denn das Bild ist düster und abstrakt.

Nach einer Weile sehen wir, was sich am Ende des Kellers befindet. Kamerajunge offenbar auch, denn er holt scharf Luft, und die Kamera wackelt.

In den folgenden Sekunden hört man lediglich das basslastige Brummen, das inzwischen so klingt, als stamme es von einem Generator.

Eine Person liegt am Boden, und eine weitere steht davor. Zumindest *glaube* ich, dass das auf dem Boden eine Person ist. Sie befindet sich fast ganz im Schatten. Wir sehen einen Arm, vielleicht eine Hand, den groben Umriss eines menschenähnlichen Körpers und sonst nichts. Es könnte eine Schaufensterpuppe sein oder eine Vogelscheuche, sieht aber wie ein Mensch aus, der auf dem Bauch liegt, völlig reglos, nur seine obere Hälfte ist erkennbar.

Wie ich schon Bex erklären wollte, sehen wir aufgrund der Kameraperspektive nur den Unterleib der davorstehenden Person. Wir sehen ihre Beine und Füße, und sie wendet der Kamera den Rücken zu. Sie scheint nackt zu sein, und die Haut wirkt in diesen erbärmlichen Lichtverhältnissen fast schwarz. Außerdem wirkt sie … transparent. Man kann hindurchsehen, in klassischer Geistermanier. Die Beine sind mal mehr, mal weniger deutlich zu erkennen, wie eine Christbaumbeleuchtung im Auf- und Abblendmodus. Weder verschwinden die Beine je ganz, noch wirken sie je solide. Der Effekt ist subtil und beunruhigend zugleich, das muss ich zugeben.

Kamerajunge scheint das auch so zu empfinden, denn er haucht fünf Wörter.

»Oh, Gott … das ist echt.«

Mehr sagt er im Verlauf des Clips nicht. Er haucht die Worte so leise, dass man sie nur versteht, wenn man die Lautstärke bis zum Anschlag hochregelt, daher ist es unmöglich – zumindest für mich –, sein Geschlecht zu bestimmen.

Die Kamera zieht sich halb um die Ecke zurück, als befürchte Kamerajunge, man habe ihn gehört. Die rechte Hälfte des Bildes ist abrupt von einem Stück Wand ausgefüllt.

Am Ende des Kellers bleiben die Beine und Füße reglos, mal mehr, mal weniger durchscheinend, als würden sie ständig ein- und ausgeblendet.

Irgendwann kommt Kamerajunge wohl zu der Überzeugung, dass er unbemerkt geblieben ist, und bringt die Kamera wieder in Position, schiebt sie aus der Deckung der Wand.

In einem Timing, das Kino-Horror-Ikonen wie Bela Lugosi und Christopher Lee würdig wäre, dreht sich die Gestalt langsam, schmerzlich langsam um.

Unser Held scheint eine Weile zu brauchen, bis er begreift, dass sich die Füße bewegen, immer nur wenige Zentimeter, bis sie auf ihn weisen. Vielleicht hat er zwischenzeitlich woanders hingesehen, etwa auf den Körper am Boden.

Als ihm klar wird, was geschieht, bekommen wir das prompt mit. Drei Sekunden lang zeigt die Kamera ein verschwommenes Chaos aus Ziegelsteinen, Rohren, dampfendem Atem und Schwärze, während Kamerajunge sich wohl überlegt, wie er aus dem Keller rauskommt.

Schließlich beruhigt sich das Bild wieder und zeigt uns noch immer recht wacklig die Ecke, von der wir uns jetzt hastig entfernen, langsam, möglicherweise rückwärtskriechend.

Etwas schießt um die Ecke.

Wir sehen nur die herabhängenden Füße des pechschwarzen Gespensts auf uns zuschweben.

Kamerajunge kreischt weder, noch schreit er. Stattdessen erzeugen seine Stimmbänder klickende, röchelnde Laute. Anscheinend sind sie zu keiner angemessenen Reaktion imstande und geben buchstäblich den Geist auf. Die Kamera zuckt und wackelt, ruckelt nach rechts, wo man kurz das Gewirr aus Metallrohren erkennt …

Und dann endet das Video.

Eine Sache habe ich bislang nicht erwähnt: Man hört im Verlauf des Videos noch drei Worte außer Kamerajunges »Oh Gott … das ist echt«. Meiner Meinung nach wurde diese andere Tonspur nicht live aufgezeichnet, sondern nachträglich eingefügt. Man hört eine teilnahmslose Stimme, die nach einem jungen Mädchen klingt, mit spanischem oder italienischem Akzent. Die Stimme hat eine gewisse Ähnlichkeit mit der von Maria Corvi. Aber sie kann es nicht sein, Freunde des gepflegten Schreckens, also regt euch nicht auf.

Eine Sekunde, nachdem das Video beginnt, sagt die Stimme: »Adramelech.«

Genau in der Mitte, an der Zwanzig-Sekunden-Marke, sagt sie: »Mephistopheles.«

Und eine Sekunde vor Ende sagt sie: »Baphomet.«

Bex schüttelt sich auf meiner Bettkante und reibt sich die nackten Arme. »Mannomann. Hab Gänsehaut.«

Ich bin enttäuscht: Das hätte meine Chance sein können, das verängstigte, betrunkene Mädchen in den Arm zu nehmen. Aber nein. Wegen Lawrence. Wegen der Kotzflecken. Wegen des Lebens an sich.

»Ja«, sage ich. »Das ist das beste Geistervideo, das ich bisher gesehen habe. Das haben sie erstklassig hinbekommen.«

»Was … du denkst, es ist nicht echt?«

Mein spöttischer Tonfall überrascht selbst mich. »Bex, für wen hältst du mich? Aber ich kann mir vorstellen, dass manche Leute es überzeugend finden.«

»Diese durchsichtigen Beine … das ist ein *Geist.*«

»Oh Gott, Weib! Findest du nicht, das Video ist insgesamt ein bisschen zu … aufgeräumt?«

»Nenn mich nicht ›Weib‹, du dämlicher Wichser.«

»Das Ganze ist viel zu sehr wie … *Blair Witch*. Am Schluss

passiert etwas Unheimliches, die Kamera dreht durch, dann alles schwarz.«

»Falls ein Geist um die Ecke biegen und auf mich zufliegen würde, wäre das genau der Zeitpunkt, an dem ich jegliches Interesse am Filmen verlieren und meine Kameraführung darunter leiden würde.«

Bex ist so nervig und verwirrend. Witzig und herzzerreißend. Während wir über das Video streiten, lade ich es auf meinen YouTube-Kanal und schreibe dazu: »Da ist es wieder! Weiß jemand, woher dieser unheimliche Clip stammt? Schreibt an VidInfo@JackSparks.co.uk: [YouTube-Link].«

»He, warte mal«, sagt Bex. »Du hast das nicht selbst gefilmt, oder?«

Ich werfe ihr einen finsteren Blick über die Schulter zu.

»Wollte nur sichergehen«, verteidigt sie sich. »Können wir es noch mal sehen?«

»Ich bin zu müde.« Ich kämpfe gegen das starke Bedürfnis an, mir den Clip mit ihr bis zum Morgengrauen in Dauerschleife anzuschauen. Mit ihr würde ich alles bis zum Morgengrauen tun. Ich würde mit ihr die Beulen im Deckenputz zählen. Oder eine gewaltige Menge Nadeln nach Länge sortieren.

Widerwillig steht sie auf, wie eine wacklige Schlafwandlerin. Sie gibt mir ein High five, als sie an mir vorbeigeht, bevor sie im Flur mit der Dunkelheit verschmilzt. Sie betritt den Raum, der schon bald wieder zu meinem Heimbüro werden oder einem neuen idiotischen Mitbewohner gehören wird, der überall abfällige Post-its hinterlässt.

Ich hatte sie noch fragen wollen, ob sie etwas mit »Adramelech«, »Mephistopheles« oder »Baphomet« anfangen kann, doch Google verrät mir rasch, dass das Namen von Dämonen und Teufeln sind. Egal, ich kann sie auch morgen noch als Vorwand für ein Gespräch mit ihr nutzen. Aber nein, nein, dreimal nein – ich sollte dieses Bedürfnis ignorieren. Mich von

Bex zu distanzieren, ist das einzig Richtige. Nichts bleibt für immer gleich, und Gott weiß, es ist ihr Pech.

Ich ziehe eine Flasche Jack unter dem Tisch hervor, angle mir eine alte Schachtel Zigaretten aus der Schublade und schaue mir das Video an, bis ich auf dem Stuhl einschlafe.

Am nächsten Morgen habe ich das Gefühl, als würde ich den Clip zum ersten Mal konzentriert sehen. An Halloween war ich betrunken und unaufmerksam und hatte nur das kleine Telefondisplay zur Verfügung. Letzte Nacht war ich betrunken und zu sehr mit Bex beschäftigt. Nun, im kalten Tageslicht, während ich zwar nüchtern, aber stark dehydriert und mit Toastkrümeln übersät bin, wirkt das Video viel lebhafter. Ich hatte befürchtet, der Film würde an Wirkung verlieren, aber er ist unverändert eindrucksvoll. Außerdem fallen mir mehr Details auf. Zum Beispiel der Umriss einer Tür an der Rückwand des Heizungskellers: der Zugang zu einem alten Aufzugsschacht. Zwei kleine eckige Fenster sind in die Tür eingelassen, und alle paar Sekunden erkennt man die Umrisse altmodischer Mechanismen. Da neben der Lifttür kein Knopf an der Wand zu sehen ist, reden wir wohl von einem Modell vor der Automatik-Ära, also vor 1950.

Ich nehme mir vor, das Video nach Hinweisen auf seinen Ursprung zu durchforsten, während ich einen Experten suche, der es analysieren kann. Cardiff Calvin mag unglaublich kompetent sein, aber als IT-Manager hat er in dieser Hinsicht nur wenig zu bieten. Er teilt mir mit, die Originalauflösung des Videos »ist nur schwer herauszufinden, da YouTube alles, was man hochlädt, neu codiert. Aber ich schätze, es ist in den letzten Jahren aufgenommen worden, vielleicht eher mit einem Smartphone als mit einem Camcorder? Auf jeden Fall ist es zu verwackelt, als dass es von einem angehenden Profi stammen könnte.«

Meine Füße jucken. Mein Reisepass hüpft auf dem Schreibtisch herum und fleht mich an, ihn zu benutzen. Der Drang zu verreisen ist größtenteils Bex geschuldet, die offenbar vorhat, den ganzen Tag in Unterwäsche herumzulaufen, ein Handtuch ums Haar gewickelt. Während ich versuche, das Video zu zerpflücken, kann ich also genauso gut verreisen und herausfinden, wie super die Welt des Paranormalen sein kann. Und so beschließe ich, ein Blatt im Wind der sozialen Medien zu werden:

»Leute! Verratet mir, wo die furchteinflößendsten, WISSENSCHAFTLICH NACHWEISBARSTEN Geister rumhängen. Ganz egal, wo auf der Welt. Los!«

Den Rest des Tages trudeln Vorschläge ein. Ich erhalte Einladungen rings um den Globus und stelle bald fest, dass es eine wahnsinnig hohe Zahl an Gruppierungen gibt, die sich mit paranormalen Phänomenen beschäftigen. Eine davon, Brașov Inc. aus Transsilvanien, behauptet, den Schädel des echten Graf Dracula gefunden zu haben, begraben in der Nähe alter Ruinen. Eingedenk der Tatsache, dass Graf Dracula eine fiktive Figur ist, lehne ich höflich die Einladung ab, vorbeizukommen und das Ding in eigenen Händen zu halten. Sie antworten, dass sie eigentlich Vlad den Pfähler meinen, die historische Gestalt, die Bram Stoker vermutlich als Vorlage für Dracula diente, und die offenbar unter dem Beinamen Drăculea bekannt war. An der Stelle frage ich, wieso der Schädel einer historischen Person für jemanden interessant sein sollte, der nach dem Übernatürlichen sucht. Daraufhin herrscht Funkstille. Manche Leute tun wirklich alles für ein bisschen Aufmerksamkeit; ihre Verzweiflung verschlingt jede Vernunft.

Eine zusammengewürfelte Gruppe aus den Staaten namens *The Hollywood Paranormals* schreibt mir, sie bereite eine moderne Variante des sogenannten Harold-Experiments aus den Siebzigern vor. Ich überfliege die Mail lediglich, bekomme aber mit, dass sie im Grunde überprüfen wollen, ob der menschliche Verstand einen maßgeschneiderten Geist erfinden und erzeugen kann. Natürlich wollen sie Jack Sparks dabeihaben. Ziemlich interessantes Zeug, das gewiss Draculas Schädel übertrifft, mir aber insgesamt zu esoterisch ist. Wie ich schon sagte, glaube ich nicht, dass der menschliche Verstand einen Geist halluzinieren kann, ohne LSD. Außerdem will ich den Leuten zumindest die Chance geben zu beweisen, dass *echte* Totengeister existieren, nicht Geister, die dem Verstand entspringen, daher wünsche ich Astral Way, dem Wortführer der Gruppe, alles Gute mit seinem Experiment und öffne die nächste E-Mail …

… die sich als Hacker-Drohung von einem Dildo namens Oscar entpuppt, der so tapfer ist, einen nicht rückverfolgbaren E-Mail-Account zu nutzen. Sein Senfgasgift schlägt mir vom Bildschirm entgegen. »Nur ein Idiot würde ein Buch über etwas schreiben, an das er nicht glaubt. Sie finden den Teufel lustig? Sie sollten sich fragen, Mr Jack Sparks, wie der Teufel *Sie* findet.« Kurz bevor seine Mami ihm zuruft, dass er ins Bett muss, unterzeichnet Oscar mit »Sie haben viele Leute der Hacker-Community erbost, Mr Sparks. Wir werden SIE ABSCHALTEN.«

Abgesehen von sich aufplusternden, machtlosen Trolls, ist keine der übrigen Einladungen verlockend. Alles nur bla, bla, bla. »Lesen Sie meinen Blog« hier, »Ich habe einen Doktortitel über das Paranormale« da. Nach stundenlangem Flächenbombardement von Quacksalbern und Leuten, die ein Kindle-Buch bewerben wollen, erscheinen mir indirekte Empfehlungen plötzlich viel reizvoller. Also schenke ich diesen Mails mehr Aufmerksamkeit.

Ein Name taucht in den Nachrichten häufiger auf als alle anderen.

Sherilyn Chastains Hongkong-Island-Apartment ist schwer zu finden, selbst wenn man ihre Adresse bei Google Maps eingibt. Das ist offenbar Absicht, wenn man bedenkt, dass ihr Beruf sogar mehr Irre anlocken dürfte als Dawkins oder ich. Zweimal muss ich sie anrufen, damit sie mir den Weg erklärt. Jedes Mal teilt sie mir die Information knapp und geschäftsmäßig mit, mit einem Minimum an Worten.

So, wie das Video mich durch seinen Minimalismus beeindruckt hat, interessiere ich mich für Sherilyn Chastain, weil andere für sie die Werbetrommel rühren. »Du solltest definitiv mit SChastainReal sprechen«, riet mir MightieAtom6 aus New Jersey, zusammen mit vielen anderen. »Sie weist dir die richtige Richtung und sorgt dafür, dass du dieses Buch nicht vermasselst.« Danke für den Rat, MightieAtom6, auch wenn ich nicht dazu neige, Fehler zu machen (abgesehen von der einen oder anderen Unze Kokain vor dem Entzug).

Chastains Website ist unscheinbar. Eine kurze Bio offenbart, dass sie in Perth als Tochter einer ansässigen Anwältin und eines französischen Künstlers aufwuchs. Der Rest konzentriert sich auf ihre diversen buchbaren Dienste als Kampfmagierin. Ja, Sie lesen richtig: Kampfmagierin. Kampfmagie ist mir neu, klingt aber so dramatisch, dass ich mehr darüber erfahren muss.

Hongkongs Sommerhitzewelle ist längst abgeflaut, die Luft vergleichsweise kühl, aber feuchter, als ich es gewohnt bin. Bald bin ich schweißgebadet, während ich durch die hektischen und knallbunten Straßen schlendere, deren Marktstände alles feilbieten, was man sich nur vorstellen kann. Jede Straße hat einen Schwerpunkt: Kann man in der einen nur Goldfische kaufen, sind es in der nächsten nur Schuhe, dann folgt eine mit Elektroartikeln. Die vielen Aromen überwältigen mich, es ist eine Fülle, wie sie nur China und seine globalen Chinatown-Außenposten erzeugt. Es fällt mir schwer zu glauben, dass sich die offenen Imbissstände *(dai pai dongs)* vor Ort auf dem Rückzug befinden, denn sie sind großartig. Wie die meisten Wolkenkratzerstädte verwandelt auch Hongkong dich in eine Maus, die durch ein unfasslich großes Labyrinth irrt, doch die Anblicke, Gerüche und Geschmäcker sind das alles wert.

Jede Minute vibriert das Handy in meiner Hand, wenn eine neue E-Mail über das Video in meinem Posteingang landet. Bislang stammen etwa vier von zehn Mails von jemandem, der behauptet, den Clip gedreht zu haben. Falls die nicht alle zum selben Team gehören, ist das offenbar Unsinn. Ich reagiere nur auf die Bekennerschreiben, die grundsätzlich plausibel klingen und nicht mit Flachwichser-Ausdrücken garniert sind. Ich reagiere vorsichtig und bleibe unverbindlich, bitte sie, mir nur noch eine kleine Information zukommen zu lassen, und dann noch eine … bis sie sich selbst als Hochstapler entlarven oder einfach nicht mehr antworten. Ich will ganz sicher keine Kinder mit dem Badewasser ausschütten, aber allmählich begreife ich, wie sehr es Mordermittler frustrieren muss, wenn ein Irrer einen Mord gesteht, den er nicht begangen hat.

Das Video hat die Fantasie der Menschen angeregt und mir dabei über zwölftausend neue Follower beschert. Alle, die darüber bloggen und posten, stellen es entweder als das erste echte übernatürliche Ereignis dar, das je auf Film gebannt wurde, oder zerreißen es als Unfug in der Luft. Ich sehe kaum Reaktionen im Mittelfeld. Einige Faule und Dumme deuten an, ich hätte den Clip selbst gedreht. Ich nehme an, für diese Theorie spricht vor allem, dass das Video erstmals auf meinem eigenen YouTube-Kanal erschien, aber das gibt Sites wie *CrazyHotBuzz.com* nicht das Recht zu schreiben: »Dieses dumme und offensichtlich manipulierte Video muss der letzte Streich des aufmerksamkeitssüchtigen Sparks sein. Jedenfalls hoffen wir das.« Als ob es mich interessiert, was ein Haufen belangloser

Hipster denkt. Sollen sie doch in die Leere quaken. *(Eleanor: Ich habe dir und Murray diesbezüglich eine Mail geschrieben, aber keine Antwort erhalten. Bitte sorgt dafür, dass eure Rechtsleute diese Verleumdung SCHNELLSTMÖGLICH entfernen lassen!)*

Während ich von den Verkaufsständen mit Räucherkerzen auf legale Weise high werde, weise ich einen eingehenden Anruf ab, was in einer Mailboxnachricht resultiert. Das ist schon die dritte, die ich von Astral Way von den Hollywood Paranormals erhalte, seit ich ihnen einen Korb gab. Der Mann versteht offenbar nicht, was das Wort »nein« bedeutet. Woher hat der überhaupt meine Nummer? Unentwegt lädt er mich dazu ein, mich mit ihm in den sozialen Medien zu vernetzen, und seine Voicemails werden von Mal zu Mal passiv-aggressiver. Bei seiner ersten Nachricht sagte er mit seinem leichten kalifornischen Hippieakzent: »Ich würde Ihnen raten, diese Entscheidung noch einmal kurz zu überdenken. Glauben Sie mir, Jack, unser Experiment kann nicht ignoriert werden.« Grinsend höre ich mir seine neuste Nachricht an, auf der er sagt: »Bitte seien Sie so nett, mich zurückzurufen, sofern Sie nicht zu beschäftigt sind, natürlich. Und da Sie Sherilyn Chastain besuchen, kann sie Ihnen bestätigen, welch großen Respekt unsere Gruppe in der paranormalen Community genießt. Vielen Dank.«

Gibt es etwas Schauderhafteres als jemanden, der barsche, förmliche Nachrichten hinterlässt?

Eine Nachricht von Bex poppt auf (»Sieht aus, als könnte ich eher als erwartet bei Loverboy einziehen – ist nächste Woche in Ordnung?«), und ich bin erleichtert, hinter der nächsten Ecke endlich das Schild der Straße zu sehen, in der Sherilyn Chastain wohnt.

Erneut denke ich darüber nach, was ich hier eigentlich erreichen will. Eingedenk der Tatsache, dass Chastain ein respektiertes Mitglied dessen ist, was Astral Way als paranormale Community bezeichnet, wüsste ich gern, ob sie das Video für authentisch hält. Kann nicht schaden. Außerdem finde ich vielleicht im Gespräch mit ihr heraus, was sie genau tut und ob ich meiner SPUK-Liste eine neue Hypothese hinzufügen kann. Wenn ich erst mit einer der weltweit führenden Kampfmagierinnen gesprochen habe, weiß ich womöglich, dass es wirklich eine dritte Erklärung dafür gibt, warum die Menschen Geister sehen, abgesehen von den Thesen, dass sie lügen oder von anderen belogen werden.

Sherilyn Chastains Türsummer ertönt. Ich soll in den siebten Stock kommen. Als sie ihre Apartmenttür öffnet, rümpft sie die Nase und sieht mich skeptisch an. Bei meinem Ruf ist das nachvollziehbar, könnte man meinen. Nur langsam taut sie auf. Sie antwortet einsilbig, als es darum geht, solide Fakten auszutauschen, aber solange das Gespräch um unbeweisbaren obskuren Kram kreist, redet sie wie ein Wasserfall.

Sie spricht mit westaustralischem Akzent, gelegentlich durchsetzt mit einem Anflug von Pariser Melancholie. Sie ist Anfang fünfzig (schätze ich) und barfuß knapp eins sechzig groß. Ihr schlampig gestyltes, violett gefärbtes Haar lässt erahnen, dass sie ihr Faible für Siouxsie-Sioux nie losgeworden ist. Da sie von lauter Gegenständen umgeben ist, die aus Tolkiens Romanen stammen könnten, fällt es mir schwer, sie mir nicht als hobbitartig vorzustellen. Sie trägt Bluejeans und ein schlichtes T-Shirt in der Farbe ihrer Frisur, was eine Schande ist, denn ich hatte auf eine Art Mantel mit mystischen Symbolen gehofft.

Auf den Regalen liegen so viele Totenschädel, dass ich sie nicht zählen kann. Größtenteils Tierschädel – von einem Hund, einer Katze, von etwas, das an einen Otter erinnert, von diversen Vögeln. Enttäuschenderweise nicht von Graf Dracula oder Vlad dem Pfähler, allerdings erblicke ich einen Menschenschädel (»Keine Sorge«, sagt Chastain und stellt eine Tasse mit chinesischem Tee auf den kleinen Tisch neben dem Sofa, das ich mit Rückenschweiß tränke. »Den habe ich völlig legal erworben. Der Besitzer hatte nichts dagegen«).

Sie hat Bücher, so viele Bücher mit Titeln wie *Höhere Prinzipien der sieben Winde*, *Der süße Kochkessel der Hölle*, *Der ewige Untergang des Menschen* und – ja! – das bereits legendäre *Satan & Ich* von Pater Primo Di Stefano. Letzteres überrascht mich: Sind Katholiken und Kampfmagierinnen nicht völlig ungleiche Geschöpfe? Di Stefano würde dieses Apartment bestimmt dem Erdboden gleichmachen wollen. Denkt Chastain, als Hexe oder was immer sie ist, ähnlich über seine Andachtsstätten? Die kurze Antwort: Nein. Die lange Antwort wird aus unserem Interview ersichtlich.

Ich sehe Regalreihen mit Einweckgläsern und Schüsseln, Flaschen und Reagenzgläsern mit trüben Flüssigkeiten, einige in Farben, die ich noch nie zuvor im echten Leben gesehen habe. Einige enthalten (vermutlich) tote Geschöpfe, die in einem seltsamen Saft konserviert sind. Hexenkram wie aus dem Lehrbuch. Die übrige Einrichtung ist unerwartet neutral und goth-untypisch. Chastain sagt, das liege daran, dass sie die Wohnung irgendwann vielleicht einmal zu Geld machen wolle. »Ich reise gern.«

Es war erstaunlich leicht, eine Audienz bei Sherilyn Chastain zu bekommen. Sie hat meine E-Mail binnen weniger Stunden beantwortet. Natürlich schadet es ihr nicht, in Jack Sparks' neustem Buch erwähnt zu werden – das ist eher geschäftsfördernd. Möglicherweise sind die Beweggründe von Katholiken und Kampfmagierinnen am Ende doch nicht so verschieden.

Wir siedeln auf ihren kleinen, aber angenehm begrünten Balkon um und setzen uns auf die Liegestühle. Von hier oben überblickt man das Harbour Grand Kowloon, flankiert von abgetakelten Dschunken bis hin zu den Spielzeugen der Reichen. Dahinter kräuselt sich das blassblaue Meer, nur durch den Schatten eines Paragliders verdunkelt, der unter einem gelben Decksegel hängt. Nein, Chastain hat nichts dagegen, dass ich hier draußen rauche, und stellt mir einen seltsam geformten Aschenbecher hin. Dann zündet sie ein Räucherstäbchen an, »um die Luft zu neutralisieren«. Genau dasselbe macht sie auch beruflich, in größerem Maßstab.

Ich frage mich laut, ob es viele weibliche Kampfmagier gibt.

»Es gibt schon ein paar von uns«, antwortet sie und lümmelt sich in den Stuhl, die Füße auf die Balkonbrüstung gelegt. »Und die meisten von uns haben mehr drauf als die Männer. Wir haben den Vorteil der Menstruationsströmung, wissen Sie. Wir können Geschöpfe mit Blut im Körper übler zurichten.«

Eigentlich sollte mich ihre Aggression nicht sonderlich überraschen, zumal das Wort »Kampf« in Chastains Berufsbezeichnung steht. Als ich den Unterschied zwischen Kampfmagiern und Exorzisten erfahren will, wirft sie mir eine angemessen kampfbasierte Metapher an den Kopf: »Wenn Exorzismus Judo ist, dann ist Kampfmagie Jiu-Jitsu.« Das hilft mir nicht weiter, also führt Chastain aus: »Ein Exorzismus neigt dazu, recht formal und langsam zu sein. Ziemlich langweilig, um ehrlich zu sein. Aber das wissen Sie ja schon, denn Sie haben einen Post über einen Exorzismus veröffentlicht, einen sehr respektlosen.«

Sie hält inne, um meine Reaktion abzuschätzen. Da ich schweige, hakt sie nach. »Wie geht es dem Mädchen jetzt? Dem italienischen?«

Ich erkläre ihr, dass die ganze Sache ein Betrug war. Maria und ihrer Mum ginge es ganz sicher gut, dank einer katholischen Bargeldinjektion. Chastain blickt mich skeptisch an, und ich lenke sie aufs eigentliche Thema zurück.

»Kampfmagie ist dasselbe wie Straßenkampf«, sagt sie, »nur

schmutziger und flinker. Falls man in eine Situation gerät, in der man Kampfmagie braucht, muss man schnell handeln. Die Magie muss mächtig und derb sein.«

Chastain behauptet, dass sie und ihre Partnerin Fang (Geschäftspartnerin. Obwohl, wer weiß das schon?) regelmäßig mit Leuten rings um den Globus zu tun haben, die »vielleicht mit einen Fluch belegt worden sind, den wir für gewöhnlich brechen können. Oder ein Kunde hat das Gefühl, dass sein Haus heimgesucht wird. Wir machen viele Hausreinigungen – befreien sie von negativer Energie. He, benutzen Sie bitte den Aschenbecher, ja?«

Ich habe einfach auf den Balkon geascht. Mein Herz ist zu sehr damit beschäftigt, in die Hose zu sinken, sobald Worte wie »Fluch« und »heimgesucht« fallen, und bei »negativer Energie« geht es regelrecht in den Sturzflug.

»Was meinen Sie«, frage ich nach und stelle mir den Aschenbecher auf den Schoß, »mit negativer Energie?«

Chastain ist der Ansicht, der Begriff bedürfe keiner weiteren Erklärung. »Energie, die negativ ist«, fasst sie zusammen. »Die Menschen haben viele Namen für das, was uns umgibt. Ich nenne es zufällig Chi. Diese negative Energie erzeugt ein schlechtes Gefühl, schlechte Schwingungen. Sie kann alles bewirken, etwa die Gefühle von Menschen so sehr durcheinanderbringen, dass sie sich heftig übergeben.«

»Und was tun Sie, um ein Haus von … negativer Energie zu befreien?«

Sie stützt sich auf die Lehnen des Liegestuhls und richtet sich auf. Das Holz knarrt unter ihrem Gewicht. »Wie lange sind Sie in der Stadt? Wir haben einen Auftrag am Freitag, drüben auf Lantau. Ich könnte nachfragen, ob die Kunden Ihre Anwesenheit gestatten. Manche Dinge muss man mit eigenen Augen sehen. Darum geht es in diesem Buch doch, oder?«

Ich nicke. »Es geht darum, dem Übernatürlichen mit offenem Geist zu begegnen.«

Sie kneift die müden Augen zusammen und mustert mich. »Wieso fühlt sich Ihr Geist dann so verdammt verschlossen an? Als läge um ihn ein beschissenes Fußeisen. Sie haben Ihre Schlüsse längst gezogen.«

»Falls ich etwas sehe … eine Art unumstößlichen Beweis …«

Mit erhobener Hand schneidet sie mir das Wort ab. »Es steht Ihnen ins Gesicht geschrieben. Ihre verschränkten Arme, die Anspannung … Sie wollen mich nur abhaken und dann den nächsten verblendeten Idioten besuchen.«

»Na, wer von uns hat hier schon Schlüsse gezogen?«, kontere ich. »Ich hake Sie ab, falls Sie es verdienen.«

»Nö. Wir leben im Zeitalter der Überzeugung, Mann. Alles ist vermurkst und unvorhersehbar, daher orientieren sich die Leute an Meinungen wie an Eisschollen, aus Angst unterzugehen. Sie haben große Angst davor, Zweifel zu zeigen, vor allem die an sich selbst. Das ist gefährlich.«

»Gefährlich? Dass die Leute Meinungen haben?«, frage ich spöttisch.

»Die Leute bilden sich ihre Meinung so schnell wie möglich und vertreten sie dann mit größter Überzeugung. Wann haben Sie das letzte Mal einen Post mit dem Wortlaut gelesen, ›Ich habe noch keine Meinung zu diesem Thema, aber ich melde mich, sobald ich mir eine gebildet habe‹?« Ihr leidenschaftlicher Ton wird sanfter. »Ich bin nur froh, dass Sie mich jetzt schon aufsuchen, am Anfang Ihrer kurzen Entwicklung.«

Ich ignoriere ihre herabsetzende Bemerkung über meine »Entwicklung« und frage nur, was sie damit meint.

»Sie haben diese Welt mit geschlossenen Augen und versperrtem Geist betreten. Früher oder später wird etwas Sie zu Tode ängstigen, ob Sie daran glauben oder nicht. Daher rate ich Ihnen dringend, sich damit auseinanderzusetzen, was

Angst ist. Ich kann sie bei der Arbeit unterdrücken, aber nur, weil ich viel Übung habe und gewisse Techniken beherrsche.«

Mir liegt die Frage auf der Zunge, was ich ihr für diesen erstaunlichen Rat schuldig bin, doch sie scheint Sarkasmus recht schnell zu erkennen. Also bitte ich sie um ihre Meinung bezüglich des Videos. Lässt es bei ihr irgendwelche, äh, psychischen Alarmglocken schrillen? Fühlt es sich echt an?

Sie gesteht, dass sie noch nicht dazu kam, es sich anzuschauen, setzt sich die Sonnenbrille auf und legt sich ein iPad auf den Schoß. Sie fragt nach dem Titel des YouTube-Videos, der *Woher stammt dieses angebliche Geistervideo?* lautet. Während sie sich zu dem Clip durchklickt, beobachte ich, wie der Paraglider zum Strand absinkt und mit einem dumpfen Aufschlag landet. Viel zu schneller Sinkflug. Viel zu arrogant.

Inzwischen verspüre ich keinerlei Bedürfnis mehr, mir das Video mit ihr anzusehen. Seit es vor achtundvierzig Stunden in mein Leben zurückgekehrt ist, hat es sich mir ins Gehirn gebrannt. Ich habe es unzählige Male gesehen während meines Sechzehn-Stunden-Flugs nach Hongkong, den Erubis Books bezahlt hat. Ich kenne jede einzelne Bewegung von Kamerajunge, jeden seiner Atemzüge, jedes Wackeln der Kamera, alles eingeprägt.

Auch wenn ich das »Adramelech« am Anfang nicht höre, das »Mephistopheles« in der Mitte oder das »Baphomet« am Schluss – ganz zu schweigen von Kamerajunges gehauchtem »Oh Gott … das ist echt« –, weiß ich trotzdem jederzeit genau, welche Stelle des Videos Chastain sich anschaut. Ich sehe vor mir, wie sich die angeblich durchscheinenden Füße der Kamera zuwenden, und weiß ganz genau, wie lange sie dafür brauchen. Eines Tages interviewe ich die Leute, die den cleveren, subtilen Spezialeffekt entwickelt haben, durch den die Sichtbarkeit des Geists ständig schwankt. Ob sie wollen oder nicht.

Sherilyn Chastain – ist es noch zu früh, sie Shezza zu nennen? Vermutlich – sieht sich den Film schweigend an. Ihre Miene ist undurchdringlich, allerdings vertiefen sich ihre Stirnfalten, sobald Kamerajunge um die Ecke biegt und man die seltsame Szenerie erblickt. Auch nach dem Höhepunkt, als das Wort »Baphomet« fällt, schweigt sie. Sie saugt nur den Atem ein, als hätte sie das seit, äh, vierzig Sekunden vergessen. Dann macht sie, womit ich gerechnet habe: Sie spielt das Video erneut ab.

Ich rauche Kette, während sie Kette schaut, und spare Zippobenzin, indem ich jede neue Zigarette mit der alten anzünde. Wieso bin ich wieder dieser miesen Gewohnheit verfallen? Ach ja: Bex.

Endlich legt Chastain das iPad beiseite. »Ja«, sagt sie. »Dieses Video verheißt nichts Gutes.«

Ich huste, lege meine halb aufgerauchte Zigarette in den Ascher und hebe eine Augenbraue. »Also halten Sie es für echt.« Welch Überraschung.

»Genau weiß ich es nicht«, erwidert sie, »und es wäre nicht gesund für mich, es *sicher* zu wissen, aber zum jetzigen Zeitpunkt ... ja, ich halte es für echt. Ich hab noch nie etwas Vergleichbares gesehen.«

»Wieso halten Sie es für echt?« Noch während ich die Frage stelle, kenne ich die Antwort: Sie glaubt an diesen Scheiß, und/oder es ist für ihre Karriere vorteilhaft, wenn andere daran glauben. Genau wie jeder andere auf diesem gottlosen Planeten lügt sie entweder oder wird belogen.

Chastain reibt sich die Stelle, an der ihre Schlüsselbeine aufeinandertreffen. »Ich habe ein schlechtes Gefühl bei dem Film, Jack.« Zum ersten Mal nennt sie mich beim Namen.

»Können Sie das etwas konkretisieren?«

Verstört schaut sie zu dem iPad neben sich. »Ich muss es noch ein wenig studieren.«

»Was ist mit den drei Worten, die am Anfang, in der Mitte

und am Ende fallen? Nicht das ›Oh Gott …‹, sondern das ›Adramelech‹, das ›Mephistopheles‹ …«

Sie sieht mich an, dann durch mich hindurch, auf Gott weiß was, ihr Verstand scheint im Leerlauf zu sein. »Was war das dritte Wort doch gleich?« Ich habe den Eindruck, sie wählt jedes Wort mit Bedacht.

»›Baphomet‹. In welchem Zusammenhang stehen die Begriffe Ihrer Meinung nach?«

Ihr Blick erfasst wieder den Balkon, und sie notiert sich etwas auf einem Block. »Ich melde mich bei Ihnen. Aber fürs Erste rate ich Ihnen, die Macher dieses Videos nicht aufzuspüren. Vergessen Sie die Sache.«

Eine Meile entfernt brechen sich die Wellen am Strand. Unausweichlich, unaufhaltsam.

»Dieses Video spielt für mein Buch eine zentrale Rolle. Es ist quasi das Rückgrat. Sobald ich beweisen kann, dass es gefälscht ist, bricht auch alles zusammen, was weniger überzeugend ist.«

»Das ist Ihnen wichtig«, sagt sie sanft und mustert mich. »Sie ziehen den Vorhang beiseite, um alles zu offenbaren. Sie wollen Ihren großen *Zauberer-von-Oz*-Moment. Wieso, Toto? Wieso brauchen Sie das, Ihrer Meinung nach?«

Erst Scooby-Doo, jetzt Toto: Wieso vergleichen mich Frauen mit fiktiven Hunden? Ich muss sogar lachen – eine beachtliche Leistung, wenn man meinen Jetlag bedenkt. Meine Gedanken wandern, dann fällt mir etwas ein, was sie vorhin gesagt hat. »Was ist eigentlich falsch daran, wenn man von bestimmten Dingen überzeugt ist?«

Sie setzt sich im Schneidersitz auf den Liegestuhl. Sie ist überraschend gelenkig, meine Ms Chastain, und nicht ohne Sex-Appeal. »Ah«, sagt sie mit beunruhigendem Enthusiasmus, als ob sie eine epische Geschichte erzählen will. »Je von Robert Anton Wilson gehört?«

»Ja. War ein Riesen-Satanist.«

»Nein, Jack, war er nicht. Sie meinen Anton LaVey.«

»Und Sie weichen meiner Frage aus.«

In spöttischem Ton erwidert sie: »Da irren Sie sich. Oder Sie haben recht. Robert Anton Wilson hat der Welt den Modellagnostizismus geschenkt, wissen Sie?«

Ich weiß nicht, was Modellagnostizismus ist, vermute jedoch, dass es mir nicht gefallen wird. Prompt umreißt Chastain Wilsons These, dass es für jeden ungesund sei, sich nur an ein Glaubenssystem im Leben zu klammern. Wilson vertrat die Position, dass wir unsere Ansichten und Denkweisen jederzeit ändern können sollten. Offenbar beschrieb er einmal den Glauben als »den Tod der Intelligenz«. Ich gestehe Chastain ein, dass er mir dadurch ein wenig sympathischer wird, da das gewiss auf Religion zutrifft.

»Es trifft auf alles zu, einschließlich der Wissenschaft«, erwidert sie, offenbar angetan von meiner Verbitterung. »Mit anderen Worten meint Robert: Kein Modell und keine Karte des Universums sollte als völlig wahr oder völlig falsch betrachtet werden.«

»Die Wissenschaft«, erwidere ich, »ist unumstößlich, danke. Ein Fähnchen im Wind zu sein, sein Glaubenssystem alle fünf Minuten zu ändern, das klingt nach Wischiwaschi. Man muss an etwas glauben, und das kann nur die Wissenschaft sein. Denn die befasst sich mit reellen Dingen, die wir sehen und anfassen können. Im Gegensatz zu dem …« Als ich abschätzig auf den Nippes in Chastains Apartment deute, spüre ich, dass Zorn in ihr aufsteigt.

»Das Higgs-Boson«, kontert sie. »Können wir das sehen oder anfassen?« Als ich widerwillig verneine, fährt sie fort: »Fürs menschliche Auge unsichtbar, stimmt's? Trotzdem wurde es in langer, kostspieliger Forschungsarbeit nachgewiesen. Wie Sie sicher wissen, stellt die Quantenphysik viele Fragen über die Rolle des Bewusstseins im Universum. Falls wir die

Toten mit ebensolchem Ehrgeiz untersuchen würden, wie wir auf den Bau der Waffen verwenden, durch die sie umkommen, wüssten wir deutlich mehr über das Leben nach dem Tod.«

»Tot ist tot, Ms Chastain.«

»Sie haben ja keine Ahnung.« Sie nimmt die Sonnenbrille ab. »Und als Modellagnostikerin hab ich ebenfalls keine Ahnung.«

Ich zünde mir noch eine Zigarette an, sie ein weiteres Räucherstäbchen.

»Also haben wir *doch* was gemeinsam, oder, Jack? Trinken Sie Ihren Tee, er wird kalt.«

»Ihnen ist klar, dass die Wissenschaft Ihre These von ›positiver‹ und ›negativer‹ Energie als völligen Blödsinn betrachtet, oder?«

»Oh, ich verehre die Wissenschaft«, erwidert sie, als rede sie über eine liebe alte Tante, die an Demenz erkrankt ist. »Aber sie ist nur die Generalisierung der griechischen Grammatikregeln. Das ganze Projekt der Aufklärung kreiste darum, das Wissen der alten Griechen wiederzuentdecken. Und weil dieses graeco-romanische Wissen so stark codiert war, gab es für manche Dinge keine Vokabeln.«

»Es gibt immer Lücken, aber wenn man sie füllt, weisen sie über das vorherige Modell hinaus. Man kommt nicht aus heiterem Himmel auf Ghule und Goblins.«

»Das können Sie nicht wissen«, behauptet sie und fährt fort: »Wissenschaft ist Wissenschaft, Philosophie ist Philosophie, und beides wird sich nie vereinen lassen. Hören Sie: Die Wissenschaft ist wirklich gut darin, die *Einzelteile* der Dinge zu beschreiben.«

»Sie ist wirklich gut darin, *alles* zu beschreiben und in Verbindung zueinander zu setzen.«

»Wissenschaft ist Reduktionismus. Man reduziert Dinge. Man kann ein Schaf in so viele Teile zerlegen, wie man will.

Man versteht jede einzelne Komponente gut, sieht aber nicht das Gesamtbild.«

»Wir haben sogar schon ein Schaf erschaffen«, sage ich, während mich Nikotinkopfschmerzen quälen. »Wir haben ein Schaf geklont.«

»Nö.« Sie schüttelt entschieden den Kopf. »Nö. Das ist nicht dasselbe, wie ein Schaf zu erschaffen. Kein richtiges Schaf. Das ist bloß die Kopie von etwas, das schon existierte, erschaffen von … wer auch immer der Schöpfer war.«

»Es gibt keinen Schöpfer«, widerspreche ich, »nur den Urknall und die Evolution.«

»*Noch* mal«, sagt sie und haut sich auf beide Oberschenkel. Diesmal steigt ihr eine leichte Zornesröte ins Gesicht. »Das können Sie nicht wissen. Es könnte einen Gott geben oder auch nicht. Nahtod- und Sterbeerfahrungen weisen auf eine Art von Jenseits hin. Aber ihr verdammten Atheisten müsst ja unbedingt Flagge zeigen … und schon sind wir zurück im Zeitalter der Überzeugung. Ihr beschließt, dass es kein Leben nach dem Tod gibt, weil es eurem gegenwärtigen Modell nicht entspricht. Und ihr bekommt nicht mit, dass ihr so geistig unbeweglich seid wie ein Zeuge Jehovas.«

Mir gefällt der Vergleich mit den Zeugen Jehovas überhaupt nicht. »Wir sehen uns nur die Beweise an. Und auf Grundlage von –«

»Nur, weil etwas nicht widerlegbar ist«, unterbricht sie mich, »heißt das nicht, dass es falsch ist. Sondern nur, dass die Wissenschaft es nicht widerlegen kann. Es ist unglaublich arrogant zu behaupten, dass etwas nicht real ist, nur weil die Wissenschaft es nicht widerlegt. Ihr glaubt, ihr wisst alles –«

»Nein, stimmt nicht.« Allmählich kommt auch mir die Galle hoch. »Aber wir schieben jahrhundertelangen Fortschritt nicht einfach beiseite, indem wir irgendeinen Mist erwägen, der direkt aus dem Mittelalter stammt.«

Wir setzen unser Wortgefecht noch eine Weile fort, bis Chastain einen wilden Schrei ausstößt, die Arme in die Luft wirft und schlaff fallen lässt. »Das wird sicher ein fantastisches Buch«, sagt sie. Ihr Ton erinnert mich an Bex. »Sie fliegen um den Planeten und zweifeln alles an. Ich habe neulich ein Buch über Atheismus gelesen, das ein Christ verfasst hat. Wenn es so was gibt, darf ein Ungläubiger auch den Glauben angreifen.«

»Danke für Ihre Erlaubnis«, entgegne ich, außerstande, meinen scharfen Tonfall zu unterdrücken.

Sie lacht matt, dann wird es auf dem Balkon still. All die Worte, die wir uns gegenseitig an den Kopf geworfen haben, häufen sich wie tote Blätter um unsere Knöchel. Die Wellen brechen sich nach wie vor am Ufer, konstant und klar. Ich muss zugeben, dass Chastain nicht dem archaischen Hexentypus entspricht, mit dem ich gerechnet hatte. Zudem ist sie mir nicht unsympathisch. Sie ist zweifellos stark, aber mit einer vagen Modelltheorie verdient sie sich niemals meinen Respekt.

Sherilyn Chastain beäugt mich nachdenklich. »Also, Toto. Begleiten Sie mich am Freitag zu meinem Auftraggeber oder nicht?«

Ich antworte, dass ich mitkomme.

Übrigens wird Freitag der Tag sein, an dem ich meinen ersten Geist sehe.

Alistair Sparks: Es folgt eine E-Mail vom 4. November 2014, die Sherilyn Chastain an ihre Schwester Elizabeth Buckstable schrieb, eine Gerichtsmedizinerin aus New York City.

Hey, Lizzy!

Ich hoffe, bei dir, Don und den Winzlingen ist alles gut. Außerdem hoffe ich, der Anhang dieser Mail landet nicht im Spamordner. Du solltest ihn dir dringend ansehen.

Jack Sparks, der berüchtigte britische Journalist, hat mich heute besucht und interviewt. Das Letzte, was ich nach dem stressigen und schlauchenden London-Auftrag gebrauchen konnte, aber er hat immer wieder angefragt, und am Ende dachte ich mir, warum eigentlich nicht?

Das war eine seltsame Erfahrung. Allerdings ist er auch ein echt merkwürdiger Typ. Erst will er mir unbedingt ein YouTube-Video zeigen, und dann holt er noch dieses komische Taschenbuch hervor und will meine Meinung dazu hören …

Er roch schon auf der Türschwelle nach Schnaps. Da ich ein bisschen was über ihn gelesen hatte, wusste ich, dass er Drogen nimmt. Er hat sogar ein ganzes Buch darüber geschrieben, und ich sag dir, er ist eindeutig emotional instabil. Beim Interview hatten wir keinen guten Start: Kurz nachdem wir uns auf den Balkon gesetzt hatten, behauptete er, etwas verloren zu haben, und kroch auf der Suche danach über den Boden.

Er wollte mir nicht verraten, worum es sich handelte, was mir verdächtig vorkam. Ich nahm an, er hatte einen Beutel mit Drogen fallen lassen, und wurde sauer. Ich sprach ihn unverblümt darauf an (ohne Scheiß), und er schwor Stein und Bein, dass er keine Drogen suche.

Während er den Balkon abkämmte, regte er sich immer mehr auf, dann schaute er über die Brüstung, in der Annahme, es wäre sieben Stockwerke tiefer im Garten gelandet. Ich kenne die Frau, der der Garten gehört, also gingen wir runter und durchsuchten ihn. Eine halbe Stunde später hatte Jack das Gesuchte noch immer nicht gefunden. Er ging ins Bad und kam mit geröteten Augen wieder heraus. Anfangs dachte ich, er wäre bekifft, aber es roch im Bad nicht nach Gras. Ich bin mir ziemlich sicher, dass er geweint hat. Er war ganz kleinlaut und behauptete, das vermisste

Objekt in einer Tasche gefunden zu haben. Er schob das auf seinen Jetlag und meinte, es sei ein peinlich kleines Ding mit echtem sentimentalem Wert. Damit wusste ich nichts anzufangen und weiß es auch jetzt nicht. Jedenfalls konnten wir uns danach endlich unterhalten.
Lizzy, dieser Kerl lebt online. Das Erste, was er auf meinem Balkon gemacht hat, war ein Selfie mit dem Meer als Hintergrund, das er gleich in den sozialen Medien veröffentlichte. Auch während des Interviews behielt er das Telefon auf dem Schoß, gleich neben dem Aschenbecher. Alle dreißig Sekunden warf er einen Blick darauf. Für einen Journalisten ist er ein echt mieser Zuhörer. Und er leidet unter verbalem Durchfall.
Irgendwas stimmt nicht mit dem Buch, das er schreibt, und deshalb fürchte ich mich vor ihm. Negative Energie umgibt ihn in Wolken, ob er nun an so was glaubt oder nicht. Er hat seine atheistische Ecke wie ein Löwe verteidigt, wollte aber trotzdem meine Meinung über das Video hören, das er untersucht. Wenn ich so eine verrückte Schlampe bin, wieso interessiert ihn dann, was ich davon halte?
Zu einem bestimmten Detail im Video hab ich nichts gesagt, weil er mir das ohnehin nie glauben würde. Er würde annehmen, dass ich seine Gedanken manipulieren will. Und das Buch des Priesters scheint ihn schon genug aufzuregen.
Ach ja, das Buch. Meine Meinung zum Video hat er prompt mitgeschnitten, das Buch hingegen holte er erst hervor, nachdem er die Aufnahme gestoppt hatte.
Ich vergesse nie, wie er das Ding aus der Tasche zog. Dieses Bündel glänzender Alufolie, das nach erloschenem Lagerfeuer roch. Er redete beiläufig darüber und hielt es vorsichtig mit zwei Fingern an einer Ecke gepackt, als wäre es radioaktiv. Er lächelte und meinte, es sei »nur ein dummer

Witz« und »vielleicht nichts«, aber seine Augen erzählten eine andere Geschichte. Er fürchtete sich vor meiner Reaktion.
Natürlich habe ich ihn angeschrien. Hab ihm gesagt, er soll das Ding sofort wieder in die Tasche stecken. Er war schockiert, daher erklärte ich ihm, dass er nicht einfach irgendwelche Gegenstände in meine Wohnung bringen dürfe. Schließlich weiß ich ja nicht, was er da hat – es könnte ein übler Fluch darauf liegen. Ich sagte ihm: »Sie müssen mit verfluchten Objekten wirklich vorsichtig sein: Die sind undicht. Dieser Scheiß ist wie Teer und will Menschen verletzen.« Er tat so, als wäre er ganz entspannt, hat sich aber eigentlich in die Hose gemacht. Daher verließen wir das Gebäude, und ich brachte ihn zu meiner Garage um die Ecke. Unterwegs erklärte ich ihm, dass ich mich unter sicheren Laborbedingungen schützen müsse.
Er verriet mir, was an dem Buch so seltsam war. Ich verrate dir das nicht, um dich nicht zu beeinflussen, aber ich war anschließend noch wütender darüber, dass er es ungefragt in mein Apartment mitgebracht hat.
In der Garage sah er sich um, verfiel wieder in seinen Journalistenmodus und stellte viele Fragen. Ich erklärte ihm, dass die ganzen Kupferdrähte an den Wänden den Raum praktisch in einen faradayschen Käfig verwandelten, doch das war ihm wohl zu hoch. Schon lustig, wo er doch angeblich so ein Wissenschaftsfreund ist, und Michael Faraday war sogar ein verdammter Brite!
Bei dem angehängten PDF handelt es sich um ein Sachbuch: *Die Opfer des Teufels* von Pater Primo Di Stefano. Ich fasste das Exemplar nicht an, bis Jack es in meine psychisch versiegelte und gereinigte Untersuchungsbox legte – und selbst dann nur mit Spezialhandschuhen. Meine Garage ist zwar ein geweihter Ort, trotzdem schadet Vor-

sicht nie. Sollte dieses Ding echt sein, habe ich etwas Derartiges noch nie zuvor gesehen. Also ging ich damit besonders behutsam um.
Vor seinem Aufbruch aus England hatte Jack das Buch angezündet und fast zur Hälfte verbrennen lassen, ehe er seine Meinung änderte und beschloss, es mir zu zeigen. Ich fasste mit meinen Handschuhen in die Box und hob auf, was von dem Exemplar übrig war. Jack beobachtete mich wie ein Falke. Glücklicherweise bin ich Expertin darin, in Gegenwart von Kunden gelassen zu wirken. Ja, Kunden können wie deine Kinder sein – du wirst für sie zum Barometer, auf dem sie ablesen, wie viel Angst sie haben sollten.
Jack war nervös und lenkte mich ab, daher sagte ich ihm, er solle abhauen. Wir würden uns am Freitag sehen.
Ich schreibe diese Zeilen zu Hause, nach einer ausgiebigen Dusche und einer rituellen Reinigung. Ich habe mir zu dem Buch noch keine klare Meinung gebildet. Ich werde es heute Abend erneut untersuchen, aber schau dir *bittöh* in der Zwischenzeit das PDF an, das Fotos vom versengten Cover und der Rückseite enthält sowie viele nicht verbrannte Seiten aus dem Innenteil. Ich wüsste wirklich gern, was du davon hältst.
Ich würde ja denken, jemand will dem Kerl mit dem Buch einen Streich spielen oder ihm eine Lektion erteilen, aber mein Bauchgefühl sagt mir, so ein Ding dürfte eigentlich nicht existieren. In Verbindung mit dem Video sieht mir das ganz nach üblem Juju aus.
Ich hoffe, ich kann Jack irgendwie helfen. Anfangs wollten meine Klienten, die Lengs, ihn am Freitag nicht dabeihaben, aber dankenswerterweise änderten sie ihre Meinung, als er ihnen einen Haufen Kohle bot.
Hoffentlich erweitert es seinen Horizont, mich und Fang

bei der Arbeit zu beobachten. Dann erkennt er vielleicht, dass sein Pfad schmal und selbstzerstörerisch ist. Womöglich ist es noch nicht zu spät für ihn, den Pfad zu verlassen. Ansonsten muss ich ehrlich sagen: Der Kerl hat nicht den leisesten Schimmer, wie kaputt er eigentlich ist.

Euch alles Liebe,

Sx

Kapitel fünf

Mit schmerzenden Gliedern rennen Sherilyn Chastain und ich nebeneinander durch einen Korridor.

»Die Entität weiß, dass wir sie aufgespürt haben«, sagt sie. »Sie wird uns so lange wie möglich aus dem Weg gehen, kann sich aber nicht ewig verstecken.«

Links von uns sieht man durch stilisierte rechteckige Luken das Ufer von Lantau Island und die anderen Boote in der Marina, die wir jedoch keines Blickes würdigen. Wir sind weit mehr daran interessiert, den Geist zu fangen und uns um ihn zu kümmern.

Zumindest trifft das auf Chastain zu. Ich will vielmehr beobachten, wie sie mit ihrem Sidekick Fang so tut, als würden sie ein vorgetäuschtes Ding zum Wohl ihrer Kunden fangen. Die bezaubernden Magierinnen sind nämlich der Prototyp für Leute, die aus einer Mücke einen Elefanten machen.

Ich hab die ganze Zeit gewusst, dass ich bei der Recherche zu meinem Buch auch ein Spukhaus besuchen müsste, so viel stand fest. Ich hätte nur nicht damit gerechnet, dass das Haus auf dem Wasser schwimmen würde. Und fairerweise muss ich gestehen, dass meine Honkong-Reise meine Ansichten über das Paranormale dauerhaft verändert hat.

Chastain deutet zu Boden. »Letztes Deck. Fang, versiegle den Gang hinter uns.« Sie schießt durch eine Seitentür und die Treppe hinab.

Ich folge ihr, nehme zwei Stufen auf einmal, und Fang bleibt zurück, um mit grimmiger Miene das Türversiegelungsritual abzuhalten. Ein chinesisches Mädchen um die zwanzig, das sich aufführt, als übe es diesen Job schon seit Jahrhunderten aus.

»Jack!« Chastains Warnruf hallt von den Wänden wider, während ich verwirrt durch die nächste Tür stolpere. Ich betrete einen langen Korridor, der durch das gesamte Unterdeck des Schiffs führt. Chastain bewegt den Kopf, als sehe sie etwas durch den Korridor auf mich zukommen.

Eine plötzliche Windböe erfasst mein Gesicht und peitscht mein Haar auf.

Chastain bellt einen militärischen Befehl. »Zurück!«

Was würden Sie tun, wenn Sie Atheist wären und eine wütende Kampfmagierin Ihnen befiehlt, Sie sollten augenblicklich einer anstürmenden paranormalen Entität auf einem Hausboot in Hongkong ausweichen. Was genau würden Sie tun?

Zwei Stunden zuvor sind die Lengs nicht zufrieden mit Sherilyn Chastain, ganz und gar nicht. Sie geben sich feindselig und misstrauisch, was ich interessant finde. Das gemeinsame Essen mit ihnen wird dadurch zu einer unangenehmen Angelegenheit.

Die Lengs, Chastain, Fang und ich essen im Freien, in einem Thai-Restaurant auf der Discovery Bay Plaza von Lantau Island. Es ist ein traumhafter Tag, wenn auch ein wenig windig.

Alle paar Minuten zwingt uns eine kräftige Böe dazu, die Tischdecke und unsere Weingläser festzuhalten. Diese gemeinsame Aufgabe bricht zwar noch nicht das Eis, fügt ihm aber zumindest einen Haarriss zu. Fang ist nicht im Mindesten hilfreich. Sie fühlt sich zu keiner Charmeoffensive verpflichtet, sondern sitzt nur ernst da, in einem schwarzen Hoodie und beschlagenen New-Rock-Boots, die mehr wiegen als sie. Mit durchgedrücktem Rücken löffelt sie Suppe vom Teller in den Mund und beobachtet fliegende Vögel, ohne den Kopf zu bewegen. Sie ist bestimmt einer dieser neuen, unheimlichen Droiden, welche die Menschen ersetzen.

Lantau, die größte vorgelagerte Insel Hongkongs, lenkt mich mit ihrer Schönheit nach Kräften ab, sowohl vom Gespräch als auch von meinem widerlichen Kater. Hier ist es viel grüner als in der Stadt. Auf den Bergen stehen nur vereinzelt Gebäude. Ein kleiner Strandabschnitt bietet den Sonnenbadenden einen Anlaufpunkt, während die weite, unstete See aussieht, als wippe eine Milliarde Diamanten auf ihren Wellen auf und ab. Man käme nie auf die Idee, dass in einer nahe gelegenen Bucht ein Boot liegt, das angeblich Guiren und Jiao Lengs Familie das Leben zur Hölle gemacht hat.

Mein frisches grünes Curry sieht exquisit aus. Ich fotografiere es für meine Follower, habe jedoch kaum Appetit. Zu meiner Verteidigung: Die letzten drei Nächte waren hart. Ich habe kaum geschlafen. Erst gestern Nacht habe ich erstmals den viel besuchten Partybezirk von Wan Chai verlassen. In den schmaleren, dunkleren und faszinierenderen Straßen, in denen die Marktstände nachts abgeschlossen sind, fand ich Bars und Menschen, die sich nur nach dem Vergessen sehnen. Ich erinnere mich vage an die pfeifenden Zuschauer, als mir jemand Tequila und Curaçao aus der Flasche in den Mund kippte, während im Hintergrund *Gangnam Style* lief. Daher plagt mich heute ein kalter Schweißfilm.

Außerdem habe ich Fortschritte bezüglich des Videos gemacht. Seit dieser Woche ist klar, dass meine Social-Media-Suchhunde – die großen, ungewaschenen Sparks-Follower – keinen Schimmer haben, woher der Clip stammt, und es höchstwahrscheinlich auch nie herausfinden werden. Des Weiteren stellte sich heraus, dass die einzigen Leute, die eine gründliche Analyse des Films vornehmen wollen, an das Übernatürliche glauben und somit nicht vertrauenswürdig sind. Also nahm ich die Sache am Mittwochmorgen – arg betrunken – selbst in die Hand. Ich schaute mir das Video immer wieder an, begutachtete wie besessen jedes einzelne Pixel. Und beim sechsundfünfzigsten Durchlauf fiel mir endlich etwas auf, das noch niemand bemerkt hatte. Etwas, das nur dann auftaucht, wenn Kamerajunge die Kamera kurz senkt und den unteren Teil einer Wand filmt.

Man sieht es zwar nie vollständig, aber es reicht, um es zu erkennen: eine Steckdose mit zwei Löchern in der Wand. Zwei vertikale Schlitze über einem bogenförmigen Loch – das Ganze erinnert an ein winziges, schockiertes Gesicht. Das bedeutet, das Video wurde in Nordamerika aufgenommen. Oder in Kanada. Oh, oder in Mexiko. Das grenzt die Suche zwar nicht so weit ein, wie ich es mir wünsche, aber hey, zumindest kennen wir jetzt den korrekten Kontinent, Ladys und Gentlemen.

Die Schlinge zieht sich zu …

Die Lengs sind ein attraktives Paar, an dem das traumatische Erlebnis Spuren hinterlassen hat.

Die Haut um ihre Augen ist faltiger und dunkler als bei anderen Menschen Mitte dreißig (trotz der grausamen Arbeitsmoral in Chinas Berufswelt), und sie tendieren dazu, leeren Blickes in die Ferne zu stieren. Guirens linker Arm liegt in einer Schlinge, und zwischen Vorspeise und Hauptgericht wirft er sich Schmerzmittel ein. Dank der Scharlatane Maddelena und Maria Corvi achte ich auf Anzeichen, mit denen die Lengs Chastains Auftritt überzeugender machen, was sie als Handlanger entlarven würde. Bislang bewirkt ihre Rolle als verdrossene Kunden eher das Gegenteil. Werden die Erkenntnisse des bevorstehenden Nachmittags mit meiner SPUK-Liste korrespondieren? Lügen die Lengs, oder werden sie belogen?

Anfangs weigerten sie sich, bei dem Treffen einen Journalisten zuzulassen. Erst als sie meinen Namen erfuhren und begriffen, dass sie all meine Bücher verschlungen hatten, stimmten sie zu. Ich darf sie zwar nicht selbst befragen, aber sie haben zugestimmt, ihre Erlebnisse zusammenzufassen, was mich informiert und ihnen ermöglicht, eine übereinstimmende Version der bisherigen Ereignisse darzulegen.

Chastain trägt ein unauffälliges Businesskostüm, ihr Haar ist kein bisschen weniger violett, aber glatt zurückgekämmt. Selbst die moderne Kampfmagierin muss den gesellschaftlichen Normen entsprechen, damit die Kunden ihr vertrauen. Sie unterhält sich in fließendem Kantonesisch mit den Lengs, während Feng für mich dolmetscht und mich ignoriert, wenn ich sie bitte, etwas zu wiederholen oder zu erklären. Ich habe versucht, über das Thema Rockmusik einen Draht zu ihr zu bekommen, aber ihr gefällt nur skandinavischer Black-Metal-Müll. Bands mit zackigen, unleserlichen Logos.

Im September hatten Guiren und Jiao »die Nase voll davon, Miete zu zahlen« (oh, die armen Lämmchen), und beschlossen, sich ein eigenes Hausboot bauen zu lassen. Trotz hoher laufender Kosten und gelegentlicher Taifune ist es in Hongkong erschwinglich und beliebt, auf einem Hausboot zu wohnen. In Buchten überall in der Region haben sich Gemeinschaften gebildet. Besonders praktisch ist das natürlich, wenn man stinkreich ist.

Das Paar zog am 30. September aufs Boot, was in ihren Augen ein Glück verheißendes Datum für einen großen Schritt im Leben ist. Wenn Sie mich fragen, ist der ganze Astrologiekram nichts als bedeutungsloser Quatsch. Die Lengs erfüllten sich den Traum vom »ruhigen und ausgeglichenen Leben«, das einen Gegenpol bildet zu ihrer stressigen Arbeit als Finanzdirektoren für eines der größten Medienunternehmen Hongkongs, doch schlug das Ganze kurz nach ihrem Einzug in einen Albtraum um.

In der dritten Nacht wachte Guiren auf, weil er leise Schritte hörte. »Als würde jemand endlos umherlaufen«, sagt er. »Ich habe Jiao und die Kinder nicht geweckt. Ich stand einfach auf, nahm eine Taschenlampe als Waffe mit und schlich in die

Richtung, aus der die Schritte zu hören waren. Ich ging ein Deck höher bis zur Kommandobrücke, die wir als Wohnraum nutzen, denn das Boot wird nur dann bewegt, wenn eine Reparatur ansteht.

Die Schritte hörten auf, als ich eintrat. Nur noch der Wind und die Wellen waren zu hören. Als Erstes fielen mir die Bildschirme unserer Computer auf, die vorn im Raum nebeneinanderstehen. Sie waren beide eingeschaltet, obwohl wir die Geräte heruntergefahren hatten. Die Browser waren geöffnet und zeigten im Vollbildmodus Videos von einem lodernden Feuer.«

Guiren umklammerte die Taschenlampe so fest, dass das Gehäuse einen Sprung bekam, und durchsuchte das Boot vom Bug bis zum Heck – ohne Ergebnis. In der Annahme, ein Verrückter sei eingebrochen, ließ er die Schlösser austauschen und behauptete Jiao gegenüber, sie seien beschädigt gewesen. Ich habe keine Ahnung, warum er seine Frau belog. Sie wirkt so dermaßen skrupellos, dass ich sie, ohne zu zögern, einem Eindringling auf den Hals hetzen würde.

Trotzdem konnte Guiren sein Geheimnis nicht lange bewahren. In der Nacht, nachdem er die Schlösser hatte auswechseln lassen, waren die Schritte wieder zu hören, näher am Schlafzimmer. Diesmal rissen sie Jiao und die fünfjährige Bo aus dem Schlaf, die jüngste ihrer drei Töchter. Guiren sperrte seine Familie in einem Schlafzimmer ein und begab sich erneut auf die Suche.

»In dieser Nacht«, erzählt er, »sah ich ein Gesicht im Feuer auf den Monitoren. Die Umrisse eines verzerrten Kopfs, der einen stummen Schrei ausstößt. Es wanderte vom einen Bildschirm zum anderen, immer hin und her, wie unter Qualen.«

In dem Moment hörte er die Kinder schreien. Jiao behauptet, sie seien von einer unsichtbaren Macht angegriffen worden. Angeblich hat sie versucht, die Kleinen zu schützen, »aber wie bekämpft man Luft?«.

»Die Kinder trugen Kratzer und blaue Flecken davon«, sagt Guiren. »Damals glaubte ich, meine Familie hätte in dem abgesperrten Raum einen hysterischen Anfall bekommen, sich gegenseitig aus Angst angerempelt. Trotzdem brachte ich sie in einem Stadtapartment unter und blieb allein auf dem Boot. Ich war entschlossen, herauszufinden, was vor sich ging.«

Guiren versteifte sich auf die Theorie, der unbekannte Eindringling würde früher oder später jemanden entführen und Lösegeld fordern. Er stellte sogar einen Bodyguard ein, der ins Apartment seiner Familie einzog. Doch dann geschah eines Nachts etwas, was ihn dazu bewegte, Sherilyn Chastain zu kontaktieren.

»Die Schritte waren zurück, aber diesmal klangen sie lauter und schneller. Wer auch immer das war – er rannte auf dem Boot herum. Wie verrückt. Mitunter bebte das Boot sogar, als würde jemand gegen die Wände rennen. Ich hörte, wie Gegenstände hinfielen und kaputtgingen.«

In jener Nacht war Guiren nicht nur mit einer Taschenlampe bewaffnet. Aufgrund der in China geltenden Gesetze weigert er sich, die Waffe konkret zu nennen, aber das kann man sich ja denken. »Ich ging auf der Steuerbordseite durch einen Korridor. Der Boden war mit Glasscherben übersät, denn jemand hatte unser Familienporträt von der Wand gerissen. Ich konnte bis zur Brücke sehen, wo schon wieder die Monitore leuchteten. Etwas rannte durch den Gang auf mich zu, die vernehmbaren Schritte passten zu den Bewegungen.

Die beste Beschreibung dafür ist wohl eine Rauchwolke, die durch die Luft schwebte. Eine große Rauchwolke, die um sich schlug. Da wusste ich, dass wir es mit etwas … Elementarem zu tun hatten. Plötzlich schloss mich die Wolke ein. Der kreischende Wirbelwind schleuderte mich herum, warf mich gegen Wände. Ich hatte solche Angst. Ich konnte entkommen, sprang über die Reling in die Marina. Das Wasser war um vier

Uhr morgens so kalt, dass mich der Schock fast umbrachte. Ich weiß nicht, ob es am Angriff des Geistes lag oder am Sturz, aber ich habe mir den Arm an drei Stellen gebrochen.«

Das ist eine fesselnde Geschichte, aber womit haben wir es hier wirklich zu tun? Wenn Sie ansatzweise so ticken wie ich, ahnen Sie vielleicht, dass unter der Oberfläche eine andere verstörende Geschichte brodelt. Doch als ein Arbeitskollege Guiren diskret an Sherilyn Chastain verwies, strickte die Australierin sich ihre eigene Erzählung zusammen.

Vor zwei Wochen betrat Chastain mit Fang das Boot, um sich ein Bild von der Lage zu machen. Chastain spürte tatsächlich eine Präsenz an Bord und kümmerte sich am Folgetag darum. Als sie mit Fang nach Hause fuhr, war sie sich sicher, ihre Arbeit erledigt zu haben. Doch dem war anscheinend nicht so.

Vor fünf Nächten gaben die ruhelosen Füße ihr großes Comeback. Die Kinder der Lengs hatten sich mit einem Erreger infiziert, der Übelkeit und Erbrechen verursachte, und Jiao litt unter brachialen Kopfschmerzen. Als der bestürzte Guiren den Schritten auf den Grund ging, wieder mitten in der Nacht, zeigten die Monitore auf der Brücke erneut das schreiende Gesicht in den Flammen, das sich hin und her bewegte. Und wieder griff der Geist die Kinder in Abwesenheit des Vaters an. Diesmal schleuderte er Bo gegen eine Wand, wodurch sie eine Gehirnerschütterung erlitt. Als die Familie vom Boot floh, fiel die mittlere Tochter Mei-Hua schreiend ins Wasser und verfehlte dabei nur knapp einen Stützpfeiler des Stegs. Guiren sprang hinterher und konnte sie retten, doch das Erlebnis »erschütterte alle sehr«, woraufhin die Familie ins Apartment zurückzog.

»Das ist nicht ungewöhnlich«, meint Chastain über die Rückkehr des Geists, als wir von der Plaza an der Strandkrümmung entlang Richtung Marina gehen. So gelassen sie sich auch gibt, die Sache hat bei ihr Spuren hinterlassen. Bis zum

Ende des Abendessens überzeugte sie die Lengs mit Ach und Krach davon, (a) keine Klage gegen sie anzustreben und (b) sie ihre Arbeit vollenden zu lassen.

»In neun von zehn Fällen versuche ich zuerst, den Geist zur Vernunft zu bringen«, erklärt sie. »Und neun von zehn Mal funktioniert das auch. Aber manchmal glaubt man, eine Übereinkunft getroffen zu haben, obwohl das gar nicht stimmt.«

Das Missverständnis – so stellt Chastain es dar – bestand in ihrer Annahme, die Entität vom Übertritt ins Jenseits überzeugt zu haben. Doch der Geist hatte in Wahrheit andere Pläne. Natürlich liegt das Missverständnis aus meiner Sicht primär darin, dass es diese Entität nie gab.

Mit typischer Wischiwaschi-Vagheit behauptet Chastain, dass »der Geist vermutlich aus einem Grund hier auf der Erde gefangen ist. Ich konnte bislang nicht bestimmen, ob es ein Geist ist oder ein Dämon.«

»Wie auch«, spotte ich, »bei den ganzen Modellen, die infrage kommen?«

Offenbar nervt sie das sehr, denn ich ernte auf den Kommentar einen bösen Blick statt einer schnippischen Antwort. »Vielleicht glaubt der Geist nur, dass er hier gefangen ist. Jedenfalls hat er eine Art von emotionaler Bindung an dieses Leben. Unser Ziel besteht darin, ihn ins Jenseits zu befördern.«

Ihre Miene verhärtet sich, als ich frage, was sie zu tun gedenkt, wenn der Geist diesmal nicht mit ihr Ball spielen will.

»Warten wir erst mal ab …«, sagt sie und wechselt das Thema.

Chastain ist ihr Geld absolut wert.

Der Wind lässt Sherilyn Chastains Kleidung flattern, als sie auf dem Vorderdeck des Boots steht. Sie ist hoch konzentriert und streckt die Arme aus wie beim Tai-Chi.

Das Hausboot, dessen Name übersetzt *Das Gute Leben* bedeutet, ist wirklich beeindruckend. Sechsunddreißig geschmeidige Meter Fiberglas. Der schönste weiße Wasserflitzer, den man je sah. Ich bringe es kaum über mich, mir die unzähligen billigeren Boote im Hafen anzusehen – das wäre ein zu krasser Gegensatz.

Fang erklärt den Lengs Chastains Vorhaben (die beiden geben sich blasiert, haben das alles schon mal gesehen), dann erläutert sie dankenswerterweise auch mir, dass die Magierin das Boot von außen »psychisch versiegelt«. Ich nicke so respektvoll wie möglich.

Mein Handy vibriert. Ich weise den Anruf von Astral Way ab und frage Fang, ob sie ebenfalls magische Fähigkeiten besitze. »Ich habe gewisse Gaben, die man als magisch bezeichnen könnte. Dazu gehört meine Fernsicht, die mir erlaubt, einen Ort aus großer Distanz zu betrachten. Nach unserem ersten Besuch hier hab ich diese Gabe eingesetzt, um das Boot zu überprüfen und sicherzustellen, dass wir alles Nötige erledigt haben.«

»Aber da lagen Sie falsch, was?«, hake ich mit gewinnendem Lächeln nach.

Fang erwidert das Lächeln nicht.

Es ist an der Zeit, einen Geist im Inneren des Boots zur Strecke zu bringen. Fang bleibt mit den Lengs auf der Brücke, um sie auf dem Laufenden zu halten (sie und Chastain tragen Bluetooth-Headsets) und um sie zu beschützen, falls der Geist wieder fies wird. Ich eile mit Chastain durch den Gang. Mir fällt auf, dass das Familienporträt in neuem Rahmen an der Wand hängt. Die Magierin neben mir schwingt eine Sprühflasche, die »High-John-Wurzel enthält. Perfekt, um schnelle Barrierezauber zu wirken.«

»Woher haben Sie das Zeug?«

»Gekauft.«

Während wir durch das Boot streifen, spüre ich zugegebenermaßen ein Prickeln, und sei es nur, weil es mich daran erinnert, wie mein Bruder damals in Suffolk mit mir Geister gejagt hat, im Wald hinterm Haus, als wir uns noch mochten. Wir waren tagsüber unterwegs, weil wir nachts daheimbleiben mussten. Selbst als Kind fand ich Geister eher lustig als Furcht einflößend. Eines Tages sperrte Alistair mich in einen stockdunklen Raum mitten in unserem Haus. Ich stand einfach still in der Dunkelheit und lachte vor mich hin, bis er mich enttäuschten Blickes wieder freiließ.[4] Heutzutage beantwortet mein Bruder nicht einmal mehr meine E-Mails. Ich habe die ganze Woche versucht, ihn zu erreichen, denn ich will einen seiner Freunde darum bitten, das Video zu analysieren, aber es kam keine Antwort. Traurig, sehr traurig.

Chastain hebt das Spray über den Kopf und verkündet, dass wir uns dem Geist nähern. Angeblich hört sie fremde Schritte, ich hingegen höre nur unsere eigenen. Das erinnert mich an diese interaktiven, unheimlichen Theaterstücke, die in leeren, mehrstöckigen Park- oder Kaufhäusern aufgeführt werden. Ein mieser Schauspieler in der Rolle eines Marine-Sergeanten oder so führt einen in hohem Tempo herum, bis man auf einen wenig überzeugenden Trupp Aliens oder Zombies stößt. Eine vollmundige Mischung aus Augenwischerei und Peinlichkeiten.

Das hier hingegen wirkt eher wie ein makelloses Musterhaus – oder Musterboot, wenn man so will. Wir kommen durch einen Essbereich und eine üppig ausgestattete Küche im Kombüsen-Look. Ich erhasche Blicke auf verschwenderisch große Schlafzimmer und ein kleines Heimkino. Dieses Boot ist der wohl am wenigsten unheimliche Ort der Welt, auch wenn Chastain mit demselben Elan vorgeht wie in einem mondbeschienenen Schauer-Landhaus auf einem Hügel.

»Es gibt keinen Ausweg«, ruft sie in den Raum. »Es tut mir

4 Dieser letzte Satz ist nicht wahr, wie später noch klar werden wird. – *Alistair*

leid, aber es ist Zeit zu gehen. Lass es uns nicht schlimmer machen als nötig, ja?«

Sie erinnert mich an einen Unterhändler der Polizei, der einen angetrunkenen Teenager dazu überreden will, vom Supermarktdach zu klettern. Außerdem habe ich das Gefühl, sie hofft insgeheim, jedes ihrer Worte unverändert in meinem Buch wiederzufinden. Sherilyn Chastain, die fürsorgliche Kampfmagierin. Die vielen Tausend Hongkong-Dollar streicht sie natürlich nur ein, um ihre *Kosten* zu decken.

Chastain verharrt in einem der vielen Freizeiträume des Boots. Ein Sofa, zwei Sitzsäcke, sonst nichts. Weiß gestrichene Wände. Tolles Feng-Shui. Sie zeigt auf eine Stelle in der Ecke des Raums, unterhalb der Decke. »Spüren Sie das?«

Ich versuche, so auszusehen, als wäre ich mir nicht sicher, dann frage ich mich, warum zum Teufel ich das tue.

»Eine Riesenmenge negativer Energie«, erklärt sie. »Spüren Sie den Temperaturabfall?«

Ich werfe einen Blick über die Schulter und sehe ein rechteckiges, sperrangelweit offen stehendes Bullauge, durch das eine salzig riechende Brise hereinweht. »Yep«, bestätige ich seufzend.

»Hast du gehört, was ich gesagt habe?«, fragt sie den Eckengeist. »Dir bleibt keine Zeit mehr. Es besteht kein Grund, in dieser Welt zu bleiben.«

Sie wartet auf eine Antwort. Bis auf die Wellen, die gegen den Bootsrumpf schwappen, ist nichts zu hören. Das Ganze wird so ablaufen: Chastain hört die Antwort des Geists, ich aber nicht. Denn *sie* hat die Gabe, und ich nicht. Das ist das Grundprinzip, auf dem das gesamte parasitäre Imperium der Wunderheiler, Medien und Magier errichtet ist. *Wir sind etwas Besonderes, du kannst das nicht alleine, du brauchst uns.*

»Ich möchte dir helfen«, ruft Chastain. »Aber du darfst nicht hierbleiben.«

Es ist im Grunde so, als würde ich nur die eine Hälfte eines Telefonats mithören. Wieder folgt eine Pause, während der andere antwortet.

»Natürlich hast du eine Wahl«, widerspricht sie. »Wieso solltest du keine – nein, warte!« Sie setzt sich ruckhaft in Bewegung, als der Geist angeblich flieht. »Komm zurück!«

Und schon rennen wir denselben Weg zurück, auf dem wir hergekommen sind. Türen und Bullaugen verschwimmen, so schnell laufen wir. Chastain schreit Fang zu, sie soll die Lengs allein lassen und dem Geist, der zur Brücke will, den Weg abschneiden.

Dann erklingen hohe Schreie. Sie stammen von Leuten, die – ob absichtlich oder nicht – im selben Grad geistiger Reife stecken geblieben sind, in dem Alistair und ich damals unsere ausgelassenen Späße in den Suffolk-Wäldern trieben. Chastain drängt den Geist in die Ecke und verlangt, dass er zur Vernunft kommt. Der Geist weigert sich und flieht erneut. Wir vergeuden viel Zeit und Zauberspray. Schönen Gruß an die Ozonschicht.

Chastain und Fang wirken ihre »Barrierezauber« an jeder Tür, die wir durchqueren. Wie einem Dachs in einem kollabierenden Bau gehen der Entität die Fluchtwege aus, bis wir sie ins unterste Deck des Schiffes gejagt haben.

Verwirrt stolpere ich in den langen Gang, und Chastain ruft: »Jack!« Sie sieht etwas an, das sich anscheinend direkt auf mich zubewegt, und ein plötzlicher Windstoß erfasst mich.

»Zurück!«, befiehlt sie mir.

Was tut man in so einer Situation?

Wie Sie vermutlich schon ahnen, habe ich nicht vor, ihrem Befehl zu folgen.

Etwas drückt mir den Atem in der Luftröhre ab, drängt mich zurück und bringt mich ins Wanken.

Meine Sicht verschwimmt.

Ich spüre etwas Wühlendes, Knochiges im Nacken.

Fangs Finger. Sie hat den Kragen meines Hemds gepackt und zieht mich an sich – deutlich heftiger, als mir nötig erscheint. Sie lässt sich nicht mal dazu herab, mir in die Augen zu sehen, als wir uns voneinander lösen, während der angebliche Geist vorbeihuscht.

Ich richte mir den Kragen. »Puh! Das war knapp. Wie kann ich Ihnen das je …«

Fang und Chastain stürmen sofort wieder los und biegen um die Ecke. Ich lehne mich an die Wand, von dem ganzen Gerenne völlig verschwitzt.

Ich schleiche mich in ein großes, blitzsauberes Bad und spritze mir zwei Handvoll kaltes Wasser ins Gesicht, schnappe mir ein luxuriös flauschiges Handtuch und trockne mich ab. Im von oben beleuchteten Spiegel begegne ich dem Blick eines übernächtigten Schlingels, der an Vitaminmangel leidet, aber trotzdem verdammt gut aussieht.

Aber Moment mal. Da ist noch was zu sehen.

Etwas regt sich im Hintergrund, gleich hinter mir.

Mein Gesicht im Spiegel verschwimmt, als ich den Blick fokussiere, um die Erscheinung zu erkennen.

Die Rauchwolke. Das ist Guirens große Rauchwolke.

Lauten meine ersten, völlig irrationalen Gedanken.

Das Ding schwebt in der Luft am Ende des fensterlosen Raums, neben der Badewanne. Nicht größer als ein Rummelplatzballon, erinnert die Erscheinung an einen prallen grauen Ball (*Rauchwolke, Rauchwolke*, wispert die blöde Stimme in meinem Kopf), dessen Rand sich kräuselt. Der Rauch ist so dicht, dass man die Wandfliesen hinter ihm nicht erkennen kann. Am beunruhigendsten ist, dass das Ding pulsiert und bebt. Wie ein Schnellkochtopf in einem Cartoon.

Glauben Sie mir: Theroux würde sich in die Hose machen.

Ich hingegen blinzele nur ziemlich oft.

Die Wolke verdunkelt sich, als hätte ihr jemand Tinte injiziert, und schwebt auf mich zu. In meinem Kopf höre ich Guiren Leng brabbeln: »Plötzlich schloss mich die Wolke ein. Der kreischende Wirbelwind schleuderte mich herum, warf mich gegen Wände …«

Mich überkommt der Drang, mir dieses Ding genauer anzusehen. Ich löse den Blick vom Spiegel und drehe mich um.

Ich bin allein im Badezimmer.

Ich lache los und begreife, dass irgendwas auf dem Spiegel geklebt haben muss – vielleicht ein bisschen Rasierschaum. Doch dem ist nicht so. Ich mustere das Spiegelbild des Raums gründlich, als würde die Wolke jederzeit zurückkehren. Aber da ist nichts.

Draußen im Gang komme ich mir blöd vor. Ich höre Chastains raue Stimme, ehe sie in Sicht kommt.

»Jack? Jack? Wo sind Sie?«

Schlitternd biegt sie um die Ecke, ihr tiefrotes Gesicht passt zu ihrem purpurfarbenen Haar. Sie sieht, wie ich mit dem Rücken zur Badtür stehe, und versucht, meine Körpersprache zu deuten, dann taucht Fang neben ihr auf. »Alles in Ordnung?«

Ein schlichtes »Ja« genügt ihr nicht, daher beäugt sie mich mit zusammengekniffenen Augen. »Haben Sie hier drinnen was gesehen?«

Ich denke über die Antwort nach. Die letzte Person, mit der ich darüber reden will, ist eine Irre mit einer Sprühflasche voller Kräuter.

»Ist er hier drin?«, bellt Fang. Ehe ich antworten kann, sagt sie zu Chastain: »Er ist hier drin«, und sie schieben mich beiseite, um das Bad zu stürmen.

Chastain verharrt im Türrahmen. »Drinnen oder draußen, Jack? Entscheiden Sie sich!«

Und schon bin ich wieder im Bad. Fang versiegelt die Tür

mit dem Spray (wie soll das funktionieren, wenn Geister offenbar durch Wände gehen können?), dann untersuchen die beiden den Raum, gebeugt wie zwei Tagteam-Wrestler, die auf den Gong warten. Mein innerer Blödmann kann es sich nicht verkneifen, neugierig in den Spiegel zu blicken, in dem ich nur uns drei sehe.

»Haben Sie dieses Ding tatsächlich sprechen hören?«, erkundige ich mich.

»Man spürt … starke … Emotionen, Absichten, Bedürfnisse«, antwortet Chastain abwesend. »Es ist, als … würde jemand mit Ihnen reden … durch doppelt verglaste Fenster.«

»Sie hören den Geist? Mit Ihren Ohren?«

»Man hört ihn mit dem Verstand, Toto, sofern man offen dafür ist.« Sie gibt Fang ein Zeichen und deutet feierlich durch das Bad. »Hab dich«, sagt Chastain zu der Luft über der Wanne. »Tut mir leid, Kumpel.«

Fang holt eine hellrote Glasflasche hervor. Mit dem dicken Verschlusskorken sieht sie aus, als stamme sie aus den Regalen in Shezzas Wohnung. Hinterher erfahre ich, dass die Flasche zwei kleine Stücke schottischen Obsidian enthält, etwas Salz und diverse Kräuter und Gewürze. Die genaue Zusammensetzung der Zutaten hält Chastain so entschlossen geheim, dass Colonel Sanders stolz auf sie gewesen wäre.

Fang reicht ihr die Flasche, die sie entkorkt und der Badewanne präsentiert. »Rein da«, befiehlt Chastain, »bis wir wissen, was wir mit dir machen.«

Wir stieren alle zur Wanne.

Das Boot stöhnt auf. Ruckelt leicht.

»Komm schon«, sagt Chastain. »Bring mich nicht dazu, dich gewaltsam mit einem Ritual einzusperren. *Du hättest fast ein Kind getötet.*« Sie wedelt wieder mit der Flasche. »Rein da.«

»Antwortet er irgendwas?«, wispere ich. »Spüren Sie seine Emotionen, Absichten und so?«

Sie sieht mich an, und ihre Miene verdüstert sich. »Lassen Sie das, Jack. Das funktioniert hier unten sowieso nicht.«

Ich versuche noch einmal, meine Social-Media-Seite zu laden, dann stecke ich das Telefon in die Tasche. Chastain beginnt mit dem Ritual und spricht dunkle, unheilvolle Worte auf Latein aus. Nach wenigen Versen nickt sie triumphierend – als könne sie die Bewegung einer unsichtbaren Entität sehen. Ich höre Schritte, dann wird mir klar, dass sie von Fang stammen müssen. Ich ertappe mich dabei, wie ich mir die formlose Wolke vorstelle, eingeschlossen in der Flasche.

Schlussfolgerungen. Schlussfolgerungen machen so süchtig.

Chastain verschließt den Flaschenhals mit dem Korken. »Job erledigt«, sagt sie leise. Sie und Fang verzichten auf ein High five. Ich bezweifle ohnehin sehr, dass Fang der High-five-Typ ist. Stattdessen blicken sie ominös drein.

»Das ist doch sicher ein gutes Ergebnis, oder?«, frage ich fröhlich.

Chastain antwortet in einem Ton, als wende sie sich an eine Trauergesellschaft. »Man hat immer gemischte Gefühle, Jack, wenn man eine Entität auf diese Weise fangen muss. Wir können uns oben weiter unterhalten.« Sie nickt Fang zu, dann schaut sie zur Decke. »Dann wollen wir ihnen mal die gute Nachricht überbringen.«

Wie eine Furie knallt Sherilyn Chastain ihre rote Geisterflasche vor mir auf den Tisch. »Also schön, Sie arroganter Wichser, mir reicht's. Dann wollen wir doch mal sehen, wie sicher Sie sich sind.«

Ich sollte erwähnen, dass unser Abschlussinterview nicht gut gelaufen ist.

Also, ich spule kurz zurück. Nachdem die alte Hexe den Lengs versichert hat, dass sie deren Geist in einer Flasche mitnimmt, pfeifen sie ihre Anwälte zurück und leben bis ans Ende ihrer Tage glücklich und zufrieden in der Marina. Shezza und ich kommen überein, ein letztes Interview über das Ereignis zu führen. Fang mischt sich ohne Abschiedsgruß unter die Menschenmenge vor der Marina, doch kann ich mich wohl kaum darüber beschweren, denn ich selbst habe ebenfalls keine Anstalten gemacht, mich zu verabschieden.

Wir suchen uns eine Bar für das Interview: das entzückende Ooh La La. Diesmal besteht Chastain darauf, ihre eigene Digitalkamera neben meine zu stellen. Diese Art von Paranoia stört mich nicht; ich habe nichts zu verbergen. Unsere ersten Drinks sind rasch geleert – zu rasch. Wir wappnen uns, um beim anstehenden ideologischen Kampf die Geweihe zu kreuzen.

Ich erzähle Chastain von meiner SPUK-Liste. Ich sage ihr, sie hätte nichts getan, was mich dazu verleiten könnte, eine dritte Hypothese hinzuzufügen. Die Art, wie sie mit Geistern agiert, ist zu gewöhnlich. Nur *sie* kann die Toten hören, spüren, wo sie sind … Entweder lügen die Lengs, und sie ist naiv, oder sie erschleicht sich auf glorreiche Weise das Vertrauen anderer und belügt ihre Auftraggeber. Oder beide Seiten belügen sich gegenseitig, in einer Orgie des Misstrauens, von der alle profitieren. Immerhin hatte ich nicht das *Truman-Show*-Gefühl, eine koordinierte Theateraufführung zu sehen.

Chastain hört schon seit der Stelle mit dem »erschlichenen Vertrauen« nicht mehr zu. Ihre Wangenmuskeln zucken leicht. »Ihr Geist war die ganze Zeit unempfänglich«, wirft sie mir vor und tippt sich zur Untermalung an die Schläfe. »Sie sind so ein Egoist und bekommen das nicht mal mit.«

»Das hör ich oft«, erwidere ich. »Normalerweise von Briten, die selbstbewusste Menschen nicht mögen. Von einer Australierin hätte ich mehr erwartet. Vor allem von einer mit französischer Herkunft.«

»Oh, Sie denken, Sie sind nur selbstbewusst?«, schießt sie

zurück. »Nein, nein, Mann. Ich habe Ihre sogenannten journalistischen Machwerke gelesen. Haben Sie eine Ahnung, wie oft Sie die Worte ›mein‹, ›mich‹ und ›ich‹ verwenden? Übrigens nicht nur, wenn Sie schreiben.«

Ich versuche, das Gespräch auf ihre Arbeit zurückzulenken, jedoch vergebens.

»Schon mal von Aleister Crowley gehört?«, fragt sie. Ich nicke verhalten, und sie fährt fort: »*Das* war mal ein Mensch, der die Macht des Egos kannte. Er führte ein Experiment durch, bei dem er und andere sich jedes Mal, wenn sie ›ich‹ sagten, mit einem Skalpell schneiden mussten.«

Sie winkt einen Kellner herbei, bestellt nur für sich einen Drink und durchbohrt mich danach wieder mit ihrem Blick. »Warum probieren Sie Crowleys Idee nicht mal aus, Jack?«

»Was ist an ›ich‹ denn so falsch? Was ist falsch daran, eine Persönlichkeit und eine Meinung zu haben? Und übrigens: Ging es Crowley nicht eigentlich *nur* um sein Ego und Genuss? Er nannte sich doch ›das Große Tier‹, stimmt's? Wieso sollte er also überhaupt so ein Experiment durchführen?«

»Crowley war intelligent genug, es zu versuchen. Er hat sein monströses Ego in den Griff bekommen. Ihm ging es um Gleichgewicht. Den *intelligenten* Leuten«, betont sie, »geht es immer ums Gleichgewicht.«

Gelangweilt frage ich : »Haben Sie einen Geist gesehen?«

»Und *Sie*, Jack?«

Ich erwäge, sie darauf hinzuweisen, dass ich zuerst gefragt habe. Stattdessen antworte ich wie ein Erwachsener. »Schauen Sie, ich *glaube*, ich habe auf dem Boot etwas im Badezimmerspiegel gesehen, aber ich habe auch kaum geschlafen.«

Sie strotzt vor Genugtuung. »Sah aus wie ein Rauchball, stimmt's?«

»Sie sind mit Antworten dran.«

Hinter Chastain bescheint der Sonnenuntergang Lantau Island und unser ramponiertes Verhältnis. »Ihnen geht es immer nur darum, etwas zu *sehen*, Jack. Der Wissenschaftler verlangt einen Beweis, sonst existiert die Sache schlicht nicht. Und wenn dann plötzlich ein Beweis auftaucht? Hey, den vergessen wir, okay? Der passt uns nicht in den Kram.«

»Das bedeutet dann wohl nein. Sie haben noch nie einen echten Geist gesehen.«

»Ach, ficken Sie sich ins Knie.«

»Ich habe über etwas nachgedacht, das Sie gestern sagten«, erwidere ich. »Über den ganzen Robert-Anton-Watkins-Kram.«

Ihre Nasenflügel beben. »*Wilson*. Robert Anton *Wilson*.«

»Sie glauben zwar an dieses Gefasel, dass Vorstellungen nur temporäre Modelle sind, geben sich aber trotzdem als Kampfmagierin aus. Die Lengs und alle, die mehr Geld als Verstand haben, bezahlen Sie dafür, diese Person zu sein. Dennoch glauben Sie selbst nicht so richtig an Geister.«

»Es zählt allein, dass mein Auftraggeber mit meiner Arbeit zufrieden ist«, sagt sie defensiv. »Wenn ich eine negative Präsenz in seinem Haus banne oder vernichte, habe ich es dann wirklich mit einem Toten zu tun? Ich muss zugeben, ich weiß es nicht. Ein Geist ist ein nützliches Modell, das manchmal zur Situation passt. Und wenn man sich auf dieses Modell einlässt, behandelt man es mit dem gebotenen Respekt.«

Ich seufze. »Als hätte man es tatsächlich mit einem Toten zu tun? Nur für den Fall?«

»Ganz genau. Und dasselbe gilt auch für Ihr Video. In Ihrem Kopf gibt es zu viel Schwarz-Weiß. Denken Sie mal in Grautönen, Jack. Vertrauen Sie mir, diese Denkweise werden Sie noch brauchen. Und hören Sie gut zu: Ich *glaube* an Heimsuchungen. Aber was sie verursacht? Das ist eine völlig andere Sache. Die meisten fühlen sich an, als hätten emotionale Erlebnisse an speziellen Orten ihren energetischen Abdruck hinterlassen.«

»Warum war der Geist dann auf einem nagelneuen Boot? Ergibt keinen Sinn.«

»Wie ich schon sagte, er hatte das Gefühl, aus irgendeinem Grund dort gefangen zu sein. Möglicherweise hätte ich mein psychisches Siegel gar nicht gebraucht.«

»Wie können Sie ›psychisches Siegel‹ sagen, ohne die Miene zu verziehen?«

»Wie können Sie so ernst bleiben, wenn Sie behaupten, die Wissenschaft weiß alles? Sie sind nicht mal ein gewöhnlicher Atheist, Mann, Sie sind ein Spinner.«

Herrje, nicht schon wieder die Erkenntnislücken der Wissenschaft. Die Aussicht, mich mit Chastain erneut in diese Endlosdebatte zu verstricken, lässt mich zum Todesschlag ausholen. »Macht es Ihnen denn gar nichts aus, dass Sie, indem Sie den Lengs helfen, einem von ihnen oder sogar beiden dabei helfen, Kindesmissbrauch zu vertuschen?«

Chastain sieht aus, als hätte sie eine Wespe verschluckt. *»Was?«*

»Ach, kommen Sie. Die Geschichte ist lächerlich: Ein Rauchball verursacht diese Schritte? Ist Ihnen nicht aufgefallen, dass die Leng-Kinder nur dann verletzt wurden, wenn sie mit Jiao allein waren?«

Sie will antworten, schafft es aber nicht, mich zu unterbrechen. Ich bin Hercule Poirot, habe die Finger hinter dem Rücken verschränkt und laufe im Kreis durch einen Raum voller Verdächtiger. »Guiren wollte der Wahrheit nicht ins Auge sehen. Sein Bewusstsein hat ihm eingeredet, dass er einen Bodyguard für das vorübergehende Apartment anheuert, um die Familie vor einer Entführung zu schützen. Aber eigentlich sollte der Leibwächter nur seine überforderte, schlagfreudige Frau im Blick behalten. Dann hat er sich so sehr auf eine übernatürliche Erklärung versteift, dass er ein bisschen Strandnebel mit einem gewalttätigen Geist verwechselte. Oder er erfand einfach die Geschichte mit dem angreifenden Geist. Er hat sich sogar selbst den Arm gebrochen – alles war ihm lieber, solange er nicht darüber nachdenken musste, dass seine Frau ihre Töchter missbraucht. Und dann heuerte er *Sie* an, die Kirsche auf dem Sahnehäubchen. Die Mutter der Täuschung, die nur zu gern mitspielte. Sie haben die schreckliche, ungenießbare Wahrheit in Ihre plüschige Märchenwelt gezogen.«

Chastain sieht mich ungläubig an.

»Verraten Sie mir doch, Sherilyn, was Ihnen wirklich wichtig ist: diese Kinder oder harte, bare Münzen? Denn beides zugleich geht nicht.«

Wham, bam, fick dich, Ma'am.

Sie bleckt die Zähne. »Wie können Sie es wagen? Ich würde *niemals* Kinder im Stich lassen, wenn ich den Eindruck hätte …« Ihre Augen glitzern, und sie reißt sich zusammen. Ihre Stimme klingt brüchig. »Sie sind unglaublich, wissen Sie das? Ist Ihnen klar, dass Sie nicht ein einziges Mal ›vielleicht‹ gesagt haben, als Sie Ihre Bullshit-Version runtergebetet haben? Sie haben alles als Fakten dargestellt. Mit Überzeugung. Dummer, blinder Überzeugung.«

Sie zieht ihre sogenannte Geisterflasche aus der Tasche und knallt sie zwischen uns auf den Tisch. »Also schön, Sie arroganter Sack, mir reicht's. Dann wollen wir doch mal sehen, wie sicher Sie sich wirklich sind. Das hier ist der Teil meines Berufs, der mit Abstand am wenigsten Spaß macht. Denn ich muss jetzt entscheiden, ob ich dieses Ding hier gefangen halten oder vernichten soll.«

»Hä? Wie können Sie einen Geist vernichten – oder einen Dämon, je nachdem, welches Modell heute passt?«

»Alles, was aus Energie besteht, lässt sich auseinanderreißen. Also, mutiger Mann. Hier kommt meine Aufgabe an Sie: Sie entscheiden über das Schicksal der Entität. Wenn Sie sich so *sicher* sind, dass ich nur Scheiße rede, dann sagen Sie einfach, dass ich sie vernichten soll.« Sie nickt in Richtung Meer. »Ich wasche die Flasche mit Salzwasser aus und lösche den Geist aus. Falls Sie sich nicht hundertprozentig sicher sind, verschonen Sie ihn, und ich helfe ihm, unsere Welt zu verlassen.«

Sie lehnt sich mit verschränkten Armen auf dem Stuhl zurück und wartet auf meine Reaktion.

Ich sehe die Flasche an.

Die asymmetrische, mundgeblasene Krümmung.

Die raue Textur des roten Glases. Die ausgesuchten Zutaten darin.

Ich sehe ein Gesicht: mein Spiegelbild, vom Glas verzerrt. Keine Spur von einer Rauchwolke.

»Letzte Chance«, sage ich und begegne entschlossen Chastains Blick. »Haben Sie je *einen echten Geist* gesehen?«

»Das kann ich nicht beantworten. Die Dinge, die ich gesehen habe, könnte man so bezeichnen.«

Ich deute auf die Flasche. »Töten Sie ihn.«

Es erstaunt Chastain, dass ich mich erhebe und gehen will. Die Frau hat wirklich erwartet, ich würde an ihre erfundene Welt glauben.

»Jack, es tut mir leid, dass ich die Beherrschung verloren habe, okay?«, platzt es aus ihr heraus. Unvermittelt wirkt sie verzweifelt, nun, da sich ihr kostbarer Auftritt in meinem Buch dem Ende neigt. »Hören Sie, Sie müssen etwas über dieses Video erfahren. Es geht um die Worte, die darin zu hören sind.«

Aber es gibt nichts, was ich über das Video wissen muss – jedenfalls nicht von Sherilyn Chastain.

Ich stapfe durch den Sand und werfe einen letzten Blick zurück. Chastain steht im Meer, den Kopf gesenkt. Ihr Hosenanzug saugt sich bis zu den Knien mit Wasser voll. Sie taucht die entkorkte Flasche unter die Oberfläche. Eine geplagte Mutter, die ihre Kätzchen ertränkt.

Ein erbärmlicher Anblick.

Ich habe den Vorschlag meiner Follower beherzigt. Toto hat die Böse Hexe des Ostens besucht. Nun ist es an der Zeit weiterzuziehen.

Sind Sie jemals aufgewacht und hatten das Gefühl, beobachtet zu werden?

Eine Erfahrung, die ich nicht empfehlen kann.

Nach einem Tag mit zwei Irren auf einem Hausboot, gefolgt von einem feuchtfröhlichen Abend am Strand, braucht selbst der härteste Partykrieger ein Nickerchen. Während der Nachmittagshimmel sich zuzieht, nehme ich die Metro zurück nach Hongkong Island. Ich will ins Hotelbett. Um mich wach zu halten, suche und finde ich eine zufriedenstellende Erklärung für die Rauchwolke im Badezimmer: Sie ist schlicht und ergreifend die letzte Nachwirkung der Pilze, die ich Dienstagnacht eingeworfen hatte. Jaja, ich war in Hongkong auf einem Drogentrip, aber nur für eine Nacht. Keine große Sache.

Guirens Geschichte hat mir die Rauchwolke in den Kopf gesetzt, und die Überreste psychotroper Substanzen in meinem Körper haben meine Wahrnehmung verzerrt und sie erschaffen. Für ein, zwei Sekunden. In einem Spiegel. Ganz entscheidend: in einem *Spiegel*, nicht in der Realität. Die SPUK-Liste muss mit diesem Fehler in der Matrix nicht mal behelligt werden.

Als ich endlich den vierzigsten Stock des Jade Star Hotels erreiche, will ich mich nur noch hinlegen. Während ich die Suite durchquere, streife ich meine Jacke ab und strampele mich aus den Jeans. Ich kichere bei dem Gedanken an Sherilyn Chastain, die über eine Flasche voll Meerwasser geweint hat. Da die Suite gut achtzig Quadratmeter groß ist und ich während meines Aufenthalts kaum hier war, verlaufe ich mich ein paar Mal, bis ich das Schlafzimmer finde. Goldenes Dämmerlicht erhellt die Wände, als ich mich bäuchlings auf das Kingsize-Bett fallen lasse und mit Freuden die Besinnung verliere.

Normalerweise erinnere ich mich nicht an Träume. Also wer weiß, ob es ein Albtraum war, tief versunken in den trüben Fluten meines Geistes, der mein Bewusstsein über das Räuspern im Raum informiert hat.

Mein umnebeltes Hirn versucht, das Geräusch zuzuordnen. Habe *ich* es von mir gegeben, oder war das jemand im Traum?

Ich komme erst auf die dritte Möglichkeit, als sich in mir das Gefühl breitmacht, beobachtet zu werden.

Ich glaube zwar nicht an einen katzengleichen sechsten Sinn, der einen fremde Blicke spüren lässt, trotzdem habe ich exakt dieses Gefühl. Es ist stark genug, dass ich mich auf den Rücken drehe, mich an das Kopfende schiebe und die Umgebung beäuge.

Außer mir ist niemand im Schlafzimmer. Die Türen des Kleiderschranks sind geschlossen. Das Dämmerlicht ist längst fort, ich sehe diverse Schwarz- und Grautöne, und ein Nachbarhochhaus wirft grelles gelbes Licht und einen regenbogenfarbenen Fleck an die Wand.

Falls ich wirklich einen Albtraum hatte, hinterlässt er einen ungewöhnlich starken Eindruck. Ich bin nervös, was ich durchaus auf die schreckliche Tatsache zurückführen kann, dass mein Körper wohl soeben den letzten Alkohol in meiner Blutbahn abbaut. So dumm es klingt, aber das regenbogenfarbene Licht beruhigt mich. Ich streiche mir übers Gesicht und reibe mir den Schlafsand aus den Augenwinkeln. Ich versuche, einen klaren Gedanken zu fassen, finde aber nur Watte. Die roten LED-Ziffern der Retro-Uhr neben dem Bett verraten mir, dass es zwei Minuten vor Mitternacht ist.

Dann höre ich das Geräusch erneut. Und diesmal weiß ich, dass es nicht von mir stammt.

Jemand räuspert sich, als hätte ich mich versehentlich in seiner Suite schlafen gelegt.

Ich blicke in Richtung des Geräuschs: durch die offene

Schlafzimmertür, einen kurzen Korridor entlang bis ins Wohnzimmer.

Dort, in dem großen Raum, vielleicht dreißig Schritt entfernt, sind keine Regenbogenfarben zu sehen. Alles ist schwarz. Die schweren Vorhänge sind zugezogen.

Ich setze mich auf, mein Körper schüttet Adrenalin aus, und ich starre durch den Korridor. Mir kommt in den Sinn, dass ich in meinem erschöpften Zustand vergessen haben könnte, die Tür der Suite zu schließen. Ist vielleicht ein Zimmermädchen reingekommen? Hab ich ihr Klopfen überhört? Ist Mitternacht überhaupt eine passende Zeit zum Saubermachen?

»Hallo?« Irgendwie kriege ich es hin, selbst dieses eine Wort lallend auszusprechen. Meine Suite hat ein Energiesparsystem nach europäischem Vorbild. Die Deckenlampen funktionieren erst, wenn ich meine Schlüsselkarte in den Schlitz stecke. Natürlich ist der Schlitz beim Eingang, am anderen Ende der Suite. Und die Schlüsselkarte ist in meiner Jeans, auch irgendwo dort drüben. Nutzlos.

Während sich meine Augen an die Lichtverhältnisse gewöhnen, schälen sich im dunklen Wohnzimmer erkennbare Formen aus der Finsternis.

Ich sehe den Umriss eines Esstischs.

Den eines Stuhls davor.

Den Umriss eines weißen Sofas.

Von etwas, das darauf sitzt.

Ja, da ist tatsächlich jemand. Ich kann den Kopf erkennen, die Schultern. Langes Haar?

Ich schiebe mich aus dem Bett, und der Umriss auf dem Sofa wird zu einem schwarzen Wirbel, der sich ebenfalls erhebt. Einen flüchtigen Moment lang frage ich mich, ob ich in einen mannsgroßen Spiegel blicke.

Vor meinem geistigen Auge sehe ich erneut Maria Corvi, die unnatürlich vom Kirchenboden aufspringt. Aber das da drüben kann unmöglich Maria Corvi sein. Trotzdem handelt es sich entweder um einen Jugendlichen oder einen kleinen Erwachsenen.

Ich nehme mein ramponiertes Zippo vom Nachttisch, öffne den Gehäusedeckel und drehe das Reibrad. Die Flamme erhellt mein Ende des Verbindungskorridors, jedoch nicht einmal ansatzweise das Wohnzimmer.

Wer auch immer dort ist, regt keinen Muskel. Aufmerksam wie eine Spinne wartet er meinen nächsten Zug ab. Da ich ihn nicht enttäuschen will, gehe ich auf ihn zu. Die olympische Flamme meines Zippos flackert, taucht die Wände in ihr Licht. Ich erschrecke, als mein eigener Schatten neben mir auftaucht, was nur beweist, wie müde und verunsichert ich bin.

Ich habe den Korridor halb durchquert, als das Zippolicht auch ins Wohnzimmer fällt.

Kurz glaube ich, ein vertrautes Teenagergesicht zu sehen, das von langem dunklem Haar umgeben ist.

Unmöglich. Absolut unmöglich …

Ehe Sie fragen: Ich frage mich zu keinem Zeitpunkt, ob ich träume. Nur Einfaltspinsel müssen sich im echten Leben kneifen.

Jeder Schritt bringt mich näher heran, der Lichtschein enthüllt die Wahrheit mehr und mehr.

Ich schüttele den Kopf wie ein Hund, der aus dem Regen kommt, um das letzte bisschen Müdigkeit abzuschütteln. Im selben Moment entgleitet mir mein Zippo. Es fällt zu Boden, klickend schließt sich der Deckel und taucht alles in undurchdringliche Dunkelheit.

Ich gehe in die Hocke und taste den Boden ab. Meine Finger hinterlassen tiefe Furchen im Teppich, bekommen jedoch nichts zu fassen.

»Maria?«, frage ich, mehr oder minder unbewusst.

Keine Antwort.

Kalte Luft streicht mir über den Nacken.

Ich denke an *Das Gute Leben* mit seinem geöffneten Bullauge. Ein Zimmermädchen muss hier ein Fenster offen gelassen haben.

Meine linke Hand berührt kühles, glattes Metall. Ich packe das Zippo und öffne den Deckel.

Funken sprühen. Eine Flamme. Licht.

Das Mädchen steht nun so dicht vor mir, dass ich beinahe seinen Kittel anzünde.

Seinen blauen Kittel. Den es bei der Feldarbeit trägt.

Ich watschele in der Hocke ein Stück zurück. Meine Gelenke knacken, als ich mich erhebe.

Das Zippolicht flackert über den Körper des Mädchens.

Ich zucke zurück und kann einen Aufschrei nicht unterdrücken; ein tierischer Reflex.

Maria Corvis Grinsen ist widerlich, ihr rotes Gesicht wirkt entzündet. Die fiebrigen gelben Augen blitzen auf dieselbe Weise wie in der Kirche, die Pupillen erinnern an Silbersterne, die Blicke bohren sich sengend in mich. *Ich weiß etwas, was du nicht weißt.*

Ich stiere sie an. Meine Kehle ist staubtrocken. Die Luft fühlt sich dick an, wie Öl … oder bilde ich mir das ein?

Maria hebt die Arme und nimmt eine Jesus-Pose ein.

»Genieß deine Reise«, wispert sie. Ihr Atem riecht abscheulich.

Dann kippt sie rückwärts aus dem Lichtschein, ihr Körper steif wie Holz.

Ich höre ihren Aufschlag auf dem Teppich nicht. Als ich das Zippo auf die Stelle richte, wo sie hätte aufkommen müssen, sehe ich nichts und niemanden.

Ich leuchte überallhin, suche den Teppich ab.

Nichts und niemand.

Ich zittere. Vor Zorn. Vor Wut.

Wie kann die katholische Kirche es wagen, mich zu terrorisieren?

Mein Blut kocht, ich nehme den Hörer des Wandtelefons und erzähle einem Rezeptionisten, dass jemand in mein Zimmer eingedrungen sei. Nein, er soll niemanden von der Security hochschicken, aber er und seine Kollegen sollen unten die Augen nach einem dreizehnjährigen italienischen Mädchen offen halten, das wie eine Feldarbeiterin gekleidet ist und sich hinausschleichen will. Ja, bitte halten Sie mich auf dem Laufenden, danke, tschüss.

Ich laufe mit tanzender Zippoflamme durch die Suite zur Eingangstür.

Sie ist nicht nur zu, sondern auch abgeschlossen und von innen verriegelt.

Auf keinen Fall kommt die Schauspielerin Maria Corvi hier raus.

Ich fische die Schlüsselkarte aus meiner Jeans am Boden und stecke sie in die Schlitzbox. Die ganze Suite wird von hellem, glorreichem Licht durchflutet.

»Dann wollen wir doch mal sehen, wie Furcht einflößend du jetzt noch bist«, brabbele ich. Offenbar hatte Corvi damit gerechnet, dass ich entsetzt aus dem Raum stürmen und ihr eine leichte Flucht ermöglichen würde. Tja, das kann sie vergessen.

Systematisch suche ich die achtzig Quadratmeter ab. Jeden Zentimeter von jedem Schrank, jede begehbare Garderobe, beide Badezimmer. Ich reiße jeden Plüschvorhang hoch und lege die Wand dahinter frei.

Nirgends eine Spur von Maria Corvi.

Ich überprüfe, ob es eine Verbindungstür zwischen meiner und der Nachbarsuite gibt – was nicht der Fall ist. Ich sinke auf einen Stuhl, von dem aus ich in die gähnende Nachtlandschaft blicken kann. Ich schütte den Inhalt zwei kleiner Whiskyfläschchen in ein Glas. Dieser verrückte Rausch braucht dringend einen Dämpfer.

Schlussfolgerungen, Schlussfolgerungen. Wie süchtig man danach werden kann.

Das Szenario, die katholische Kirche könnte mich gezielt angegriffen haben, erscheint mir immer unwahrscheinlicher. Ebenso wie meine Theorie. Eine Schauspielerin wird nach Hongkong eingeflogen? Dann bricht sie in meine Suite ein, um diesen seltsamen kleinen Auftritt zu inszenieren? Mit welcher Absicht? Damit ich in meinem Buch zugebe, wie dumm es von mir war, nicht zu glauben, was ich in der Wildnis Italiens sah? Übrigens ist Maria Corvi auf dieselbe Art verschwunden, wie es ein Geist täte, nicht wie ein besessener Teenager. Sofern ich keine Sondermeldung verpasst habe, lebt das Mädchen noch. Daher hat das heutige Szenario nichts mit dem in Italien gemein.

Erneut denke ich darüber nach, dass Maria Corvi eine waschechte Geistesstörung haben könnte und nicht zur katholischen Propagandashow gehört. Vielleicht ist sie aus freien Stücken hergekommen. Das ist nicht völlig unmöglich. Vor ein paar Tagen habe ich den Namen des Hotels erwähnt, in einem öffentlichen Post, für den ich mein Essen im rotierenden Restaurant im obersten Stock fotografiert habe.

Aber wie konnte sie aus der abgeschlossenen Suite entkommen? Möglicherweise hätte Hercule Poirot eine Antwort, aber nicht ich, daher zerbröselt die Theorie von der verrückten Maria ebenfalls.

Mir schwirrt der Kopf. Ich bin tatsächlich zu einem dieser Leute geworden, die etwas gesehen haben, das auf den ersten Blick dem Paranormalen zuzuordnen ist.

Ich muss mich selbst analysieren. Ich muss die Situation mit der SPUK-Liste überprüfen. Daher schnappe ich mir meinen Laptop und rufe sie auf.

DIE SPUK-LISTE (Sparks' Prinzipien des Unheimlichen Kokolores)

Die Leute behaupten, übernatürliche Phänomene aus folgenden Gründen erlebt zu haben:
(1) Sie versuchen, andere zu täuschen *(Ich weiß, dass ich nicht lüge.)*
(2) Sie wurden von anderen getäuscht *(Von der katholischen Kirche? Unwahrscheinlich.)*
(3) Sie haben sich selbst getäuscht (?????)

Es tut weh, der Liste den dritten Eintrag zuzufügen. Es fügt mir körperlichen Schmerz zu.

Was zur Hölle soll ich in die letzten Klammern schreiben? Ein stetig blinkender Cursor erwartet mein Urteil, während der Whisky in meiner Kehle brennt.

Die wissenschaftliche Logik hat mich wider Erwarten in die Ecke gedrängt.

Falls jemand behauptet, einen Geist gesehen zu haben, und weder lügt noch belogen wird, dann muss er sich irgendwie selbst belogen haben.

Hey! Hören Sie dieses knirschende Geräusch? Das sind die tektonischen Platten meines Glaubens, die sich unter meinen Füßen verschieben.

Ich empfange die neuste E-Mail von Astral Way. Ich ignoriere seine Nachrichten nun schon seit Tagen, weil der Mann bereits aggressiv und fast schon beleidigend geworden ist. Aber heute denke ich »Was soll's?« und öffne die Nachricht.

Astral teilt mir mit, dass das Experiment der Hollywood Paranormals in sechs Tagen beginnt und dass ich »ein echter IDIOT« bin, wenn ich nicht darüber berichte oder gar daran teilnehme. Man sieht regelrecht den Rauch von seiner Tastatur aufsteigen, während er wütend darauf einhämmert: »Das wird

DIE repräsentativste Untersuchung des 21. Jahrhunderts darüber, ob der menschliche Verstand einen Geist heraufbeschwören kann.«

Ob der menschliche Verstand einen Geist heraufbeschwören kann.

Würde ich ans Schicksal glauben …

Astral fährt fort: »Des Weiteren, FALLS Sie sich unserem Experiment anschließen und angemessen darüber berichten, geben wir Ihnen einige SEHR wertvolle Informationen über Ihr paranormales YouTube-Video. Nachdem wir es intensiv studiert haben, wissen wir, WO es aufgezeichnet wurde. Wir können den Ort auf acht Quadratkilometer genau eingrenzen.«

Ich war schon überzeugt, aber jetzt bin ich überzeugter. Meine Finger tanzen über die Tasten.

»Hi, Astral. Ganz ruhig, Kumpel. Ich komme.«

Alistair Sparks: Es folgt ein Transkript einer Unterhaltung, die Sherilyn Chastain am 7. November 2014 aufzeichnete. Sie behauptet, das Gespräch mit Jack geführt zu haben, in der Ooh La La Bar auf Lantau Island.

(Die ganze Zeit über sind im Hintergrund Meeresrauschen und die Stimmen von Bargästen zu hören)

SHERILYN: Also, großer Mann. Hier kommt meine Aufgabe an Sie. Sie entscheiden über das Schicksal der Entität. Wenn Sie sich so *sicher* sind, dass ich nur Scheiße rede, dann sagen Sie einfach, dass ich sie vernichten soll. Ich wasche die Flasche mit Salzwasser aus und lösche den Geist aus. Falls Sie sich nicht hundertprozentig sicher sind, verschonen Sie ihn, und ich helfe ihm, unsere Welt zu verlassen.

(Lange Pause)

JACK: Letzte Chance. Haben Sie je *einen echten Geist* gesehen?

SHERILYN: Das kann ich nicht beantworten. Die Dinge, die ich gesehen habe, könnte man so bezeichnen.

JACK: Töten Sie ihn.

SHERILYN: Jack, hören Sie: Lassen Sie das. Setzen Sie sich. Jack, es tut mir leid, dass ich die Beherrschung verloren habe, okay? Es ist nur: Sie sind nicht ehrlich zu mir, und …

JACK: Töten Sie ihn einfach, Sherilyn.

SHERILYN: Hören Sie, Sie müssen etwas über dieses Video erfahren. Es geht um die Worte, die darin zu hören sind. (Pause) Und hey, wollen Sie nicht meine Meinung über das Buch hören?

JACK (entfernt sich): Was das Buch betrifft, hab ich mich wohl geirrt. Das lag am Jetlag. Schmeißen Sie es ruhig weg. Verbrennen Sie den Rest mit scheiß Salbei oder so.

SHERILYN (hebt die Stimme): Das Buch ist tatsächlich aus der Zukunft. (Pause.) Jack, haben Sie gehört? Das Buch ist aus der Zukunft, und darin wird Ihr Tod erwähnt. (Pause.) Jack! Laufen Sie, so weit Sie wollen, aber es ist trotzdem wahr. (Lange Pause. Sherilyn seufzt. Eine Flasche schabt über den Tisch, wird offenbar herangezogen. Sherilyns Stimme wird zu einem Murmeln.) Na dann, Kumpel. Es tut mir echt leid. Bringen wir dich mal ins Wasser.

Kapitel sechs-sechs-sechs

(Eleanor: Sehr wichtiger Hinweis – bitte entferne SÄMTLICHE bisherigen Erwähnungen von »Adramelech«, »Mephistopheles« und »Baphomet« aus dem Manuskript. Die Namen fallen im Zusammenhang mit der Tonspur des YouTube-Geistervideos. Danach bitte noch zweimal überprüfen, dass wirklich KEINES dieser Worte mehr im Text steht.)

Das Klingeln meines Telefons reißt mich aus dem Schlaf, und ich blinzele halb blind ins Licht. Ich liege neben dem nierenförmigen Swimmingpool, was nicht sonderlich überraschend ist, denn genau da bin ich nach dem Mittagessen eingeschlafen, nach ein paar Bloody Marys, die einen gewöhnlicheren Mann umgebracht hätten. Noch weniger überraschend ist die buchförmige weiße Stelle auf meiner ansonsten sonnengebräunten Brust, die ich *Harold beschwören: eine Untersuchung der Telekinese* zu verdanken habe. Während der ersten vierundzwanzig Stunden meines Aufenthalts im Sunset Castle Hotel von West Hollywood habe ich den halben Bericht über das Siebzigerjahre-Experiment verschlungen, das die Hollywood Paranormals nachstellen wollen. Ich schaffe keine einzige Seite mehr. Damals waren die Bücher alle viel zu dick.

Professor Stanley H. Spence hat das Werk verfasst. Er gehörte zu den acht Parapsychologieforschern aus Toronto, die das Harold-Experiment durchführten. Es beeindruckt mich kaum, dass Spence hierherfliegt, um am Experiment teilzunehmen – als »neutraler Beobachter und Berater«, so jedenfalls steht es in einer von Astrals übereifrigen Mails.

Als mich das Telefon weckt, ist es 17.21 Uhr PST, am

11. November. Auf dem Display stehen unter der Telefonnummer die Worte »BEX MOBIL« und das Foto einer lachenden, beschwipsten Rothaarigen in der Bar Revenge in Brighton. Bex ruft mich an, sie ist mir acht Stunden voraus. Zeitreise.

Ich nehme den Anruf an. Lustigerweise klingt sie betrunken und könnte tatsächlich in der Bar Revenge sitzen. Ja, ich bin mir ziemlich sicher, einen untalentierten Karaoke-Gentleman im Hintergrund zu hören, der mit dem frenetischen Tempo von Beyoncés *Crazy in Love* zu kämpfen hat.

Anfangs denke ich, Bex lacht.

»Warum mach ich das? Warum mach ich das, verdammt noch mal? Sag's mir!«

»Was ist los?«

Mehr Glucksen. »Ich bin so ein Idiot«, sagt sie.

Ich setze mich ruckhaft auf der Sonnenliege auf, als ich erkenne, dass sie weint.

Crazy in Love klingt plötzlich gedämpft, auf die Bassfrequenzen reduziert, und ich höre Verkehrslärm. Sie muss nach draußen gegangen sein. Ich sitze in der Sonne und versuche, sie mir um 01.22 Uhr morgens vorzustellen, zwischen Türstehern, Rauchern und Knutschenden, während sich der dunkle Palace Pier jenseits des Kreisverkehrs abzeichnet. Vielleicht sitzt dort eine Möwe auf dem Dach eines Ford Fiesta und pickt auf einen Hühnerknochen in Backteig ein.

»Bex, was ist los?«

»Was ist nur verkehrt mit euch Jungs? Wenn ihr euch an jemanden binden wollt, wieso müsst ihr dann vorher noch einen letzten Freiheitsfick haben? Wenn ihr das braucht, wieso bindet ihr euch dann überhaupt?«

Ich gebe mir Mühe, entrüstet zu klingen. »Oh Gott. Liebes, es tut mir so leid, das zu hören. Wen hat er …«

»Eine schlampige Huren-Schlampe mit einem schlampigen Profilbild. Sie hat es mir in einer Textnachricht verraten, und ich hab ihn damit konfrontiert, bis er es zugab. Ich hab mit ihm Schluss gemacht. Oh, die sozialen Medien sind so toll. Sie *verbinden* Menschen.« Ihre Wut schlägt in verbitterte Schluchzer um. Ich erkenne gerade so die pumpenden Bassnoten des Songs *Something Kinda Ooooh* von Girls Aloud.

Ich weiß, dass Bex jetzt einen Freund braucht. Sie will hören, dass Lawrence vermutlich nur am Vorabend ihres Umzugs eine Art Panikattacke bekommen hat. Dass Menschen aus Angst Dummheiten anstellen. Dass er mit *ihr* zusammenziehen will, nicht mit der schlampigen Huren-Schlampe, die vermutlich erst nach fünf Pints gut aussieht.

Ich weiß, ich sollte ihr raten, eine Nacht über die Sache zu schlafen und, falls sie Lawrence wirklich liebt, mit ihm morgen darüber zu reden.

»Was für ein Riesenarschloch dieser Kerl ist«, sage ich stattdessen. »Er hat dich nicht verdient.«

Mehr Schluchzen. »Gott, das ist so erbärmlich. Hast du schon einen neuen Mitbewohner?«

»Ja«, sage ich, in der Absicht, triumphierend die Pointe *dich!* anzufügen, doch ehe ich dazu komme, stößt sie ein gequältes Jammern aus. »Du bist meine neue Mitbewohnerin«, sage ich flacher als beabsichtigt.

»Oh, ach so.« Sie bekommt sich wieder in den Griff. »Das ist wenigstens eine gute Nachricht.«

Ich habe einen jener Leichtsinnskater, die alles weniger real und zugleich machbarer erscheinen lassen. »Hey, wieso nimmst du nicht den nächsten Flieger und kommst her? Ich mache hier bei einem blöden Experiment mit und hab bestimmt jede Menge Freizeit. Wir könnten … abhängen.«

Eine benommene Pause. »Wie … wie viel würde der Hin- und Rückflug denn kosten?«

Ich nenne ihr eine grobe Schätzung und lasse dabei lieber Steuern, Flughafen- und sonstige Gebühren sowie die Aufschläge der Fluggesellschaften weg. Sie fängt wieder an zu weinen.

Ein solch starkes Verlangen habe ich nicht mehr verspürt, seit ich vor fünf Jahren mein Arbeitszimmer ausräumte, um es in ihr Schlafzimmer umzufunktionieren. Ich will, dass sie wieder bei mir einzieht. Jahr null, Tag eins. Sie zieht in mein großes Hotelzimmer in West Hollywood ein, und ich lindere ihren Schmerz. Und meinen. Daher erzähle ich ihr, ich hätte unzählige Flugmeilen gesammelt und würde ihren Rückflug bezahlen. Ich sage ihr, sie soll sich keine Sorgen machen. Und sobald sie hier ist, kann sie kostenlos in meiner Suite wohnen – sofern das okay für sie ist. Denn dafür sind Freunde schließlich da.

Sie willigt ein. Sagt, sie könnte in drei Tagen einen Flug nehmen. Oh Gott, sagt sie, vielleicht sei das genau das, was sie jetzt brauchte, um die Sache zu vergessen.

Während sie sich bei mir bedankt, höre ich die Bassnoten von *Celebration* von Kool & The Gang.

Ich gestatte mir erst nach dem Telefonat mitzusingen.

Das Dach des Sunset Castle ist von Steintürmchen gesäumt, wie es sich gehört. Das Hotel wurde vor 105 Jahren errichtet. Ich hatte noch nie davon gehört, aber es gefällt mir. Die Location hat genau den richtigen Schick und ragt über einem Abschnitt des Sunset Boulevards auf, den ich mag. Das Personal ist clever, hilfsbereit und behandelt mich mit dem Respekt, den ich gewohnt bin. Mir passt zwar nicht die Mineralwassersorte in der Minibar, aber ich lasse den Mangel beheben.

Kellner mit Tabletts umrunden diskret den Pool und versorgen die Gäste mit Drinks und Club-Sandwiches. Ich halte einen davon an und bestelle mir zur Feier des Tages einen Mojito. Der Kerl trägt eine Sonnenbrille, daher erkenne ich nicht, ob er das blasse Rechteck auf meiner Brust anstarrt, das *Harold beschwören* hinterlassen hat.

Das YouTube-Video ist inzwischen erwachsen geworden. Die Likes von Kim Kardashian und Tom Cruise haben dabei geholfen, es in den sozialen Medien so sehr zu verbreiten, dass schon die ersten Parodien darauf auftauchen. Es gibt mehrere Versionen auf verschiedenen YouTube-Kanälen. Eine davon ersetzt recht vorhersehbar schlicht die Tonspur mit dem Titelsong zu *Ghostbusters*. Eine andere bedient sich eines ähnlichen Kniffs, mixt aber Audiomaterial aus dem *Blair Witch Project* unter, sodass man die Schauspielerin Heather Donahue schluchzen und weinen hört, als hätte sie den Film im Keller gedreht. Sobald die schwärzlichen Füße um die Ecke auf die Kamera zuschweben, schreit die arme Heather aus vollem Hals: »Oh mein Gott, was ist das?« Die mit Abstand am meisten verbreitete Verballhornung des Videos hingegen bedient sich eines Spezialeffekts, der die blanken Füße der Erscheinung mit flauschigen Pantoffeln versieht. Die Art von Plüschpantoffeln, die lange Klauen haben. Riesige Muppet-Füße.

Alles schön und gut und auch amüsant, aber ein Popkultur-Phänomen loszutreten hilft mir nicht bei meiner Untersuchung. Mittlerweile haben mehrere Leute die Steckdose im Heizungsraum entdeckt und mir eine Nachricht geschickt. Je nach Laune antworte ich ihnen entweder »Wow, danke!« oder »Das habe ich schon vor Tagen gepostet, du Depp«.

Ich hoffe, das Experiment der Hollywood Paranormals liefert mir eine Erklärung dafür, warum ich Maria Corvi in Hongkong sah, aber irgendwie bezweifle ich das. Mein Hauptziel besteht darin, deren Informationen über das Video abzugreifen, und dann meine Zeit bei dem Projekt abzusitzen, das innerhalb von zwei Wochen an neun Tagen stattfindet.

Das Harold-Experiment war grundsätzlich von Skepsis geprägt, denn es versucht, Geister-Sichtungen damit zu erklären, dass der menschliche Verstand eventuell einen »Geist« herbeirufen kann. Wir werden bald sehen, ob das stimmt. Sie können sich vermutlich denken, worauf ich wetten würde.

Astral Way und seine Hollywood Paranormals liefern mir hinsichtlich des YouTube-Videos womöglich die heißeste Spur seit der Steckdosen-Offenbarung. Aber glauben Sie mir: Falls sie mich zum Narren halten wollen, wird sie das teuer zu stehen kommen.

Am Nachmittag des Folgetags finde ich Astral in einer Nische von Mel's Drive-In am Sunset Boulevard. Die Zweigstelle gehört zu einer kleinen Diner-Westküstenkette im Fünfzigerjahre-Stil, die sich auf »Hausmannskost« spezialisiert hat. Jeder Tisch hat eine Mini-Jukebox.

Social Media bedeutet, dass man sich nie fragen muss, wie neue Kontakte aussehen. Astral sieht genauso aus wie auf YouTube, Tsū, Facebook, Google+, Gaggle, Goodreads, Pinterest, Kwakker, Reddit, Switchpitch, Spring.me, Skype, Ello, HelloYou, Zoosk, WhatsApp, Wikipedia, WordPress, Quora, Kik, Uplike, MySpace, MyLife, MSN, Blogspot, Badoo, Bebo, Academia.edu, About.me, App.net, Itsmy, Instagram, Influenster, Twitter, Tumblr, Telegram, TripAdvisor, Flickr, Flixster, Friendster, Foursquare, Line, Last.fm, LinkedIn, LiveJournal, StumbleUpon, Streetlife, Spotify, Slated, VaVaVoom, Viber, Vimeo, Vine, Vig, Classmates, Match, PlentyOfFish, OkCupid, eHarmony, ChristianMingle und zweifellos auch Tinder und/oder Grindr. Er ist ein unverhältnismäßig selbstbewusster Hippie von eins achtzig mit einer großen roten Sonnenbrille auf dem Kopf. Ein Fettwanst in seinen späten Zwanzigern, vielleicht fünf Jahre davon entfernt, mit einem Seilzug aus dem Schlafzimmer abgelassen und ins nächste Krankenhaus eingeliefert zu werden. Er trägt ein rotes Baseball-Shirt mit der Nummer vierzig darauf, tief ausgeschnitten, damit man die silbernen Talismane und Medaillons sieht, ganz zu schweigen von dem betörenden Ansatz eines Seitendekolletés. Weite schwarze Shorts mit einer so großen Gürtelschnalle, dass man damit ein Rhinozeros erschlagen könnte. Als er später zum Bad watschelt, bemerke ich den dicken, verschwitzten straßenköterblonden Pferdeschwanz, der ihm am Rücken klebt.

Während ich mich ihm nähere, blickt er mit kalten blauen Augen vom Smartphone auf. Ich sage »Hallo« und reiche ihm die Hand. Er ergreift sie nicht, daher zwänge ich mich ihm gegenüber in die Sitznische und erwidere seinen Todesblick Sekunde um seltsame Sekunde.

Für einen Moment rechne ich damit, dass er auf die Tischplatte sackt und ein Messergriff aus seinem Rücken ragt, wie bei den Informanten in Filmen, die einem an öffentlichen Orten angeblich etwas Wichtiges mitteilen wollen.

»Ich warte«, sagt er, als wäre es das Selbstverständlichste auf der Welt. »Auf eine Entschuldigung.«

Verdammt sollst du sein, Maria Corvi und wer auch immer das YouTube-Video gedreht hat, denn wegen euch muss ich mich mit diesem Ochsen treffen.

»Wofür genau soll ich mich entschuldigen?«

»Wissen Sie, andere Reporter hätten sich ein Bein ausgerissen, um an unserem Experiment teilnehmen zu dürfen. Aber Sie haben mich bis zum letzten Moment zappeln lassen.«

Ich verdränge das geschmacklose Bild in meinem Kopf und antworte. »Ich bin kein Reporter, sondern Autor. Außerdem ein YouTube-Star.«

Er stößt ein Lachen aus, das halb an ein Grunzen erinnert. »Wer nicht?«

»Wieso haben Sie denn keinen anderen Reporter gefragt? Warum sind Sie *mir* auf den Senkel gegangen?«

»Das war wirklich keine gute Idee«, knurrt er, angewidert von mir und wohl auch von sich selbst.

»Hören Sie«, sage ich taktvoll, aber nur, weil er mir noch

nicht verraten hat, wo das Video gedreht wurde. »Hat 'ne Weile gedauert, aber jetzt bin ich hier und interessiert, okay? Interessiert und auch hungrig.« Ich reiche ihm erneut die Hand – letzte Chance auf einen Händedruck von Jack Sparks.

Er lenkt ein und schüttelt meine Hand mit seiner feuchten Pranke, so fest, dass meine Gelenke knacken.

»Gott sei Dank.« Ich ziehe die Hand zurück, nehme die Speisekarte und überfliege die angebotenen Biere. »Wo wurde das Video denn aufgezeichnet?«

»Wieso haben Sie Ihre Meinung geändert und sich uns angeschlossen?«, fragt er, nach wie vor unzufrieden. »Wegen der Video-Info? Nicht wegen unseres Experiments oder unseres Rufs?«

Das Ego dieses Mannes gibt einfach keine Ruhe. Ich säusele etwas darüber, dass sein Experiment einfach perfekt in mein Buch passen wird. Astral weiß offenbar über den Exorzismus in Italien Bescheid – Social Media bedeutet, niemanden je auf den neusten Stand bringen zu müssen –, aber ich werde ihm nicht verraten, dass das große Hongkong-Corvi-Mysterium meinen Abstecher nach L. A. beeinflusst hat.

Astrals Bestellung bestätigt, dass er täglich etliche Kalorien aufnimmt. Als das Essen serviert wird, reden wir über meine SPUK-Liste, und ich zeige ihm, wie sie derzeit aussieht.

»Ich kann nicht fassen«, sagt er schmatzend, sein Mund eine scheußliche Waschmaschine voller zerkautem Brot, Rind, Käse und Essiggurke, »dass Sie keinen vierten Eintrag auf der Liste haben. Sie halten es nicht mal für *möglich,* dass Geister real sind.«

Ich zucke mit den Schultern. Er schnaubt und beißt ein weiteres Stück ab, ehe er das erste heruntergeschluckt hat. »Mann. Also glauben Sie wirklich, dass Geister nicht existieren.«

»Was kümmert Sie das?«, erwidere ich ebenfalls kauend, Finger und Lippen mit Soße verschmiert. Blauschimmelkäse, auf Orange-Buffalo-Wings. »Ihr Experiment kreist nicht mal um echte Geister, stimmt's? Ich interessiere mich dafür, wozu das menschliche Gehirn imstande ist.«

Er nickt mit seinem Eisbeinkopf. »Telekinese. Das ist die Macht, mit der Kraft des Geistes –«

»Objekte zu beeinflussen, ohne sie zu berühren«, werfe ich ein. »Ich bin kein totaler Anfänger.«

»Dann wissen Sie sicher auch, was eine Gedankenmanifestation ist.«

Zufälligerweise weiß ich das. Eine solche Manifestation, auch bekannt als Tulpa, ist eine nicht physische Entität, die durch reine Willenskraft entsteht. Hätte ich nicht Maria Corvi in meinem Zimmer gesehen, hätte ich mich mit diesem Irrsinn nie befasst. Aber inzwischen verspüre ich eine gewisse experimentelle Neugier. Astral erklärt mir, in den Siebzigern hätte Professor Spence' Gruppe in Toronto ihren eigenen Astral-Harold erschaffen, der auf den Tisch geklopft und ihn umhergeschoben habe.

»Sie haben also Harold aus dem Nichts erschaffen?«, hake ich nach. »Und sie hielten ihn für eine Manifestation der eigenen Telekinese. Ich hab nicht das ganze Buch gelesen – ist er wirklich erschienen?«

Was ich wissen will, du geiferndes Nilpferd: Hat sich Harold je materialisiert wie ein, sagen wir, dreizehnjähriges Mädchen in einer Hotelsuite?

Astral legt seinen Zehn-Dollar-Behemoth-Burger mit beiden Händen ab und schüttelt den Kopf. »Aber hey, das war in den Siebzigern. Wenn wir das gemeinsam mit unserem scharfen modernen Verstand angehen – wer weiß? Wir könnten unseren Geist sehen.«

»Selbst wenn wir einen falschen Geist erschaffen: Wäre das nicht ein Beweis, dass es das Paranormale nicht gibt?«

Astral schüttelt wieder den riesigen Kopf. »Telekinetisch erzeugte Wesen und echte Geister schließen einander nicht aus. Wieso sollten sie?«

Die Mitglieder der Hollywood Paranormals haben sich vor sechs Jahren in den sozialen Medien kennengelernt, »durch das gemeinsame Ziel vereint, wissenschaftliche Entdeckungen im Bereich des Übernatürlichen zu machen.« Ein flüchtiger Blick auf ihren YouTube-Kanal, auf dem sie regelmäßig sich selbst und diverse Forschungssites präsentieren, und schon weiß ich, dass sie auch das gemeinsame Ziel verfolgen, eine Kabelfernsehsendung zu kritisieren und sich einen Namen zu machen.

»Danke fürs Anschauen. Bitte hinterlasst einen Kommentar und abonniert den Kanal. A«

Als Sohn und Enkel von Bischöfen aus dem von Kugeln durchsiebten Oakland behauptet Astral, er habe während seiner Zeit bei den Hollywood Paranormals drei Geister gesehen – natürlich wurde keine dieser Erscheinungen auf Video festgehalten. »Jedes verdammte Mal«, beklagt er sich, »haben wir die Kamera in die falsche Richtung gehalten. Ich hab den Eindruck, Geister sind kamerascheu. Vielleicht fängt eine Kamera wirklich Seelen ein, wie manche Völker glauben, daher fürchten sie sich davor. Was *Ihr* Video für mich so interessant macht.«

Astral hält den Clip für echt. »Ich habe es mir ein paarmal angesehen. Unser Pascal findet es auch großartig, wie Sie noch … ah! Da kommt er ja!«

Ein kleiner grinsender Kerl, dessen Haut die Farbe eines Milchkaffees hat, setzt sich neben Astral auf die Bank. Der Frankokanadier trägt eine Brille mit rundem Gestell und hat den Kopf kahl rasiert. Er hat einen Tabletcomputer unter den Arm geklemmt und wirkt aufgeregt, was erklärt, warum er schweißgebadet ist. Ich sehe mein Spiegelbild auf seiner Stirn.

Pascal wischt über das Display, und meine Erwartung wächst: Endlich wird ein Teil des großen Video-Rätsels gelöst.

Astral erinnert mich barsch daran, dass »allein die Hollywood Paranormals die Entdeckung gemacht haben und das auch so kommuniziert werden muss. Sie müssen die Info gleich nach dem Anschauen posten und uns wie vereinbart erwähnen. Außerdem müssen Sie –«

»Ja, schon gut, schon gut«, fahre ich ihn an. »Ich will erst mal sehen, was Sie herausgefunden haben.« Ich bin besorgt, nicht zuletzt deswegen, weil die Herkunft des Videos mir mein nächstes Reiseziel vorschreibt. Ich weiß so wenig darüber, dass es im Kriegsgebiet eines mexikanischen Drogenkartells gedreht worden sein könnte.

Pascal, gesegnet sei er, startet eine PowerPoint-Präsentation. Jede Folie zeigt zwei Bilder.

Das jeweils erste Bild der Folien ist ein Standbild aus dem Video. Die vergrößerte Nahaufnahme eines Geräts an der Kellerwand. Das jeweils zweite Bild zeigt die Website des Herstellers, auf der das Produkt vorgestellt wird.

»Solche Verteilerkästen«, sagt Pascal und deutet auf das Standbild, »baut nur eine Firma.« Er zeigt auf das Bild daneben: »Steinberg Appliances Inc., okay? Sie können das Logo im Video erkennen, genau hier. Sehen Sie? Und dieses Manometer hier wird ebenfalls nur von einer Firma produziert – Bloom & Bloom Pressure. Wenn Sie genau hinsehen, erkennen Sie gerade noch das Logo auf dem Standbild.«

Ich bin ein wenig beeindruckt. Niemand ist darauf gekommen, nicht einmal ich. Pascal bringt noch mehr Objekte von der Kellerwand mit den beiden Herstellern in Verbindung. Steinberg Appliances Inc. und Bloom & Bloom Pressure.

»Und was bedeutet das?«, frage ich, als wir die zigste Folie sichten. So bewundernswert die ganze Detektivarbeit ist, sehne ich mich nach der großen Pointe.

Pascal und Astral wirken so selbstzufrieden, dass sie sich genauso gut gegenseitig vögeln könnten.

»Die beiden Firmen«, sagt Pascal, »sind wirklich alt. Sie installieren ihre Geräte immer selbst beim Kunden. Sie vergeben die Aufträge nicht an Fremdfirmen und verschicken ihre Ware nicht einmal. Daher –«

Astral mischt sich ein, weil auch er etwas Bedeutendes sagen will. »Diese Firmen … beliefern nur Los Angeles.«

»Wow«, sage ich.

»Und nicht nur das«, fügt Pascal rasch hinzu, »sie versorgen sogar nur einen Stadtteil.«

Sie tauschen einen Blick, dann zählen sie bis drei und sagen gleichzeitig: »Hollywood!«

»Wow«, sage ich.

Während ich denke: Hmmm, das ist aber ein Zufall.

Es ist beunruhigend, dass Dr. J. Santoro wie der schmierige Angestellte aus *Stirb Langsam* aussieht. Wie das Wiesel im Anzug mit den großen weißen Zähnen, dem dichten Haar mit Seitenscheitel und Vollbart. Der Typ, der sich am Schluss eine Kugel einfängt. In dem Moment, in dem ich Santoro zum ersten Mal sehe, schwöre ich mir, falls er etwas sagt wie »Ich bin dein weißer Ritter!«, haue ich sofort kommentarlos ab.

Dr. Santoro hat Beruhigendes und Orthodoxes zu bieten, wie man es bei einem Psychiater zu finden hofft. Den Raum mit den sterilen weißen Wänden, in dem einen nichts ablenkt, außer der Schachtel mit Taschentüchern, ein paar Plastikbechern, ein gekühlter Wasserspender und eine Schüssel mit Pfefferminzbonbons. Er hat die Stimme eines Zen-Meisters. Sein Anzug und die Brille vervollständigen das Bild. Mein Stuhl hat breite hölzerne Armlehnen, er lässt sich nicht verstellen und ist unbequem. Ich mochte die Optik der horizontalen Psychiaterstühle noch nie, bei denen man gleich an »Zahnarzt« denkt.

Wissen Sie, was weniger beruhigend und orthodox an Dr. Santoros Büro ist? Der Pitbull.

Sharon ist ein großer grauer Pitbull mit einem weißen Fleck auf der Brust und weißen Pfoten. Sie hechelt unaufhörlich mit ausgerollter zarter Fleischteppichzunge. In einer Ecke steht ein Käfig, für den Fall, dass ein Patient Angst vor Hunden hat. Das ganze Büro, ein kleiner angemieteter Raum in einem unscheinbaren Gebäude in Burbank, stinkt nach Sharon.

So wie der menschliche Körper zu neunzig Prozent aus Wasser besteht, bestehen Psychiater zu neunzig Prozent aus Ohren. Santoro lässt mich so lange reden, wie ich will. Was mir normalerweise gefällt, aber hier bin ich, um seinen Rat einzuholen. Es ist nur rechtens, wenn man wissen will, welche Erklärung die Psychiatrie als Wissenschaftszweig dafür hat, dass ich in jener Nacht in Hongkong Maria Corvi gesehen zu haben glaube.

Außerdem erzähle ich Santoro, dass mein Gehirn seit Hongkong beschlossen hat, mich nachts mit einem wiederkehrenden Albtraum zu quälen.

Es fasziniert mich, wie das Übernatürliche den Kopf infiltriert, selbst wenn man nicht an so was glaubt. Genau wie Grippeviren, die ihre Arbeit erledigen, ob du nun an sie glaubst oder nicht.

Jede Nacht fahre ich allein auf einer abgelegenen, zweispurigen Autobahn. Die Uhr im Armaturenbrett zeigt immer 03.33 Uhr, was der Zeit in der echten Welt entspricht. Kein Mond steht am Himmel.

Der Highway könnte überall sein. Zumindest überall dort, wo es dichten Nebel gibt, der sich so weit erstreckt, wie das Licht der Scheinwerfer reicht. Mitunter lassen die Schwaden den Asphalt und die Randbegrünung schneeweiß erscheinen.

Jede Nacht sehe ich die Silhouette einer Person vor mir. Sie steht da wie ein Anhalter, einen Arm gehoben.

Während ich herbeirase, erkenne ich, dass es sich bei der Person um die grinsende Maria Corvi handelt. Sie ist ein

Phantom, so wie der »Geist« in dem Video, ihr Körper in ständigem Fluss zwischen durchsichtig und solide. Sie trägt ihren blauen Kittel, wie in Italien und Hongkong.

Sie hat ihre hellgelben, durchdringenden Augen auf mich gerichtet.

Ihr Anhalterarm schwingt so locker wie der einer Vogelscheuche durch die Luft und deutet auf die vor mir liegende Straße.

Immer wieder wispert sie »Genieß deine Reise«, und jedes Mal höre ich ihre Stimme direkt in meinem Ohr. Ihr Atem kitzelt mein Trommelfell.

Im Rückspiegel wird Corvi immer kleiner und verschwindet allmählich im Nebel, nach wie vor winkend und wispernd. Schließlich sehe ich nur noch Nebelschwaden.

Tote Mädchen im Rückspiegel wirken mitunter realer, als sie sind.

Ich konzentriere mich auf die Straße und … Scheiße! Da ist Maria schon wieder. Steht mitten auf der Fahrbahn, keine zwei Spurmarkierungen von meiner Stoßstange entfernt.

Ihre Augen sind groß wie bei einem Käfer, die Haut wirkt im Scheinwerferlicht schrecklich bleich. Sie scheint sich auf den tödlichen Aufprall zu freuen.

Jede Nacht zucke ich in diesem Moment zusammen.

Jede Nacht wache ich auf, ehe ich sie erfasse. Dann lache ich die Bilder weg und lege mich wieder schlafen.

Wie so viele Psychiater scheint sich Dr. Santoro am meisten für das zu interessieren, was er für den Kern der Geschichte hält. Ich erzähle ihm, was an Halloween passiert ist, und er runzelt nachdenklich die Stirn.

»Sie sagen, Sie waren davon überzeugt, dass Maria Corvi eine Schauspielerin sei. Am Ende des Exorzismusrituals, meine ich. Wie sicher waren Sie sich da? Hundertprozentig?«

Ich nicke, um die Sache zu beschleunigen und seine Einschätzung zu erfahren. Sharon platziert ihren Hintern an meiner nackten Wade, dicht über dem Knöchel.

Santoro blickt auf den aufgeklappten Laptop auf seinem Schoß. »Sie sagen, Maria habe Metallstücke ausgespuckt, einschließlich einiger Nägel.«

Wieder nicke ich, zucke unter der Berührung von Sharons Hintern zusammen und ziehe meine Beine weg.

»Und am Schluss wurde sie in einem Krankenwagen abtransportiert«, fügt er hinzu.

»Tja«, sage ich, »so wurde mir die Geschichte jedenfalls präsentiert. Mehr bekam ich nicht zu sehen. Genau genommen habe ich die Ambulanz nicht wegfahren sehen.«

Dr. Santoro legt die Finger aneinander, sodass sie wie eine kleine Kirche wirken, auf die er sein Kinn stützt. Seine Zeigefinger bilden den Kirchturm, der an seine Nase tippt, während er nachdenkt. Ich frage mich, ob er das mit Absicht macht, um meiner Erinnerung auf die Sprünge zu helfen. »Sie glauben also, die Notärzte waren ebenfalls Schauspieler für dieses Szenario.«

Ich rege mich unbehaglich, fühle mich verurteilt. Während meines Entzugs musste ich jede Menge kaum verhohlenen Spott einstecken, und jetzt ist das Gefühl zurück. Für lumpige zweihundertfünfzig Mäuse. »Darüber hab ich nicht nachgedacht. Ist das wichtig?«

Er behält die Kirche aus Fingern bei und sinnt erneut nach. »Es könnte sein, dass Sie zum Teil – vielleicht unbewusst, tief in Ihrem Inneren – glaubten, Maria Corvi sei von einem Dämon besessen …« Er sieht mir ins Gesicht und sprengt die Fingerkirche, woraufhin nur ein erhobener Zeigefinger übrig bleibt. »*Oder* dass sie geisteskrank war und von der Kirche ausgenutzt wurde.«

Ihm zuliebe denke ich über die Thesen nach. »Allenfalls Letzteres. Das glaubte ich während des Rituals einmal. Aber dass sie wirklich besessen war? Niemals, José.« Dr. Santoro blinzelt mehrmals, und ich frage mich, ob seine Initiale »J« tatsächlich für José steht.

Er stellt mir noch mehr Fragen, und irgendwann bekomme ich die Wahrheit aus ihm heraus: Er glaubt, ich fühle mich wegen Maria Corvi schuldig. Angeblich fühlt sich ein untypisch netter Teil meines Hirns schuldig, weil ich mich nicht vergewissert habe, ob es ihr gut geht. Er weist mich darauf hin, dass sie nach meinem Kenntnisstand an Blutvergiftung im Krankenhaus gestorben sein könnte. Er denkt, ich sei mir dieser Möglichkeit bewusst, selbst wenn ich nicht aktiv darüber nachdenke. Immerhin erscheine sie mir in dem wiederkehrenden Traum als Geist.

Dr. Santoro vermutet, mein Schuldgefühl habe mein Gehirn dazu veranlasst, eine fröhlich singende, tanzende Maria Corvi in meine Hongkong-Suite zu projizieren – möglicherweise auch aufgrund der Nachwirkungen halluzinogener Drogen.

Ich muss zugeben, das ist eine plausible Theorie.

»Also«, sage ich und baue meine eigene Fingerkirche, um ihn zu verhöhnen, »Sie glauben, das menschliche Hirn ist dazu fähig, dreidimensionale Personen zu erzeugen, direkt vor einem.«

Ha. Mal sehen, ob ihm das gefällt.

Sharon bedenkt mich mit dem missbilligenden Blick einer alten Tante.

Dr. Santoro lächelt nur. Kein dünnes Lächeln, das zusammengebissene Zähne verbirgt, sondern ein entspanntes, kalifornisches Zahnfeelächeln. »Ich arbeite schon über zwanzig Jahre in der Psychiatrie. Dabei habe ich gelernt, dass man die Fähigkeiten des menschlichen Gehirns nicht unterschätzen sollte.« Eine Zeit lang tickt die Wanduhr leise vor sich hin, für sieben Cent pro Sekunde, dann fügt er hinzu: »Sie erwähnten, dass Sie vor dem Vorfall geschlafen haben. Schlaf ist der Zustand, in dem das Gehirn alles verarbeitet. Dann tauchen wir am tiefsten in die Geschehnisse ein.«

»Falls Maria eine Schuldprojektion war«, sage ich, »warum sagte sie dann ›Genieß deine Reise‹, statt etwas Sarkastisches wie ›Oh, danke, dass du nach mir gesehen hast, du Schwanzlutscher‹?«

Sharon stößt ein tiefes Heulen aus. Santoro bedeutet dem Hund, sich mit seinen Stummelbeinchen vom Acker zu machen. »Ich denke, man könnte die Aussage als Sarkasmus interpretieren. ›Genieß deine Reise! Genieß dein glamouröses Journalistenleben, während ich im Krankenhausbett sterbe.‹ Sie wissen schon, diese Art von Kommentar.«

Ich will Santoro beteuern, wie echt Maria Corvi wirkte. Ihre Bewegungen. Ihre Stimme. Die blauen Fäden am Saum ihres Kittels. Ich roch sogar ihren schlechten Atem. Jedes Mal, wenn ich mir vorstelle, wie sie mit ihrem albtraumhaften Gesicht vor mir steht, verblassen die Details ein wenig mehr. Bereits jetzt, fünf Tage später, verschwimmt ihr Umriss.

Angeblich erinnert man sich nicht direkt an ein Erlebnis. Stattdessen erinnert man sich an die Erinnerung einer Erinnerung einer Erinnerung einer …

Der Verstand spielt mit sich selbst stille Post.

Ich rede weiter, versuche, Löcher in Santoros Theorie zu finden und sie zu zerpflücken. Zwei Minuten, bevor unsere Sitzung endet, holt er jedoch zum tödlichen Schlag aus.

»Was ist Ihrer Meinung nach eine realistische Alternative?«, fragt er und streichelt Sharon über den Hinterkopf, kurz über dem Halsband. »Wenn es keine echte Person war und keine schuldbasierte Halluzination, was haben Sie dann gesehen? Einen *Geist?*«

Und dann wirft mir Dr. Santoro die Art von rationalem, mitleidigem Blick zu, den ich seit Jahren Gläubigen zuwerfe.

Das Armaturenbrett des Chrysler 200 riecht wie jedes Armaturenbrett, das sich in der Sonne erhitzt hat.

Draußen auf Santoros Parkplatz googele ich »Maria Corvi Krankenhaus«. Wäre ich nicht aus der Kirche spaziert, weil ich das alles für eine Art *Truman Show* gehalten habe, hätte ich das schon viel früher erledigt. Santoro vertritt natürlich die Ansicht, dass ich Schuldgefühle unterdrücke, ob ich sie nun für gerechtfertigt halte oder nicht.

Wenn überhaupt, finde ich wahrscheinlich einen Hinweis darauf, dass Corvi eingeliefert, behandelt und an Halloween entlassen wurde.

Die Website der italienischen Tageszeitung *La Repubblica* zieht mir rasch den Teppich unter den Füßen weg.

Maria Corvi wird vermisst. Sie verschwand am 31. Oktober aus dem ISMETT-Krankenhaus, nur zwei Stunden, nachdem ich sie zuletzt gesehen habe. Auf ihrer Station wurden zwei Menschen tot in einer Besenkammer aufgefunden. Einem Krankenpfleger namens Pio Accardo wurde die Kehle durchgeschnitten. Auf Maddelena Corvi wurde dreizehnmal eingestochen. In den Wunden beider Leichen fand man Spuren von Rost.

Unzählige Radiosongs verschmelzen zu einem einzigen, während ich eine Palme anstiere.

Dass Maria Corvi in einer Zeitung erwähnt wird – und das auch noch als mutmaßliche Mörderin –, lässt sie so viel … realer erscheinen. Gewiss würde die katholische Kirche nicht davor zurückschrecken, den Tod eines Menschen vorzutäuschen – aber wirklich welche zu opfern? Selbst ich weiß, dass dieser Gedanke verrückt ist. *(Eleanor: Zufrieden? Gut. Ich traue das den Bastarden trotzdem zu.)*

Natürlich weiß ich, wer die arme Maddelena war, und eine weitere Google-Suche ergibt, dass Pio Accardo ein real existierender Dreiundzwanzigjähriger ist, der echte digitale Fußabdrücke hinterließ. Ein Selfie mit anderen Krankenhausangestellten hier, ein Blogbeitrag mit dem Titel »Das Beste und Schlimmste an Krankenhausarbeit« da. Auf einem Foto hält er fröhlich sein Uni-Abschlusszeugnis in die Kamera und trägt eine Krone aus Lorbeerblättern, die ich mir inzwischen nur noch als Lorbeerkranz vorstellen kann.

Der *Repubblica*-Artikel ist vom 2. November, und ich finde keine Folgeartikel. Auf anderen Seiten entdecke ich so ziemlich dieselben Details, und einige liefern ein Zitat von unserem gemeinsamen Freund Pater Primo Di Stefano. »Ich gab mein Bestes, das arme Mädchen von den Geistern zu befreien, die in ihm waren. Mit tiefem Bedauern muss ich zugeben, dass meine Mühen nicht ausreichten. Bitte begegnen Sie Maria Corvi mit äußerster Vorsicht, denn der Dämon in ihr hat jetzt offenbar die Kontrolle übernommen. Ich bete für ihre Mutter und für Herrn Accardo, damit sie sicheres Geleit in den Himmel finden.«

Also dann. Mord. Und Gevatter Tod ist noch nicht fertig mit der Arbeit.

Nur Stunden, nachdem ich von Marias Tobsuchtsanfall an Halloween erfahren habe, klingelt mein Telefon, während ich bei Amoeba Music in der unteren Etage stöbere: im wohl größten Plattenladen der Welt, so groß wie ein Football-Feld. Von der einen Wand zur anderen ist alles mit anfassbaren Medien vollgestopft.

Ich betrachte das Cover von Slayers 1986er-Album *Reign in Blood,* das mir in meiner Teenage-Thrashmetal-Phase gefiel. Hat bei Wut immer gut funktioniert, auch wenn es in den Ohren von Chastains Freundin Fang wahrscheinlich wie ein Chill-out-Album klingt. Das Artwork zeigt einen ziegenköpfigen Luzifer, der von seinen Akolythen auf den Schultern durch die Hölle getragen wird. Das ist ein derart klischeehaftes Teufelsporträt, dass ich – im Gegensatz zu früher – kichern muss.

Der Mann mittleren Alters am Telefon hat einen starken italienischen Akzent. Ich habe seine Stimme noch nie gehört, und im Hintergrund herrscht irgendein Trubel – Bürolärm.

»Mit wem spreche ich, bitte?«, fragt er.

Anfangs halte ich ihn für einen Telefonverkäufer. »Wissen Sie das nicht? Sie haben mich doch angerufen. Jack Sparks. Wer ist da?«

»Ich bin Inspektor Cavalcante von der Polizei in Rom. Würden Sie mir bitte sagen, in welcher Beziehung Sie zu Antonino Bonelli standen?«

»Den Namen kenne ich nicht. Wieso rufen Sie an?«

»Mr Bonelli wurde leider gestern tot aufgefunden. Er hat offenbar als Dolmetscher für Sie gearbeitet, am … lassen Sie mich nachsehen … einunddreißigsten Oktober?«

Himmel.

»Tony?«, frage ich und stelle *Reign in Blood* wieder zu den anderen Schallplatten. »Ich kenne ihn nur als Tony. Ja, ich habe ihn an diesem Tag zum ersten Mal gesehen.«

Der Inspektor erklärt mir, dass er mich anrufe, weil Tony »ziemlich oft« mit seiner Frau über mich gesprochen habe, ehe er vor fünf Tagen verschwand. Aus lauter Verhörparanoia erkläre ich ein wenig zu eifrig, dass ich seit meinem Aufbruch in der Halloweennacht nicht mehr in Italien war.

Tony schrieb vor seinem Selbstmord eine Nachricht mit dem Wortlaut: »Die Hölle hat keine Kontrolle. Jetzt kontrolliert sie mich, daher muss ich das Richtige tun.« Und stellen Sie sich vor, die Nachricht hatte ein Postskriptum: »Das ist alles Jack Sparks Schuld.«

Schlimmer noch: Tonys Frau hatte am 5. November der Polizei gemeldet, dass er ihren jungen Sohn sexuell missbrauche. Meine Schuld, wirklich? Das ist mal was Neues.

Cavalcante erklärt mir, dass die Ermittlungen gerade erst anlaufen und sie »nur die wichtigsten Fakten zusammentragen«. Mein Blick fällt auf jemanden am Ende des langen Gangs. Auf jemanden, der Tony sehr ähnlich sieht.

Er steht einfach da, schaut mich an und trägt dieselbe Lederjacke wie Tony in Italien. Sie glänzt. Sieht irgendwie nass aus, genau wie sein Haar.

Ich weiß zwar, dass es dumm ist, aber ich nähere mich ihm trotzdem.

Schlussfolgerungen, Schlussfolgerungen machen so süchtig.

»Wie ist er gestorben?«, frage ich.

Eine Pause. Dann: »Mr Bonelli wurde in einem Fluss außerhalb der Stadt gefunden. Haben Sie eine Erklärung dafür, warum er behauptet, es sei Ihre Schuld?«

»Nicht die geringste«, sagte ich und nähere mich blinzelnd dem Tony-Double.

»Hatten Sie nach dem Tag in der Kirche noch Kontakt zu Mr Bonelli?«

»Nein, gar keinen.«

Ich stoße mit einem Skater-Mädchen zusammen; sie hat pinke Dreadlocks und klebt am Smartphone. Ich zwänge mich an ihr vorbei, ignoriere ihre Beleidigungen und stelle fest, dass das Tony-Double verschwunden ist. Dort, wo der Kerl stand, ist eine Pfütze grünlich braunen Wassers am Boden.

Ich beantworte noch mehr von Cavalcantes Fragen und starre die Pfütze an.

»Hey«, sage ich, kurz bevor er auflegen will. »Wissen Sie etwas über den Fall Maria Corvi? Wurde sie gefunden?«

»Ich darf nicht über andere Fälle sprechen, tut mir leid.«

Ich erkläre ihm, dass ich Journalist bin, doch das hilft nicht im Mindesten. Ich erwäge, ihm die Verbindung zwischen Tony und Maria zu verraten, entscheide mich aber dagegen. Denn wie sieht diese Verbindung genau aus, abgesehen davon, dass sie sich ein paar Stunden zuvor getroffen haben?

»Wieso fragen Sie?«, hakt Cavalcante nach.

»Oh, ich hab's nur in den Nachrichten gesehen«, behaupte ich, dann lege ich auf, als eine süße Amoeba-Angestellte mit einem altertümlich wirkenden Wischmopp auftaucht und sich um die Pfütze kümmert. Sie wringt die klebrig grüne Sauerei in den Eimer und murmelt: »Was zur Hölle …?«

Genau das denke ich auch. Die Nachwehen des Italientrips amüsieren oder faszinieren mich nicht länger. Diese Leute haben tatsächlich damit begonnen, mich verrückt zu machen, sowohl in Träumen als auch im echten Leben. Für einen Moment habe ich wirklich geglaubt, einen Toten in einem Plattenladen zu sehen. Und wenn *mir* so etwas passieren kann, dann kann es jedem passieren.

Das ist die Art und Weise, in der die Leute die Kontrolle über sich verlieren. Und es endet damit, dass sie sich selbst anzünden, damit die Polizei, die ihre Räumlichkeiten durchsuchen will, niemals die geheimen Riten des Kults erfährt. Oder schlimmer noch, sie geben Sherilyn Chastain ihre gesamten Ersparnisse.

Ich beschließe, den Maria-Corvi-Clan zu vergessen. Im Ernst: Der Fall wäre toll für ein Buch über wahre Mordfälle – vielleicht schreib ich eines Tages so eins –, aber hier geht nichts Übernatürliches vor. Das ist eine Sackgasse.

Maria Corvi ist ein gestörter Teenager, der schon vor Langem bei jemandem wie Dr. Santoro in Behandlung gehört hätte. Tony Bonelli ist … war … ein kranker Pädophiler, der am Ende das Richtige tat.

Nur eine Frage bleibt offen: Wieso sah ich Maria in Hongkong? Vielleicht finde ich die Antwort darauf, wie mein Gehirn sie erschaffen konnte, in der nächsten Sitzung mit Santoro oder sogar beim Experiment der Paranormals. Falls nicht, muss ich die Sache wohl auf die Drogen schieben und mein Leben weiterleben.

So oder so, von diesem Moment an betrachte ich Maria,

Tony und alle anderen Nebenmutanten nur noch im Rückspiegel.

Und blicke nach vorn!

Alistair Sparks: Google hat bestätigt, dass mit Jack Sparks' Laptop folgende Suchbegriffe eingegeben wurden, am 12. November 2014, einige Stunden nachdem die Angestellte von Amoeba-Music, Kate-Linn Kasey, laut eigener Aussage eine »widerliche Sauerei« aufgewischt hat.

maria corvi news

maria corvi update

maria corvi aktuell

maria corvi gefunden

maria corvi verhaftet

maria corvi tot

tony bonelli tot

antonino bonelli tot

antonino bonelli selbstmord

inspektor cavalcante polizei echt?

vertrauenswürdige kampfmagierin buchen – sherilyn chastain

gründe warum man geister sieht

hilfe mit geistern teufel übernatürlich

bin ich verflucht

Alistair Sparks: Es folgt ein Auszug aus Rebecca »Bex« Lawsons persönlichem Tagebuch vom 12. November 2014.

Heilige Scheiße, Tagebuch: Ich flieg nach Los Angeles!
Ich fühle mich … wie fühl ich mich? Gut und schlecht.
Das Gute ist offensichtlich. Ich weiß nicht mehr, wann ich zuletzt ein so großes Geschenk angenommen habe, aber ich fühle mich nicht schlecht dabei. Jack und ich wissen beide, dass er mir was schuldet. Ich meine, ich hab nichts verlangt, als ich mich in seinem Drogenjahr um ihn gekümmert habe – das hab ich getan, damit der dumme Kerl überlebt. Aber das war wirklich eine anstrengende Zeit, die noch Monate später spürbar ist. Ein Rückflug nach Brighton, und wir sind quitt!
Das Schlechte? Ich bin noch immer fertig wegen Lawrence. Eine leise Stimme in mir fragt ständig, ob ich ihm noch eine Chance hätte geben sollen. Ich hab ihn nie für einen Fremdgänger gehalten, aber es war tragisch, dass er es eine Zeit lang leugnete, obwohl ich sogar Beweise hatte. Daher sagt der Rest von mir der leisen Stimme, sie soll die Klappe halten. Falls der Kerl wirklich eine letzte Affäre gebraucht hat, ehe wir zusammenziehen, wie ist er dann erst in ein paar Jahren? Und nach unserer Hochzeit? Mum hat recht: Vergiss ihn. Vergiss ihn einfach.
Das Einzige, was mir an dem L.-A.-Trip nicht gefällt, ist: Ich weiß, dass Jack was von mir will.
Lustigerweise glaubt er, dass ich seine Gefühle nicht mitkriege, weil er sie so gut versteckt.
Er bekommt nicht einmal mit, dass ich sehe, wie er auf mei-

ne Titten starrt. Und dass er manchmal den Augenkontakt länger aufrechterhält, als ein Freund es sollte.

Ich bezweifle, dass Jack sich an die vielen Male erinnert, als er betrunken Annäherungsversuche machte. Die alte Arm-um-die-Schulter-Nummer, gefolgt von der Zum-Kuss-Vorbeugen-Nummer … Er vergisst alle Körbe, die ich ihm gebe. Er ist eine Laborratte, die sich nicht an die Stromschläge entsinnt, die sie jedes Mal erleidet, wenn sie Taste A drückt.

Glücklicherweise bin ich gut darin, diese gelegentlichen Anmachen abzuwehren. Ich weiß, er würde nie aufdringlich oder übergriffig werden – er ist eher bedauernswert als alles andere.

Hoffentlich liegt die schlimmste Zeit der Verführungsversuche hinter uns, das Drogenjahr, das vergangenen Juni begann. Der Kerl war fix und fertig, kam zu jeder Tages- und Nachtzeit nach Hause und weckte mich. Manchmal hab ich mir was mit ihm reingepfiffen (nur Alkohol und kleine Mengen Gras für den Privatgebrauch, für den unwahrscheinlichen Fall, dass die Polizei das hier mal liest).

Ich sah die Verzweiflung in Jacks Augen. So große Verzweiflung. Er wollte – musste – wirklich alles vergessen. Ich weiß bis heute nicht, was letztes Jahr geschehen ist, was in ihm so ein großes schwarzes Loch hinterließ, aber sein enormes Selbstbewusstsein ist zerbröselt. Ich hab ihn nie nach der Ursache gefragt, und er hat sie mir selbst in seinen dunkelsten Stunden nicht verraten.

Was immer ihn dazu bewegt hat, seine Tage zugedröhnt zu verbringen, bleibt sein Geheimnis. Es war so geheim, dass er selbst nicht wusste, was los war. Ich frage mich, ob er das Problem manchmal nachts an sich ranließ. Wenn ich an seiner Zimmertür vorbeiging, hörte ich ihn im Schlaf sagen: »Tut mir leid, tut mir leid, tut mir so leid.« Das ist merkwürdig bei einem Kerl, der eine Entschuldigungsallergie hat.

Mitunter hatte ich sogar den Eindruck, er will sterben. Als ich den Notarzt wegen ihm rufen musste, fragte ich mich, ob er sich absichtlich eine Überdosis verpasst hatte.
Es verblüfft mich noch immer, dass er glaubt, ich lese seine Bücher nicht. Natürlich lese ich sie – ich komme schließlich drin vor! Ha, nein, das ist nicht der einzige Grund, aber es bringt mich zum Lachen, dass er in den Büchern so tut, als würde er mich lieben. Wäre das so, hätte er sich nicht so oft mit anderen Frauen getroffen. Am komischsten ist natürlich, wie er mich beschreibt. Grundsätzlich trifft er meine Persönlichkeit ganz gut, glaub ich, aber die Buchversion ist ein bisschen wie ein »manisches Feen-Traummädchen«. Wenn seine Fans mich kennenlernen, erwarten sie immer, dass ich (a) rothaarig bin und (b) Fitnesstrainerin! Was stimmt nicht mit (a) gutem alten braunem Haar und (b) damit, die Filiale einer Autovermietung an der Südküste zu leiten?
Wann genau wurde fuchsrotes Haar von einem Hänselgrund auf dem Spielplatz zu einer riesigen Männerfantasie? Und habe ich meine Haare absichtlich ein bisschen orange gefärbt, weil ich bei Jacks Signierstunden gern ein wenig Extra-Aufmerksamkeit von seinen Fans haben wollte?
Nein, Tagebuch: Das warst du, halt's Maul.
Am schönsten ist, dass ich in jedem einzelnen Sparks-Buch grundlos schmollend in Unterwäsche durch die Wohnung laufe. Irgendein ekliger Trenchcoat-Typ kam während einer Signierstunde zu mir und sprach mich darauf an. Der Kerl wirkte erschüttert, als ich ihm sagte, dass ich in Wirklichkeit einen großen flauschigen Bademantel trage, der voller Kaffeeflecken ist. Und er wollte nicht wissen, dass unsere Zentralheizung oft nicht funktioniert.
Jack ist ein guter Schriftsteller, und ich bin stolz, seine Mitbewohnerin zu sein. Klar, in kreativer Hinsicht kam er

durch das Drogenbuch vom Weg ab. Es scheint sich schon jetzt am besten von allen zu verkaufen, aber das liegt bloß daran, weil die Schaulustigen eine Reihe bilden, um ihn implodieren zu sehen. Ich hoffe nur, sein Buch über das Übernatürliche bringt ihn wieder in die Spur, auch wenn ich nicht kapiere, warum er es schreibt. Richard Dawkins oder Professor Brian Cox reisen schließlich auch nicht auf der Suche nach Geistern um die Welt, oder? Das ergibt keinen Sinn, genau wie die Sache mit dem Medium, die ich erst noch in diesem Tagebuch erzählen muss …

Nachdem er aus Italien zurückgekommen war und wir zum Pier gingen, wollte ich Jack unbedingt von der Amerikanerin erzählen – ein Medium, das am nächsten Abend in der Stadt auftreten würde. Ich dachte, sie wäre ein gefundenes Fressen für sein Buch – ich meine: eine leichte Beute! Ihr Auftritt fand nur zehn Gehminuten von unserer Wohnung entfernt statt, und er hätte sie in der Luft zerreißen können. Vielleicht hinterher ein Interview arrangiert. Daher erstaunte es mich, dass er nicht daran interessiert war. Und nicht nur das: Als ich ihn nach dem Grund fragte, wechselte er ständig das Thema und wurde sogar ein bisschen schnippisch. Seeeeltsam.

Wir haben hier also diesen instabilen, verletzlichen, unergründlichen Typen, der mich mag, obwohl ich für seine Leser nicht spektakulär genug bin. Ich reise nach L. A., um ein paar Wochen mit ihm zu verbringen. Wir teilen uns ein Hotelzimmer. Es ist wohl klar, dass er darauf hofft, dass da was laufen wird.

Wie du weißt, Tagebuch, hatte ich eine Schwäche für Jack, als ich einzog. Aber dann lernt man jemanden richtig kennen … Ich meine nicht, dass er einen miesen Charakter hat, auch wenn er im Grunde ein arroganter Mistkerl ist. Ich meine nur … man sieht Socken auf dem Heizkörper. Man betrachtet die Person irgendwann als Kumpel. Und auf eine kalte, eigennützige Weise weiß man: Lässt man sich auf ihn ein, und die Sache geht schief, muss man sich eine neue Wohnung suchen.

Also betrachte ich Jack nicht mehr auf diese Weise.

Hmmm. Oder?

Nein. Nicht mehr.

Werd ich auch ganz sicher nicht mehr.

Ich hätte nichts gegen eine Trostbeziehung, aber besser nicht mit Jack. Das muss echt nicht sein.

Ich frage mich, in welchem Zustand er gerade ist. Hat er aus Eigennutz vorgeschlagen, dass ich zu ihm komme, oder will er mir helfen?

Oh, Tagebuch, du großes Bündel aus Papier und Tinte. Du bist mein Therapeut, aber kein Ersatz für einen Freund. Du gibst mir keinen einzigen Ratschlag.

Ich wünschte, ich hätte nicht all meine Freunde verprellt, während ich mit Lawrence dem Untreuen zusammen war.

In zwei Nächten bin ich da.

Zwei. Nächte.

Also, Los Angeles. Was hältst du für mich bereit?

Kapitel sieben

Meine Hand rast wie eine Rakete in die Luft, so hoch es geht.

»Ich will dem Geist einen Namen geben!«

Alle Köpfe drehen sich in meine Richtung.

Ich kann nicht sagen, wer am meisten beleidigt wirkt. Astrals Wangen sind gerötet, aber das ist nichts Neues. Daher ist es vermutlich der aufbrausende Halbmexikaner – ich nenne ihn Dragon Lord (2080 Follower), weil ich mir seinen Namen nicht merken will. Sieben Hollywood Paranormals sind einfach zu viel.

Möglicherweise ist auch die Quoten-Goth (3542 Follower) am meisten beleidigt. Die hochnäsige Intellektuelle im schwarzen Betsey-Johnson-Kleid, das von Sicherheitsnadeln gesäumt ist, äfft mich nach und hebt den dürren Arm mit den grellbunten Geistertattoos. »Wir sind hier nicht in der Schule«, sagt sie.

Eigentlich glaube ich, dass Nichtsnutz (78 Follower, hat seit vier Monaten nichts mehr gepostet) den Angepissten-Wettbewerb gewinnt. Dieses erkahlende, bierbäuchige Häufchen Elend mittleren Alters. Spucketröpfchen fliegen durch die Luft, als er unbeholfen fragt, wieso ich den Namen des Geists aussuchen dürfen sollte. Seine blöde Stimme erinnert mich an Barney, den Typen, der bei den *Simpsons* in Moes Bar wohnt.

Das ganze Experiment wird in diesem kleinen, schlecht klimatisierten Konferenzraum stattfinden, der einen erfrischenden Ausblick auf die smogverhangene Autobahn bietet. In diesem Gebäude mietet man die Räume stundenweise. Wann immer ich rauchen will, was momentan oft vorkommt, muss ich mit dem Lift sieben Stockwerke nach unten fahren. Trotzdem besteht Astral darauf, dass »ein professionelles Experiment eine professionelle Umgebung erfordert. Wenn wir Bilder und Selfies posten, ist es wichtig, dass der Hintergrund einen ordentlichen Eindruck macht.«

Wir sitzen in einem Kreis aus technischen Geräten. Neben dem unvermeidlichen Camcorder auf dem Stativ hängen diverse piepende, blitzende, summende und tickende Maschinen an Steckdosenleisten (»Wir stellen kein Filmmaterial online, bis das Experiment beendet ist«, bestimmt Astral, »aber Posts und Updates sind kein Problem.«). Haben Sie je als Kind elektronische Ersatzteile zusammengeschoben und so getan, als wären sie echtes, funktionierendes Sci-Fi-Equipment? Dann haben Sie eine gute Vorstellung hiervon. Pascal (735 Follower) und Dragon Lord haben erklärt, wozu jedes Gerät dient, doch ich war zu beschäftigt damit, beim Gedanken an neun volle Tage in diesem Raum zu erbleichen. Ich vermute, diese vertragliche Verpflichtung ist den Hinweis bezüglich des Videos wert, aber das Einzige, was meinen Pimmel oben hält, ist der Gedanke daran, jede Nacht davon mit Bex zu verbringen. Sie kommt morgen Abend am Flughafen von L. A. an, wo ich sie abhole.

Der Raum riecht nach Imbissstube. Auf dem runden Tisch neben den Telefonen, Tablets und Netbooks stehen Sandwiches, Soda und Chips und sogar eine Burger-Fritten-Kombination. Wollen Sie raten, wer das Fast Food mitgebracht hat? Astral, die menschliche Waschmaschine. Ihm scheint einer dabei abzugehen, wenn man ihm beim Kauen zusieht.

Gestern, nur zehn Minuten nach unserem gemeinsamen Essen, hat der große Neandertaler seinen 8341 Followern gewisse Details über unser Gespräch verraten. Social Media bedeutet, dass man nie selbst Protokoll führen muss. Wie vereinbart habe ich den Paranormals ihre ach so geschätzte Anerkennung für die Videoanalyse zuteilwerden lassen. Immer, wenn Astral hundert Mal gekaut hat – was er so regelmäßig tut, wie ein Uhrwerk tickt –, zücken diese Leute ihre Smartphones und überprüfen, ob mein Einfluss schon ihre Popularität erhöht hat. Als könnten sie je in meiner Liga spielen.

Nichtsnutz meckert darüber, dass ich Gruppenentscheidungen respektieren müsse, bis Astral ihn diplomatisch unterbricht: »Ich denke auch, es ist am besten, wenn wir weiterhin alle Entscheidungen als Gruppe treffen.«

Dragon Lord schaut mich selbstgefällig mit erhobener Braue an. »Im Team gibt es kein ›Ich‹.«

»Nein«, erwidere ich. »Aber es gibt ein ›Du‹ in ›Dumpfbacke‹.«

Der Kommentar lässt das Experiment beinahe entgleisen, ehe es begonnen hat. Sofort meckert Professor Stanley H. Spence (keine Onlinepräsenz) los. Der Neunundsiebzigjährige ist gestern aus Toronto angereist, und man spürt, dass Hollywood nicht ideal für ihn ist. Lustigerweise ist er das Vorzeigeexemplar eines klassischen amerikanischen Professors. Er trägt die typische Brille und den adrett getrimmten weißen Bart. Selbst die Lederflicken auf den Ellbogen seines Tweedjacketts fehlen nicht. Allerdings trägt er keine Fliege. Wenn er mit Meckern aufhört, gebe ich ihm vielleicht einen aus.

Pascal prustet los, die Hand vor den Mund gelegt, doch Dragon Lord und Quoten-Goth übertönen ihn. Nichtsnutz pikst mit dem Finger in meine Richtung, und der Bischofsjunge Astral weist darauf hin, dass derlei Obszönitäten unangebracht seien. Nichts von alledem hält mich davon ab, mein Territorium zu markieren.

»Hört zu«, sage ich. »Ich werde diesem Geist einen Namen geben. Den Rest können wir gemeinschaftlich klären.«

Im Raum ist jede Menge von dem zu spüren, was Sherilyn Chastain negative Energie nennen würde. Dragon Lord speit mir Feuer entgegen. Die anderen mustern Astral, warten auf seine Reaktion. Sie wünschen sich, dass er sich mir entgegenstellt.

Mit einer Pranke in der Cheetos-Tüte stößt Astral den käsigen Atem aus. »Wie würden Sie unseren Geist denn nennen?« Seine Frage sorgt für noch mehr Verärgerung. Nur Pascal amüsiert sich. Ihm ist das scheißegal. Ich mag Pascal.

»Mimi«, antworte ich schnell. »Wir nennen ihn Mimi.«

Ich könnte schwören, dass dem ganzen Raum schlagartig sämtliche Luft entzogen wird.

Im Weltraum hört dich niemand Jack Sparks fragen, wieso er sich so einen dämlichen Namen ausgesucht hat.

»Mimi«, wiederholt Dragon Lord. Er zieht ein Gesicht wie ein Fuchs, den man dazu zwingt, Scheiße von einer Drahtbürste zu lecken. Was meine Entschlossenheit, den Namen durchzusetzen, nur umso größer macht.

Astral weiß sich seine Kämpfe auszusuchen. Ohne Sparks bekäme das Experiment null Aufmerksamkeit. Mit Sparks hat er automatisch ein Publikum, das *Harold beschwören* runterlädt, um alles über das Siebzigerjahre-Experiment zu erfahren und nachzuvollziehen, was die Wiederholung desselben bezweckt.

Daher gewinne ich die Schlacht, und Astral umreißt, was an diesem Tag sonst noch ansteht: eine Persönlichkeit für Mimi erfinden. Der Knackpunkt ist, dass sie fiktiv bleiben muss, »ein Produkt unseres gestalterischen Bewusstseins«. Sie darf nicht auf einer real existierenden Person beruhen.

Die ersten Male, wenn Astral und die anderen »Mimi« sagen, sprechen sie das Wort gedehnt aus, einen resignierenden Ausdruck in den Gesichtern. Aber bald darauf gehört der Name zum Inventar. Dank der miesen Klimaanlage bringt niemand mehr genug Energie für Sarkasmus auf.

Da der Geist nun einen Namen hat, zeige ich für den Rest kaum Interesse. Auch die anderen sind mit wenig Enthusiasmus bei der Sache. Falls die Hollywood Paranormals die Aussicht, eine geisterhafte Manifestation in diesem Raum zu erzeugen, für den Himmel auf Erden halten, dann gleicht der Prozess, die Einzelheiten zu seiner Persönlichkeit festzulegen, einer langen Autofahrt durch die Wüste.

Harold, der erfundene Geist der verrückten Kanadier in den Siebzigern, war ein verheirateter englischer Aristokrat der Cromwell-Ära, ein rundum schwächlicher Typ. Als seine Zigeunermätresse als Hexe verbrannt wurde, tötete Harold sich selbst aufgrund von Schuldgefühlen, weil er nichts dagegen unternommen hatte.

Zum Glück sind sich alle im Raum einig, dass historische Figuren ziemlich lahm sind. Wir beschließen, unsere Mimi ist in den 1970ern geboren und schon Anfang 2000 gestorben.

»Vielleicht war sie bei 9/11 dabei«, schlägt Nichtsnutz vor. Sein verwaschenes T-Shirt mit dem Aufdruck »Die Wahrheit ist da draußen« lässt vermuten, dass er in Bezug auf den tragischen Terroranschlag dämliche Verschwörungstheorien vertritt. »Sie brachte ihrem Mann sein Mittagessen, als das Gebäude einstürzte.«

Quoten-Goth verdreht die Augen bis zu den aufgemalten Augenbrauen. »Oder vielleicht hat sie da *gearbeitet.*«

Als wir Nichtsnutz' World-Trade-Center-Version ablehnen, verschränkt er die Arme vor der Brust und schaut auf seine Turnschuhe. Er würde allenfalls noch idiotischer aussehen, wenn er einen kleinen Propeller auf der roten Baseballkappe hätte. Gelegentlich fummelt er an der Insulinpumpe an seinem Gürtel herum. In letzter Zeit hatte das Gerät eine Fehlfunktion und zu viel Insulin in seine Blutbahn abgegeben. Weil Nichtsnutz online einen alarmierenden Artikel gelesen hat, glaubt er, sein lauter Nachbar hackt sich via Bluetooth in seine Pumpe und manipuliert sie, um ihn ins Koma zu versetzen.

Ganz sicher versucht der Nachbar, Nichtsnutz umzubringen, denn die ganze Welt dreht sich um Nichtsnutz.

»Mimi war drogensüchtig«, behauptet Quoten-Goth. »Sie war Bassistin in einer angesagten Rockband, hat mit dem Frontmann gevögelt und sich in alle möglichen –«

»Aber dann müssen wir auch festlegen, welche Rockband das war«, warnt Astral, »und plötzlich ist sie nicht mehr so fiktiv. Lass uns vage bleiben.«

Hot Mama (5051 Follower) schlägt mit blitzenden Killeraugen vor, dass Mimi eine talentierte Sängerin und ein Medium war, die Kenia besuchte und zu Tode geprügelt wurde, weil sie eine Hexe war. Sie fügt hinzu, das würde unsere Mimi »ziemlich gut« mit Harold verbinden, quasi als Verneigung vor dem Original. Lustige Nebensächlichkeit: Hot Mama hat mal bei *American Idol* teilgenommen. Das können Sie nicht wissen, denn sie erwähnt das nur zweimal pro Stunde.

Dragon Lord will, dass Mimi als Platzanweiserin im Kino gearbeitet hat und bei einem tragischen Schusswechsel an einer Kugel im Hirn starb.

Nichtsnutz erwacht aus seinem Schmollschlaf und sagt, Mimi hätte immer zu laut Musik gehört. Ihr Nachbar hätte sich mehrfach bei ihr beschwert und sie schließlich in der Einfahrt erschossen.

Astral glaubt, Mimi hätte überall in Amerika an großen Esswettbewerben teilgenommen und sei eines Tages an zwei Hotdogbrötchen erstickt, die in ihre Luftröhre gelangt seien.

Der siebte und ruhigste Paranormal, Soldier Boy (2672 Follower), ist der typische Bürstenhaar-Typ, der in der Schule allen anderen die Scheiße rausgeprügelt hätte. Er ist erst vor drei Wochen aus der afghanischen Provinz Laghman zurückgekehrt und wirkt benommen und introvertiert, als sei ihm das echte Leben ein bisschen zu anstrengend. Er fährt sich mit der Hand über die Haarstoppeln, sein Bizeps spannt die Ärmel seines alten American-Eagle-T-Shirts, dann sagt er, Mimi verlor in Afghanistan durch eine improvisierte Bombe ihr Augenlicht, sei dann wegen Posttraumatischer Belastungsstörung behandelt worden und hätte sich ein paar Monate später umgebracht.

Ich erkläre allen, Mimi sei eine Journalistin, die ein Buch darüber schreiben wollte, wie sie auf einem Hüpfstock durch Amerika reist, aber leider von einem Zehn-Tonnen-Truck platt gefahren wurde.

Keine der Ideen findet großen Zuspruch. Die Anwesenden diskutieren erst, dann streiten sie sich. Professor Spence bemerkt, dass »Harold beim Originalexperiment von einem nominierten Außenstehenden erschaffen worden ist«, aber seine Worte gehen im Tumult unter.

Natürlich bremsen unsere Handys den Prozess zusätzlich aus, aber so ist das eben. Als Astral einen Online-Artikel über einen verwirrten Mann entdeckt, der auf den Hollywood-Schriftzug geklettert ist, durchsuchen wir die sozialen Medien nach Berichten und schauen uns danach Live-Feeds von Polizeiunterhändlern an, die den Kerl überreden wollen, runterzuklettern. Unsere Fantasie kennt keine Grenzen, während wir überlegen, welche Online-Kommentare wohl am witzigsten wären. Ich brauche nicht eigens zu erwähnen, dass meiner der mit Abstand beste ist, auch wenn einige Zuschauer es geschmacklos finden, falls der Kerl runterspringt und stirbt.

Professor Spence räuspert sich vernehmlich. Er merkt an, dass Konzentration »äußerst wichtig« für das Experiment sei und dass es in den Siebzigern weder Websites noch Smartphones gab. Unsere einzige Antwort darauf besteht darin, dass wir weiterhin über Bildschirme wischen und die Live-Stream-Videos unverändert laut weiterlaufen. Falls Spence es noch nicht bemerkt hat: Wir leben nicht mehr in den Siebzigern. Wir inszenieren hier nicht ein angestaubtes Theaterstück neu.

Der alte Mann versucht zu begreifen, in was für einem seltsamen neuen Zeitalter er gelandet ist, und ich frage mich, wann der einsame Zeitreisende uns wohl satthat.

Wie die meisten Dinge, die in einem Gremium beschlossen werden, ist die Figur, auf die wir uns schließlich für Mimi einigen, ziemlich langweilig: eine unglücklich verheiratete Büroangestellte, die irgendwie zu Tode kommt. Danach ziehen wir los und feiern in einer Bar. Der Professor will nicht mitkommen. Seine Bestürzung ist geradezu greifbar.

Die Speisekarte flattert in meiner Hand. Eine Zeitung ohne Nachrichten. Hunderte Gerichte sind auf sehr vielen großen Seiten aufgelistet. Sobald man dieses Monstrum aufschlägt, sieht man nichts und niemanden mehr um sich herum. Was recht praktisch ist, wenn man Dragon Lords verdrossenes Hau-drauf-Gesicht ausblenden will.

»Das mit deinem Video hat dich überrascht, was?«, krächzt er irgendwo jenseits der Speisekarte, auf der ich den Abschnitt mit Tacos studiere. »Made in Hollywood, Baby. Made in Hollywood.«

Rings um unseren Tisch herrscht der bunte Trubel von Barney's Beanery. Der Laden ist eine Bar mit Restaurant oder ein Restaurant mit Bar, je nach Bedürfnis. Ein echt lustiger Schuppen, mit Retro-Videospielautomaten im hinteren Bereich. Ich schwöre mir, später Dragon Lord vollkommen fertigzumachen. Bei Donkey Kong.

Pascal fragt, ob ich zufrieden sei, den Drehort des Videos zu kennen. Er will, dass alle die ganze Zeit glücklich sind, aber ich habe keine unkomplizierte Antwort für ihn. Anfangs hatte ich die Schlussfolgerungen des kleinen Kerls angezweifelt, doch dann hab ich mir die PowerPoint-Präsentation näher angesehen, an Ort und Stelle, in Mel's Drive-In. Ich habe die Websites der Firmen selbst überprüft und alles abgehakt.

Inzwischen hatte ich einen Tag Zeit, darüber nachzudenken, und finde die Herkunft des Videos gar nicht mehr so verwunderlich. Ich meine, wäre ich nach Helsinki oder Guam gereist, und es hätte sich herausgestellt, dass der Clip tatsächlich von dort stammt, wäre mir das Hirn aus dem Hinterkopf gefallen. Aber Hollywood, das Land der Fiktion? Nicht so überraschend.

»Durch Hollywood ist es sehr viel wahrscheinlicher, dass das Video eine Fälschung ist«, sage ich zu Pascal, während die anderen lauschen. »Möglicherweise ist das eine scheiß virale Werbekampagne für *Paranormal Activity 17* oder so. Und ich bin der Idiot, der darauf reinfällt und Werbung dafür macht.«

Diverse Meinungen werden mir um die Ohren gehauen. Astral, Hot Mama und Soldier Boy halten das Video für echt. Dragon Lord, Nichtsnutz und Quoten-Goth sind ebenso zynisch wie ich und vertreten die Ansicht, der Film sei »von vorn bis hinten« von Menschen gemacht. Er sei nicht mal so aufwendig produziert wie manch andere virale Clips, die sie gesehen hätten. Etwa der mit dem goldenen Adler, der ein Kind im Park entführt, oder der mit dem Affen, der einem Trupp afrikanischer Soldaten eine AK-47 abnimmt und dann durchdreht. Sie behaupten, inzwischen seien die digitalen Spezialeffekte so fortschrittlich, dass man alles darstellen kann. Mein Video wäre im Vergleich zu den genannten Filmen ein »Kinderspiel«, was immer sie damit meinen.

Allein Pascal hockt auf dem Zaun und sagt, er habe sich noch keine Meinung gebildet, aber »irgendwas an dem Clip« findet er unheimlich. Ladys und Gentlemen: Sherilyn Chastains unehelicher Sohn.

Die Paranormals reden viel. Zu jedem Zeitpunkt quasseln mindestens zwei von ihnen gleichzeitig über dasselbe Thema. Wörter überlappen sich und werden zu einem nutzlosen Chaos. Wenn dann noch eine Persönlichkeit wie ich mitmischt, wird das Ganze zur Kakofonie. Ich neige ohnehin dazu, das Gespräch zu sprengen, denn diese Leute sind typische Amerikaner. Wenn ich mit englischem Akzent rede, müssen sie sich doppelt konzentrieren. Sie hören so aufmerksam zu, als würde ich Russisch sprechen.

Inzwischen nehme ich Barney's Beanery leicht verschwommen wahr. Während der Alkoholspiegel steigt, versucht jeder, die anderen zu übertönen. Ich weiß nicht, was Quoten-Goth mir damit sagen will, dass ich das Arrogant-Bastard-Ale probieren soll, aber es hat beeindruckende 11,2 Prozent, daher bestell ich es gern.

Ich kann mich kaum erinnern, wie ich wieder ins Hotel gekommen bin. Ich weiß nur, dass ich mich mit Dragon Lord gestritten habe, Soldier Boy über den Krieg ausgehorcht und einen Flirt mit Hot Mama genossen habe, deren Kleid ihren knackigen Hintern betont, wodurch ich Bex eine Weile vergesse.

Meine erste Sitzung mit den Paranormals war gerade noch aushaltbar. Auch, wenn ich jetzt umso überzeugter davon bin, dass während des Mimi-Experiments neun Leute neun Tage lang in einem Raum sitzen und nichts auf die Reihe kriegen werden.

Alistair Sparks: Es folgt ein Auszug aus einem frühen Entwurf von Elisandro Alonso Lopez' geplantem E-Book Das Mimi-Experiment: Die Wahrheit und sonst nichts.

Die Welt muss erfahren, wie verrückt Jack Sparks wirklich ist.

Ich wollte nie, dass er beim Experiment mitmacht. Erst wurde ich überredet, dann überstimmt. Astral hielt es für sehr wichtig und meinte, wir müssten mit unserer Gruppe »das nächste Level der Sichtbarkeit« erreichen. Der Schlüssel dazu bestehe vermutlich darin, in Sparks' nächstem Buch erwähnt zu werden, denn der ist ein bekannter britischer Autor und hat etwa 260 000 Follower (folgt selbst aber nur dreizehn Leuten, einschließlich Richard Dawkins und Ricky Gervais). Niemand außer mir und vielleicht Lisa-Jane war klar, dass Sparks Atheist ist, also so engstirnig wie nur irgend möglich. Vielleicht existiert Gott nicht, wer weiß das schon, aber wieso haben Leute wie Sparks das dringende Bedürfnis, alles auf eine Karte zu setzen? Das ergibt keinen Sinn.

Er ist ein echter Wichser.

Ich weiß nicht, wer auf die glorreiche Idee kam, ihn nach der Sitzung ins Beanery einzuladen. Vermutlich Pascal. Schon seit Sparks darauf bestand, dass er dem Geist einen Namen geben darf, war klar, dass er in sozialer Hinsicht nicht zu uns passte.

Der Kerl war schon während der Sitzung betrunken, und später in der Bar gab er sich den Rest. Er fährt sich ständig mit dem Finger übers Zahnfleisch und verschwindet ziemlich oft auf der Toilette. Überhaupt nicht verdächtig, oder? Und dann wundert er sich, wieso wir nur die Hälfte von dem verstehen, was er in vollkommen zugedröhntem Zustand von sich gibt. Er labert über »scheiß Yanks«, wir schämen uns fremd, halten aber die Unterhaltung im Gang. Wir versuchen zu ignorieren, dass er ein Glas fallen lässt und dann loszieht, um dem Personal Bescheid zu geben. Wir versuchen, seine plumpen Annäherungsversuche bei Ellie zu ignorieren. Er weiß nicht, dass sie mit mir zusammen ist, oder es ist ihm egal, denn er bescheinigt ihr, sie sei »wirklich eine heiße Mama«. Wir versuchen zu ignorieren, dass er Johann ins schlimme Tinnitus-Ohr brüllt: »Du bist gerade erst aus dem Krieg zurück – wieso hängst du mit diesen Losern rum? Wieso bist du nicht stattdessen im Puff?«

Ich versuche, freundlich zu bleiben, wenn er sich über mein orientalisches Drachen-Shirt lustig macht und mich dann fragt, wo er hier ein bisschen Koks kaufen kann. Schließlich bin ich Halbmexikaner und habe bestimmt jede Menge Kontakte im Grenzgebiet.
Dieser blöde Wichser.
Ich weiß nicht, welcher Idiot ihm ein Arrogant Bastard bestellt, denn das bringt das Fass zum Überlaufen. Er fragt uns ständig über sein dummes YouTube-Geistervideo aus. Ich vermute ja, dass er den Film selbst gedreht hat, aus Publicitygründen, aber ich behalte meine Meinung für mich. Wir teilen ihm unsere Ansichten mit, aber er lässt keine davon gelten. Wieso stellt er Fragen, wenn er die Antworten nicht hören will?
Richtig ungemütlich wird es, als er uns nach den »drei Worten im Video« fragt. Nach einer kurzen Pause fragt Lisa-Jane, was er damit meint, und Sparks wiederholt die Frage einfach, als sei es glasklar, wovon er spricht.
Ellie sagt: »Oh, Sie meinen, wie die Person hinter der Kamera ›Oh Gott‹ sagt und so?« Sparks antwortet aggressiv, nein, das meine er nicht, sondern die drei einzelnen Worte: Eins davon ist am Anfang des Videos zu hören, eins in der Mitte und eins genau am Ende.
Wir sehen ihn an, als wäre das Ganze ein Test.
Ich sage: »Sind diese Worte unterschwellig zu hören?« Dafür ernte ich Gelächter, und der Brite haut mit der Hand auf den Tisch und verschüttet Ellies Drink.
»Nein«, sagt er, »die sind nicht unterschwellig zu hören. Sie sind das Gegenteil von unterschwellig.« Dann nennt er uns die drei Wörter, aber er ist so zugedröhnt, dass wir ihn kaum verstehen. Er fügt hinzu: »Das sind Namen von Dämonen. Wieso muss ich euch das erklären? Das solltet ihr eigentlich wissen.«

Wir sehen ihn verstört an.
Dieser blöde Wichser.
Dann wedelt er mit dem Finger und sieht uns nacheinander in die Augen. Er lacht, was die Sensibleren unter uns erleichtert. Er sagt: »Ha, ha, ha, ihr Schlingel. Sehr gut, gut gemacht, ihr habt mich reingelegt!« Pascal und Ellie stimmen in sein Lachen ein, nur Astral spielt wieder den großen Anführer und bringt sie zum Verstummen.
»Wir wissen wirklich nicht, wovon Sie reden«, sagt er zu Sparks.
Ellie sagt: »Ich habe das Video oft gesehen, in voller Lautstärke, und die einzigen Worte sind ›Oh Gott ... das ist echt‹.«
Doch Sparks lacht noch immer, wedelt nach wie vor mit dem Finger, während eine große Pizza für alle ankommt.
»Fickt euch«, schimpft er und zückt zähneknirschend das Telefon. »Schon klar. Der Neue wird schikaniert. Ist das so ein Aufnahmeritual in eurer Bruderschaft? Was soll dieser Bruderschaftsmist überhaupt? Ihr seid nur ein Haufen Idioten.«
Dann fragt er seine Follower. Er braucht ganze fünf Minuten, um zu tippen: »Hey! Das unheimliche Video. Was sagen euch die 3 Worte am Anfang, in der Mitte und am Ende? Adramelech, Mephistopheles und Baphomet?«
Anschließend sitzen wir da und warten auf die Reaktionen. Ellie isst nichts von der Pizza, weil sie vor Aufregung keinen Hunger hat. Ich versuche, sie zu beruhigen, weiß aber, was sie denkt: *Muss ich wirklich zwei Wochen mit diesem Schwachsinnigen verbringen?*
Ich lese die Reaktionen auf Sparks' Post. Sie gleichen einer nicht enden wollenden Spalte aus Fragezeichen.
»Häh???«
»Welche Wörter??«

»Ich hör nur ›Oh Gott, das ist echt‹, Kumpel.«
»WTF?!?!?!«
»Hab keine andere Stimme gehört. Hab's noch mal abgespielt. Hör sie noch immer nicht??«
»Is' das ein Witz?«
Glauben Sie mir: Während Jack Sparks die Antworten liest, sehen wir Rauch aus dem Vulkan aufsteigen und rechnen mit dem Schlimmsten. Er packt sein Smartphone so fest, dass seine Hand zittert. Dann, ehe jemand ihn aufhalten kann, dreht er durch. Er hebt den Tisch an und versucht, ihn umzuwerfen. Unsere Pizza rutscht herunter und klatscht auf den Boden. Sparks brüllt mir ins Gesicht. Ich weiß nicht einmal mehr, was er schrie. Ich brülle zurück, und die Rausschmeißer kommen rüber. Astral will sie abfangen, aber sie laufen praktisch durch ihn hindurch, um Sparks und mich zu packen. Jack schreit irgendwas von »dreckige Lügner« und so einen Scheiß, bis er schließlich mit dem Hintern auf dem harten Bordstein vor der Beanery landet. Die Sicherheitsleute kennen mich, daher ersparen sie mir den Bordstein, trotzdem werfen sie mich aus meiner Lieblings-Nachtbar.
Dieser.
Blöde.
Wichser.
Astral und Lisa-Jane reden zwar mit den Rausschmeißern, aber sie lassen mich nicht wieder rein. Mir bleibt nichts weiter übrig, als Sparks dabei zuzusehen, wie er auf seiner Seite des Bordsteins heult. Echt, Tränen rinnen dem Kerl übers Gesicht. Verängstigt und mit laufender Nase sagt er Sachen wie: »Was zur Hölle, was zur Hölle, nein, nein, nein …«
Die anderen gesellen sich zu mir, und jemand bestellt ein Taxi. Als es eintrifft, sitzt Sparks aufrecht auf dem Gehweg

und schaut sich das YouTube-Video auf dem Telefon an. Er hält uns das Handy hin und fragt: »Hört ihr das. *Hört ihr das?*«, dann wischt er über das Display und spielt es noch mal ab.
Aber wir hören keine Stimme.
Wir helfen ihm auf und setzen ihn ins Taxi. Seine Kleidung ist voller Zigarettenstummel. Er leistet keinen Widerstand, seine Wangen sind feucht. Wir geben dem armen Fahrer einen Zwanziger und sagen ihm, er kann das Wechselgeld behalten, sofern er bloß diese Nervensäge die kurze Strecke den Hügel hinauf in sein Schickimicki-Hotel bringt.
Während das Taxi davonfährt, hören wir Sparks' Geschrei. »Hörst du das?«, fragt er den Fahrer. »Hörst du ›Adramelech‹? Verdammt noch mal, hör noch mal hin!«
Durch die Heckscheibe sehen wir den Umriss des Taxifahrers, der den Kopf schüttelt. Mit erhobener Hand gibt er Sparks zu verstehen, er soll die Klappe halten.
Wir stehen zu siebt auf dem Gehweg und beobachten, wie der Wagen im Verkehr verschwindet. Wir fragen uns, was eben passiert ist.
Am nächsten Tag erhält Astral eine wirre E-Mail, in der uns allen »schwerwiegende juristische Konsequenzen« angedroht werden, sollten wir die drei teuflischen Worte im Video je erwähnen. Sparks sagt, er wird leugnen, sie je gehört zu haben. Außerdem teilt er seinen Followern mit, dass er sich mit den drei Wörtern nur einen Spaß erlaubt hätte – *natürlich* seien sie nicht im Clip zu hören, hö, hö, hö. Er versucht, es als »soziales Experiment« hinzustellen.
»Tja«, sagt Lisa-Jane am Bürgersteig und zündet sich eine Zigarette an. »Ich glaube, wir kommen auch ohne den Kerl klar.«
»Nein«, widerspricht Astral ihr. »Er bleibt.«
»Was?« Alle anderen staunen.

»Er muss bleiben«, betont Astral.
Wir sind perplex.
Bei ein paar kalten Drinks in der nächsten Bar gesteht er uns endlich alles. Ehe Sparks nach L. A. kam, hat er eingewilligt, das Experiment größtenteils zu finanzieren. Er übernimmt die Hälfte der Kosten für den Konferenzraum und unsere Ausrüstung sowie für Professor Spence' Flüge und Hotel. Ich weiß nicht, warum er das tut. Astral auch nicht, aber er ruft uns ins Gedächtnis, dass unsere beiden Kickstarter-Kampagnen schrecklich in die Hose gingen. Nur wenige Leute interessieren sich so sehr wie wir für ein Experiment aus den Siebzigern. Aber das wird sich eines Tages ändern. Nach unserem Experiment tragen uns die Leute auf den Schultern durch die Straßen.
Bis dahin müssen wir wohl Berufe ausüben, bei denen wir gerade genug für Miete, Essen, Benzin und dergleichen verdienen.
Also ... yep.
Sieht so aus, als können wir unser Leben nur ändern, wenn wir diesen blöden Wichser mitmachen lassen.

Kapitel acht

Wenn viele Notebooks laut zuklappen, klingt das wie panisch davonflatternde Vögel.

Ich ziehe mir einen Stuhl heran. Eduardo Sánchez, Daniel Myrick und vier Kollegen zucken zusammen und vergewissern sich, dass ich keine Waffe in Händen halte. Sie wirken überrascht und ein wenig beleidigt. Aber mal ehrlich: Wenn niemand erfahren soll, in welchem Melrose-Avenue-Café sie ihre Projektbesprechung abhalten, hätten sie nicht öffentlich ein Foto von der Speisekarte posten sollen. Als ich das Bild sah, ignorierte ich meinen Kater und fuhr unverzüglich her. Immerhin haben Sánchez und Myrick einen großartigen Horrorfilm gedreht, der Millionen Zuschauer davon überzeugte, dass drei Filmstudenten in den Wäldern von Burkittsville, Maryland, wirklich verschollen sind. Wer sonst könnte auf Platz eins meiner Liste von Verdächtigen stehen, die das Große-YouTube-Video-Mysterium in die Welt gesetzt haben? Ich ignoriere die höflichen Proteste à la »Tut mir leid, der Stuhl ist besetzt« und »Wir haben hier eine Art Arbeitssitzung«, lege mein Smartphone zwischen Sánchez und Myrick und berühre das Display, das sich sofort erhellt.

»Kennen wir Sie?«, fragt Sánchez beinahe ebenso kratzbürstig, wie sein Bart aussieht.

»Sie haben vielleicht was von mir gelesen«, antworte ich. »Ich bin Jack Sparks und werde Sie nicht lange aufhalten.«

»Soll ich jemanden rufen?«, murmelt jemand nervös Sánchez zu und schaut sich im Café um.

Ich starte das YouTube-Video. »Ich möchte nur wissen, ob das von Ihnen ist«, sage ich den beiden. »Sieht sehr danach aus.«

Jetzt werden sie neugierig. Recken die Hälse. Stühle knarren, als Leute ihr Gewicht verlagern. Myrick dreht sogar mein Telefon ein wenig, um besser sehen zu können.

Nach etwa zwanzig Sekunden schütteln die beiden Filmemacher die Köpfe.

»Sorry«, sagt Sánchez.

»Da haben Sie die Falschen erwischt«, meint Myrick.

Ich schaue ihnen für einen langen Moment in die Augen und erinnere mich, was ich von Larry David über das Erkennen von Lügen gelernt habe. »Also haben Sie das Video nie zuvor gesehen? Das ist ganz sicher kein *Blair-Witch*-Material?«

Sie sind offenkundig verdutzt, dass ich ihnen glaube. Meine Nummer-eins-Verdächtigen sind somit vom Haken. Ich verlasse das Café unter dem Geräusch von Notebooks, die aufgeklappt werden.

Als Erstes habe ich heute nach dem Frühstück und ein wenig Ibuprofen dieselbe E-Mail an über zweiundachtzig ansässige Film- und Fernsehgesellschaften geschickt. Diese Firmen haben ihren Sitz nicht ausschließlich in Hollywood. Nur weil das Video irgendwo innerhalb des knapp sechs Quadratkilometer großen Hollywood-Gebiets gedreht wurde, heißt das nicht, dass die verantwortliche Produktionsfirma hier ihren Sitz hat. Der könnte auch in der Nähe von L.A. sein. Natürlich könnte die Firma auch irgendwo auf der Welt sitzen, aber darüber denke ich nicht nach, solange die Chance besteht, dass der Clip von Ansässigen stammt.

Ich habe einen Link zum YouTube-Video in meine Mails kopiert und den Empfänger gefragt, ob er für den Film verantwortlich ist. Ist einen Versuch wert. Auf dem Weg zur zweiten Produktionsfirma, die ich persönlich besuchen will, denke ich über die jüngsten Reaktionen zum Clip nach. Einige waren ziemlich heftig.

Ein paar Leute haben öffentlich verkündet, »mein« unheimliches YouTube-Video habe sie davon abgehalten, Selbstmord zu begehen. Sie halten es für echt und somit für den Beweis, dass es ein Jenseits gibt. Dank dieser Erkenntnis wirkt das Leben nicht länger total sinnlos und deprimierend auf sie.

Das sind gute Nachrichten. Allerdings hat die Medaille auch eine Kehrseite – wie immer, wenn es um Reaktionen auf abstrakte Konzepte geht. Die fünfundfünfzigjährige Elspeth Cook aus Phoenix hielt das Video ebenfalls für echt und somit für einen Beweis für das Leben nach dem Tod. Auch sie hat einen öffentlichen Kommentar hinterlassen. »Dank dieser Erkenntnis«, schrieb sie auf ihrem Blog, »habe ich jetzt den Mut, den Schmerz (ihres Lymphdrüsenkrebses) zu beenden und aufzusteigen.« Sie hat sich vor drei Tagen umgebracht, mit einer Überdosis Xanax.

Das sind schreckliche Neuigkeiten. Ich bereite schon mal vorsorglich meine Verteidigung für den Gerichtsprozess vor.

Hört mal, das ist nicht *mein* Video. Ich habe es nicht gedreht, ganz gleich, was manche Leute denken. Und es hat sich sehr weit verbreitet, wurde hier und dort und überall eingebettet, sodass es wahrscheinlich ist, dass Elspeth Cook es nicht mal auf meiner YouTube-Seite sah.

Natürlich gilt meine Anteilnahme Elspeth Cook und ihrer Familie.

Sherilyn Chastain schreibt mir Mails, ruft an und will den Kontakt wiederaufnehmen. Mit anderen Worten: Sie versucht, sich mit Gewalt in mein Buch zu befördern. Sie behauptet noch immer, dass sie mir etwas »verflucht Wichtiges« über das Video zu sagen hat, und ich habe nach wie vor null Interesse zu erfahren, was das ist. Ich lösche alle weiteren ihrer schriftlichen Anfragen und Voicemails, ungelesen und ungehört.

Ich muss an Astral Way denken, und mein Fuß tritt aufs Gaspedal. Dieser Kerl schürt in mir das Bedürfnis, das ganze Experiment abzublasen. In einer E-Mail hat er heute Morgen versucht, mir wegen Barney's Beanery ins Gewissen zu reden. Ja, Astral muss noch 'ne Menge lernen, was mich betrifft. Niemand, wirklich niemand drängt Jack Sparks in eine Ecke oder sonst wohin.

Schön – Hot Mama ist offenbar Dragon Lords Freundin. Woher sollte ich das wissen?

Und was macht es schon, dass ich Dragon Lord eine angeblich unangemessene Frage gestellt habe?

Was macht es schon, dass der Abend ein wenig hitzig endete?

Die Hollywood Paranormals wirken auf mich extrem selbstsüchtig. Sie wollen, dass alle nach ihrer Pfeife tanzen. Alle sollen sich nach ihren kleinlichen Bedürfnissen richten, in ihrem eigenen Mikrokosmos.

Sie müssen lernen, mit unterschiedlichen Standpunkten klarzukommen.

Vor allem mit meinen.

Meine Finger sind schleimgelb verfärbt. Ich bin äußerlich und innerlich mit einem dünnen, giftigen Nikotinfilm benetzt. Ich kann keine Zigaretten mehr sehen, rauche aber trotzdem immer weiter.

Bex ist zu aufgeregt, um mich umzubringen, weil ich an unserem Terrassentisch im Rainbow Bar & Grill rauche. Wir beobachten, wie die Sonne am Sunset Strip untergeht, und kippen uns ein paar Jacks hinter die Binde, zu Ehren von Rainbow-Stammgast Lemmy von Motörhead, der das Zeug angeblich nicht mehr trinken darf, auf ärztliche Anweisung hin. Durch eine offene Tür sieht man, wie der große Mann mit dem Stetson-Hut Bargeld in einen Spielautomaten wirft und Rotwein trinkt. Platinalben und Fotos hängen an den Wänden rings um diese lebende Legende und beschwören die Geister der Toten herauf. Hier trafen sich Marilyn Monroe und Baseballstar Joe DiMaggio zum ersten Date, als der Laden noch ein italienisches Restaurant war. Ja, er verprügelte sie später, und sie reichte die Scheidung ein, nichtsdestoweniger waren sie hier.

Obwohl Bex einen Elf-Stunden-Flug hinter sich hat, zieht sie ihre Ich-habe-gerade-eine-Beziehung-beendet-will-aber-heute-trotzdem-besonders-gut-aussehen-Nummer ab. Ihr flammrotes Haar wirkt sinnlicher denn je. Perfektes Make-up, nicht dass sie es nötig hätte. Britischer Schmollmund. Tief ausgeschnittenes Top, langer Jeansrock. Selbst wenn sie vollkommen fertig aussähe, wäre ich froh, sie hier zu haben. Ich hatte ganz vergessen, wie gut mir ihre Gesellschaft tut.

Ihr vollgestopfter Koffer steht neben unserem Tisch. Ich habe den Tag mit übereifrigen Sicherheitskräften und Absagen von Firmen wie Blumhouse Productions, Twisted Pictures und Ghost House Pictures verbracht und deshalb schon ein paar Drinks zu viel intus, daher konnte ich Bex nicht am LAX abholen und musste sie bitten, sich ein Taxi zu nehmen. Was eine Schande ist, denn so habe ich einen potenziell romantischen Flughafenmoment verpasst.

Von der Sekunde an, in der Bex aus dem Taxi sprang und mich umarmte, war sie vollkommen begeistert von L. A. Diese Frau ist gerade durch die Kinoleinwand in den *Zauberer von Oz* gestiegen (verschwinde aus meinem Kopf, Sherilyn Chastain), genau in dem Moment, als der Film zu Technicolor wechselt. Bisher hat sie nichts anderes gesagt als »erstaunlich«, »Wahnsinn«, »wow« und »Ja, definitiv einen Doppelten«.

Bex ist nicht nur zum ersten Mal in Amerika, sondern muss sich jetzt auch noch die tragische Geschichte von Dolmetscher-Tony anhören. Schreckliche Vorstellung, was? Sie hört dennoch nicht zu. »Tut mir echt leid«, sagt sie nach einer Weile. »Ich war in Gedanken schon wieder woanders.« Sie leert ihr Glas, die Eiswürfel stoßen an ihre Nasenspitze. »Du glaubst aber nicht wirklich, diesen toten Kerl im Plattenladen gesehen zu haben?«

»Der Kerl sah ihm bloß ähnlich. Tony hat einfach … hatte … ein unscheinbares Gesicht, weißt du. Er war ein Durchschnittstyp.« Was völliger Blödsinn ist, eingedenk Tonys Monobraue und den Grabsteinzähnen, aber die Behauptung hilft mir aus der Patsche.

»Ein Durchschnittstyp, der sich an seinem Kind vergriff.« Sie stellt das Glas ab und hält nach einem Kellner Ausschau. »Mein Gott, war der Drink stark.«

»Bei Alkohol versteht L. A. keinen Spaß«, sage ich. »So wie die Hollywood Paranormals bei Geistern.« Ich füge noch ein »Ta-daaa!« an, damit Bex ihre genervte Miese-Witze-Miene aufsetzt. Sie enttäuscht mich nicht. »Als ich Tony kennenlernte, wirkte er nicht gerade stabil«, füge ich hinzu. »Er hat Kette geraucht und sich vor dem eigenen Schatten gefürchtet.«

Bex ist schon wieder abgelenkt. Sie bestellt uns Drinks und fummelt mit den Dollarnoten herum, als könne sie die Scheine nicht auseinanderhalten. Ich sage ihr, dass die Rechnung kein Problem ist: Wir haben einen Deckel und zahlen alles am Schluss. Meine Innereien verfärben sich grün, als sie einen langhaarigen Kerl beäugt, der dem Rockgitarristen Zakk Wylde ziemlich ähnlich sieht. Trotz flatterndem Cape und gezwirbeltem Bart war meine heldenhafte Aktion, Bex nach L. A. zu locken und ihren Trennungsschmerz auszunutzen, wohl schlecht durchdacht. Aus Gründen, die sie besser für sich behält, sieht sie mich nicht an wie diesen Kerl und wird es wohl auch nie tun. Ich war mit vielen Mädchen aus, die mich ein wenig zu sehr liebten, sodass ich mich sanft von ihnen trennen musste. Bex hingegen hat mich als »Kumpel«, »Mitbewohner« und »Luft« abgestempelt.

Als sie merkt, dass ich schweige, wandert ihr Blick erneut zu dem Typen, der Zakk sein könnte. »Alles klar«, sagt sie abwesend, »Tony war also ein bisschen kaputt.«

Entmutigend. Als mein Handy in der Tasche vibriert und

ich Bex mit meiner Universalzeichensprache zu verstehen gebe, dass ich den Anruf annehmen muss, ist ihr das egal – sie hat einen neuen Drink und einen Augenschmaus. Männerschmaus. Nach ihrem ersten Urlaubsdrink bin ich überflüssig geworden.

Ein männliche Stimme mit italienischem Akzent meldet sich in der Leitung. Nicht Cavalcante. Und gewiss auch kein anderer Polizist, es sei denn, er ruft vom Grund eines Sees an.

Die Stimme ist wütend und … *nass*. Jede Silbe gleitet in die nächste über.

»Jack. Jack, bist du das …?«

Dieser Kerl klingt vertraut – auf unheimliche Weise. »Wer ist da?«

»Das weißt du doch. Tony, der Dolmetscher.«

Ich weiß nicht, wie weit mir das Gesicht entgleist, aber es sichert mir wieder Bex' volle Aufmerksamkeit.

»Jack, du Bastard«, sagt der angebliche Tony. Den Hals voll glucksenden Wassers, fügt er hinzu: »Du hast mein Leben ruiniert.«

Um ehrlich zu sein, verstehe ich zuerst: »Du hast meine Ehe ruiniert.«

Als er die Aussage auf meine Bitte hin wiederholt, klingt er nicht besser. Der Kerl muss eine Art von Stimmfilter-App nutzen, denn jeder Atemzug hört sich an wie ein zusammengedrückter nasser Schwamm, der sich gerade ausdehnt. »Ich werde bestraft«, sagt er, »und das nur wegen dir.«

Mein Verstand gewinnt schließlich die Oberhand. »Oh, sehr gut. Der tote Kerl ruft mich an. Unheimlich! Gut gemacht, Kumpel – du klingst wie Tony. Gar nicht schlecht.«

Mit zitternder Stimme sagt er: »Sie kann tun, was sie will, Jack. Alles. Sie kann dich überall hinbringen, zu jeder Zeit, an jeden Ort.«

»Okay … wen meinst du mit ›sie‹?« Ich komme mir albern vor, weil ich das Spiel mitspiele. »Mein letztes Date?«

»Sie verließ das Krankenhaus, dann kam sie zu mir, um mich zu kontrollieren. Um mich zu *schlimmen Dingen* zu zwingen … oh mein Gott. Mein eigener Sohn. Ich musste mich befreien. Aber selbst jetzt bin ich nicht frei, und das ist nur deine Schuld, du Bastard.«

Ich pruste los und zwinkere der verwirrten Bex zu. »Also hat Maria dich in einen miesen Pädo verwandelt? Ich dachte, das wäre meine Schuld.«

»Ich hab dich in dem Plattenladen gesehen, Jack. Ist das schon geschehen? Und dann im Badezimmer. Das war grausam, aber ich hatte die Chance, die Rechnung zu begleichen, und hab sie genutzt. Welches Datum ist heute?«

Ich schlucke den Bourbon in meinem Mund herunter. Das Wort »Plattenladen« hallt mir durch den Kopf. Das ist ein bisschen unheimlich. Entweder war dieser Irre im Laden, oder er hat einen Zufallstreffer gelandet. So oder so hab ich genug von ihm. »Ein Riesendankeschön«, sagte ich, »an alle, die diesen dämlichen Verarschungsstream hören. Besucht Jack Sparks Punkt co Punkt uk und kauft ein T-Shirt!«

»Sag mir, welches Datum wir haben!«, bellt der Anrufer.

»Ich sag dir nur, dass du dich verpissen sollst.«

Wieder tritt ein äußerst feindseliger Ton in seine Stimme. »Pass bloß auf, Jack. Du kriegst noch, was du verdienst.«

»Oh, ein Schnellboot?«

Er holt blubbernd Luft, stößt laut den Atem aus … und redet in einer völlig veränderten Tonlage weiter. Meine Ohren sind erfüllt vom tiefen, dunklen Klang von Maria Corvis Stimme. »*In deinen Träumen*, Jack Sparks.«

Sie lacht rau, dann ist die Leitung tot.

Bex trommelt auf den Tisch und wartet darauf, dass ich ihr alles erzähle. Zwei frische Drinks stehen neben den alten.

Eine Weile bringe ich kein Wort heraus. Ich zünde mir eine Zigarette an und versuche, den Anruf zu verarbeiten. Als mir das nicht gelingt, lehne ich mich zurück und stoße dünne Rauchwölkchen durch die Nasenlöcher aus.

Bex hebt feierlich ihr Glas. »Komm, wir besaufen uns.«

Da draußen ist also ein Kerl, der sich als Selbstmörder ausgibt. Ein Typ, der mich bedroht, nicht weiß, welcher Tag heute ist, und ziemlich gut Maria Corvis Stimme nachahmt.

Ich wusste, mein Buch würde Verrückte anziehen, aber in solchem Ausmaß? Es ist erstaunlich, was manche Leute für eine Nebenrolle in einem Jack-Sparks-Buch tun. Soweit ich weiß, könnte es sich bei »Inspektor Cavalcante« und dem Joker von eben um ein und dieselbe Person handeln. Ein Spinner, der Wind vom Exorzismus-Drama in Italien bekommen hat und sich einen Spaß erlaubt. Seine Dummheit bereitet mir Kopfschmerzen.

Ich nickte Bex wütend zu, und wir stoßen an. »Was soll schon schiefgehen, Ms Lawson?«

Bex beugt sich vor, um mir ihre Antwort zuzuwispern. Ich wünsche mir, dass sie sagt: »Tja, wir könnten im Bett landen.« Stattdessen sagt sie: »Der Kerl da drüben – glaubst du, das ist Zakk Wylde?«

Um 03.33 Uhr fühlt sich mein Kopf an wie eine faule Melone, in der eine Machete steckt.

Ich schrecke aus dem üblichen Maria-Traum auf, meine Umgebung ist schwarz-weiß.

Neben mir auf dem Bett erkenne ich einen langen schwarzen Umriss.

Bex liegt auf dem Rücken, auf dem frischen weißen Laken, komplett bekleidet. Genau wie ich.

Außer dem Surren der Klimaanlage ist noch etwas zu hören. Es dauert eine Weile, bis ich begreife, dass Bex schnarcht.

Ich verziehe das Gesicht, als ich aus dem Bett steige, dann stapfe ich zum Bad, bleibe in der Tür stehen und betätige den

Lichtschalter. Dem Geräusch verbrutzelnder Fliegen folgt zunächst das Flackern, dann das Leuchten von Neonröhren, das meine Netzhäute versengt. Ich wanke hinein. Der mit Vinylplanken ausgelegte Boden fühlt sich kühl unter meinen Fußsohlen an, und ich danke meinem früheren Ich dafür, dass es mir einen Vorrat hoch dosierter amerikanischer Schmerzmittel besorgt hat. Ich stecke mir so viele Pillen in den Mund, bis die geschätzte Höchstdosis erreicht ist, und schlucke sie ohne Wasser herunter.

Behutsam setze ich mich auf den Rand der Badewanne und hoffe darauf, dass die Pillen bald wirken. Eine Flashback-Bildmontage bricht sich durch die Gallonen an Schnaps Bahn, die wir im Rainbow und danach getrunken haben.

Polaroid-Momente fallen mir ein: Ich und Zakk Wylde grinsen pflichtbewusst, während ich ihn mit der entzückten Bex auf der Terrasse fotografiere.

Irgendein Typ in weißer Weste brüllt auf dem Gehweg des Sunset Boulevard rum, weil wir Bex' Koffer auf der Terrasse vergessen haben. »Willst du, dass sie deinen Scheiß in die Luft sprengen, Mann?«, fragt mich der gekrönte König der Rhetorik.

Ich verrate Bex, dass Hunter S. Thompson in mir weiterlebt.

Bex erzählt mir irgendwas über Lawrence. Gott weiß, was. Wir beide reiten abwechselnd auf einem rotierenden, mechanischen Bullen im Saddle Ranch. Jedes Mal lachen wir johlend, wenn er uns auf den dick gepolsterten Boden wirft. Wir trinken Bier um Bier und spülen mit Jack Daniel's nach. Denn so sind die Regeln.

Ich sage Bex, wie mies ich es finde, dass Hollywood das Video dazu benutzt, um eine Freifahrt auf meine Kosten zu bekommen.

Herrgott. Gierige Zungenküsse auf dem Sunset Boulevard; ich mit dem Rücken zur Wand. Bex' Körperwärme durchströmt mich. Zwei Erwachsene entwickeln sich zu betrunkenen Teens zurück, meine Hände auf ihrem Jeans-Hintern komplettieren das Bild. Eine zahnlose alte Frau humpelt mit ein paar Einkaufstüten voller Müll vorbei und sagt: »Ich an eurer Stelle würde zuerst eine Pistole kaufen.« Wegen des starken Südstaatenakzents ist sie kaum zu verstehen.

Wir lachen uns auf dem ganzen Weg zum Hotel über die alte Frau kaputt. Der Zauber der Begierde ist verpufft.

Wir schreien Autos an, überqueren zornig die Straße. Wütendes Hupen ertönt.

An mehr kann ich mich nicht erinnern. Wir müssen einfach hier hochgewankt und eingeschlafen sein.

»Jack …«

Ein drängendes Wispern in der Nähe. Ich rechne damit, Bex verwirrt in der Badezimmertür zu sehen, die Hand nach Schmerztabletten ausgestreckt …

Stattdessen sehe ich nur den leeren Türrahmen und die Flurwand.

Ich verlasse das Bad, immer noch in der Erwartung, mit Bex zusammenzustoßen.

Aber sie liegt im Bett. Schnarchend.

Sie hat meinen Namen im Schlaf gesagt! Bestimmt ein gutes Zeichen, nach all der Knutscherei.

»Jack …«

Dasselbe Wispern. Ein eisiges Geräusch, das die Klimaanlage übertönt. Oder war es nur eine Abwandlung des endlosen Dröhnens? Eine akustische Anomalie, die meine Ohren täuscht? Manche Idioten nennen mich selbstverliebt, aber bin ich wirklich schon so weit, dass ich eine Klimaanlage meinen Namen wispern höre?

»Jack …«

Tja, das wäre wohl geklärt.

Ich blicke zum Bett, aber das Wispern kam von hinten.

Ich drehe mich um und sehe den gelben Lichtschein im Spalt unter der Eingangstür.

Zwei schwarze Schatten unterbrechen das Licht. Zwei Hinweise darauf, dass jemand direkt vor meiner Tür steht.

Vor unserer Tür.

Ich stelle mir vor, dass es Maria Corvi ist. Ich kann nicht anders. Die geistesgestörte, gelbäugige Maria Corvi, die meinen Namen wispert.

Ich habe sie in Hongkong gesehen, wieso also nicht auch in L. A.?

Schlussfolgerungen, Schlussfolgerungen, so verstörend plausibel.

Hinter mir atmet Bex abgehackt.

Über mir strömt kühle Luft aus den Lüftungsschlitzen.

Vor mir ist die Tür, unter der die dunklen Schatten zu sehen sind.

Wegen der schrecklichen Kopfschmerzen bin ich nicht in der Stimmung für Scherze. Ich lege die kurze Distanz zur Tür zurück.

Und trotzdem … trotzdem zögere ich, durch den Türspion unter dem Brandschutzplan zu sehen.

»Jack …«

Mein Name dringt durch das Holz an mein Ohr. Ja, ganz sicher durch das Holz. Werde ich gleich wieder halluzinieren? Wenn ich durch den Spion schaue, starrt mich dann Maria Corvis gelbes Auge an, aufgerissen, glitzernd, anklagend? Sie wird vermisst und könnte sogar tot sein. Kehren meine Schuldgefühle zurück? Und falls ja, könnte ich mich überhaupt wegen einer Doppelmörderin schuldig fühlen? Ich weiß, was Santoro sagen würde … praktisch jeden erdenklichen Unsinn, um seine Lieblingstheorie zu decken.

Ach, scheiß drauf.

Ich halte mein Auge dicht vor den kleinen Messingring.

Nichts und niemand erwidert meinen Blick durch die

Fischaugenlinse. Meine Suite liegt am Ende eines Gangs, der von Türen gesäumt ist. Durch den Türspion wirken die geraden Linien krumm. Die vielen Tiefstrahler an den Wänden mögen ja angenehm unaufdringlich sein und am Abend sogar ein Boutique-Flair erzeugen, aber momentan lassen sie den Gang nur unheimlich wirken.

Ich versuche, mich zu erinnern, wie groß Maria Corvi war. Falls sie draußen stünde, direkt vor der Tür, könnte ich sie dann sehen?

Vielleicht nicht.

Ich trete so weit von der Tür zurück, dass ich wieder den gelben Lichtschein darunter erkenne.

Noch immer sind die zwei Schatten da.

Ein eisiger Schauder überkommt mich. Ich *glaube* nicht, dass Maria Corvi da draußen steht, weder tot noch lebendig. Doch wenn man sich intensiv mit übernatürlichen Themen befasst, kommen einem solche Gedanken – sie entspringen unbewussten Urängsten. Man hat plötzlich Angst vor etwas, vor dem sich schon unzählige Vorfahren fürchteten, seit zum ersten Mal ein undeutlicher Schatten durch einen Höhleneingang auf eine Wand fiel.

Das irrationale Angstgen lebt in uns allen fort. Das ist irritierend, aber mit derlei Dingen geht man am besten auf dieselbe Weise um wie mit einem fiesen Drogentrip. Man muss sich einfach nur sagen, dass die verrückten Gedanken und Ängste nur auf die Droge zurückzuführen sind, und auf nichts sonst.

Notfalls kann man sich dann immer noch bewaffnen.

Verdammt seien die ganzen Sicherheitsscans am Flughafen, die es einem unmöglich machen, Waffen mitzuführen. Die beste, die ich auf die Schnelle auftreiben kann, ist eine volle Flasche Cabernet aus der Minibar.

Wie in Zeitlupe packe ich den glatten Türknauf.

Ich bin hin- und hergerissen. Soll ich die Tür abrupt öffnen, wodurch ich womöglich Bex wecke? Oder lieber Stück für Stück, was einem gemeingefährlichen Teenager mehr Zeit verschafft zu entscheiden, wie er mich mit einem rostigen Nagel aufschlitzen soll?

In der einen Hand halte ich die Weinflasche wie ein Höhlenmensch seine Keule. Mit der anderen drehe ich den Knauf. Unter lautem Knarren schwingt die Tür auf.

Niemand steht im Gang. Klar, ich komme mir dämlich vor, danke der Nachfrage, aber wenigstens ist Bex nicht aufgewacht. Ich stelle die Flasche ab und trete in den Korridor.

Ich ziehe die Tür hinter mir zu, woraufhin die Klimaanlage der Suite nicht mehr zu hören ist. Drückende Stille um mich herum. Aus einem Zimmer dringt leise der Ton einer TV-Talkshow.

Was mache ich hier? Ich bin nach wie vor betrunken und sollte besser meinen Rausch ausschlafen. Ich bin wohl entschlossen, die Person zu finden, die – aus Gründen, die ich lieber nicht wissen will – meinen Namen durch die Zimmertür gewispert hat. Ich will ergründen, wieso ich ständig Dinge sehe und höre, die …

»Jack …«

… keinen Sinn ergeben.

Schon wieder ein Flüstern (das nach Maria klingt, wenn ich so drüber nachdenke. Oder nach Dolmetscher-Tony. Oder nach Kamerajunge. *Pst, dummes Reptiliengehirn*). Diesmal kommt es vom Ende des Korridors.

Barfuß renne ich über den Teppich darauf zu. Hätte nicht gedacht, dass mich etwas von unserer Tür fortlocken könnte, daher trage ich keine Schuhe, aber diesem Sirenenruf kann ich einfach nicht widerstehen. An einem Quergang verharre ich und erwäge meine Möglichkeiten.

Links von mir glitzern vor jeder dritten Tür Tabletts vom

Zimmerservice auf dem Teppich. Am Ende des Ganges sehe ich mich selbst in einem mannshohen Wandspiegel.

Rechts von mir führt der Korridor an weiteren Türen und einem Alkoven mit Eismaschine vorbei, ehe er den nächsten Gang kreuzt.

»Jack …«

Entscheidung gefällt. Ich eile nach links, der Stimme nach. Mein Spiegelbild kommt mir entgegen, wird größer, seine Körpersprache zeugt von Entschlossenheit.

Zwei Abzweigungen später verbreitert sich der Korridor zu einer viereckigen Fläche, die mit Blumenvasen verziert ist. Auf der einen Seite sind zwei Aufzüge, auf der anderen ist der Notausgang. Hinter der Tür wispert jemand meinen Namen, also stürme ich mannhaft hindurch, um den Wichser zu stellen.

Der Steinboden im Treppenhaus fühlt sich eiskalt unter meinen Fußsohlen an. Hell erleuchtete Stufen winden sich sechs Stockwerke in die Tiefe. Nichts regt sich. Keine Schritte sind zu hören.

Und doch dringt gelegentlich ein Wispern herauf. Ich folge ihm immer hektischer, bis ich drei Stufen auf einmal nehme. Ich riskiere gebrochene Zehen, um dieses Spiel zu gewinnen. Denn so fühlt es sich an: wie ein Spiel, ein Wettstreit zwischen Kindern auf dem Spielplatz. Falls mich jemand provozieren will, gelingt ihm das ziemlich gut.

Mit jeder Etage pocht mein Herz schneller.

Im Erdgeschoss erreiche ich eine Tür mit der Aufschrift »Lobby«. Ich setze mich auf eine Stufe und verschnaufe. Mein T-Shirt klebt mir am Rücken. Als ich meine Schulterblätter dehne, knacken sie. Immerhin sind die Kopfschmerzen fort.

»Jack …«

Die Stimme erklingt hinter der Tür zur Lobby.

Ahnen Sie schon, wohin das führt? Vermutlich. Sie sind clever: Sie lesen ein Jack-Sparks-Buch, um Himmels willen. Ich hingegen ahne noch gar nichts.

Ich drücke die Tür auf und betrete die superschicke Lobby. Der falsche Marmorboden trägt nicht gerade dazu bei, meine Füße zu wärmen. Am anderen Ende steht ein großer blonder Rezeptionist am Tresen und spricht mit jemandem in einem Hinterzimmer, den ich von hier aus nicht sehe. Ein Typ in Abendjackett und Jeans, vermutlich ein Nachtschwärmer oder Drogendealer, lungert auf einem kunstvoll deformierten Sofa herum und blickt auf sein Telefon.

Die angrenzende Bar schlummert im Dunkeln. Die schicken Metallstühle stehen umgedreht auf den Tischen, als halte die Einrichtung ein kurzes H.-R.-Giger-Nickerchen. Das Mondlicht bescheint die Flaschen in den Regalen, Wodka und Gin und … ach, wen interessiert's?

Ich stehe nur da und schinde Zeit. Den Kopf geneigt. Mit der Frisur eines ausgebrochenen Irren. Ohne Schuhe.

Ich lausche und warte …

Warte …

»Jack …«

Ich folge der Stimme, vorbei an Springbrunnen, die trotz der späten Stunde brav vor sich hinsprudeln, grellblau und rosa beleuchtet, in einen kurzen Flur, der von der Lobby abzweigt. Er endet an einer Dienstbotentür, die ein Eimer mit Wischmopp offen hält.

»Jack …«, sagt die provokante Stimme in der dahinter liegenden Dunkelheit.

Vielleicht bin ich doch Scooby-Doo. Vielleicht ist das der Hausmeister, der mich verarschen will.

Ich werfe einen verstohlenen Blick zurück zur Lobby. Ich sehe niemanden, und niemand sieht mich. Ich ziehe die schwere Tür weiter auf, steige über den Eimer und betrete den Raum.

Alte Holzstufen führen in die Tiefe. Der Lichtschalter funktioniert nicht, doch der untere Treppenabsatz ist matt erhellt, daher gehe ich an dem glänzenden Holzgeländer abwärts. Die Scharten im Geländerlack sind ein Sinnbild für meine geistige Gesundheit, weil ich mich auf diesen Mist einlasse.

Ich prüfe vorsichtig jede Stufe mit einem Fuß, ehe ich sie mit dem ganzen Gewicht belaste. Das wirkt so clever, nützt mir aber nichts. Etwa auf halbem Weg trete ich mit dem rechten Fuß auf etwas Spitzes, das mir in den Muskel dringt. Keuchend kauere ich mich hin, Geifer läuft mir aus dem Mund wie bei einem Hund. Unsicher balanciere ich auf einem Bein und ziehe mir die Heftzwecke aus dem Fuß. Ihre Spitze ist feucht.

Als die Treppe hinter mir liegt, folge ich trüben Lampen durch den Hotelkeller. Die warmen, rau verputzten Gänge riechen klamm.

Auf dem Betonboden setze ich jeden Schritt mit Bedacht, aus Furcht vor weiteren Reißzwecken. Oder schlimmer noch: Glasscherben.

»Jack …«

Mein Schatten zuckt zusammen, dann krümmt er sich an der Wand, als ich Tempo aufnehme.

Bald leuchten mir keine Lampen mehr den Weg, also entzünde ich mein treues Zippo.

Die Luft wird wärmer und feuchter, und an der rechten Wand bemerke ich einige Rohrleitungen. Zehn Schritte weiter sind es so viele, dass man meinen könnte, sie symbolisieren die Londoner Underground-Karte. Ich sehe einen Verteilerkasten. Anzeigen mit flackernden Skalen.

Aus dem Schatten meines Verstandes kullert ein Groschen herbei, der jeden Moment fallen wird.

Vor mir verbreitert sich der Gang. Die rechte Wand mit den Leitungen endet an einer Ecke.

Das tiefe Brummen eines Generators wird mit jedem Schritt lauter.

Am Ende eines Deckenkabels hängt eine Glühbirne, so verstaubt, dass sie nur schummriges Licht spendet.

Ich habe Gänsehaut.

Ein seltsames Gefühl hält mich davon ab weiterzugehen. Eine tief sitzende Furcht. Völlig lächerlich, aber wahr.

Nach ein paar Atemzügen halte ich das Zippo hoch und biege um die Ecke.

Der Groschen fällt und dreht sich wie wild.

Ich stehe im Heizungskeller aus dem Video.

Sonst ist niemand hier. Kein menschenähnlicher Umriss auf dem Boden. Keine ätherische Gestalt davor. Natürlich nicht.

Nur das Gewirr aus Rohren, Anzeigen und Kästen an den Wänden, die mir ein Déjà-vu bereiten.

Ich lasse den Anblick auf mich wirken, betrachte alles benommen. Schweiß rinnt mir in die Augen. Das Zippo in meiner Hand wird heiß.

Das einzige wahrnehmbare Geräusch stammt vom unerschütterlichen Generator.

Ich sehe etwas im Augenwinkel, und meine Trance verfliegt. Etwas, das einem großen Schatten gleicht, huscht vor der Aufzugtür herum.

Als ich genauer hinsehe, regt sich nichts mehr. Bloß Einbildung …

Hinter mir nähern sich schnell laute Schritte.

Ich fahre herum, und jetzt bekommt sogar meine Gänsehaut Gänsehaut.

Die Zippoflamme spiegelt sich in zwei weit aufgerissenen Augenpaaren.

Das eine gehört einem großen, blonden Kerl, der ein Namensschild an der grauen Weste trägt. Brandon, den ich eben an der Rezeption gesehen habe. Hinter ihm steht eine kleine Spanierin, die ihren schmuddeligen Wischmopp umklammert, als wolle sie sich notfalls damit verteidigen. Offenbar hält man es im Sunset Castle nicht für nötig, den Reinigungskräften Namensschilder zu geben.

»Ich hab's dir doch gesagt«, murmelt sie Brandon zu und beäugt mich von Kopf bis Fuß. Sie mustert meine dreckigen Füße.

Brandon hebt die Hand und sagt ruhig, aber bestimmt: »Sir, was genau machen Sie hier unten?«

»Das«, erwidere ich, »ist eine verdammt gute Frage.«

Zweiter Teil

Kapitel neun

Seit ich die letzten Zeilen schrieb, ist viel Schlimmes passiert.

Die Laken sind blutgetränkt.

Ich bin blutbesudelt.

Ich brauche Hilfe.

Ich rechne jeden Moment damit, die LAPD-Beamten im Flur zu hören. Sicher schlagen sie gleich die Tür ein.

Es hat mich alle Konzentration gekostet, Sherilyn Chastain anzurufen. Meine Hände zittern wie bei einem Parkinsonpatienten, und als sie den Anruf annahm, brachte ich kaum etwas über die Lippen.

In meinem Hinterkopf hörte ich wieder und wieder die infektiösen Worte. Jene Worte, die aus mir herausplatzen wollten, aus meinen Fingerspitzen, auf die Tastatur, bis auf den Bildschirm.

Das Ding will, dass ich aufgebe und die Wörter für immer tippe. Das ist schlimmer als jede Drogensucht. Eine solche Bürde erträgt man nur begrenzt, bis die Knie nachgeben. Aber ich gebe nicht klein bei.

Ich lasse mich nicht von mir selbst besiegen! Niemals.

Sherilyn blieb am Telefon ruhig, was mir sehr half. Gefasst wies sie mich an, tief durchzuatmen.

Sie wusste, dass all das passieren würde. Sie muss es gewusst haben, denn sie hat versucht, mich zu warnen. Wieso habe ich nicht auf ihren Rat gehört, das Mimi-Experiment sausen zu lassen? Weil ich ein verfluchter Idiot bin und mich selbst in diese Lage gebracht habe. Und andere. Oh Gott, oh Gott.

Zwischen einigen Tasten – dem Q und dem W, dem K und

dem L – sind Rinnsale aus Blut. In der Tastatur wallt ein roter See. Das ganze Buch könnte ebenso gut mit Blut geschrieben worden sein, ha, ha! Das Lachen tut gut, es ist wichtig, die Sache herunterzuspielen, um verdammt noch mal ruhig zu bleiben.

Ich lasse mich nicht von mir selbst besiegen.

Sherilyn nimmt den nächsten Flug hierher. Ich war so verflucht dankbar, dass ich geweint habe.

Und während ich warte, schreibe ich exakt auf, was passiert ist. Denn ganz gleich, was jetzt aus mir wird, es muss aufgezeichnet werden. Und ich fürchte, das Ding in mir will wieder die Kontrolle übernehmen, diesmal für immer. Wenn das geschieht, bin ich nicht mehr objektiv. Dann bin ich nur eine leere Hülle, verwahrt in einer sicheren Einrichtung, mich krümmend und nur noch diese Worte brüllend.

Bisher habe ich nur reale Ereignisse beschrieben und dabei gewisse Wahrheiten verzerrt.

Ich habe meinen Drogenkonsum verharmlost.

Ich habe meine Angst nicht erwähnt, die Tränen, die lähmende Übelkeit.

Ich habe Ihnen verschwiegen, aus welchem Grund ich wirklich *Jack Sparks' Welt des Paranormalen* schreibe.

Kehren wir also zu der Stelle zurück, als ich den Heizungsraum fand. Vor drei, vielleicht vier Tagen. Seither bin ich nicht dazu gekommen, etwas aufzuschreiben, denn tagsüber war ich mit Mimi beschäftigt und nachts mit Bex.

Ich muss genau durchgehen, was ich zu dem Zeitpunkt gefühlt und gedacht habe, ganz gleich, wie dumm und engstirnig das wirkt. Denn jetzt kann ich *ehrlich* sein, sowohl zu Ihnen als auch zu mir. Großmäuligkeit fühlt sich wie ein Schutzschild an, aber wenn man sich dabei selbst belügt, ist das, als sperre man sich in ein Gefängnis.

Ich hoffe wirklich, dass mich das Schreiben für die nächsten vierundzwanzig Stunden stabilisiert, bis Sherilyn eintrifft. Es hilft mir womöglich dabei, die Ereignisse zu verarbeiten.

Und das Ding in mir hält sich besser verborgen, sonst zögere ich nicht, die Klinge erneut zu benutzen.

»Verraten Sie mir, warum ich nicht 911 wählen sollte, Sie kleiner Schwanzlutscher.«

Marc Howitz ist schroff und kantig, angefangen von seinem Benehmen bis hin zu seinen Kartoffelschälerwangenknochen. Alles im Büro strahlt Macht aus, obwohl es nur dem Hoteldirektor gehört. Marmortisch, kalter Marmorboden, alles aufs Äußerste lackiert und poliert. Der Kerl sitzt in seinem Versace da und hält sich für Scarface.

Das Licht der Morgendämmerung erhellt die seelenlose Tapete. Der Paragrafenhengst Brandon hat mich direkt aus dem Keller hierhergeschleppt, daher hatte ich keine Zeit, mir irgendeinen Mist für Howitz auszudenken. Ich bin völlig erschüttert vom Heizungsraum aus dem Video, der sich *zufällig* genau im Keller dieses Hotels verbirgt. Ich habe Angst und bin so verwirrt wie Tony Bonelli.

War das wirklich er *am Telefon gestern Abend?*

Natürlich nicht.

Ja, rede dir das nur weiterhin ein.

Ich erkläre Howitz, dass ich die letzten Monate damit verbracht habe, den Drehort des YouTube-Videos zu finden, und spicke die übertriebene Schilderung mit der Lüge, dass mich an diesem Abend »allein mein Bauchgefühl« in den Keller des Castle geführt habe. Als Howitz kapiert, dass meine Geschichte zu Ende ist, lehnt er sich im braunen Ledersessel zurück und kaut sie durch. Sein Mund macht tatsächlich Kaubewegungen. Er zieht das Ganze in die Länge, genießt es.

»Es verstört mich«, sagt er in eisigem Ton, »dass jemand in einem abgesperrten Privatbereich unseres Hotels unerlaubt einen Film gedreht hat. Und Sie sagen, das ist so eine Art … Geisterfilm? Sehe ich so aus, als glaube ich an Geister?«

Ich erwidere, dass ich ebenfalls nicht daran glaube. Ich reibe mir kleine Dreckkörner aus den Zehen, die aus dem Keller stammen, und hoffe, er bemerkt meine grauen Fußspuren auf dem feinen Boden nicht. Außerdem hoffe ich, dass er meine Fahne nicht riecht und keine Kokainkrümel in meinem Nasenhaar entdeckt. Sie haben doch nicht ernsthaft geglaubt, dass ich nach dem Entzug die Finger vom Kokain lassen konnte, oder? Seit Italien nehme ich das Zeug täglich, und es wird immer schlimmer. Diese Woche habe ich schon vor dem Mittagessen damit angefangen.

Als er das Video sehen will, nenne ich ihm die Google-Suchbegriffe. Er sackt in den Sessel zurück und dreht sich um neunzig Grad zum Monitor, sichtlich verärgert, dass kein Assistent zur Stelle ist, der ihm diese lästige Aufgabe abnimmt.

Kurz bevor er das Video startet, bitte ich ihn, mir zu sagen, ob er irgendwelche Wörter auf der Tonspur hört. Denn das habe ich Ihnen auch vorenthalten, liebe Leser: Außer mir kann niemand diese Wörter hören. Nur ich. Ich habe Ihnen das verschwiegen, weil ich glaubte, den Verstand zu verlieren. Ich konnte Ihnen schlecht die Sache mit Maria Corvi in Hongkong verschweigen, da das ein zentraler Moment ist, aber irgendwie fand ich die drei dämonischen Worte schlimmer. Zermürbend. Heimtückisch. Und jetzt, *da* ich den Verstand verloren habe und alles so furchtbar gelaufen ist, spielt es im Grunde keine Rolle mehr. *(Eleanor: Bitte vergiss meine Bitte von vorhin, die drei Wörter aus dem Buch zu löschen. Sorry. Und fürs Protokoll: Es tut mir wirklich sehr leid, wie ich mit dir umgesprungen bin.)*

»Adramelech«, sagt die Stimme im Video, laut und deutlich. Die Stimme, die wie die von Maria Corvi klingt.

Howitz erwähnt weder »Adramelech« noch »Mephistopheles« oder »Baphomet«, weil er die Namen nicht auf der Tonspur hört.

»Oh Gott, das ist echt«, sagt er nur an einer Stelle. »Ich habe gehört, wie jemand sagt: ›Oh Gott, das ist echt.‹«

»Ja«, sage ich deprimiert.

Howitz sagt noch etwas, aber ich rätsele viel zu sehr darüber, wieso nur ich eine bestimmte Tonspur höre. Ich frage mich, ob es auf der Welt *irgendjemanden* gibt, der sie auch hört. Vielleicht Menschen, die dieselbe seltene Blutgruppe haben wie ich? Was für ein Schwachsinn. Ich kenne nicht mal meine Blutgruppe.

»Sperren Sie mal Ihre scheiß Ohren auf, Mr Sparks. Ich sagte, dass das auf dem Video ziemlich sicher unser Heizungsraum ist.«

»Danke, dass Sie das bestätigen«, antworte ich bemüht geduldig. Nur zu gern würde ich mir noch eine Line gönnen, um wach zu bleiben. Ein arbeitsreicher Tag liegt vor mir.

»Also kennen Sie den Urheber des Films nicht?«, fragt Howitz. »Derjenige hat nämlich illegal unseren Keller betreten, genau wie Sie heute.«

»Lassen Sie uns das Ganze auf gemeinsamen Zielen aufbauen: Wir beide wollen herausfinden, wer den Clip gedreht hat. Und dafür brauche ich Ihre Hilfe.«

Howitz schlägt mit der flachen Hand auf die Tischplatte. »Unbefugtes Betreten ist eine Straftat! Immerhin hätten Sie auch planen können, mein Hotel in die Luft zu jagen.«

Mein Hirn sucht nach einer Retourkutsche für den äußerst hysterischen Vorwurf. »Was, wenn jemand von Ihrem Personal das Video gedreht hat? Unter denen gibt es bestimmt einen aufstrebenden Filmemacher. Vielleicht ein Schauspieler? Jemand, der sofort alle Regeln brechen würde, um seine Bekanntheit zu steigern?«

Er blickt mich finster an, wird aber sichtlich nachdenklich.

Es missfällt ihm, dass einer oder mehrere seiner ultragehorsamen, kriecherischen Angestellten abtrünnig werden und so einen dämlichen Geisterscheiß im Keller filmen könnte. Ich bezweifle, dass dem wirklich so ist, aber ich habe die Saat ausgebracht.

»Lassen Sie mich Ihre Belegschaft befragen, dann sehen wir, ob was dabei herauskommt.«

»Sie stellen meine Geduld ganz schön auf die Probe, Sparks. Ich hab zuvor noch nicht mal von Ihnen gehört.«

»Geister sind gut fürs Geschäft. Ich stieß auf dieses Video und machte es viral – zwei Millionen Aufrufe seit Halloween. Tom Cruise und Kim Kardashian haben es geteilt. Jay Leno hat Witze darüber gemacht! Wenn also das Sunset Castle damit in Verbindung gebracht wird …«

Howitz kratzt sich die Designerbartstoppeln, offenbar verärgert über die eigene Versuchung. Ein Diensttelefon klingelt so heftig, dass es einen Zentimeter vom Tisch abhebt. Ich bin für den Kerl nicht länger ein potenzieller Terrorist, sondern nur eine ärgerliche Ablenkung vom Tagesgeschäft. Er hebt die Hände. »Scheiß drauf, was auch immer. Johnson und Gonzalez haben sich gerade eingestempelt. Gehen Sie den beiden damit auf die Nerven. Ihr Volldeppen seid füreinander bestimmt.«

Während ich das Büro verlasse, hagelt mir verbales Maschinengewehrfeuer in den Rücken. »Halten Sie sich bloß aus dem Keller fern, ansonsten nagele ich mir Ihre Eier an die Wand!«

Wenn man das Sunset Castle nur weitläufig genug umgeht, findet man die dunkle Seite des Mondes.

Entriegeln Sie das Tor mit dem Schild »Nur für Personal« neben dem Swimmingpool, treten Sie hindurch, und gehen Sie bis in die glamourfreie Zone des Hotels, abseits der meisten Räume und des Sunset Strip. Dicke, rostige Rohre dringen hier aus dem Boden und verlaufen über die Mauern. Mülltonnen so groß wie Sherman-Panzer verströmen faulige Gerüche.

Hier sitze ich mit Johnson, mitten auf den pockennarbigen Stufen. Ich hatte mir keine Gedanken darüber gemacht, wie viele Castle-Angestellte ich eigentlich befragen wollte, aber als ich erfuhr, dass Johnson der Heizungstechniker ist, suchte ich ihn umgehend auf. Er war leicht zu erkennen an seinem ausgewaschenen braunen Wartungsanzug und den schwieligen, dreckigen Händen, die bereitwillig bei jeder Arbeit der Welt zupacken. Johnson betritt für gewöhnlich von hier aus den Heizungsraum durch die alte, schmutzige Dienstbotentür. »Wow, das ist irre«, sagt er und schenkt mir ein wenig bitteren Kaffee aus der Thermoskanne ein. »Interviewt zu werden – und auch noch von einem Briten! Ich liebe England. Schreiben Sie beruflich immer über Heizungen?«

Er geht auf die fünfzig zu, aber seine Augen sind jung und lebendig. Schwer zu sagen, ob das daran liegt, dass ihm endlich mal jemand zuhört. Ehe ich am Kaffee nippen kann, überrascht er mich mit einer Frage. »Haben Sie je über Geister geschrieben?«

Um den Zeugen nicht zu beeinflussen, tue ich verwundert. »Wieso fragen Sie?«

Er freut sich wie ein Schneekönig. »Ich hab 'ne Geistergeschichte für Sie.«

Will er mir eine Geschichte aus Albuquerque oder sonst wo erzählen? Nein. Er senkt die Stimme zu einem Flüstern und sagt: »Es gibt hier einen Geist. Einen Geist in unserem Heizungskeller.«

Ich erinnere mich an den Schatten, den ich gestern Nacht wahrgenommen habe, und erschauere. Ich führe das Gespräch eigentlich, um zu bestätigen, dass niemand hier unten Geister gesehen hat. Und jetzt kommt Johnson und macht alles zunichte.

»Mein Wartungsvertrag mit dem Hotel läuft schon seit fünf Jahren. Ich warte hier in der Gegend auch die Heizungen im Standard und im Best Western … und in letzter Zeit wurde es hier im Castle anders. Ich habe Dinge *gesehen*. Einen Schatten, der sich bewegt und zu nichts und niemandem gehört.«

Ich gebe ihm mit einer Geste zu verstehen, dass er weiterreden soll. Er klopft ein paar Zigaretten aus der Lucky-Strike-Schachtel, reicht mir eine davon und zündet sie an.

»Hier unten bin ich immer ganz allein. Während ich die Heizungsanlage einstelle, ist es ringsum ganz still. Aber neuerdings – entschuldigen Sie den Ausdruck – sehe ich irgendeine Scheiße aus dem Augenwinkel. Eine Bewegung. Die Schwärze regt sich. Und wenn ich mich umwende, sehe ich eine Bewegung, richtig schnell. Als würde alles wieder auf Normalzustand versetzt, so reglos wie … so reglos wie …«

Er sucht nach einem passenden Vergleich für sehr reglose Dinge. Ich will nicht auf das Ergebnis warten und frage: »Könnten das Ratten sein?«

»Das müssten schon Riesenratten sein, Mann!« Sein Lachen geht in Raucherhusten über, und er pocht sich auf die Brust. »Ich höre diese Mistviecher – entschuldigen Sie den Ausdruck –, ich höre sie ganz sicher. Davon abgesehen, stelle ich hier Fallen und Giftköder auf. Damit kenne ich mich gut aus.«

»Was ist mit Eindringlingen? Vielleicht Kinder?« Ich deute mit dem Kopf zur Dienstbotentür. »Die sieht nicht allzu sicher aus.«

Er stößt den Rauch durch die Nasenlöcher aus. »Die ist sicher genug, Mann. Und wenn ich hier runtergehe, schließe ich hinter mir ab. Trotzdem sehe ich dieses Schattending. Und ehe Sie fragen, was mit der Tür ist, die zur Rezeption hochführt: Die ist auch abgeschlossen.«

»Wann nahmen Sie diese Schattenbewegungen erstmals wahr?«

Er runzelt die Stirn. »Welches Datum haben wir heute? Den fünfzehnten November? Ich würde sagen, ich habe das zum ersten Mal vor zwei Wochen gesehen. Ehrlich gesagt, ist es ziemlich cool, hier einen Geist zu haben. Macht den Job ein bisschen interessanter.«

Ich verabschiede mich von Johnson, den ich für einen unglaubwürdigen Schwachkopf halte. Seine Aussage passt nicht zu der Geschichte, die in meinem Kopf entsteht, also berücksichtige ich sie nicht. Journalismus vom Feinsten, oh ja.

Bex, wunderschöne Bex. Sie lümmelt auf dem Bett herum und schaut sich im Dunkeln *Good Morning America* an, neben sich ein Glas Wasser und eine halb leere Packung Schmerztabletten. »Nie wieder Jack Daniel's«, ertönt ihre Stimme aus dem medusaartigen Schopf roter Locken. »Nie wieder.«

Zwischen uns herrscht eine seltsame Anspannung. Ob sie sich daran erinnert, dass wir uns gestern geküsst haben? Oder entsinne nur ich mich daran und benehme mich seltsam, was wiederum sie verwirrt?

Ich gehe auf Nummer sicher und tue so, als wäre nichts geschehen. Sie lässt sich zum Frühstück überreden.

Unter der kastanienbraunen Markise vor dem Hintereingang bestaunt sie die Aussicht auf den südlichen Teil der Stadt. Je weiter man von hier nach Süden fährt, desto wahrscheinlicher gerät man in einen Schusswechsel diverser Gangs, aber das verrate ich ihr nicht.

»Das war schon kein schlechter Versuch für die erste Nacht«, sagt sie, über Speck, Eier und schwarzen Kaffee gebeugt.

»Weißt du noch viel?«, frage ich bemüht fröhlich.

Sie hat ihre Sonnenbrille vergessen, dennoch ist ihr Blick für mich unleserlich. »Ich erinnere mich mehr an den Anfang. An das danach … nicht so gut.«

Unsere Momente öffentlicher Begierde sind direkt im Mülleimer ihres Hirns gelandet. Verdammt. Trotzdem ist es besser, dass Bex die Sache vergisst, anstatt deswegen entsetzt aufzuwachen.

Sie trinkt den Kaffee und lacht mich aus, weil ich kleine Tabasco-Flaschen aus dem Korb auf dem Tisch einstecke (zu Hause haben wir eine ganze Sammlung solcher Fläschchen aus amerikanischen Hotels). Ich beschließe, dass sie für die großartigen Neuigkeiten über das Video bereit ist.

Eine Zeit lang formt sie den Mund zu einem verwunderten O. »Du kamst nach Hollywood und findest heraus, dass der Film *hier* gedreht wurde. Du wohnst in diesem Hotel … und findest heraus, dass es *hier* gedreht wurde.«

Ich sehe förmlich, wie sich ihre Gedanken überschlagen. Sie spießt lange, dunkle Speckstreifen mit der Gabel auf und versucht, sich einen Reim auf alles zu machen.

»Also«, sagt sie schließlich. »Hast du dir das Hotel selbst ausgesucht?«

»Ah«, antworte ich. »*Ah!* Tja, das könnte es sein.«

Kapitel zehn

In Culver City sitzt Professor Spence im siebten Stock, tupft sich mit dem Taschentuch die feuchtglänzende Stirn ab und teilt uns schließlich seine Ansicht mit.

»Ich wusste nicht, dass das Experiment nur während der zwei Wochen laufen würde, in denen ich hier bin! Meine Gruppe hat ganze zwölf Monate lang meditiert. Und … ich muss schon sagen: Kann man wegen dieser verdammten Klimaanlage wirklich nichts machen?«

»Ihr ganzer Meditationsprozess erbrachte keine unmittelbaren Ergebnisse, Sir«, sagt Astral, der ihm am Tisch gegenübersitzt. »Ich habe Ihr Buch gelesen, und Ihre Methode kommt mir wie ein Fehltritt vor. Das gute Zeug kam erst später, als Sie Ihre Vorgehensweise änderten.«

»Aber die Meditation«, widerspricht Spence, »war eine wichtige Grundlage für das, was danach kam. Ich rate Ihrer Gruppe dringend, den Schritt nicht zu überspringen. Sie sollten der Sache wenigstens eine Chance geben.«

Elisandro, den ich bislang Dragon Lord genannt habe, schnalzt mit der Zunge. »Ich wüsste wirklich nicht, was uns das bringen soll.«

Die Gruppe teilt Professor Spence ihre Sichtweisen mit. Die meisten Paranormals respektieren zwar grundsätzlich, was der Mann in den Siebzigern geleistet hat, denken aber, das Mimi-Experiment erfordere eine weit zeitgemäßere Herangehensweise. Nur Ellie (ehemals Hot Mama) und Pascal kleben an seinen Lippen. Mir persönlich könnte es nicht gleichgültiger sein, ob Spence hier ist oder nicht. Der Kerl ist dem Untergang geweiht.

»Wir haben unter anderem deshalb so lange meditiert«, beharrt Spence, »weil wir über Harold nachdenken mussten. Über seinen Charakter. Wir haben uns ein *ganzes Jahr* intensiv auf ihn konzentriert. Ich muss schon sagen, ich hege starke Zweifel, dass Sie bereits eine klare Vorstellung dieser Mimi-Figur entwickelt haben. Sie überstürzen die Sache.«

Die Worte des Professors könnten ebenso gut in geschwungener Comic Sans in der Luft schweben und dann zu einem großen Haufen zusammenstürzen. Er seufzt und schürzt die Lippen. Ich unterdrücke ein Kichern vor Freude darüber, dass der alte Sesselfurzer mit der Verlängerung des Experiments nicht durchkommt. (Im Rückblick muss ich allerdings zugeben, dass das idiotisch von mir und auch allen anderen am Tisch war.)

Nachdem Spence überstimmt ist, stürzt sich die Gruppe in die zweite Phase des Siebzigerjahre-Experiments: Sie wartet darauf, dass sich unser Geist manifestiert.

Spence und Co. meditierten ein Jahr lang in der Absicht, den Harold-Geist erscheinen zu lassen, ohne konkretes Ergebnis, woraufhin sie schon aufgeben wollten. Doch britische Parapsychologen, die Telekinese (abgekürzt TK) erforscht hatten, inspirierten sie erneut. Besagte Briten hatten sich wiederum von der Atmosphäre viktorianischer Séancen inspirieren lassen und vermuteten, dass gewisse Elemente daraus ein TK-Phänomen fördern könnten. Zudem sei der Glaube daran wichtig, und eine lockere, entspannte Atmosphäre würde viel eher Ergebnisse zeitigen als intensive Meditation.

»Dann hängen wir eben einfach ab«, sagt Astral. »Professor Spence, könnten Sie uns noch einige Praktiken in Erinnerung rufen, die Sie dabei nutzten?«

Spence hebt die Augenbrauen, nach dem Motto: Ach, *jetzt* wollt ihr plötzlich auf mich hören? »Tja«, sagt er zögerlich, »wir haben uns Witze erzählt, Lieder gesungen, miteinander geplaudert. Manchmal über Harold, aber nicht immer. Wir haben auf Abwechslung geachtet. Ab und zu haben wir Gedichte rezitiert.«

»Danke, Professor.« Astral nickt und schmeißt ein paar Nachos in den Schleudergang der Stufe 6. »Dann machen wir von heute an all das.«

»Außer vielleicht das mit den Gedichten«, murmelt Elisandro.

»Hey.« Ellie stößt ihn neckisch mit dem Ellbogen an. »Ich schreibe Gedichte.«

»Oh«, antwortet er. »*So* nennt man das also.« Er legt ihr den Arm um den Rücken. »Nur 'n Witz, Kleine.«

Ich sehe den Kerl an, und mir wird bewusst, wie krank er mich macht.

Spence merkt an, seine Siebzigerjahre-Gruppe hätte Gegenstände und Gemälde im Raum verteilt, die mit ihrem Harold in Zusammenhang standen: Fechtwaffen, Süßigkeiten, antike Kissen. Das sollte angeblich »dabei helfen, ein möglichst klares Bild der Figur zu bekommen«.

Seine Worte zeigen kaum Wirkung, denn kaum einer hört ihm zu. Die Anwesenden interessieren sich nur für das, was sie selbst als Nächstes sagen wollen. Der Standardmodus: Plappern.

Lisa-Jane (Quoten-Goth) bittet Professor Spence, mit drei Worten zu beschreiben, wie man sich die Atmosphäre in seiner Siebzigerjahre-Gruppe vorstellen solle. Er denkt darüber nach, als halte er eine unsichtbare Pfeife in der Hand, und sagt dann: »Gesellig. Sorgenfrei. Und homoerotisch.«

Kindisches Gelächter brandet auf. Ich muss ebenfalls darüber lachen, dass Spence ein so antiquiertes Wort benutzt. In seiner Miene spiegeln sich Verwirrung, Begreifen und Schmerz, genau in dieser Reihenfolge. Der Mann ist wirklich ein Relikt, dennoch ist er der einzig Vernünftige im Raum.

Niemand hört mehr zu.

Erst, als es viel zu spät ist, sperren wir weit die Ohren auf.

Die ganze Entspannen-wir-uns-Sache erweist sich als hinderlich für die Gruppe. Die Paranormals sind keine typischen Kalifornier. Sie sind koffeinhaltige Sonderlinge an den Seitenlinien der Gesellschaft. Daher wirkt der Prozess, eine gesellige, sorglose und homoerotische Atmosphäre in diesem sterilen Konferenzraum zu schaffen, bestenfalls gekünstelt. Und wenn nicht gekünstelt, dann schlichtweg falsch. Die Wutrede von Howie dem Nichtsnutz über seinen vermeintlich gemeingefährlichen Nachbarn mag von Herzen kommen, trägt aber kaum dazu bei, die richtige Stimmung zu erzeugen.

Immer und immer wieder diskutieren wir über Mimis fadenscheinige Lebensgeschichte. Ihr trostloses Dasein als Büroangestellte und nicht wertgeschätzte Hausfrau in Seattle bietet nur einen einzigen Lichtblick: die Beziehung zu ihrem Kollegen Jeremy (Jeremy! Auf den Namen wäre ich nicht gekommen). Jeden Tag schauen sie sich im Büro in die Augen. Gelegentlich haben sie verbotenen Kontakt, bauen etwas auf. Dann Mimis tragischer Tod. 2004 rannte sie mitten im Winter durch die Innenstadt zu einem geheimen Rendezvous mit Jeremy und wurde von einem Lastwagen platt gefahren. Bis dann, Mimi. Und wie schön, dass mein Vorschlag mit dem Lkw am Ende doch aufgegriffen wird. Elisandro und Howie sind von dem Szenario besonders angetan. Zwischen den Zeilen lese ich, dass die beiden wohl von ihren Partnerinnen betrogen wurden und Mimi ihr Sündenbock ist.

Unsere Geschichte mag abgedroschener Mist sein, aber Mimi ist jetzt der Felsblock aus *Jäger des verlorenen Schatzes*. Sie rollt, und wir können sie nicht mehr stoppen und daran feilen, was sie *eigentlich* sein sollte. Wir müssen uns an die Figur halten, die wir erschaffen haben. Davon abgesehen, sind wir alle versessen darauf, zum interessanten Teil zu kommen.

Daher überfliegen wir die Details von Mimis liebloser Ehe mit dem nüchternen Kerl, den Johann (Soldier Boy) in einem seltenen Moment geistiger Klarheit Ivan nennen will. Der Marine ist nach wie vor schreckhaft und entrückt, entspannt sich aber langsam, als sich die Geschichte um Mimi entfaltet und ihn von der Realität ablenkt. Vielleicht erhofft sich Johann von dem Experiment genau das: schieren Eskapismus. Es gelingt mir nicht, einen Zugang zu ihm zu finden, andererseits versuche ich es auch nicht allzu hartnäckig.

Wenn wir nicht über Mimi reden, fühlen wir uns deutlich wohler, denn dann reden wir über uns und unsere Interessen. Ich erzähle allen von meiner dummen Springstock-Reise von Land's End nach John o'Groats, mit der ich nur Aufmerksamkeit erheischen wollte. Anschließend bin ich mit den Gedanken woanders, während die anderen sich unterhalten.

Doch jetzt, als ich in meinem Hotelzimmer sitze und die Audiodatei der Sitzung abspiele, bin ich geneigt, ihnen zuzuhören.

Die braunen Augen weit geöffnet, redet Ellie über Heilkunde. Sie sagt, sie habe das Wissen darüber von ihrem Großvater aus New Orleans. »Er war Sanitäter in der Navy. Hatte immer einen vollen Medizinkoffer, auch nach dem Verlust seines Jobs. Wir nannten den Koffer Opas Apotheke. Als meine Schwestern und ich klein waren, haben wir uns nie getraut, unsere Schürfwunden zu erwähnen, denn sonst hat er das Jod rausgeholt.«

Elisandro lauscht als Einziger begeistert seinem eigenen Vortrag darüber, was er im örtlichen ArcLight Cinema über Digitalprojektion gelernt hat. Astral unterhält nur sich mit dem Gerede über eine »coole neue Kette in der Stadt, die In-N-Out Burger Konkurrenz machen will«. Keiner von uns schert sich im Geringsten um Johanns Pläne, eine Fitness-DVD-Serie herauszubringen, wozu ihn Shaun Ts *Insanity*-Reihe inspiriert hat. Immerhin sind diese Monologe eine gute Gelegenheit, die neusten Posts in den sozialen Medien zu lesen.

Am Ende des Nachmittags ist nichts Paranormales geschehen. Niemand klopft auf den Tisch. Professor Spence hat kein Wort mehr gesagt, seit wir über ihn gelacht haben. Ich beobachte, wie der betagte Akademiker zu den Aufzügen geht, in einer Geschwindigkeit, die sein Alter Lügen straft, und mein Bauchgefühl sagt mir, dass wir ihn nicht wiedersehen werden. Und ich behalte recht. Am nächsten Morgen checkt er aus dem Hotel aus und fliegt auf eigene Kosten nach Toronto zurück. Eine Entscheidung, die ihm höchstwahrscheinlich das Leben gerettet hat.[5]

Die Hollywood Paranormals haben ihn nie wieder erwähnt.

Bevor sonst noch jemand abhauen kann, verkünde ich die große Neuigkeit. »Gestern Abend habe ich herausgefunden, dass sich der Heizungskeller aus dem YouTube-Video in meinem Hotel befindet.«

Ohne zu blinzeln, lehnen die anderen sich um fünfundvierzig Grad zurück – als seien sie allesamt in einem Windtunnel gefangen. Ich schwöre, sie wirken fast überzeugend.

Wissen Sie, meine Paranoia ist inzwischen zu Misstrauen geworden. Als ich Astral zum ersten Mal mitteilte, dass ich nach L.A. komme, schickte er mir einen Link zu einer vorgefilterten Liste mit »coolen Hotels«. Was mir damals sehr nett und hilfreich vorkam.

5 Professor Stanley H. Spence starb drei Tage später in den frühen Morgenstunden des 18. November, an den Folgen eines Treppensturzes in seiner Wohnung in Toronto. Trotz allem, was manche Websites Ihnen weismachen wollen, gibt es keinen Zweifel an der gerichtsmedizinischen Untersuchung, die seinen Tod als Unfall einstuft. Nach seiner Heimkehr hatte Mr Spence einen polemischen Artikel verfasst über »die YouTube-Generation und ihre katastrophale Neigung, die Selbstdarstellung über das Lernen zu stellen«, der posthum im *Time Magazine* erschien. – *Alistair*

Raten Sie mal, welches Hotel an der Spitze der Liste stand und das bei Weitem schönste und preiswerteste war?

Ja. Genau.

Astral, der fette Magier, hat mir diese Karte wie ein Profi zugesteckt.

Ich stehe vor den Paranormals und bin davon überzeugt, dass *sie* das Video gedreht haben. Vielleicht haben sie einen Verbündeten im Castle. Womöglich ist Johnson nicht mal halb so blöd, wie er sich gibt.

Die Paranormals bekamen Wind vom Exorzismus in Italien und dem Thema meines nächsten Buches, woraufhin sie beschlossen, ihre Chance auf kostenlose Publicity zu nutzen. Pascal hackte sich in meinen YouTube-Kanal und hinterließ das Video, dann startete Astral seine unerbittliche Kampagne, mich nach L. A. zu locken. Vermutlich hatte er einen Plan B, falls ich mich gegen das Castle entschieden hätte. Einen Plan, der mich trotzdem dorthin geführt hätte, damit ich meine große Entdeckung mache. Außerdem haben sie mich dazu gebracht, das Experiment größtenteils zu finanzieren. Das habe ich Ihnen bisher verschwiegen, aber wen schert's? Das Mimi-Experiment war mir viel wichtiger, als ich habe durchblicken lassen. Ich wollte unbedingt ergründen, ob ich mir Maria und die Rauchwolke in Hongkong eingebildet haben könnte.

Die Geschichte, die die Paranormals damit erzählen wollen, ist ziemlich dämlich. Und weil ich sie ihnen abgekauft habe, komme ich mir noch viel dämlicher vor. Ein Journalist ist von unheimlichem Video besessen, und eine *geisterhafte Macht* zieht ihn zu dem Hotel, in dem es gedreht wurde. Auftritt der Paranormals! Sie retten den Tag und verbannen das Sunset-Castle-Phantom! Ganz zu schweigen davon, dass sie von meinem Ruhm, meinen Followern und meinem Bankkonto profitieren. Den ganzen Nachmittag haben sie mich damit genervt, ihre Sites zu posten und zu teilen, aber inzwischen ignoriere ich all ihre Anfragen.

»Astral Way lädt dich dazu ein, seine Seite Astral Way mit ›Gefällt mir‹ zu markieren.«

Ignoriert.

»Lisa-Jane Spinks lädt dich dazu ein, ihre Seite Lisa-Jane Spinks mit ›Gefällt mir‹ zu markieren.«

Ignoriert.

»Elisandro Alonso Lopez lädt dich dazu ein, seine Seite Elisandro Alonso Lopez mit ›Gefällt mir‹ zu markieren.«

Sie verstehen sicher, was ich meine. Jedenfalls habe ich beschlossen, das Spiel mitzuspielen, um herauszufinden, was als Nächstes kommt.

»Habt ihr vielleicht Interesse«, frage ich, »heute Abend eine Séance in dem Heizungskeller abzuhalten?«

Sogleich verlieren die Worte »Scheiße, ja!« alle Bedeutung.

»Ich bin mir ziemlich sicher, dass ich die Erlaubnis vom Direktor dafür bekomme«, fahre ich fort. Dann füge ich unschuldig hinzu: »Es sei denn, einer von euch kennt jemanden im Hotel?«

Ich blicke in ausdruckslose Mienen.

Gute Arbeit, Leute! Jeder von euch kriegt einen Oscar. Aber ich werde eure Verteidigung durchbrechen und euch zu einem Geständnis bewegen. Denn trotz eures pseudowissenschaftlichen Getues macht ihr den Menschen falsche Hoffnungen.

Ich stehe vor den Hollywood Paranormals und fasse den Entschluss, dass mein Buch ein ganz bestimmtes Ende nimmt: Ich werde sie bloßstellen und das authentischste Geistervideo im Internet als Fälschung entlarven. Ich will Aufnahmen von diesen Leuten haben, auf denen sie mir erzählen, wie sie das Video gedreht und was sie damit bezweckt haben.

Ich weiß es noch nicht, aber ich bin zu Sully Strong geworden.

Erinnern Sie sich noch an Sully Strong aus Kapitel sechs in *Jack Sparks' Welt der Gangs?* An den Kerl, den ich zur Vernunft bringen wollte, als wir bei unserem Gassenplausch im Mondlicht auf zwei umgedrehten Kisten saßen? Das Mitglied der Detroit Crips, das sich für einen noblen Krieger hielt und glaubte, er kämpfe für das Gute und sei kugelsicher bis zum Ende seines Lebens? Ein Hardcore-Rebell, der jedes andere Wertesystem ablehnte. In Wahrheit war er nur ein selbst verherrlichender Serienkiller, dessen Tage gezählt waren.

Ich weiß nicht, warum, aber genau diese Art von Selbstverleugnung betreibe ich gerade.

Mein Haar ist vom Fahrtwind furchtbar zerzaust, als Sherilyn Chastain mich auf dem Autotelefon anruft. Ich fahre den Chrysler nur mit offenem Verdeck, auch im November. Ich bin in der Stimmung, die verrückte Sherilyn bei Laune zu halten – die Frau, die in einigen Tagen meine letzte Hoffnung auf Rettung sein wird –, daher nehme ich den Anruf an.

»Jack, ich habe die Posts und Blogs über das Experiment gelesen. Machen Sie das nicht. Ernsthaft. Brechen Sie ab.«

»Was ist los, Shez? Möchten Sie nicht, dass die Paranormals mehr Raum in meinem Buch einnehmen als Sie und Ihre unheimliche Flasche?«

»Hören Sie auf, Ihre Denkweise auf mich zu projizieren, Sie Idiot. Es geht hier um Sie und Ihre Sicherheit. Merken Sie das denn nicht, Jack? Dass Sie mit Vollgas auf eine Wand zusteuern?«

Ich hämmere auf die Hupe und weiche einem Daimler aus, der eine rote Ampel überfährt. »Wichser!«, brülle ich über die Schulter und mache mir nicht die Mühe, Chastain zu erklären, dass nicht sie gemeint ist.

Ihre dünne, digitalisierte Stimme ist unerschütterlich. »Alles fing mit dem Exorzismus an, Jack. Und glauben Sie mir, das ist noch lange nicht vorbei. Haben Sie inzwischen begriffen, was die im Video genannten Namen bedeuten?«

Ich brauche eine Weile, um zu antworten. »Dass ich sie höre, liegt nur an den Drogen. Ich hab mein Gehirn zerschossen. Ich hab auch geglaubt, Maria Corvi in Hongkong in meinem Hotelzimmer zu sehen. Und jetzt entschuldigen Sie mich bitte, ich fahre Auto.«

Meine Finger schweben über dem »Auflegen«-Button, aber etwas hält mich zurück. Selbst im Zustand bornierter Arroganz bewahre ich mir einen letzten Rest Vernunft. Ich will wissen, was Chastain darüber denkt, dass ich Maria gesehen habe.

»Das liegt nicht an den Drogen, und das wissen Sie«, sagt sie. »Das Video, die Erscheinung Marias, dieses Experiment: Das hängt alles zusammen. Hören Sie, bevor Sie das Buch verbrannt haben … haben Sie das Kapitel gelesen, das Ihnen gewidmet ist?«

Meine Konzentration kommt und geht. Ich umklammere das Lenkrad und versuche, mich zusammenzureißen. Ich hatte mich nicht getraut, das Kapitel zu lesen. Ich las nur Di Stefanos Vorwort, der von mir in der Vergangenheitsform schrieb. Das genügte, um mich auf dem Rückflug nach Brighton ausrasten zu lassen. Zum Teil glaube ich bis heute, dass das Buch ein kranker Witz ist, aber als ich dann im Flugzeug auch noch Rauch roch, löste das eine Panikattacke aus. Ich wünschte, ich hätte das Werk nicht in meinem Brightoner Schlafzimmer abgefackelt.

Falls das besagte Kapitel die Zippo-Flamme überlebte, hat Chastain es gelesen? Weiß sie, wie ich angeblich zu Tode kommen soll?

Ich drücke »Auflegen«.

Chastain ruft noch dreimal an, doch ich ignoriere sie und ziehe mich in meinen sicheren Panzer zurück. Erneut rede ich mir ein, dass Chastain eine Hochstaplerin ist, die mein Vertrauen zurückgewinnen will. Maria Corvi mag eine Mörderin sein, aber sie ist nicht von Satan besessen. Tony Bonelli ist vermutlich nicht einmal tot und macht erst recht keine bedrohlichen Anrufe. Das YouTube-Video ist das Werk einiger manipulativer Arschloch-Geisterjäger. Das Mimi-Experiment ist nur gutes Material für das Buch.

Und ich kann getrost die drei Namen vergessen, die ich im Video höre.

Alles gut.

Meine selbst erhaltende Weltsicht ist wiederhergestellt. Auf diese Weise kommen die meisten Menschen durchs Leben, und das kann ich ihnen kaum verübeln.

Falls Sie meine Ausreden, warum ich die Hospital-Morde und Marias Verschwinden nicht untersucht habe, für dürftig halten, haben Sie recht. Diesbezüglich rede ich mir denselben beruhigenden Mist ein, den ich auch Ihnen bislang erzählt habe, und der Gedanke, nach Italien zurückzukehren, macht mir Angst.

Seit mir Maria Corvi irgendwie nach Hongkong gefolgt ist – eigentlich schon, seit sie durch Tonys Mund sagte: »Genieß deine Reise« –, wünsche ich mir, sie nie getroffen zu haben. Ich habe das Gefühl, etwas *ausgelöst* zu haben, und jetzt rücken die Wände der Welt näher.

Ich kaschiere diese schlummernden Ängste mit Großmäuligkeit. Mit dicken Schichten aus Großmäuligkeit, um Nirvanas Songtext »Just because you're paranoid / Don't mean they're not after you« darunter zu ersticken.

Erinnern Sie sich daran, dass ich schrieb, ich vertreibe meinen wiederkehrenden Albtraum mit Lachen? Pure Großmäuligkeit. Ausnahmslos jede Nacht um 03.33 Uhr verwandelt mich dieser Traum in ein bibberndes Häufchen Elend. Dann kann ich nicht mehr ohne Pillen und ein paar kräftige Schluck Wodka schlafen.

Der Exorzist hat mir stets Angst gemacht. Selbst das Cover von Slayers *Reign in Blood* verunsichert mich.

Ich denke an Geisterbahnen und Angstbewältigungstherapien. Ich könnte mich niemals all diesen Dingen entgegenstellen ohne den Rückhalt von Bex.

Bevor Bex nach L. A. kam, schlief ich mit eingeschaltetem Licht. Ich redete mir ein, dass ich das nur tat, um mich im Suff nicht auf dem Weg zum Bad zu verletzen.

Im Grunde sage ich mir das schon seit der Pubertät.

Die Lügen, die wir uns selbst auftischen. Beruhigende Rechtfertigungen, die die Löcher in uns stopfen sollen.

Ich habe mir zwar eingeredet, der kirchliche Exorzismus sei *Die Truman Show* gewesen, trotzdem fühlen sich meine Knochen seither eisig kalt an.

Ich habe mir selbst jede Menge Erklärungen für Marias Auftauchen in der Hotelsuite zurechtgelegt, aber als sie im Boden verschwand, weinte ich vor Verwirrung.

Ich habe mir weisgemacht, Tony Bonellis Anruf sei ein Scherz, der live ins Internet gestreamt wurde. Doch zugleich habe ich mich inmitten von Menschen noch nie so allein gefühlt.

Und natürlich habe ich all diese beruhigenden Dinge aufgeschrieben.

Sie anzulügen verstärkte nur, was ich mir selbst einreden wollte.

Die betäubende Wirkung von Kokain wirkt Wunder, wenn es um die eigene Großmäuligkeit geht. Ohne eine Dosis Koks wäre ich niemals der Stimme in den Heizungskeller hinabgefolgt.

Am meisten jedoch treibt mich meine Geheimmission zum Weitermachen an. Nur deswegen forsche ich weiter, statt nach Brighton zurückzurennen und mich unter dem Bett zu verstecken. Die Mission, die ich Ihnen zu gegebener Zeit verraten werde.

Während ich nach Burbank fahre, um mich mit Dr. Santoro zu treffen, bette ich mich zwar bequem in Selbstverleugnung, aber in meinem Innersten weiß ich, dass Sherilyns Warnung berechtigt ist. Was hier vorgeht, ist nicht lediglich das Ergebnis von *Schlussfolgerungen, Schlussfolgerungen.* Ich habe an Halloween etwas ausgelöst. Aus seinem wässrigen Grab hat Tony Bonelli mir gesagt, dass ich bekommen werde, was ich verdiene. Und in Pater Primo Di Stefanos Buch, das eigentlich noch nicht existieren dürfte, verdiene ich den Tod.

Aber hey, Jack, fahr einfach weiter. Zieh dir künstliche Euphorie durch die Nase rein. Poste weiterhin dickköpfig darüber, dass das Paranormale nicht existiert.

Alles läuft p-r-i-m-a.

Obwohl sich Santoro in der Sitzung nach Kräften bemüht, behalte ich meine Rettungsweste der Selbstverleugnung an. Ich bin nur hier, um zu erfahren, ob es eine vernünftige Erklärung für »Adramelech«, »Mephistopheles« und »Baphomet« gibt, aber natürlich weiß er, wo das eigentliche Problem begraben liegt, und scharrt es aus.

»Wie würden Sie Ihre Kindheit beschreiben?«

»Würde ich nicht.«

Santoro konnte mich schon in der ersten Sitzung nicht dazu bewegen, ihm von meinen Eltern zu erzählen. Heute will ich auch nicht über Maria Corvi sprechen. Ich weiß, ich sollte mich öffnen, wirklich, aber ich schaffe es nicht. *Ich würde ja gern,* rede ich mir ein*, aber nicht nach bloß zwei Stunden Schlaf. Vielleicht nächstes Mal.*

Sully Strong wäre stolz auf mich.

Sharon, das Pitbullweibchen, ist auch wieder dabei. Während der verdammten Sitzung macht sie eine ganze Menge lustiger Sachen, aber jetzt, auf meinem blutbesudelten Hotelbett, erscheint es mir nicht mehr wichtig, das zu dokumentieren.

»Alles hängt zusammen«, sagt Santoro. »Sie sind nicht dazu verpflichtet, über Ihre Kindheit zu reden. Aber das ist dann so, als würden Sie wegen eines steifen Halses eine Osteopathin aufsuchen und ihr verbieten, Ihre Schulterblätter zu berühren. Alles hängt zusammen.«

Schlussfolgerungen, Schlussfolgerungen.

»Wie ich schon sagte, ich will über das Video reden. Wissen Sie noch, das –«

»Das YouTube-Video, ja«, unterbricht Santoro mich mit einem Verweis auf seine Notizen. In was für einer Welt leben wir, wenn nicht mal dein Psychiater dich ausreden lässt?

Nachdem ich ihm von den drei Wörtern erzählt habe, die nur ich hören kann, scheint er keinen Schimmer zu haben, was er sagen soll. »Ihnen ist klar, dass das die Namen von Teufeln sind?«

Ich nicke.

»Wie stehen Sie zum Teufel?«

»Genau wie zu Gott.« Ob ich wohl dieselbe Mikromimik an den Tag lege, die einem Experten verrät, dass ich lüge? »Beide sind nur imaginäre Freunde für Erwachsene. Oder imaginäre Feinde.«

»Verängstigt oder verstört Sie das Konzept des Teufels?«

Maria Corvi, die wie eine Puppe vom staubigen Kirchenboden hochschnellt.

Die Anhalterin Maria Corvi, die im Nebel »Genieß deine Reise« wispert.

Maria Corvi, die die drei Namen auf dem Video ausspricht – halt's Maul, halt's Maul!

Aber du weißt, dass sie es ist, oder? Das Mädchen deiner Träume.

Du weißt es.

Halt's Maul!

Ich verdränge mein Grauen. »Konzepte sind nur … Konzepte.«

Das drei Dollar teure Ticken der Uhr wird vom Tapp-tapp-tapp des Stifts übertönt, mit dem Santoro auf seinen Schreibblock klopft. Jetzt, da mir diese Angewohnheit aufgefallen ist, fühlt sich jedes Tapp wie ein Hammerschlag auf den Kopf an.

»Was für eine Stimme ist das?«, fragt er.

Meine Handflächen sind verschwitzt. Liest er meine Gedanken?

»Männlich, weiblich? Jung, alt?«

»Weiß ich nicht.« Ich will nur, dass die Sitzung vorbei ist. Unaufhörlich denke ich an meine nächsten zwei Lines, weiß und pudrig wie Engelsflügel.

Santoro blickt stirnrunzelnd auf den Block. Tapp, tapp, tapp. Dann wird mir klar, dass er die Verbindung herstellt. Das ist die Aufgabe von Psychiatern. Sie setzen die Einzelteile einer Geschichte zusammen – genau wie Journalisten oder Leute, die ans Übernatürliche glauben.

»Klingt die Stimme wie die von Maria Corvi?«

*Hör auf, von M**** C**** zu reden, Santoro, sonst spiele ich* Stirb Langsam *mit dir.*

Ich setze eine gespielt überraschte Miene auf. »Hmm … Schwer zu sagen.«

Hau ab, Jack. Hau hier ab und schau niemals zurück.

Tapp, tapp, tapp. »Hören Sie noch andere Stimmen außerhalb des Videos?«

Oh, die Nummer also. Die Stimmen. Seelenklempner lieben Stimmen im Kopf.

Wie wäre es damit, dass eine Stimme meinen Namen gerufen und mich in den Heizungskeller gelockt hat? Gott, ich will das Ganze nicht noch schlimmer machen. Ich habe zugegeben, drei Wörter zu hören, die man eigentlich nicht hören dürfte. Noch dazu Teufelsnamen. Der Spinneralarm schrillt schon.

Stimmen. Gehirnscans. Krankheit. Schizophrenie. Tumore.

Ruhig wie ein kleines Lamm spricht Santoro darüber, mich

in eine Klinik zu überweisen. Ich könne so eine Klinik eigenständig aufsuchen und die Kosten selbst tragen, und er kenne eine richtig gute. Er sagt, »nur für Routineuntersuchungen«, und klopft mit dem scheiß Stift auf den Block. Ich erhebe mich und wanke auf tauben Lehmbeinen zur Tür.

Ja, ich stehe einfach auf und gehe. Und zwar zügig, bis ich Santoro nicht mehr rufen höre: »Wollen Sie denn keine Erklärung für das alles finden?«

Ich laufe, bis ich wieder die giftige L.-A.-Luft einatme, die mein Leben zu retten scheint.

Denn wenn alle Stricke reißen, kann man sich bei Jack Sparks auf eines verlassen. Er läuft davon.

Kapitel elf

Im Hotelzimmer finde ich Bex auf dem Kopf stehend vor, mit dem Rücken an der Wand, die Beine weit gespreizt.

Ihr Gesicht ist schweißbedeckt. Ihr Bizeps und Trizeps zittern unter der Anstrengung, das Gewicht ihres Unterkörpers zu tragen. Das ist nichts Neues. Ich bin daran gewöhnt, sie beim Betreten meiner Wohnung in einer unmöglichen Stellung anzutreffen, die sie schlank und rank halten soll. Das fühlt sich sogar bedenklich vertraut an. Wir gleiten schon wieder in den platonischen Haushalt über.

Ich grüße sie, dann flitze ich ins Bad. Es gibt einen Trick, um Leute zu überlisten, die mithören können: Man betätigt die Toilettenspülung und zieht sich schnell das Pulver in die Nebenhöhlen, bevor sich das Wasserrauschen legt. Ein gerissenes Ritual, durch das sich Koksköpfe clever vorkommen.

Mit beeindruckender Körperbeherrschung verlässt Bex den Handstand und richtet sich auf. Sofort sehe ich wieder Maria Corvi vor mir, die sich wie eine grausige Puppe vom Kirchenboden aufrichtet, und fege dieses Bild nun schon zum zehnten Mal aus meinem Kopf. Ich bin viel zu gut darin, Dinge zu verdrängen. Vor allem Schuld und Scham.

Meine Pupillen weiten sich, mein Dopaminspiegel steigt drastisch, und ich lasse mich aufs Bett fallen, mitten in die aufgerissenen Verpackungen von Luxussüßigkeiten, die aus dem Korb auf der Minibar stammen.

»Sorry«, sagt Bex. »Mein Kater hat dafür gesorgt, dass ich heute schon eine Menge Mist gegessen habe. Das war nicht ich. Das war mein Kater. Er hat mich auch gezwungen, mir eine Menge Scheiße im Fernsehen anzuschauen.«

»Warst du überhaupt mal an der frischen Luft?«

»Nach dem Mittagessen bin ich mal zum Zeitschriftenstand gegangen. Davon abgesehen, wollte ich auf dich warten.«

Hoffnung wallt in mir auf und verflüchtigt sich wieder, sosehr ich sie auch hegen will. Es gibt nichts Schlimmeres als falsche Hoffnungen.

»Also«, erwidere ich. »Wir beginnen den Abend in einer richtig glamourösen Location.«

»Echt?«

»Oh, ja. Wahnsinnsatmosphäre da. Echt *heiß*.«

»Wie cool«, sagt Astral. Schweiß tropft ihm von der Stirn, als er auf die Glühbirne zeigt, die von der Decke hängt. »Wie in *Evil Dead*, Mann.«

Die Paranormals schauen sich im trüben Licht um und geben überzeugend vor, noch nie in diesem Keller gewesen zu sein.

»Man sieht hier so viel mehr als im Video«, staunt Howie und humpelt zu den Rohren, den Anzeigen und dem ganzen Rest, als besichtige er das BBC-Set der TARDIS. »Ich hab nicht mal die verdammte Aufzugtür gesehen.«

Einzig Bex' Reaktion wirkt aufrichtig. Statt enttäuscht zu sein, weil wir in einem Heizungskeller gelandet sind, bestaunt sie alles und lässt es auf sich wirken. Sie achtet darauf, in meiner Nähe zu bleiben, schließlich hält sie das Video bislang für echt.

Von oben, wo die Müllcontainer stehen, weht der Rauch von Lucky Strikes herab. Statt Howitz um Erlaubnis zu fragen, habe ich einfach Johnson angelogen: »Wir müssen heute Abend hier unten mit ein paar Geisterexperten eine Séance abhalten. Mr Howitz hat mich gebeten, das mit Ihnen abzustimmen.«

»Oh, tatsächlich?«

»Ja, er will, dass Sie das Ganze offiziell koordinieren.«

Es schert mich nicht, ob das Johnson den Job kosten kann.

Nachdem er die Zugangstür aufgeschlossen hat, führt er uns die bröcklige Steintreppe hinab. Johann und ich haben ihm dabei geholfen, einen kaputten Esstisch von einem Lagerraum zum Heizungskeller zu schleppen. Die anderen haben einen deckenhohen Stapel mit Plastik-Konferenzstühlen unter sich aufgeteilt. Anschließend lungerte Johnson bei uns herum, in der Hoffnung, bleiben zu dürfen, bis ich vorschlug, er solle ein wenig frische Luft schnappen. Ich versprach ihm, er würde der Erste sein, dem ich von unseren etwaigen Ergebnissen erzähle.

»Fassen Sie bitte keine Regler an«, ruft er uns über die Schulter hinweg zu, während er ins schwindende Abendlicht zurückschlendert.

Und jetzt stehe ich hier und schaue den Hollywood Paranormals bei ihrer Vorführung zu. Ich muss an ihre YouTube-Beiträge denken, in denen sie überall in Amerika zu angeblichen Spukschauplätzen hinabsteigen. Die Superhelden der Parapsychologie versammeln sich.

»Ich spüre hier definitiv eine Präsenz«, behauptet Astral, der beide Hände auf den klapprigen Tisch stützt. »Hab sie von Anfang an gespürt, seit wir die Treppe hinabgestiegen sind.« Seine Kollegen pflichten ihm bei.

»Ziemlich kalt für einen Heizungsraum«, sagt Johann.

Noch mehr zustimmendes Gemurmel, dann verkündet Ellie, dass es nirgends Fenster gibt. Bex ist auffällig still: Die Beobachtungen der anderen flößen ihr Angst ein. Ich zwinkere ihr zu, und ihr tapferes Lächeln berührt mich.

Lisa-Jane schraubt den Mimi-Experiment-Camcorder aufs Stativ. Ich habe allen ausdrücklich verboten, Filmmaterial ohne meine Erlaubnis hochzuladen. Pascal und Elisandro bereiten die übrigen Spielsachen vor.

Strahlend holt Ellie ein ramponiertes, verblichenes Ouija

hervor. »Und natürlich haben wir noch das hier. Das Spiel wurde in unserer Familie von einer Generation an die nächste weitergereicht.«

Ich erzähle ihnen, dass ich eigentlich ein Buch über das Paranormale schreiben wollte, in dem kein Ouija vorkommt. Dadurch wirke ich zwar wie immer arrogant, doch reagiere ich nicht zum ersten Mal so widerwillig. Denselben inneren Konflikt musste ich ausfechten, als Bex in Brighton vorschlug, zum Auftritt eines amerikanischen Mediums zu gehen. Ich weiß, die Paranormals wollen hier eine Art Show abziehen, den Höhepunkt ihres großen Plans. Mein Verstand sagt mir, dass das Ganze ein einziges Fake ist. Aber mein pochendes Herz nimmt darauf keine Rücksicht, als ich mich zu den anderen an den Tisch, auf den Platz neben Bex setze.

Ich weiß nicht, was mir mehr Angst einjagen würde: dass bei der Séance ein echter Geist auftaucht oder dass ich den Lügen dieser Leute auf den Leim gehe.

Daran ist nur meine Geheimmission schuld.

Astral hockt auf dem Stuhl am Tischende und mimt den Gastgeber des Banketts, eine Position, die ihm den Löwenanteil der Kamerazeit sichert. Er gibt sogar Pascal Anweisungen, die Kamera etwas mehr auf ihn auszurichten. Wie immer bin ich überhaupt nicht im Bild, was zweifellos kein Zufall ist.

»Wir müssen *unseren Geist öffnen*«, verkündet Astral mit einem Seitenblick auf mich, »damit wir mit der Präsenz in Verbindung treten können. Sind alle bereit?«

Ich nicke und spiele ihr kleines Spielchen mit. Warte darauf, dass sie einen Fehler begehen.

Wir legen die Zeigefinger auf die Planchette, den hölzernen Anzeiger, der ein rundes Loch aufweist. Dadurch kann man sehen, welche Buchstaben der Geist auswählt. Ein enger Kreis aus Händen umgibt die Planchette. Ich bin Rechtshänder, Bex ist Linkshänderin, daher berühren sich unsere Daumen. Ich hake meinen unter ihren und drücke ihn sanft, wobei ich mir einrede, dass sie das beruhigt.

Rings um uns herum blinken kleine Lichter. Auf dem Monitor neben uns wartet eine flache Linie darauf, durch ihren Ausschlag eine ungewöhnliche Aktivität anzuzeigen.

Astral schließt die Augen mit theatralischem Lidflattern. »Wir ersuchen um eine Audienz bei dem anwesenden Geist. Wir haben dich in einem Video gesehen und sind sehr interessiert und fasziniert. Genau wie das Internet.«

Will er dem Geist sagen, wie viele Aufrufe und Klicks er erzeugt hat? *Hey, Casper, dein Google-Ranking ist der Wahnsinn, Mann.*

Alle sind sehr still. Nur die Analysemaschinen und das Brummen des unermüdlichen Generators sind zu hören. Die einzige Bewegung, die ich wahrnehme, stammt von Bex' fast unmerklich zudrückendem Daumen. Ich frage mich, ob sie aufgeregt ist oder es bereut. Und ich frage mich, wo ich auf dieser Skala anzusiedeln bin.

»Bist du bei uns?«, fragt Astral ins Dunkel. »Bitte antworte mithilfe des Bretts. *Bist du hier?*«

Etwa tausend koksbefeuerte Herzschläge später beginnt die Planchette, sich zu bewegen.

Zwar übe ich selbst keinen Druck aus, aber ich kenne die wissenschaftliche Erklärung für eine sich bewegende Planchette: der ideomotorische Effekt. Unbewusste, schwache Muskelaktivierungen, ausgelöst durch Gedanken, ob man sie nun mitbekommt oder nicht.

In diesem Fall bewegen natürlich sieben andere Leute die Planchette – Bex ausgenommen. Sieben Leute, die das Ergebnis der kleinen Scharade geplant haben. Die Planchette bewegt sich von ihrem Ausgangspunkt am oberen Rand des Bretts ins Alphabet hinein.

Ich folge Pascals Blick zu den Instrumenten. Die flache

Linie zeigt Ausschläge. »Elektromagnetische Energie ist auf zehn«, berichtet er. »Und ein Temperaturabfall von zehn Grad.«

»Das spüre ich«, bestätigt Ellie.

Es fühlt sich tatsächlich kälter an. Ich blicke zu den Geräten der Paranormals und frage mich, ob eins davon heimlich kalte Luft ausbläst.

Die Planchette verharrt, als im Sichtloch der Buchstabe »I« zu sehen ist.

Alle sprechen den Buchstaben leise aus. Dann warten wir auf den nächsten.

Wieder bewegt sich die Planchette. Doch statt zu einem anderen Buchstaben zu gleiten, bleibt sie beim selben stehen.

Beim »I«.

Sie umkreist ihn langsam, ganz langsam.

Astral räuspert sich. »Ist das der Anfangsbuchstabe deines Namens?«

An diesem Punkt durchschaue ich das Spiel. Gleich wird sich die Planchette zum Wort »JA« begeben, das dankenswerterweise aufs Brett gedruckt ist, zusammen mit dem Wort »NEIN« und »ENDE«.

Ich untergrabe die Anspannung mit dem Kommentar, dass es doch praktisch wäre, wenn auch »OH MEIN GOTT« und »LOL« draufstehen würden. Nur Bex und Pascal lachen.

Die Planchette bewegt sich weiterhin nur im Kreis.

Um das »I« herum.

Eine Zeit lang versucht Astral, dem Heizungskellergeist noch mehr Informationen zu entlocken. Er fragt ihn, in welchem Alter er ins Jenseits übergetreten ist. Wo er geboren wurde.

Ob er sich freut, mit uns zu kommunizieren. Ob wir etwas falsch machen.

Aber er bekommt keine Antwort.

I …

I …

I …

Als wir schließlich die Sitzung beenden, bin ich insgeheim ebenso enttäuscht wie die anderen. Wo blieb die Aufführung, das Theater? Der Höhepunkt des gerissenen Plans, den die Paranormals ausgeheckt haben?

»Habt ihr jemals zuvor nur einen Buchstaben empfangen?«, frage ich Astral, den ich selten direkt anspreche.

»Meistens kriegt man alles oder nichts«, antwortet Elisandro für ihn. »Entweder bekommt man keine Reaktion oder jede Menge Informationen.«

»Nur ein Buchstabe«, rätselt Howie. »Wieso dieser Buchstabe? Wieso das ›I‹?«

Johann zuckt die Schultern. »Vielleicht ist es wirklich die erste Initiale des Geistes. Vielleicht hatte er Lampenfieber.«

Astral stemmt den massigen Körper vom Stuhl. »Wir könnten es in ein paar Tagen noch mal probieren.«

Ah, also ist der heutige Abend der Beginn eines langen Spiels. Es hätte womöglich zu direkt, zu unglaubwürdig gewirkt, wenn unser angeblicher Geist gleich losgeplaudert hätte. Viktorianische Medien behaupteten bei Sitzungen regelmäßig, die Toten würden nicht kooperieren, nur damit ihre eigenen erstaunlichen Fähigkeiten umso authentischer wirkten, wenn die Geister irgendwann *tatsächlich* mitspielten.

Wir lungern in kleinen Grüppchen im Keller herum und unterhalten uns gedämpft. Die leiseste Cocktailparty der Welt. Lisa-Jane und Johann teilen mir alle möglichen Belanglosigkeiten über ihre bisherigen Ouija-Eskapaden mit. Ich höre kaum zu und schaue mich stattdessen um. Sogar die aufgestellten Zusatzlichter durchdringen nicht die Dunkelheit in manchen Ecken.

Dann fällt mein Blick auf Astral und Bex, die neben der Lifttür miteinander plaudern. Sie sind zu weit weg, als dass ich sie hören könnte, aber Astral lehnt in einer Pose an der dreckigen Wand, als wolle er sie anbaggern.

Ha, denke ich, *viel Glück dabei, Fettsack.*

Abenddämmerung. Der Sunset Strip erstrahlt im Licht von Autoscheinwerfern, hellen Neonröhren und Plakatwandstrahlern. Bex und ich warten darauf, dass die Ampel uns über den Sunset lässt. Wir wollen zu Carney's – ein Fast-Food-Lokal, das in einem gelben Zugwaggon eingerichtet ist – auf der gegenüberliegenden Straßenseite.

Ich hätte mit der Prise Koks noch bis nach dem Essen warten sollen, aber im Anschluss an die Séance überkam mich der überwältigende Drang, es gleich zu tun. Ich musste mich stabilisieren und meine Überzeugung festigen – oder meinen Unglauben, je nach Blickwinkel. Und jetzt habe ich überhaupt keinen Hunger mehr.

Bex behauptet, sich während der Sitzung nicht gefürchtet zu haben. »Der Keller ist unheimlich, aber diese Paraglider – oder wie sie heißen – wollen nur in dein Buch. Sie haben alle einen Ausdruck im Gesicht, als sprechen sie für *Big Brother* vor.

»Danke!«, sage ich. »Also verliere ich doch nicht den Verstand.« Als wir den Sunset überquert haben, füge ich hinzu: »Wenn du keine Angst hattest, wieso warst du dann so schweigsam?«

Sie antwortet nicht, und ich bemerke ihr verhaltenes Grinsen.

»Es war schräg«, antwortet sie, nachdem ich erneut nachfragte. Wir erklimmen die drei Stahlstufen ins Carney's. »Ich war plötzlich gehemmt. So bin ich normalerweise nicht.«

Ich weiß nicht, was sie meint. »Wieso gehemmt?«

Eine lange Pause folgt. »Wie hieß dieser Kerl doch gleich? Astral?«

Knallrote Fingernägel piksen auf meinen Bauch ein. »Ja … wieso?«

Bex lacht los. »Muss ich dir das wirklich erklären?«

Wir stehen vor dem Bestellfenster im Waggon, hinter dem ein Kerl mit Carney's-T-Shirt und -Kappe uns begrüßt. »Willkommen bei Carney's. Darf ich Ihre Bestellung aufnehmen?«

Ich ignoriere ihn. »Ja«, antworte ich Bex. »Bitte erklär's mir.«

»Ich finde ihn irgendwie heiß, okay? Ein heißer Hippie.«

Ihre knallroten Nägel bohren sich in mein weiches Gewebe und setzen eine Welle der Verbitterung frei. »Machst du *Witze?*«

»Er hat hübsche Augen.«

»Wollt ihr zwei bestellen?«, fragt einer der beiden Muskelshirt-Typen, die hinter uns warten.

»Ja«, erwidere ich. »Ich nehme zehnmal Cheeseburger mit Fritten.«

Bex fährt zusammen. »Hast du gerade ›zehn‹ gesagt?«

»Richtig.« Die Droge erstickt in mir jedes Gefühl dafür, wie laut ich rede. »Wenn du *darauf* abfährst, sollte ich wohl besser zunehmen.«

Eine Atombombe explodiert in meinem Kopf.

Ich komme mir dumm vor und schäme mich, kehre Bex den Rücken und verlasse den Waggon.

Laut fluchend gehe ich zum Zebrastreifen zurück, so wütend, dass mir eigentlich Dampf aus den Ohren zischen müsste. Auf eine kranke Weise ergibt das Ganze Sinn: Würde man einen Kompressor an Zakk Wyldes Hintern anschließen und ihn aufpumpen, sähe er aus wie Astral.

Autoreifen kommen quietschend zum Stillstand, während ich die Straße überquere. Hupen ertönen.

Auf der anderen Seite läuft die verrückte alte Frau von letzter Nacht an mir vorbei – ich hab sie vor vierundzwanzig Stunden gesehen, als noch alles möglich erschien. Sie beäugt mich, als ob sie mir zum ersten Mal begegnet. »Ich an Ihrer Stelle …«, sagt sie, beendet den Satz aber nicht. Vermutlich weil ich ebenso geistesgestört aussehe wie sie. Den Konvertierten hält man keine Predigt.

»Jack!«, ruft jemand von der anderen Seite des Sunset. »Jack?«

Ich bin nicht losgestürmt, damit Bex mir nachläuft. Ich bin fortgerannt, weil ich das nun mal so mache. Es gab mal eine Zeit in meinem Leben, da war das anders – als ich Gangmitglieder aufgespürt und interviewt habe, zum Beispiel. Damals wurde ich mit Schusswaffen und Messern bedroht, trotzdem hat mir die ganze Aktion genützt. Akute gesellschaftliche Themen zu behandeln, lässt mich größer und wichtiger erscheinen. Gangs an sich haben mich nie interessiert. Auch keine Magier, die in der Dominikanischen Republik angezündet werden, oder Leute, die die Homosexualität Dämonen in die Schuhe schieben, und auch keine magersüchtigen philippinischen Mädchen, die bei verpfuschten Exorzismen und dergleichen ums Leben kommen.

Ich habe mich nie um jemanden geschert, der nicht Jack Sparks hieß.

An der Stelle, wo eigentlich meine Empathie sitzen sollte, befindet sich nur kleines qualmendes Loch.

Letzten Sommer nahm mein Leben eine Wende. Seither hadere ich mit mir, denn das System, das ich mir aufgebaut habe, befriedigt meine Bedürfnisse nicht mehr. Mir wurde klar, wenn ich mich von den Drogen befreien wollte, gab es nur einen Weg: Ich musste *Jack Sparks' Welt des Paranormalen* schreiben.

Das verstehen Sie nicht, und das kann ich auch nicht von Ihnen erwarten. Ich habe Ihnen bisher nicht genug von mir preisgegeben.

Als Bex das Hotelzimmer erreicht, habe ich mich schon im Bad eingeschlossen.

Sie scheint gleichermaßen angepisst und verwirrt zu sein.

»Seit wann haust du einfach so vor mir ab? Nimmst du wieder Pulver, oder was?«

»Ja, genau«, sage ich, öffne das Reißverschlussfach in meiner Brieftasche und hole das Tütchen mit den zwei Gramm hervor. »Und ich werde mir noch eine ganze Menge mehr reinziehen.«

»Herrje, dann war der Entzug also umsonst? Ich hab nur gesagt, dass ich den Kerl ziemlich nett fand – was hat das überhaupt mit dir zu tun?«

Mit meiner Kreditkarte trenne ich ein Klümpchen Koks von meinem Vorrat ab, dann zerkleinere ich es neben dem Waschbecken.

Ich schiebe mir Lines zurecht, während Bex mir durch die Tür Fragen stellt. Ihre Stimme nimmt eine höhere Tonlage an, klingt aber trotzdem dumpf. Ich konzentriere mich nur auf das Pulver. Darauf kann man sich gut konzentrieren. In letzter Zeit sind meine Gedanken so kontrovers, dass alles aus den Fugen gerät. Ich möchte mein Gehirn in den Orbit schießen und alles andere am Boden lassen.

Zwei eingeschneite Landebahnen auf dem Keramikbecken warten darauf, dass ich mich ihnen widme. Ich nehme einen Dollarschein aus der Brieftasche und rolle ihn zusammen.

Bex' Schrei dringt zu mir durch. »Jack! *Was genau ist dein Problem?*«

Ich knurre und schmeiße den Geldschein ins Waschbecken. Ohne das Koks wieder einzupacken, entriegele ich die Tür und öffne sie in einer fließenden Bewegung. Bex weicht ein paar Schritte zurück, angespannt, auf alles gefasst. Als ich ihre Angst sehe, neutralisiert das die verbalen Feuerbälle, die ich ihr entgegenschleudern wollte. Ich halte mich am Türrahmen fest und ringe um Worte, suche nach den richtigen Vorwürfen.

»Du erinnerst dich nicht mal mehr daran, was letzte Nacht gelaufen ist, oder?«, sage ich. Sie sieht mich verstört und unsicher an, und ich füge hinzu: »Oder schämst du dich einfach nur deswegen?«

Es scheint, als würde sich Bex den Kopf über meine Worte zerbrechen. Aber das stimmt nicht. Sie schätzt die Situation ein und wappnet sich.

Ich muss wohl plötzlich genauso verletzlich aussehen, wie ich mich fühle, denn sie kommt zu mir. Ich zucke zusammen, als sie mir beide Hände auf die Hüften legt. Der physische Kontakt fühlt sich seltsam an. Nett seltsam. Großartig seltsam. Ihre Hände bleiben, wo sie sind, und sie schaut mir in die Augen. »Ich dachte, *du* hättest es vergessen«, sagt sie.

Und dann küssen wir uns. Innig, entfesselt.

Hände tasten nach Knöpfen und Reißverschlüssen.

Ein Blitzkrieg der Sinne.

Ich beschreibe nicht weiter, was sonst noch in dieser Nacht passiert. Als Mitglied der YouPorn-Generation können Sie sich das selbst denken. Außerdem habe ich diese Frau mit meiner Arbeit schon genug ausgebeutet.

Ja, lassen Sie mich Ihnen die Wahrheit über Bex sagen. Inzwischen ist es mir scheißegal, was Erubis Books von folgendem Bekenntnis hält.

Ich war nie in Bex verliebt.

Ich war scharf auf sie, ja, aber nicht verliebt.

Als ich ihr vor fünf Jahren begegnete und sie bei mir einzog, haben meine Eier das Denken übernommen. Aber ich wusste, es würde meine Geschichte verbessern, wenn ich sie auch lieben würde. Zudem hielt ich es für besser, sie als Fitnesstrainerin darzustellen statt als … oh Gott … statt als das, was auch immer sie beruflich macht.

Mir war klar, dass mich das zu einem egoistischen Scheißkerl machen würde. Außerdem wusste ich, dass die Menschen mich eher tolerieren würden, wenn ich eine weiche Seite offenbarte, auch wenn die nicht existiert. Daher nahm ich die erfundene Geschichte der unerwiderten Liebe in *Jack Sparks auf dem Springstock* auf, und die Reaktionen darauf fielen gut aus. Fast schon zu gut. Die meisten Amazon-Rezensenten ignorierten den vielen Schweiß und die schmerzhaften Wirbelsäulenstauchungen, die ich bei dem dämlichen Roadtrip davontrug, und befassten sich stattdessen mit mir und Bex. Sie wollten wissen, ob wir zueinanderfinden würden. Die Leute sogen die Story in sich auf, auch wenn sie normalerweise nicht die Art Bücher kaufen, die ich schreibe. Bei Signierstunden fragten mich Männer, ob ich sie gevögelt habe. Mädchen wollten sich mit ihr anfreunden.

Daher behielt ich diesen Handlungsfaden in den Folgebüchern bei. Wenn ich mich mit einer anderen Frau traf, strich ich das aus dem Protokoll. Selbst wenn wir zusammen im Bett waren, erwähnte ich das in den Büchern mit keinem Wort. Denn dann wäre die ganze Finden-sie-zueinander-oder-nicht-Wirkung verpufft. Wir Journalisten streichen alles, was unsere aktuelle Story verwässert, und behalten bei, was sie rein hält – oder fügen es hinzu. Als Bex sich mit anderen Typen traf, wurde ich auf den Seiten von *Jack Sparks' Welt der Gangs* zunächst zum schmachtenden Jack und dann zum todunglücklichen Jack in *Jack Sparks' Welt der Drogen*. Die meisten Leser glaubten, Bex sei der Grund für meinen Drogenmissbrauch, wodurch ich den wahren Grund prima vertuschen konnte.

Ohne Frage *hätte* ich in Bex verliebt sein müssen. Und als Person und Freundin habe ich sie auch immer geliebt. Aber mein Drang, ihr das Hirn rauszuficken, stand immer im Vordergrund. Je unnahbarer sie war, desto mehr glich sie einer Computerspieltrophäe, die ich freischalten wollte. Sie war wie eine VIP-Lounge, zu der mir der Zutritt verwehrt war. Ja, bitter. Ich habe sie in meinen Werken als Figur benutzt, um in besserem Licht dazustehen. Denn wenn eine so lustige und coole Frau wie Bex sich mit mir abgibt und sogar bei mir wohnt, wie schlimm kann ich dann schon sein? Zum Glück hat Bex die Bücher nie gelesen, sonst hätte sie Angst vor ihrem ach so gequälten Mitbewohner bekommen.

Ich war nie zu Liebe fähig und hab dieses Gefühl auch nie begriffen. Mein Vater gab die Schablone vor: Blicke niemals zurück. Mach immer weiter, gnadenlos. Binde dich nicht und denk nicht mal drüber nach, was du hinter dir lässt.

In den höhlenartigen Archiven meines Verstandes ist Dad kaum noch präsent. Nur noch ein Schatten. Manchmal nehme ich einen aufrüttelnden Geruch wahr oder habe das vage Gefühl, dass mich etwas an ihn erinnert. Oder ich bemerke negative Charaktereigenschaften an mir, die ich nicht von Mum haben kann. Aber das ist auch schon alles.

Oh, *ein* Kind hat er toleriert – den Goldjungen Alistair. Aber als das zweite brüllende Bündel aus Scheiße und Pisse das Licht der Welt erblickte, war das der Tropfen, der das Fass zum Überlaufen brachte. Rational betrachtet, ist das wohl nicht die ganze Wahrheit, aber emotional ist es längst zu spät. Ich bin programmiert. Man kann zwar einen Baseballschläger rational erfassen, trotzdem verändert er deine Kopfform drastisch.

Drei Jahre, acht Monate und siebzehn Tage nach meiner Geburt stahl Dad sich Richtung Sonnenuntergang davon und wurde nie wieder gesehen, jedenfalls nicht bei uns. Mum verbrannte alle Fotos von ihm im Gartengrill, als ich vier war. Ich weiß noch, wie der Rauch stank und im Hals kratzte.

Ich schwöre, meine früheste Erinnerung ist das Geheul meiner Mutter, an dem Tag, als sie begriff, dass ihr Mann nicht mehr nach Hause kommen würde. Sie schloss sich im Schlafzimmer ein und stieß Laute aus, die an einen Schlachthof erinnerten. An Tiere, die bei lebendigem Leib aufgeschlitzt werden.

Alistair und ich waren im Wohnzimmer und hörten zu. Ich war zu jung, um zu begreifen, was los war, aber ich erinnere mich noch an den Blick, den mein Bruder mir zuwarf, ehe er an die Schlafzimmertür klopfte, um nach Mum zu sehen.

Oh Gott, dieser Blick.

Hörst du das?, sagte dieser Blick. *Hörst du, wie Mutter sich die Seele aus dem Leib weint? Das ist deine Schuld. Du bist der Grund, warum Dad fortgegangen ist.*

Dieser Baseballschläger ist meine früheste Erinnerung.

Danach ging es mit dem Familienleben nur noch bergab. Es gab auch gute Zeiten, aber größtenteils machte Alistair mich für unsere Lage verantwortlich, und ich nahm ihm übel, dass er mehr Zeit mit Dad verbracht hatte als ich. Eines Nachts, nachdem Mum eine Flasche Rotwein geleert hatte, brüllte sie mich durch die Schlafzimmertür an. Sie schrie, wie sehr sie sich wünschte, mich nie bekommen zu haben. Ich war sieben.

Ich konnte mich kaum an Dads Gesicht erinnern, aber anscheinend brauchte ich das auch gar nicht. Ich musste bloß in den Spiegel schauen. Natürlich war ausgerechnet ich derjenige, der ihm ähnlich sah, nicht Alistair.

Und meine Mutter ertrug meinen Anblick nicht.

Ich war die Inkarnation all der Fotos, die sie verbrannt hatte. Als wären sie zurückgekehrt, um sie zu quälen.

Kapitel zwölf

In der heulenden Körperröhre, dem summenden Tunnel weißen Plastiks, ist es viel zu friedlich. Man hat bei Weitem zu viel Zeit für sich.

Gibt es denn keine Möglichkeit, einen Kernspintomografen weniger sargähnlich zu gestalten?

Letzte Nacht hatte ich nicht den üblichen Traum von Maria. Ich bin erst morgens aufgewacht und spürte die Körperwärme von Bex, die sich an mich schmiegte. Glückseligkeit war für mich längere Zeit ein Fremdwort gewesen, heute Morgen jedoch wusste ich wieder, was es bedeutet.

Die dicken Koks-Lines riefen vom Waschbecken im Badezimmer nach mir. Mit einem Handstreich und einer Drehbewegung am Wasserhahn habe ich sie in den Abfluss gespült. Sofort überkam mich jenes Gefühl des Bedauerns, das jeder Süchtige kennt, aber ich bin entschlossen, zur Vernunft zu kommen. Um wieder alles in der richtigen Perspektive zu sehen. Es ist an der Zeit, nicht ständig den leichtesten Ausweg zu wählen.

Und da bin ich nun. Ich befolge den Rat des Arztes und halte einen Schalter mit gummiüberzogenem Panikknopf in der Hand. Ich will, ich *muss* herausfinden, ob etwas mit meinem Gehirn nicht in Ordnung ist. Aber ein Ganzkörpertomograf ist kein angenehmer Ort für einen Mann, der alles vergessen möchte. Während der Kokainrausch abklingt, plagen mich hier drinnen nur schlechte Erinnerungen und Gedanken an den Tod. An Schuld und Scham.

Im letzten Sommer. Alistairs Voicemails fallen immer aggressiver aus.

»Jack, ich finde wirklich, du solltest mich zurückrufen.«

»Jack, ich weiß nicht, was du machst, aber wir müssen reden.«

»Jack, was zur Hölle ist los mit dir?«

Ich erhalte auch unzählige E-Mails von ihm, die ich größtenteils ignoriere. Einige davon lese ich träge unter Ketamineinfluss. Manche schnell unter Kokain. Manche mit schweren Lidern auf der anderen Seite des Kosmos, nachdem ich meinen Bong benutzt habe.

Löschen, löschen, löschen.

Zum Glück unterbricht mich die sanfte Stimme der Krankenschwester. Sie meldet sich in meinem Kopfhörer, von irgendwo da draußen, aus der Welt der Lebenden. »Gleich spüren Sie einen kleinen Piks im Handrücken. Nur ein bisschen Kontrastmittel, wie besprochen.«

Wenn es eine Hölle gibt, besteht sie aus Leuten in Särgen, die mit ihren Gedanken und schlimmsten Erinnerungen allein sind.

Meine Mutter sitzt an einem hölzernen Gartentisch. Ihre Hand zittert, als sie sich eine Zigarette anzündet.

Ich fahre durch Regen, Alistair beschimpft mich.

Eine Nadel dringt in meine Ader ein, und ich drehe in diesem schrecklichen Sarg durch. Ich will den Panikknopf drücken. Ich will mein Zippo, aber das ist in der Jacke, die ich ausziehen musste.

Die Schwester sieht offenbar meine ruhelosen, zuckenden Füße, denn sie meldet sich wieder in meinem Ohr: »Nur noch zwanzig Minuten, Mr Sparks. Bitte denken Sie an etwas Schönes.«

Ich weiß nicht, wie man an etwas Schönes denkt. Das macht mich fertig.

Ich versuche, mir vorzustellen, an einem Strand zu sitzen. Doch angesichts des Geräuschpegels liegt der Strand automatisch neben einer Baustelle.

Ich wechsle das Programm und lande in einem lauten Pub, in dem es unbegrenzt Freidrinks und mehrere vorbereitete Koks-Lines auf der Bar gibt. Ich stelle mir vor, betrunken zu sein, high, mich wie der Größte zu fühlen.

Das funktioniert auch nicht. Das kurbelt nur meine Angst an, bis mir klar wird, dass ein Pub für mich kein schöner Ort ist – sondern ein Ausweg.

Bex betritt die Bühne. Kein Strand, keine Bar, nur unsere Wohnung in Brighton. Wir sind auf dem großen gelben Sofa. Sie hält meine Hand und sieht mir in die Augen, dann sagt sie mir, dass alles gut ist.

In dem Jahr, in dem ich *Drogen* schrieb, und auch danach war Rebecca Lawson mein Anker. Mein Kokain aus Fleisch und Blut.

Aber ich habe sie schlimm ausgenutzt. Ich habe sie im Laufe der Jahre als Körper betrachtet, den es zu erobern galt, als Krücke, als jemanden, den ich manipulieren kann.

Ich werde das alles wiedergutmachen.

Hey, vielleicht wird etwas Solides daraus, etwas Sicheres.

Womöglich eine richtige Beziehung, auch wenn ich keine Liebe empfinden kann.

»Vielen Dank, dass Sie hergekommen sind«, sagt Roger Corman.

Ich sitze buchstäblich auf der Stuhlkante in seinem Büro am San Vicente Boulevard und bin gespannt, was er mir zu sagen hat.

Als ich das Krankenhaus verließ, unsicher, wie ich mit der dreitägigen Wartezeit auf den Befund zurechtkommen würde, fand ich zu meiner Überraschung eine Voicemail von Cormans Chefsekretärin vor, die mich um ein Treffen bat. Ich rief gleich zurück. Der Achtzigjährige ist eine Legende des Independent-Kinos und verantwortlich für über vierhundert Filme, die sich oft an der Grenze zum Horrorgenre bewegen, wie etwa *Piranhas* (1978) und *Kinder des Zorns* (1984). Er hat Leuten wie Francis Ford Coppola und Jack Nicholson zum Durchbruch verholfen. Zudem ist er ein Marketinggenie und stammt aus der Generation, die wirklich wusste, wie man Filmtrailer zu Werbezwecken einsetzt, ganz gleich, ob das, was man in diesen Trailern sah, letztlich auch im fertigen Film vorkam.

Er wirkt freundlich und elegant in seinem schwarzen Anzug und dem weißen Hemd. Seine Produktionsfirma New Horizons ist eine der Gesellschaften, die ich wegen des Videos angemailt hatte, und die einzige, die mich um ein Treffen gebeten hat. Alle anderen haben inzwischen per Telefon, E-Mail oder persönlich reagiert, mit diversen Abwandlungen von »Nein, den Clip haben wir nicht produziert, Sie Riesenfreak«.

Sollte sich etwa nach der ganzen Sucherei herausstellen, dass Roger Corman den verdammten Film gedreht hat?

»Ich möchte mit Ihnen über das YouTube-Video sprechen«, sagt er mit sanfter Stimme über den Schreibtisch hinweg. Er notiert etwas auf einem gelben Schreibblock. Ich lese die in Großbuchstaben verfasste Überschrift, die aus meiner Perspektive auf dem Kopf steht: GEISTERVIDEO.

Ich umklammere die Lehnen meines Stuhls, als er sagt: »Dieses Video hat auf YouTube eine ganze Menge Klicks erzeugt. Ein ziemlich beeindruckender Film, finden Sie nicht?«

Ich kann mich nicht länger zurückhalten. »Haben Sie ihn gedreht?«

»Oh«, erwidert er und kichert. »Oh. Dasselbe wollte ich gerade Sie fragen.«

Ich empfinde ein bizarres Gefühl der Erleichterung. »Nein, ich habe ihn sozusagen entdeckt. Oder er mich. Jemand hat ihn auf meinen YouTube-Kanal geladen.«

»Verstehe. Also haben Sie nicht die Rechte daran?«

»Nein.«

Wir unterhalten uns noch eine Weile, aber ich spüre, dass unser Treffen aus Cormans Sicht bereits seinen Zweck erfüllt hat.

Ich lese auf dem Schreibblock die auf dem Kopf stehenden Wörter, die er hinzugefügt hat: GEMEINFREI???

Erhobenen Hauptes betrete ich den Seminarraum in Culver City. Ich bin optimistisch gestimmt, dank der seltsamen Kombination von Sex, Roger Corman und dem Ausbleiben eines wiederkehrenden Traums.

Den ganzen Weg hierher habe ich mir selbst Mut zugesprochen. Ich kann die vielen schlimmen Dinge, die ich in den letzten Jahren getan habe, nicht kontrollieren, aber ich kann kontrollieren, was ich *jetzt* tue.

Ich kann den Tag retten – und jeden weiteren, der noch kommt.

Ich kann sowohl ergründen, was es mit dem Video auf sich hat, als auch mit den Paranormals, vielleicht sogar mit meiner eigenen Paranoia.

Ich kann dafür sorgen, dass mit Bex alles klappt, richtig funktioniert.

Alles ist gut, und das ist eine Tatsache.

Astral fängt sofort an, meine Titanschicht anzunagen. Er nimmt mich beiseite und fragt: »Diese Bex, Mann … ist die mit Ihnen zusammen?«

Ich reagiere aus Reflex. »Ja, ist sie.«

»Cool«, erwidert er mit wildem Nicken. »Hey, da haben Sie einen echten Fang gemacht, Kumpel.«

»Danke. Ich weiß Ihren überraschten Unterton zu schätzen.« Ich gebe ihm mit einem kühlen, ausdruckslosen Blick zu verstehen, dass das Thema beendet ist. Zwar ist Bex nicht wirklich mit mir zusammen, trotzdem lasse ich keinesfalls zu, dass Astral sich zwischen uns drängt.

Ich nehme Platz und ärgere mich über seine Unverschämtheit. Derweil machen die anderen weiter. Pascal besitzt die Unverfrorenheit, ausführlich zu erklären, warum die Erkenntnisse der Quantenphysik die Zeitreise wahrscheinlicher gemacht haben. »Es ist möglich«, sagt er, »dass das, was wir als Geister betrachten, in Wahrheit Zeitreisende sind. Womöglich sind Séancen für sie eine sichere Art, mit uns zu kommunizieren.« Dafür erntet er viel ernstes Nicken und Kinnreiben – genau wie Ellie, die anmerkt, dass unser Experiment vielleicht einen »echten Geist anlockt, der ins Jenseits will«.

Diese Speichellecker gratulieren Astral für seinen Social-Media-Wettbewerb, dessen Gewinner damit beehrt wird, dass Astral ihm ebenfalls folgt. Eine Idee, die er bei mir abgekupfert hat. Das Team ist »begeistert« von dem Interview über das Experiment, das Astral und Elisandro einem lokalen Radiosender gegeben haben. Ein Interview, von dem ich nichts wusste und in dem ich vermutlich nicht einmal erwähnt werde.

Ich nehme mein Smartphone zur Hand und stelle fest, dass all meine Social-Media-Accounts verschwunden sind.

Einfach … verschwunden.

Ich versuche, mit dem Telefonbrowser darauf zuzugreifen, aber keins der Log-ins funktioniert mehr.

Sprachlos blicke ich aufs Display. Versuche, mit reiner Willenskraft eine Änderung herbeizuführen. Ein brandneuer Verdacht keimt in mir auf: Ist diese Sabotage blanker Zufall, einen Tag, nachdem ich mich geweigert habe, die Profile der Paranormals zu teilen? Meidet das freundliche Computergenie Pascal den Blickkontakt zu mir, oder bilde ich mir das nur ein?

Ich gehe alle Apps und Sites durch, versuche immer wieder dasselbe, doch die Ergebnisse bleiben gleich. Die Eckpfeiler meiner Onlinepräsenz wurden zertrümmert. Nur noch YouTube ist übrig.

Diese Leute haben mir meine Follower abgesaugt, viele Tausende Follower, und jetzt haben sie mich abgeschaltet. Jeder, der das Experiment verfolgt, kann sich nur noch über sie auf dem neusten Stand halten. Die Paranormals sind mir auf die Schulter gesprungen und haben mich geknebelt. Den einzigen Teilnehmer, der das Experiment infrage stellt.

Ich fühle mich wie im freien Fall. Meine Wangen haben die Farbe von knallroten Chilischoten.

Die anderen halten nach wie vor unentwegt Monologe über sich selbst.

Ich bin der Vesuv im Jahre 79 nach Christus.

Gerade, als ich ausbrechen und sie zur Sau machen will, bewegt sich unvermittelt der Tisch, und ein Gesicht erscheint in der Luft.

»Ein Gesicht? Wie meinst du das, ein scheiß Gesicht?«

Bex sitzt neben mir auf einem Hocker an der Tiki Bar im Sunset Castle, draußen am Pool. Sie vernichtet eine Piña Colada und ist größtenteils im Urlaubsmodus. Und im What-the-Fuck?!-Modus, seit ich das Gesicht erwähnt habe. Dass sich der Tisch bewegt hat, ist nichts im Vergleich zu dem Gesicht.

»Und es schwebte in der Luft?«

Ich reibe mir das lädierte Kinn und nicke, dann erzähle ich ihr dasselbe wie jetzt Ihnen.

Lisa-Jane verrät uns gerade, dass sie Marilyn Manson einmal eine Phiole mit ihrer Pisse geschickt hat, als sich plötzlich von allein eine Ecke des Tisches hebt.

Lisa-Janes Redefluss gerät ins Stocken und erstirbt.

Unsere erhöhte Pulsfrequenz ist für alle spürbar.

»Okay«, sagt Astral mit zittriger Stimme. »Lasst uns einfach weiterreden, Leute.«

Ich hocke mich neben den Stuhl und versuche, einen Blickwinkel zu finden, aus dem ich die Knie aller Versammelten zugleich sehen kann. Ich beobachte, dass der Tisch mal auf zwei Beinen steht, dann nur auf einem, dann wieder auf zwei.

Lisa-Jane bemerkt meine perplexe Miene. »Zeit, endlich mal die Vorurteile fallen zu lassen, was?«

»Wenn das bedeutet, dass ich euch vertrauen soll«, antworte ich, »könnt ihr das vergessen.«

Ihre Nasenflügel beben. »Was soll das heißen?«

»L.-J.«, faucht Astral, dessen Ton zunehmend autoritärer klingt. »Wir dürfen nicht die Konzentration verlieren. Was hast du gemacht, nachdem du dir über die Finger gepinkelt hast?«

Ich setze mich wieder neben die anderen. Unsere Fingerspitzen ruhen auf der Tischplatte, die sich unvorhersehbar hebt und senkt. Als ein Tischbein auf Howies angeblichem Hinkefuß landet, geht sein Schmerzensschrei in unseren aufgeregten Rufen unter.

Ja, in *unseren* Rufen. Ich lasse mich von der Situation mitreißen. Wieso sollte ich diesen Quatsch nicht genießen, während ich zugleich den Ruf der Paranormals ruiniere? Drehen sie frei, weil ihr eigens entwickelter Zaubertrick mit dem Tisch so gut funktioniert? Ja. Ließe sich jeder beliebige Tisch an jedem Ort auf dieselbe Weise bewegen? Nein.

Dieser spezielle Tisch muss mit kleinen Motoren versehen sein. Mit winzigen Gyroskopen. Mit Empfängern, die jemand mit der Fernbedienung aus der Hosentasche anfunkt. Oder wird er von einem Außenstehenden, einem Komplizen gesteuert, der alles beobachtet, durch eine verborgene Kamera, in einem von Pascals Geräten? Wir leben in einem Zeitalter, in dem man mit dem Smartphone von der anderen Seite der Welt aus die heimische Zentralheizung einschalten kann. Oder, wie Howie behauptet, in dem man jemandem über Bluetooth eine tödliche Dosis Insulin spritzen kann. Einen Tisch tanzen zu lassen, ist keine große Sache.

Lisa-Jane deutet zum Camcorder: »Bitte sag mir, dass du das aufnimmst.«

Pascal nickt.

Ich bin mir ziemlich sicher, dass Ellie das Gesicht zuerst sieht.

Ich glaube, sie sagt: »Oh mein Gott, Leute, *Leute* …«, aber genau weiß ich das nicht, denn der Moment ist schockierend. Schon bald geht ihr Geplapper im allgemeinen Aufkeuchen, Fluchen und Gefummel nach Telefonen unter.

Ich bekomme Gänsehaut auf den Armen. Das schwebende Gesicht sieht mich unverwandt an.

Es ist so hoch über dem Tisch, dass die meisten von uns den Hals recken müssen. Genauso groß wie ein menschlicher Kopf, mit menschlichen Zügen, aber geschlechtslos und fremdartig.

Ich meine, ich sehe zwei Augen und Ohren, Nase und Mund, doch das alles verändert sich ständig. Langsam, fließend, unaufhörlich. Die Augen sind mal braun, dann blau und wieder grün. Ohren, Nase und Mund verändern unablässig Form und Größe. Sogar die Hautfarbe ist unbeständig, wird mal dunkler, mal heller.

Die einzige Konstante ist der Gesichtsausdruck.

Es grinst.

Nicht so eine Art Grinsen, wie Sie vielleicht vermuten. Dieses Grinsen sagt eher: *Ja, ich bin hier, ihr Wichser, und jetzt fängt der Spaß erst richtig an.* Mimis Augen leuchten. Sie scheint genauso erfreut darüber zu sein, uns zu sehen, wie die Paranormals es sind, sie zu erblicken.

Soll das etwa die Mimi sein, die wir erschaffen haben? Sie sieht nicht mal wie eine Frau aus. Andererseits haben wir nie festgelegt, wie sie aussehen soll. Wir wollten bloß Ergebnisse. Etwas zum Angeben.

Unsere erste Reaktion ist nicht, mit der Entität Kontakt aufzunehmen, sondern sie irgendwie abzulichten.

»Heilige Mutter Gottes«, sagt Astral und tippt mit seinen Wurstfingern auf dem Telefondisplay herum. »Ich muss dieses Bild an Fox News schicken.« Elisandro justiert den Camcorder auf dem Stativ, um Mimi in Nahaufnahme zu zeigen. Ellie läuft im Kreis um den Tisch und verkündet, dass sie Ryan Seacrest anrufen wird, den Moderator von *American Idol.*

Ich kann nicht genau sagen, was ich empfinde. Mir ist flau. *Was ist das für ein Ding?*

Seit ich dieses verdammte Buch schreibe, stecke ich in so einem Gefühlschaos. In einem inneren Krieg. Während die anderen unter lauten Klicktönen ihre Fotos schießen, weiß ich nicht, wohin ich schauen soll. Das schwebende Gesicht lähmt mich, und ich versuche herauszufinden, wo der Hologrammprojektor aufgebaut ist. Obwohl Hologramme nur in dunklen Räumen mit spezieller Beleuchtung funktionieren. Könnte das hier eine neue, fortschrittliche Holotechnik sein? Ist das überhaupt möglich? Was für eine Art von Hologramm waren Tupac und Michael Jackson?

Falls die Paranormals diesen Geist schon hundertfach während der Generalprobe gesehen haben, liefern sie eine exzellente schauspielerische Leistung ab. Sie plappern durcheinander, geifern und fotografieren das Gesicht, und ich bin einmal mehr versucht, *sie* abzulichten, um zu dokumentieren, wie authentisch ihre Begeisterung wirkt.

Als ich endlich ein eigenes Foto von Mimi schießen will, mache ich dieselbe Erfahrung wie die anderen: Wenn ich das Display antippe, um die Kamera auf das Gesicht zu justieren, erscheint das kleine Zoomquadrat nicht. Ganz so, als erfasse die Kamera nichts in ihrem Fokus …

»Scheiße«, keucht Johann, die Augen aufs Handy gerichtet. »Man sieht es nicht.«

Ich mache einen Schnappschuss von Mimi, dann geselle ich mich zu den anderen, um deren Handyfotos zu sichten.

Wir haben eine Menge Aufnahmen von der Kellerdecke – und zwar nur von der Decke. Elisandro zuckt mit den Schultern, während er die Camcorder-Aufzeichnung abspielt, auf der das Gesicht ebenfalls nicht zu sehen ist. Dann lässt er seinen aufgestauten Frust an mir aus. »Jetzt wissen Sie's, Sie große Nummer! Aus diesem Grund gibt es nicht mehr echte Geistervideos.«

Astral steht ihm bei. »Ja, manche dieser Dinger *sind auf Film unsichtbar.*« Er klingt unzufrieden, denn jetzt hat er nichts, was er Fox News schicken kann.

Das Mimi-Gesicht lächelt, als genieße es unsere Reibereien.

»Warum sieht es mich an?«, frage ich in die Runde.

»Es schaut nicht *Sie* an. Sondern mich«, erwidert Astral.

»Quatsch«, sagt Howie. »Es sieht genau zu *mir.*«

Jeder behauptet dasselbe. Mimi blickt uns irgendwie alle gleichzeitig an, was mich innerlich krank macht. Brauchen wir alle eine Kernspintomografie? Was ich ganz sicher brauche, ist ein bisschen Kokain und ein Tequila.

»Mimi«, sagt Lisa-Jane in etwas wärmerem Ton als bislang, die Brauen flehend gehoben. »Bist du das? Nicke, wenn du es bist.«

Astral knurrt und will sie rügen, weil sie das Kommando übernommen hat. Doch sein Mund bleibt offen stehen, als das Mimi-Gesicht nickt.

Alle jubeln. Ein Team, das soeben sein Ziel erreicht hat.

Der Kontakt wurde hergestellt.

Dann weicht die Disziplin dem Chaos, als alle zugleich dem Gesicht Fragen stellen.

Ellie: »Bist du wirklich die Mimi, die wir uns ausgedacht haben, oder bist du ein Geist auf dem Weg ins Jenseits?«

Johann: »Gibt es ein Leben nach dem Tod?«

Pascal: »Bist du eine Zeitreisende?«

Howie: »Kannst du bestätigen, dass mein Nachbar mich umbringen will?«

Ich möchte ebenfalls eine Frage stellen, aber die anderen sind zu laut, mein Hals ist trocken wie Sandpapier, und in meinen Schläfen hämmert ein Presslufthammer.

Alle rufen Mimi Fragen zu. Der reinste Wortsalat.

Elisandro legt die Handflächen aneinander, dann breitet er ruckartig die Arme aus. »Ruhe!«

Mimi löst sich in Luft auf. Sie verblasst nicht etwa, sondern zerschmilzt eher.

Eine verzweifelte Wut packt mich. Weil ein Teil von mir glaubt, dass Mimi ein echter Geist ist. Ich fletsche die Zähne und fauche Elisandro zu: »Gut gemacht, Vollidiot.«

Er springt über den Tisch und verpasst mir einen Schlag auf den Kiefer.

Ich packe ihn, verliere das Gleichgewicht, kippe rücklings um und reiße ihn mit, schäumend vor Wut. Noch ehe wir auf dem Boden landen, treffen meine Knöchel etwas Kleines, Rundes und Hartes in einem Meer weichen Gewebes. Elisandro stößt ein glottales Röcheln aus, als drücke ihm das eigene Körpergewicht im Fall die Luft aus den Lungen. Panisch löst er sich aus meinem Griff und kriecht über den Teppich davon. Ellie geht in die Hocke, um ihn in den Arm zu nehmen. Mutter und Kleinkind.

»Arschloch«, ruft er mir zu.

Johanns Augenfarbe erinnert an geschmolzenen Stahl. Sein Körper spannt sich an, er tritt auf mich zu, dann verharrt er, murmelt sich selbst eine Ermahnung zu und gesellt sich zu den anderen, die sich um Elisandro drängen. Atemlos bleibe ich auf dem Teppich liegen und überprüfe, ob mein Kiefer gebrochen ist.

Elisandro hält sich den Hals und krächzt auf, als Ellie sich von hinten an ihn drückt.

Der vorübergehende körperliche Schmerz ist nichts im Vergleich zu den Qualen, die mein Verstand erleidet.

Das ständige Hin und Her.

Seit meinem fünften Lebensjahr versuche ich, mir für solche Phänomene eine wissenschaftliche Krücke zu bauen. Die Erkenntnis, dass unser Experiment alles andere als spaßig ist, trifft mich mit derselben Wucht wie Elisandros Faust. Meine Entschlossenheit, die Paranormals als Urheber des Videos zu entlarven, ist eine einzige Last.

Das alles zerreißt mich.

Schließlich bricht sich der Feuersturm meiner Angst und Wut Bahn. »Glaubt ihr ernsthaft, ich weiß nicht, dass das hier alles Bullshit ist? Glaubt ihr wirklich, ich kaufe euch den ganzen Mist ab?«

Unser Staunen über Mimis Erscheinen lässt den Krieg der Worte ausarten. Ich verschieße verbale Flächenblitze und bezichtige die Paranormals, das Mimi-Experiment manipuliert zu haben. Sie hätten Professor Spence absichtlich verscheucht, denn er habe die Sache im selben Moment durchschaut, in dem der Tisch sich zum ersten Mal bewegte. Vermutlich, weil er und seine eigene Betrügertruppe in den Siebzigern dieselben Tricks bemüht hätten. Deshalb hätten sie den Professor anfangs noch zu PR-Zwecken an Bord behalten, ihn anschließend jedoch so lange ignoriert, bis er gegangen sei.

Astral läuft rot an. Er will mich mit seinem Gebrüll maßregeln, während Lisa-Jane kreischt, ich sei »ein paranoider, dämlicher Kokskopf«, aber ich wiederhole meine Sichtweise so lange, bis den Idioten das volle Ausmaß meiner Empörung klar wird.

Ich fuchtele wie wild mit dem Zeigefinger herum und bin vom Brüllen bald heiser. »Ich weiß genau, dass ihr miesen Penner dieses YouTube-Video gedreht habt! Und jetzt geht die Sache für euch nach hinten los.«

Bex rührt mit dem Strohhalm in ihrer neuen Piña herum, bis das Schirmchen aus dem Glas fällt. »Oje. So viel dazu, dass du das Spiel unauffällig beobachten wolltest.«

Ich streiche mit der Zunge über meinen abgebrochenen Zahn. »Ja. Das kann ich endgültig vergessen.«

»Und das ist alles heute Nachmittag passiert? Wie haben sie reagiert, als du ihnen unterstellt hast, das Video gedreht zu haben?«

»Oh, es gab eine Menge Geschrei, große Augen und amerikanisches Gehabe, bis wir zu erschöpft waren, um weiterzustreiten. Daher gingen wir in einen Konferenzraum – in einen ohne Tisch –, haben einen Stuhlkreis gebildet und die Sache wie Erwachsene geklärt.«

Sie wird ungeduldig. »Mit welchem Ergebnis?«

Trotz meines sengenden Bedürfnisses nach Koks kann ich ein Grinsen nicht unterdrücken. »Was ich dann gesagt habe, hat sie nur noch mehr angepisst.«

»Ich hoffe, das meinen Sie nicht ernst«, sagt Johann. Die übrigen Paranormals sind gleichermaßen bestürzt, sogar Pascal.

»Doch«, entgegne ich. »Entweder wir setzen das Experiment an einem anderen Ort fort, oder ich bin raus. Ich nehme diesen Mist nicht mal in mein Buch auf. Und ihr müsst eure Ärsche auf dem Hollywood Boulevard verkaufen, um die restlichen Kosten zu decken.«

Howie honoriert meine Worte mit finsterem Blick. »*Hollywood Boulevard*. Sie meinen Sepulveda Boulevard.«

Er wirkt erleichtert, als Lisa-Jane das Wort ergreift. »Wie haben wir Ihrer Meinung nach die Illusion des verdammten Schwebekopfs hinbekommen, Jack? Das wüsste ich nur zu gern.«

Ich zucke mit den Schultern. »Wer weiß schon, was ihr mit eurer schicken Ausrüstung so hinkriegt?«

»Ich würde das gern noch mal mit Ihnen durchgehen«, sagt

Pascal. Selbst mein Lieblings-Paranormal ist mittlerweile passiv-aggressiv.

»Hören Sie, das ist kontraproduktiv«, mischt sich Astral ein. »Wir haben eben unseren größten Durchbruch erzielt. Eigentlich sollten wir den Erfolg feiern, aber Sie müssen ja auf alles scheißen.« Er spricht langsam und deutlich, als wäre ich dämlich. »Jetzt hören Sie mal gut zu: Wir haben das Video nicht gedreht.«

Meine Hände ballen sich zu Fäusten. »Einige Leute haben sich umgebracht, weil sie glaubten, der Clip wäre der Beweis für ein Leben nach dem Tod. Eure kleine Eigenwerbung hat Leben gekostet. Ihr habt den Menschen falsche …« Die Worte bleiben mir im Halse stecken, und ich muss mich zusammenreißen, um nicht vollkommen auszuflippen.

»Mann, Jack«, sagt Pascal. »Sie sind auf dem Holzweg. Wir müssen das klären und weitermachen.«

»Ganz genau, und ich biete euch ja einen Ausweg an. Ich glaube, ihr habt den Konferenzraum und den Tisch manipuliert – irgendwie. Also ziehen wir morgen ins Studio meines Freundes in den Bergen. In die Big Coyote Ranch. Wir verwenden einen brandneuen Tisch, den ihr nie zuvor gesehen habt, und eure Ausrüstung bleibt ausgeschaltet.«

Sie erheben Einspruch, aber ich bringe sie mit erhobenem Finger zum Schweigen. »Zumindest für eine Weile. Dann sehen wir, was passiert. Falls wir erneut solche Phänomene erleben wie heute, gebe ich klein bei und konvertiere. Alle gewinnen.«

Es gefällt mir, sie in die Ecke zu drängen, und ich untermauere mein Angebot mit dem Totschlagargument: »Na, wenn das nicht wissenschaftlich ist, weiß ich auch nicht.«

Die Paranormals erklären sich grummelnd einverstanden. Elisandro steht auf, schleudert seinen Stuhl gegen die Wand und verlässt den Raum.

»Noch eine letzte Bedingung«, sage ich und schaue dabei vor allem Pascal an. »Eine verflucht wichtige. Ihr macht rückgängig, was ihr mit meinen Social-Media-Accounts angestellt habt.«

Pascal wirkt aufrichtig verwirrt.

Bex lässt die Bombe platzen, während wir über den Sunset Strip zum House of Blues schlendern. Ich wollte heute Abend nicht ausgehen, sondern wäre lieber im Hotel geblieben und hätte die Bettfedern gequält. Der viele Schlafmangel macht meine Augenlider schwer, und es verlangt mich nach meinen beiden Hauptsuchtmitteln: Kokain und Social-Media-Selbstdarstellung. Alkohol wirkt wie ein erbärmlicher Ersatz.

»Hast du rumerzählt, wir wären ein Paar?« Die Frage kommt überraschend wie ein Pantherangriff aus dem Gebüsch.

Ich bleibe so abrupt stehen, als wäre direkt vor mir ein Granitblock aus dem Boden geschossen. »Wer behauptet das?«

Wie sich herausstellt, hat Bex heute Astrals Freundschaftsanfrage angenommen. Diesen gerissenen Schachzug hat er wohl nur gemacht, weil meine Social-Media-Konten den Bach runtergegangen sind. Dann hat er Bex eine Nachricht geschickt und sie ach so beiläufig gefragt, wie lange wir schon ein Paar seien.

»Also hast du Astral gesagt, wir sind zusammen?«, hakt sie nach.

»Was hast du geantwortet?«

»Beantworte erst meine Frage!«

Mit jeder Faser meines Körpers will ich den Kerl aufspüren und verprügeln. »Wie würdest du denn reagieren, wenn ich es ihm gesagt hätte?«

»Jack, wie oft muss ich noch ›Beantworte meine Frage‹ sagen, bis du sie beantwortest? Hast du Astral gesagt, wir sind zusammen?«

»Nur, weil er mich gefragt hat. Er wollte wissen, ob er freie Bahn hat, der schmierige Widerling.«

Sie grinst betreten. Lacht verhalten. »Wir … wir sollten unseren Beziehungsstatus vorerst nicht ändern, okay?«

Meine Selbstachtung macht einen Bungee-Sprung. »Oh Gott. Klar doch.«

»Würde es dir was ausmachen, wenn wir wieder nur Freunde wären?«, fügt sie hinzu und verwandelt das Bungee-Seil in eine Galgenschlaufe. »Du bist einer meiner *besten* Freunde, und ich will das nicht durch eine, du weißt schon … Sache im Urlaub versauen.«

»Das verstehe ich«, antworte ich, fassungslos darüber, dass sie die Zukunft, die ich uns ausgemalt hatte, einfach verschmäht. »Hab ich nie anders gesehen.«

Wir waten durch Pfützen, die im Licht der Straßenlaternen blassgelb wirken. Vor Schreck bin ich verstummt und will meine Social-Media-Nachrichten checken, bis mir wieder einfällt, dass die meisten Accounts nicht mehr existieren. Dass ich nicht mit der Außenwelt kommunizieren kann, macht mich wütend. Unablässig schlüpfen in meinem Kopf Ideen für großartige Posts, die durch meinen Verstand schwirren und keinen Ausgang finden. In meinem Bauch bildet sich ein fester Ball aus unerfüllter Selbstdarstellung. Meine Follower halten mich vermutlich schon für tot. Ich erwäge, überall neue Accounts anzulegen, aber so etwas kostet Zeit. Jetzt, da Bex uns mit kaltem Wasser überschüttet hat, steht mir nicht der Sinn danach, ein YouTube-Video zu drehen – bei diesen Filmen ist es so viel schwerer, sein Leid zu verbergen.

Der Rest des Abends hat das Flair eines sterbenden Hundes, aber wir kommen klar. Es ist hilfreich, dass im heißen, lauten House of Blues Livebands spielen, dann hat man Ablenkung. Immer, wenn sich zwischen uns potenziell bedrückendes Schweigen auszubreiten droht, verscheuchen wir es mit Worten, irgendwelchen Worten. Abgedroschene Bemerkungen über Fremde. Wir reden bewusst nicht darüber, was der Sex uns angetan hat. Manche Gesprächsbarrieren könnten ebenso gut Felsbrocken sein.

Nach mehreren Drinks normalisiert sich unsere Beziehung ein wenig, auch wenn es sich gezwungen anfühlt. »Wenn du Sex mit einem Tier haben müsstest, welches wäre das?«, fragt Bex.

Mir fällt nichts Lustiges dazu ein.

Sie gibt selbst eine Antwort. »Ich würde eine Giraffe wählen. Der müsste ich wenigstens nicht in die Augen sehen.«

Der Kellner nimmt erfreut unsere Nationalität zur Kenntnis. »Ihr seid aus England?«, ruft er aus. »Hey, kennt ihr Neil Yates?« Wir schauen ihn an und können unser Lachen kaum zurückhalten. Bex hält sich die Hand vor den Mund. Der Typ zieht ratlos von dannen und hält England wohl für ein kleines Dorf.

Heute schlafe ich auf dem Sofa und Bex im Bett. Zum zweiten Mal in Folge träume ich nicht von Maria, was wundervoll ist. Falls sie noch immer ein Problem mit mir hat, worauf wartet sie dann? Ich habe das Gefühl, der Fluch ist aufgehoben worden. Vielleicht bestand er auch die ganze Zeit nur aus Kokain.

Obwohl Maria nicht in meinen Träumen auftaucht, spuken mir bis zum Morgen jede Menge wütender Bilder im Kopf herum. Astral hat sich nicht damit zufriedengegeben, meine Onlinepräsenz zu sabotieren, sondern auch die Sache zwischen Bex und mir kaputt gemacht, ehe sie eine Chance hatte.

Womit ich das Ganze jetzt persönlich nehme.

Bis heute Abend wollte ich Astral und die Hollywood Paranormals nur auffliegen lassen.

Jetzt will ich sie zerstören.

Kapitel dreizehn

Pascal richtet mein Telefon auf mich, sodass ich mich selbst auf dem Display sehe. Ich habe ihn angewiesen, das zu tun, damit ich die Kontrolle behalte.

»Bisschen nach links«, sage ich und schlage nach einem der verdammten Insekten, die unaufhörlich um uns herumbrummen. »Noch ein bisschen.«

Pascal schiebt sich die Brille auf den Nasenrücken. »Ehrlich, Jack. Wir haben nichts von dem getan, was Sie uns vorwerfen.«

»Ich sagte, ein bisschen nach *links*. So. Fertig? Drei …«

Hinter mir im Bild sind die zurechtgesägten Baumstämme zu sehen, aus denen das Dach der Big Coyote Ranch besteht. Auch ein Großteil der Veranda ist zu erkennen, die zum Banjospielen geradezu einlädt. Das Haus mag rustikal aussehen, beherbergt aber Studiotechnik im Wert von einer Million Dollar.

»Zwei …«

Hinter Pascal erstreckt sich ein nebliges Panorama. Einige Felsen markieren die Stelle, an der der breite Kamm in verboten tiefe Felsspalten zwischen diversen Hügeln übergeht. Unbehaglich steile Straßen schlängeln sich bis zur fernen Metropole. Von hier aus erinnert die Stadt der Engel an verstörend willkürlich verbundene Gitternetze.

»Eins …«

Hoch über dem Mulholland Drive gelegen, nimmt die Ranch mehrere Morgen Land ein. Es gibt kaum Nachbarn. Nach dem globalen Zusammenbruch der Musikindustrie haben Plattenfirmen ihre Bands in immer weniger glamouröse

Studios geschickt, und seither hängt mein Kumpel Rod, der Besitzer der Ranch, in den Seilen. Diese Woche hat niemand das Studio gebucht, daher hat er mir zwei Paar Schlüssel in die Hand gedrückt und es uns überlassen. Rod ist ein gutgläubiger Kerl. Andererseits hat damals in den späten Neunzigern mein einflussreicher *NME*-Artikel das Big Coyote erst bekannt gemacht.

»… Action.«

Das Piepen ertönt, ich setze mein Web-Gesicht auf und beginne das Spiel. Weil ich davon überzeugt bin, dass Bex ihre Meinung noch ändert, bin ich heute nur auf Koffein und sonst nichts. Möglicherweise hat die Sache mit unserem Beziehungsstatus sie nur kurz aus der Bahn geworfen. Besser, ich lasse die Finger vom Koks, auch wenn ich mich erschöpft fühle. Heute Morgen war die Versuchung so groß, dass ich sogar den kalkigen Geschmack im Gaumen hatte, als hätte mein Körper einen eigenen Notvorrat erzeugt. Aber wenn ich schon kein Koks haben kann, will ich wenigstens in den Blicken von Millionen YouTube-Augen baden, während ich Astral einen Schlag in die Nieren verpasse.

»Ich bin auf der Big Coyote Ranch in den Bergen«, sage ich in die Kamera, »mit einer Gruppe aus Geisterjägern, deren Name mir nicht einfällt. Ich habe das Mimi-Experiment von Culver City in die Hollywood Hills verlegt, um jegliche Betrugsversuche ihrerseits ausschließen zu können. Traue nie einem wahren Gläubigen, selbst wenn er sich als Wissenschaftler ausgibt. Tja, dann wollen wir mal reingehen und uns den neuen Tisch ansehen, den wir verwenden. Oh, und ratet mal, welcher von diesen Leuten Jabba the Hutt in Verkleidung ist …«

Pascal folgt mir mit dem Telefon durch die Vordertür. Sie ist von Verkaufsautomaten flankiert wie von zwei glühenden Wächtern. Star und Kameramann durchqueren den geräumigen Empfangsraum, in dem schwarze Ledersofas und Transportkoffer mit der Ausrüstung der Paranormals stehen. Die Gruppe sitzt um unseren neuen, viereckigen Tisch und wirft mir böse Blicke zu. Natürlich werden sie munter, als sie merken, dass die Kamera läuft. Sie versuchen sogar, sich als echte Charaktere zu inszenieren.

Ich ergreife die Chance, sie zu demütigen. Diese Leute wollten mich an der Berichterstattung über das Mimi-Experiment hindern, als wäre ich eine Art peinlicher Onkel mit verschrobenen Ansichten. Ich umrunde den Tisch, rede in die Kamera, stelle ihnen Fragen und verarsche sie. Ich frage Astral, ob er eine Affinität zu Jabba the Hutt hat. Von Johann will ich wissen, wie wichtig den Toten körperliche Fitness ist. Ich erkundige mich beim verhaltenen Howie, ob sein Nachbar ihn schon umgebracht hat. Im Scheinwerferlicht des Internets behalten sie ihr Grinsen bei, auch wenn sie rot anlaufen und verlegen auf dem Stuhl hin und her rutschen.

Astrals Grinsen verblasst im selben Moment, in dem wir die Aufnahme beenden. »Sind Sie fertig?«

»Nein, *ihr* seid fertig«, entgegne ich und muss mich zurückhalten, um nicht über ihn herzufallen. Ich nehme Pascal mein Handy weg. »Ich hoffe, ihr habt eine Verteidigungsstrategie ausgearbeitet. ›Oh, Jack, es ist nicht zu fassen, Mimi ist diesmal nicht erschienen – und das ist deine Schuld, weil du das Experiment hierher verlegt hast.‹«

Astral murmelt etwas Unverständliches, und ich bitte ihn, es zu wiederholen. Ellie mischt sich ein. »Sie können sicher sein, dass nichts passiert, wenn wir nur stundenlang Mist reden. Gesellig und sorgenfrei, erinnern Sie sich?«

»Ja, klar doch«, antworte ich. »Schließlich seid ihr alle das *Gegenteil* von verklemmt.«

Ellie lehnt sich zurück und überspielt ihre Verbitterung.

»Legt die Hände so hin, dass ich sie sehen kann«, sage ich. »Und die Ausrüstung bleibt in den Koffern!«

Lisa-Janes Augen sind nur dann glücklich, wenn sie sie verdreht. »Klar doch, Geister-Cop.«

Die anderen beginnen eine gestelzte Unterhaltung, und Astral richtet seinen giftigen Blick auf mich. Endlich hasst er mich so sehr wie ich ihn. Ich starre ihm in die Augen, bis er wegsieht.

Ich überprüfe, wie YouTube auf meinen Exklusivbericht über die Big Coyote Ranch reagiert. Ich habe das Telefon so eingestellt, dass es automatisch jeden Film hochlädt, denn ich rechne nicht damit, mehr als einen Take zu brauchen.

Blinzelnd stiere ich mein Handy an – als würde Blinzeln das Problem lösen. Der Upload des neuen Clips hat nicht funktioniert, weil ich keinen YouTube-Account mehr habe. Offenbar hat sich jemand eingehackt und ihn gelöscht.

Rings um den Tisch versteifen sich alle, als mein cholerischer Blick sie wie ein Hammer trifft.

Plötzlich hebt der Tisch so schnell vom Boden ab, dass alle die Hände wegziehen. Er steigt immer höher, bis er an die Decke stößt.

Putz rieselt herab, wir springen auf und wanken mit den Stühlen zurück. Der Tisch bleibt reglos in der Luft, die Platte an die Decke gedrückt. Sir Isaac Newtons Nemesis.

Zum ersten Mal sind alle sprachlos.

Schock und Erstaunen.

Als der Tisch sich von der Decke löst, fällt er nicht einfach, er *rast* zu Boden. Die Tischbeine prallen so fest auf den Teppich, dass das ganze Möbelstück seitlich wegkippt.

Ein Bein trifft Astrals Wampe. Atemlos versucht er, den Tisch festzuhalten. Der jedoch bockt auf und schlägt ihm die Ecke so fest auf den Mund, dass Zähne splittern und Blut spritzt.

Elisandro und Johann springen zu ihm, um ihm bei der Zähmung des Wildpferds zu helfen.

Ich bemerke etwas unter der Decke.

Mimi ist zurück.

Oder was auch immer dieses Ding ist.

Das schwebende Gesicht zeigt diesmal einen gehässigen Ausdruck, der mir den Atem raubt.

»Heiliger Bimbam«, sagt Howie, der Mimi ebenfalls entdeckt. Die anderen glauben, er meint den unbändigen Tisch.

»Mimi«, sagt das Gesicht. »Mimi.«

Ich weiß nicht, wie ich die Stimme beschreiben soll. Verzerrt, nicht menschlich. Sie ist weder männlich noch weiblich, genauso wie das sich ständig verändernde Gesicht.

Alle gaffen die Erscheinung an, erschüttert von den ersten Worten unseres Babys.

Wir behalten gleichzeitig das Gesicht und den Tisch im Blick, der immer wilder bockt und dem drahtigen Elisandro, dem muskulösen Johann und dem hünenhaften Astral alle Kraft abverlangt. Die drei Männer werden durchgeschüttelt beim Versuch, den Tisch zu bändigen.

Elisandro wirft uns einen Blick zu. »Ihr könnt gern helfen. Jederzeit.«

»Das bringt nichts«, bellt Johann. »Das Ding spielt verrückt.«

Wir Zuschauer rühren uns nicht und bleiben stumm. Eine stumme, anschwellende Hysterie packt uns.

»Mimi«, sagt das Gesicht. »Mimi, Mimi, Mimi.«

Blut rinnt über Astrals Kinn und tropft auf den Teppich. Er stößt fünf Worte aus, die wie ein einziges klingen: »Kannnichtmehralleraus!«

Lisa-Jane, Ellie, Pascal, Howie und ich lösen uns aus der Schockstarre und rennen zur nächsten Tür. Erstaunlich, wie schnell sich Howie bewegen kann. Derweil stimmt das Mimi-Gesicht ein stakkatohaftes Geschrei an. »Mimi! Mimi! Mimi! Mimi!«

Ellie und ich hasten durch eine Tür in einen Korridor. Gerahmte Goldene Schallplatten hängen an den Wänden. Die anderen haben das Zimmer durch eine zweite Tür verlassen. Durch einen faustbreiten Spalt blicke ich in den Empfangsraum. Der Anblick ist surreal: Drei Männer kämpfen mit einem Tisch, während ein körperloses Gesicht über ihnen schwebt.

Astral, Johann und Elisandro zählen bis drei, dann schießen sie in alle Richtungen davon.

»Mimi!« Selbst auf die Entfernung schmerzt der Schrei in meinen Ohren. »Mimi!«

Als die drei den Tisch loslassen, richtet er sich auf ein Bein auf und dreht sich wie ein verrückt gewordener Kreisel. Immer schneller, bis er wie ein verschwommener Diamant aussieht.

Ich trete zur Seite, als die drei nacheinander durch die Tür stürmen. An der gegenüberliegenden Wand prallen sie zusammen – ein menschlicher Auffahrunfall.

Rasch schließe ich die Tür hinter ihnen, für den Fall, dass der Tisch versucht, die Verfolgung aufzunehmen.

Das Letzte, was ich in dem Raum sehe, ist das Mimi-Gesicht unter der Decke. Es schweigt und grinst mich wild an.

Ich knalle die Tür so fest zu, dass ich glaube, die Ranch stürzt über uns ein.

Elisandro packt mich mit beiden Händen am Hemd und schleudert mich mit dem Rücken an die Wand.

Während er mir ins Gesicht brüllt, vermutlich um eine Gehaltserhöhung zu bekommen, stiere ich ihn katatonisch an.

Ich höre keines seiner Worte.

Ich spüre nichts von dem, was er mit mir macht.

Ich kann nur daran denken, dass Mimi sich nicht im Mindesten so benimmt wie eine normale Gedankenmanifestation.

Mir kommt in den Sinn, was Ellie mich in Culver City gefragt hat. *Bist du wirklich die Mimi, die wir uns ausgedacht haben, oder bist du ein Geist auf dem Weg ins Jenseits?*

Nur ich sah die Rauchwolke in Hongkong. Nur ich sah Maria Corvi in meiner Hotelsuite und Tony Bonelli im Laden von Amoeba Music. Wenn man als Einziger Dinge sieht, zweifelt man irgendwann daran.

Diesmal sind wir zu acht. Alle sehen denselben Geist, unter völlig neuen Bedingungen, die die Gruppe nicht beeinflusst hat.

Elisandro blickt mich stirnrunzelnd an, als sich ein breites Lächeln in mein Gesicht stiehlt.

Ich habe das Gefühl, dass meine Geheimmission, die so geheim ist, dass nur ich sie kenne, vielleicht erfolgreich endet.

Ja, ich habe möglicherweise einen Beweis für das Übernatürliche gefunden.

Kapitel vierzehn

DIE SPUK-LISTE (Sparks' Prinzipien des Unheimlichen Kokolores)

Die Leute behaupten, übernatürliche Phänomene aus folgenden Gründen erlebt zu haben:
(1) Sie versuchen, andere zu täuschen
(2) Sie wurden von anderen getäuscht
(3) Sie haben sich selbst getäuscht (Schuldprojektion? Tumor?)
(4) Gruppentelekinese erzeugt verrückte, unerklärliche Ergebnisse (unbestätigt)

Da ich Elisandro die erhoffte Reaktion verweigere, lässt er mich so schroff los, wie er mich gepackt hat, das Gesicht angewidert verzerrt.

Ich sacke an die Gangwand, fasziniert von den neuen Möglichkeiten.

Endlich weiß ich, dass die Paranormals das Experiment nicht manipulieren. Es sei denn, sie haben den scheiß Steven Spielberg engagiert.

Der Punkt, an dem das Ganze ein einziges Blendwerk sein kann, ist längst überschritten. Der Tisch hat Astral ein paar Zähne ausgeschlagen. Darüber hinaus haben alle authentisch reagiert.

Aber in der Kirche haben auch alle glaubhaft reagiert, oder nicht? Und auf dem Boot in Hongkong. Du wolltest das nur nicht wahrhaben, weil du Angst hattest. Angst vor dem Unbekannten und davor, dich zu blamieren. Du wolltest der distanzierte, nüch-

terne Journalist sein, der über allem steht. Der große Promi-Atheist.

Ich glaube nach wie vor, dass die Paranormals das Video gedreht haben. Es gehörte zur Brotkrumenfährte, die mich zur Teilnahme am Experiment verleitet hat. Und ich bin mir nach wie vor ziemlich sicher, dass sie meine Online-Präsenz abgeschaltet haben. Haben sie meinen YouTube-Kanal gelöscht, um Beweise zu vernichten? Wussten sie, dass ich ihnen auf der Spur war? Diese Leute sind nicht vertrauenswürdig.

Wir finden uns alle in Rods Büro ein. Die Paranormals sind so aufgedreht, dass sie die *Hustler*-Titelseiten an den Wänden gar nicht wahrnehmen. Ich teile mir einen engen Raum mit sieben käferäugigen Aliens vom Ausraster-Planeten. Auch ich bin aufgeregt, gebe aber mein Bestes, das zu verbergen. Ich will mehr erfahren, so viel mehr. Ich brauche Gewissheit.

Schweigend lauschen wir einige Minuten, um zu ergründen, ob der Tisch sich noch bewegt. Niemand gesteht seine Furcht ein, doch sie ist omnipräsent.

Sieben Varianten von »Glaubst du uns jetzt, Arschloch?« schallen mir entgegen.

»Ja, ist ja gut, kommt drüber weg«, erwidere ich. »Da drinnen ist etwas höchst Ungewöhnliches passiert. Da geht definitiv was vor.«

Elisandro faltet höhnisch die Hände zum Gebet und wispert etwas Richtung Decke.

»Könnte das eine kollektive Halluzination gewesen sein?«, frage ich.

Astral mustert zwei seiner eigenen Zähne auf der Handfläche. Der Ärmel seines Hockey-Shirts ist blutdurchtränkt, seine Zunge glitzert rot, und man kann ihn kaum verstehen. Mein Herz verweigert jegliche Anteilnahme.

»Das müsste schon eine Wahnsinnshalluzination sein«, sagt er, was wie »Wahmsimshawussinassion« klingt. Ich erspare Ihnen fortan die phonetischen Details. »Vergesst nicht: Beim Harold-Experiment ist Harold nie erschienen oder hat gesprochen. Wir haben das Experiment deutlich übertroffen.«

Ja, prima. Übertroffen ist prima.

Ellie umsorgt Astral. Aus ihrer Tasche mit Zaubertränken holt sie etwas hervor und steckt es ihm in den Mund, woraufhin er zusammenzuckt.

»Mann«, sagt Elisandro, »das muss wohl genäht werden.«

Astrals einzige Antwort besteht in einem Aufstöhnen.

»Mimi *könnte* eine Zeitreisende sein«, sagt Pascal, wird aber gleich von Johann übertönt: »Vielleicht haben wir wirklich ein psychokinetisches Wesen erschaffen. Aber eine ganz schön lebhafte Furie!«

Der kleinlaute Howie stützt die Ellbogen auf die Knie. »Ich gebe gern zu, dass mir die Erscheinung Angst gemacht hat«, sagt er, den Blick zu Boden gesenkt. »Die Sache lief ziemlich schnell aus dem Ruder.«

»Wie ich schon meinte, Mimi gefällt der Ortswechsel nicht«, sagt Elisandro, der seine Verärgerung über mich nicht ruhen lassen kann. »Vielleicht beruhigt sie sich noch.«

Niemand im Raum glaubt daran. »Wir sollten das Experiment besser unterbrechen«, schlägt Pascal vor. Ungewöhnlich nachdrücklich hebt er die Hand, um den aufbrandenden Protest zu bezwingen. »Nur, bis wir verstehen, womit wir es hier zu tun haben.«

»Wie sollen wir das herausfinden«, wende ich ein, »wenn wir nicht weitermachen?«

Astral löst sich von dem feuchten Wattebausch in Ellies Hand. »Au. Ja, ausnahmsweise stimme ich Jack zu. Aber lasst uns abstimmen.«

Elisandro übernimmt das Kommando. »Hebt die Hand, wenn ihr meint, wir sollten unser bislang größtes Abenteuer vorerst sausen lassen.«

»So ist's gut, Kumpel«, sage ich, um ihn zu verärgern. »Bleib schön neutral.«

Howie, der noch immer den Teppich mustert, hebt die Hand. Davon ermutigt, tut Pascal es ihm gleich.

Notfalls breche ich jedem Dissidenten den Arm. Ich *muss* einfach sehen, was als Nächstes passiert. Ganz abgesehen von meinem privaten Beweggrund, könnte unser Experiment durchaus weltberühmt werden.

Mit der Zeit finden wir vielleicht heraus, wie wir Mimi filmen können. Ich sehne mich nach Kameras. Nach Fernsehkameras von großen Sendern. CNN, FOX, ABC, NBC, CBS. Ich denke darüber nach, welche Kleidung farblich am besten zu den eingeblendeten Logos passt.

»Ich glaube, das Ergebnis ist klar«, sagt Elisandro. »Ihr seid überstimmt.«

Howie senkt so ruckartig die Hand, als habe er sie sich in der Luft verbrannt. Pascal fummelt nervös an der Kette seiner Brieftasche herum und wirft allen verstohlene Blicke zu.

»Wir machen weiter«, sage ich in erregter Erwartung dessen, was uns noch bevorstehen mag.

»Aber nicht heute.« Elisandro nutzt jede Chance, mir zu widersprechen, selbst wenn wir einer Meinung sind. »Der Große braucht einen Arzt. Ich fahre.«

Als ich ihnen mitteile, dass der einzige Weg nach draußen durch die Vordertür und damit durch den Empfangsraum führt, geben wir uns alle Mühe, Gelassenheit vorzutäuschen.

»Es gibt wirklich keinen Hinterausgang?«, fragt Ellie gelassen. »Kein Problem.«

»Krieg ich hin«, sagt Lisa-Jane, die Gelassenheit in Person, während wir uns dem Raum nähern.

»Die Erscheinung bewegt sich nur, wenn wir eine Sitzung abhalten«, behauptet Pascal, dessen gelassene Fassade am brüchigsten wirkt, denn er bildet das Schlusslicht der Gruppe.

Der Tisch äfft gerade das Battersea-Kraftwerk nach: Er liegt reglos auf der Tischplatte, die Beine in die Luft gereckt. Mimi ist nirgends zu sehen. Sosehr ihr Auftauchen mich auch wachgerüttelt hat: Ich fürchte mich vor unserem Wiedersehen. Etwas an diesem Ding, dieser Kreatur, verstört mich zutiefst.

Ohne uns den Anschein zu geben, als drückten wir uns an der Wand entlang, die am weitesten vom Tisch entfernt ist, tun wir genau das. In einer Reihe, stets den Tisch im Blick, und zwar völlig gelassen, bis wir die Vordertür erreichen.

Die Sonne taucht L. A. mit ihrem letzten Lichtgruß in erschreckend intensives Rosa. Die schiefen, erhellten Gitternetze scheinen inzwischen eine Persönlichkeit zu besitzen. Das Summen der Insekten gibt uns das Gefühl, am Leben zu sein.

Ich kann es kaum erwarten, Bex zu sehen. Obwohl wir jetzt nur noch Freunde sind, brauche ich sie.

Elisandro und Ellie führen Astral zu ihrem Honda Civic, und Howie humpelt mit Lisa-Jane davon. Die Gruppenmitglieder nehmen Howie abwechselnd mit, denn dessen großer, böser Nachbar hat ihm angeblich die Reifen zerstochen, und vorgeblich kann er sich keine neuen leisten.

Wir starten unsere Motoren. Dann nicken wir und winken uns beiläufig zum Abschied zu, als würden wir uns bald wiedersehen.

Grunzend schrecke ich auf dem Sofa aus dem Schlaf.

Am Ende des Raums steht Bex, vollständig bekleidet. Sie knallt den Koffer zu, der sich jedoch nicht schließen lässt. Der Reisekoffer ist vollgestopft mit ihrem Krempel, und sie wird bei jedem Versuch wütender.

Ich bin aus einem traumlosen Schlaf erwacht, nur um in einen Albtraum überzutreten, in dem Bex abreisen will.

Mein zu helles Telefondisplay verrät mir, dass es halb eins ist. Nachts. Ich kann nicht lange geschlafen haben.

Was zur Hölle ist passiert? Da ich hundemüde war, haben wir uns nur gemütlich einen Drink und ein chinesisches Restaurant gegönnt und sind früh zu Bett gegangen. Unser Verhältnis ist zwar noch ein wenig angespannt, aber schon besser als zuvor. Manchmal sandte Bex sogar Signale aus, dass sie mich noch immer mag und obendrein begehrt.

Ich habe ihr erzählt, dass die heutige Mimi-Sitzung dasselbe elende Theater wie immer gewesen sei. Und dass ich mich darauf freue, die Paranormals in meinem Buch bloßzustellen. Ihr war anzumerken, dass sie mich in letzter Zeit ein bisschen seltsam findet. Sie wollte, dass ich ihr alles erzähle, aber der Gedanke, ihr meine Mission zu offenbaren, hat meine Lippen versiegelt.

Erneut knallt Bex den Koffer zu. Mein Mund, in dem ein Merlot-Pelz wächst, braucht einen Moment, um seine Funktion aufzunehmen. »Was machst du da?«

Keine Antwort. Doch die Wut in ihren Augen verrät, dass sie mich gehört hat.

»He!« Ich schwinge die Füße vom Sofa auf den weichen Teppich. Ich bin fast nackt, was mein Selbstbewusstsein nicht gerade hebt. »Hab ich was falsch gemacht?«

Das Handgranatengrinsen, das sie mir zuwirft, erinnert mich an Maria Corvi, die in der Kirche vom Buntglasfenster zu mir herüberschaut.

Ich weiß etwas, was du nicht weißt, Arschloch.

»Bex, wieso hast du gepackt?«

»Ich ziehe in ein anderes Hotel, dann fliege ich nach Brighton zurück, und du siehst mich nie wieder.« Mit roten Wangen gibt sie den Kampf gegen den Koffer auf. Dann deutet sie zu meinem Laptop, der aufgeklappt auf dem Tisch steht. »Bei dem Ding springt nach ’ner Weile der Bildschirmschoner an.«

Ich weiß nicht, worauf sie anspielt, mein Bauch hingegen scheint die Sache schneller zu begreifen als mein Kopf.

»Und du hast den Bildschirmschoner so eingestellt«, sagt sie, »dass er eine hübsche, kleine Slideshow von deinem Bilderordner zeigt.«

Pornos! Sie hat Pornobilder gesehen. Bex hasst Pornos nicht, oder? Nein. Nur den SM-Kram, und darauf stehe ich nicht.

»Ich komme ahnungslos aus dem Bad«, fährt sie fort, »will im Halbschlaf ins Bett zurück, bin ein bisschen genervt und sehe plötzlich das Bild eines Mädchens.«

Meine Körpertemperatur sinkt ins Unermessliche.

»Und oh mein Gott, das ist *zufällig* das Mädchen, wegen dem meine Beziehung mit Lawrence in die Brüche gegangen ist! Genau dasselbe Bild benutzt sie auch für ihr Profil. Und ich frage mich: Hm, wieso hat Jack das auf seinem Computer? Hat sie ihn auch angebaggert, oder was?«

Ich fühle mich wie unter einer Eisschicht gefangen.

Nachdem Bex ein wenig Galle gespuckt hat, widmet sie sich dem Koffer mit mehr Besonnenheit. Sie entdeckt die überstehende Jeans und schiebt sie hinein. »Du solltest deinen Lappi mit einem Passwort sichern«, sagt sie. »Ich hab ein wenig rumgestöbert und eine Notepaddatei gefunden. Sie enthält – *Überraschung!* – einen Entwurf derselben Nachricht, die diese nicht existierende Schlampe Lawrence geschickt hat.«

Ich scharre an der Eisschicht, aber meine Lungen sind steif gefroren. Kann weder reden noch atmen. Kann kaum etwas sehen.

»Also habe ich viel geweint, und mir ging's mies«, fügt sie in beiläufigem Singsang-Ton hinzu. »Dann hab ich mein gutes altes Gehirn bemüht und nachgedacht.«

Das ist das Schlimmste von allem: Der Gedanke an Bex, die wegen meiner irrsinnigen Manipulation weint und schluchzt, während ich friedlich weiterschlafe.

Es klingt wie zerreißender Stoff, als sie den Reißverschluss des Koffers schließt.

»Ich brauchte nicht lang, um meine Entscheidung zu fällen«, fährt sie fort. »Dann bist du aufgewacht, daher kennst du den Rest. Wiedersehen, Jack.«

Sie richtet den Koffer auf. In meinem gegenwärtigen Geisteszustand erinnert mich der metallene Teleskopgriff an den Zünder einer Dynamitladung. Da ich nicht glaube, dass mich meine Beine tragen, bleibe ich sitzen und hebe kapitulierend die Hände. »Es tut mir so leid. Ich hab's total vermasselt, aber bitte geh nicht.«

Bex rollt ihre Habseligkeiten zur Tür. Mir wird bewusst, dass eine Entschuldigung nicht ausreicht, also ändere ich die Taktik. Ich hämmere gegen das Eis, will verzweifelt zur Atemluft durchdringen. »Hör zu! Er wollte sich wirklich mit ihr treffen. Mit dem Mädchen. Auch wenn es sie nicht gibt, war er dazu bereit. Und das war falsch von ihm, denn du bist unglaublich. Denk dran! Er hat sich wie ein mieser Fremdgänger benommen!«

Bex legt den Sicherheitsriegel der Tür um. »Glaubst du, ich kehre zu ihm zurück? Herrje, dein Gehirn ist so schlicht. So scheiß schwarz-weiß.«

Mehr Text sieht ihr Drehbuch nicht vor. Alle Sätze, die sie probte, während ich schlief, sind gesagt, und jetzt schwingt ein verletzter Unterton in ihrer Stimme mit. »Ich fahre nach Hause, in ein neues Leben. Du hast recht, ich verdiene keinen miesen Fremdgänger. Aber auch keinen hinterhältigen, unehrlichen Wichser.«

Die Tür öffnet sich mit einem Knarren und dem tiefen Zischen einer Luftschleuse.

Als Bex geht, sieht sie mich nicht mal mehr an.

Kapitel fünfzehn

Als mich Elisandro anruft, bin ich ein anderer Mann, mit geleerter Minibar und voll mit Kokain. Ich habe frühstückende Gäste aus dem Fenster heraus beschimpft und Bex' Handy mit Anrufen und SMS bombardiert, die sie ignoriert.

Anfangs klangen meine Nachrichten noch entschuldigend. Dann, als das Koks wirkte, meine Wahrnehmung verzerrte und mir den Schlaf raubte, schrieb ich ihr, sie sei verrückt, »alles wegen dieser Sache wegzuwerfen«. Auf dem Gipfel meines Rauschs verfluchte ich sie schließlich dafür, dass sie mich verlässt, wenn ich sie am meisten brauche.

Ich bin weit mehr als dämlich.

Mitten in der Nacht bereue ich, dass ich mich durch die Social-Media-Profile der Paranormals geklickt habe. Um 02.51 Uhr postete Astral ein Foto von sich und Bex in einer Hotelbar. Auf dem Bild scheint es ihr nicht zu behagen, fotografiert zu werden, aber er wirkt triumphierend, einen Arm um ihre Stuhllehne gelegt. Der Untertitel des Posts lautet nur: »Gute Zeiten. A.«

Mir entglitt die Kontrolle, ich rief erst Bex an, dann Astral. Als keiner ranging, schrieb ich ihnen alle möglichen Schimpfnachrichten.

Deshalb ruft Elisandro jetzt wohl auch an: um sich wieder mit mir anzulegen. Denn die heutige Mimi-Sitzung beginnt nicht vor 13 Uhr. Meiner Schätzung nach müssten mir noch drei ungestörte Stunden der Genusssucht und des Selbstmitleids bleiben.

»Falls du in Astrals Auftrag anrufst«, fauche ich ihn an, »kannst du dir das sparen.«

Seine bebende Stimme lässt meine Alarmglocken schrillen. »Etwas Schreckliches ist passiert. Howie ist tot.«

»Was?«

»Ellie und ich wollten ihn abholen – wir wollten frühstücken gehen …«

Ich lasse mich schwerfällig neben dem Fenster nieder und versuche, die Neuigkeit zu verarbeiten.

Sieben Hollywood Paranormals sind einfach zu viel, sagt eine dunkle Stimme in meinem Kopf und schürt mein Unbehagen.

»Hat sein Nachbar ihn umgebracht?«, frage ich. »Mit der Insulinpumpe, die er über Bluetooth bedienen kann?«

Ich höre nur Verkehrslärm und Ellies Schluchzen. Dann presst Elisandro hervor: »Howie wurde enthauptet.«

Jemand scheint die Fäden durchtrennt zu haben, an denen mein Mund hängt.

»Wir haben noch nicht die Polizei gerufen«, fährt Elisandro fort. »Ich glaub, wir stehen unter Schock. Howie hat uns vor einer Weile einen Zweitschlüssel gegeben, daher sind wir in die Wohnung gegangen, weil er die Tür nicht aufmachte. Und wir fanden … Oh Gott. Es ist, als hätte man ihm den Kopf … *abgerissen*.«

Ich komme auf die Beine und schalte desorientiert die Kaffeemaschine ein, als brauchte ich noch mehr Aufputschmittel. »Wissen alle Bescheid? Aus der Gruppe?«

»Ich hab Pascal nicht erreicht.«

Irgendwie verknüpfe ich etwas Unheilvolles mit dem Namen Pascal, weiß jedoch nicht, warum. »Wo seid ihr?«

»Melrose, nicht weit entfernt. Sollen wir Sie abholen?«

»Ja, ich warte draußen. Und versucht bitte weiterhin, Pascal zu erreichen.«

Der besorgte Unterton in meiner Stimme steckt ihn an. »Okay. Wir sehen uns in zehn Minuten.«

Ich springe unter die Dusche. Das heiße Wasser wirkt wie

ein Schlag. Alles, woran ich denke, ist Howies Kopf, der von seinem Körper abgetrennt wurde.

Nicht nur abgetrennt.

Abgerissen.

Als jemand »Mr Sparks« sagt, laufe ich mit einem Päckchen Koks in der Brieftasche und einem schwarzen Kaffee im Pappbecher durchs Foyer. Nur ein Idiot glaubt, mit dieser Ausstattung für alles bereit zu sein.

Marc Howitz steht vor seiner Bürotür, die Hände in die Hüften gestemmt. »Auf ein *Wort*, bitte.«

Mit diesem Wort meint er vermutlich »Séance«.

»Vielleicht später«, antworte ich, ohne stehen zu bleiben.

»He!«, brüllt er, doch ich zwänge mich durch die Drehtür.

Ich gleite auf den Rücksitz des Honda und zucke zusammen, als mir schon wieder heißer Kaffee auf Daumen und Zeigefinger schwappt.

Elisandro sagt ins Telefon: »Hast du Pascal erreicht, Mann?«

Ellie, die Wangen mit Mascara verschmiert, zeigt aufs Telefon und formt mit den Lippen Astrals Namen.

»Frag ihn, wo Bex ist«, bedränge ich Elisandro, der mich mit erhobener Hand anweist, die Klappe zu halten. »Okay«, sagt er zu Astral. »Ich lass dich wissen, falls wir ihn zuerst finden.« Er beendet das Telefonat und sieht durch die Windschutzscheibe nach vorn.

»Schön, dann ruf ich Astral eben selbst an«, drohe ich und halte mir mein Handy ans Ohr.

»Lass das«, sagt Ellie. »Er ist genauso aufgebracht wie wir.«

Ich muss mich vergewissern, dass es Bex gut geht, daher drücke ich Astrals Kurzwahl-Button. Als er nicht rangeht, schlage ich gegen Elisandros Sitz, woraufhin der aufs Armaturenbrett haut. »Verdammt, Jack! Wenn Sie sich nicht beruhigen, werf ich Sie raus. Astral meinte, er hat das Mädchen in ihrem neuen Hotel gelassen, okay?«

»Wann hat er sich von ihr verabschiedet, heute Morgen oder gestern Nacht?« Meine Frage schwebt kurz im Raum wie eine geladene Waffe.

»Können wir uns bitte konzentrieren?«, sagt Ellie. »Pascal geht nicht ans Handy, beantwortet keine Mails, gar nichts.«

Pascal wohnt eine halbe Stunde entfernt in North Hollywood. Ich sage den beiden, wir sollten sofort zu ihm fahren, und erneut steckt meine Sorge sie an. »Oh mein Gott«, jammert Ellie. »Sie glauben doch nicht …?«

Das Zittern meiner erhobenen Hand unterminiert meinen Versuch, sie zu beruhigen. »Wir bewahren besser die Ruhe und sehen nach.«

Ohne ein weiteres Wort zu verlieren, fädelt Elisandro sich in den Verkehr ein und drückt bei nächster Gelegenheit das Gaspedal durch. Kaffee schwappt auf meine Brust, aber das bemerke ich kaum.

Das Drücken von Pascals Türklingel scheint die Zeit zu verlangsamen. Wir warten und warten.

Die gesamte Fahrt über haben wir uns aufgemuntert und bescheinigt, wie dumm wir uns benehmen. Dass Howies Tod uns verständlicherweise aufwühlt. Eindeutig ziehen wir nur irreale Schlussfolgerungen *(Schlussfolgerungen, Schlussfolgerungen).* Doch im Grunde, trotz aller gegenseitiger Beruhigungsversuche, wissen wir zwei Dinge.

Kein menschliches Wesen kann Howies Kopf abgerissen haben.

Und: Die einzigen beiden Gruppenmitglieder, die für den Abbruch des Mimi-Experiments gestimmt haben, waren Howie und der Bewohner von 1033 Tanowen Street, North Hollywood.

Wir lächeln angespannt, während wir darauf warten, dass Pascal uns öffnet. Ich atme einen gewaltigen Sauerstoffvorrat ein, den ich energisch ausstoßen werde, sobald das runde Gesicht des Kerls in einem der Fenster erscheint. Ich kenne Pascal zwar noch nicht lange, aber ich mag ihn um einiges lieber als den verstorbenen Nichtsnutz.

Drei, vier, fünf Mal betätigen wir die Klingel. Nach wie vor keine Reaktion. Ellie hält den Knopf gedrückt, bis die Batterie den Geist aufgibt. Ich schirme die Augen vor der Sonne ab und spähe zu den oberen Fenstern des kleinen, frei stehenden Hauses. Dann werfe ich eine Handvoll Steinchen gegen die Scheiben. Ein alter, gasbetriebener Kombi verlangsamt sein Tempo und fährt vorbei; die grimmige alte Frau am Steuer macht keinen Hehl aus ihrer Neugier.

Der Kombi trudelt seiner Wege, und Ellie teilt mir mit, Pascal wohne allein. Er habe das Haus größtenteils mit geerbtem Geld bezahlt.

Wir schleichen um das Gebäude herum. Elisandro klettert über eine große Tür im Maschendrahtzaun und öffnet sie für Ellie und mich. Inzwischen könnte es uns nicht gleichgültiger sein, was die vorhangziehenden Nachbarn von uns halten.

Auf dieser Seite des Hauses sind alle Jalousien herabgelassen. Der Weg führt in einen schlichten Garten mit Stühlen und einem Plastiktisch.

Durch die verschlossene Terrassentür blicken wir in ein geräumiges Wohnzimmer. Wir pressen die Gesichter an die Scheibe, legen die Hände an die Schläfen, um die Sonne auszusperren.

Ich sehe einen La-Z-Boy-Sessel, einen großen Flachbildfernseher, einen Stapel Videospielkonsolen. Eine ganze Wand mit Regalen, in denen DVDs, Blu-rays und altmodische VHS-Kassetten in überdimensionierten Kartons lagern.

Dann bemerke ich noch etwas am Ende der Wand, so weit

entfernt, dass ich blinzeln muss. Ich kann es nicht erkennen. Elisandro stößt ein hohes Jaulen aus wie ein Hund. Ich drücke mir die Nase an der Fensterscheibe platt und versuche zu ergründen, was da ist.

Sieht aus wie eine Menge rosarotes, organisches Gewebe an der Wand. Rinderhack oder so was, ein paar Zentimeter dick.

Dann erblicke ich die Brieftaschenkette, die aus der Sauerei hängt. Das zerfetzte Material, das mal Kleidung gewesen ist. Das Blut, das noch die Wand hinabrinnt und einen Fleck auf dem Teppich vergrößert.

Ein Detail fügt das Gesamtbild zusammen: Das Gestell von Pascals Brille funkelt in einem vereinzelten Sonnenstrahl. Das dünne Metall ist deformiert, genau wie der Rest des Körpers.

»Oh Gott, nein.« Mir dreht sich der Magen um. Der arme Kerl.

Elisandros Hundejaulen wird zu einem verzweifelten Jammern.

Ellie begreift unsere Reaktion nicht. Wir versuchen, sie vom Terrassenfenster wegzuziehen, doch sie sieht hindurch, bis schließlich ihre Knie nachgeben.

Es ist für mich nicht einmal das Schlimmste, einen anständigen Mann an der Wand verteilt zu sehen. Nein, am schlimmsten ist die unterbewusste Erkenntnis, dass sich dadurch mein Buch besser verkaufen wird als alle vorigen zusammen. *Maria tötete Menschen, nachdem ich sie traf, was schon gutes Material ist, aber jetzt erlebe ich mit, wie die Morde verübt werden. Ich bin mittendrin.*

Unterdessen heulen und würgen zwei Leute zu meinen Füßen.

Ich bin nicht zum ersten Mal von mir selbst angewidert.

Aus meiner Hosentasche erklingt ein Ping. Bex hat endlich auf meine letzte Nachricht reagiert. Auf der Fahrt hierher habe ich sie gefragt, ob es ihr gut geht (sprich: ob sie noch lebt).

Sie schreibt zurück: »Kontaktiere mich nie wieder.«

Ich bin so froh, dass sie weit weg von hier ist, doch der Gedanke, sie nie wiederzusehen, weckt in mir den Wunsch, mich neben Ellie und Elisandro auf dem Boden zu winden.

Kapitel sechzehn

Der Mimi-Tisch ist, wo wir ihn im Empfangsraum zurückgelassen haben, nur dass er jetzt richtig herum steht. Ich beäuge ihn mit der gebotenen Vorsicht, dann gehen wir weiter und rufen nach den anderen. Als niemand antwortet, ärgern wir uns.

Die kurvenreiche Fahrt hinauf zur Big Coyote Ranch hat doppelt so lang gedauert wie sonst. Unentwegt ermahnte Ellie Elisandro, langsamer zu fahren, sich die Tränen wegzuwischen und sich auf die Straße zu konzentrieren. Es war, als säße ich im Wagen eines alten Ehepaars.

Hinter Pascals Haus habe ich mir ein paar hübsche Schneewolken reingezogen. Die beiden haben das vermutlich mitbekommen, waren aber zu sehr damit beschäftigt, sich die Haare zu raufen und zu schluchzen, um mir eine Moralpredigt zu halten. Ich hatte wirklich das Bedürfnis, meine Sinne zu schärfen – geistig jede Sekunde aufzuzeichnen. Und nach zwei weiteren Prisen auf dem Rücksitz des Honda, kurz bevor wir am Studio ankamen, filmt mein Hirn alles in 4K.

Es stellte sich heraus, dass auch Ellie und Elisandro einen Selbsterhaltungstrieb haben. Wie schon zuvor, als sie Howie gefunden hatten, erwogen sie zunächst, die Polizei zu verständigen. »Wird man uns verdächtigen?«, fragten sie sich händeringend. Die Kombi-Lady habe gesehen, dass wir geklingelt hätten, aber nicht, dass wir hinters Haus gegangen seien. Dann folgte eine heuchlerische Debatte über Vor- und Nachteile. Schließlich riefen sie Astral an und teilten ihm die schlechte Nachricht mit, woraufhin wir eine Entscheidung fällten: Wir wollten uns auf der Ranch treffen und dann überlegen, wie wir vorgehen. Wir könnten die Morde auch von dort aus melden, kein Problem.

Ja. Kein Problem. Wie idyllisch.

Endlich finden wir die anderen. Sie sind in einem Live-Studioraum, im hinteren Teil des Gebäudes. Um ihn zu erreichen, muss man durch den Regieraum. Das breite Mischpult mit Knopfreihen und Anzeigen dominiert das Zimmer, in dem man normalerweise Produzenten, Toningenieure und dominante Bandmitglieder antrifft. Eine Wand besteht nur aus gehärtetem Glas, einschließlich der Tür in der Mitte. Wir sehen Astral, Lisa-Jane und Johann durch die Scheibe zwischen Mikrofon- und Verstärkerständern, ihre Augen sind aufgequollen und blutunterlaufen.

Lisa-Jane sitzt am Boden, den Rücken an die gepolsterte Wand gelehnt. Johann steht mit verschränkten Armen da. Da er im Einsatz vermutlich gesehen hat, wie seine Kameraden in die Luft gesprengt wurden, müsste er eigentlich am schwersten aus der Fassung zu bringen sein, doch selbst er wirkt erschüttert.

Astral sitzt verkehrt herum auf einem Drehstuhl ohne Lehnen, den Mund mit Verbandsmull vollgestopft. Als er mich durch die Glaswand sieht, wendet er den Blick ab. Ich beiße die Zähne zusammen und nehme mir fest vor, ihn nicht gleich wegen Bex anzuranzen, sobald ich den Raum betrete.

Solange die Glastür geschlossen ist, sieht es so aus, als würden die drei nur stumm die Lippen bewegen. Doch als ich die schalldichte Barriere öffne, springen mich ihre Stimmen an. Keiner von ihnen sagt es ausdrücklich, aber man spürt, dass Pascals Tod sie mehr aufwühlt als der von Howie.

»Wie ist Pascal gestorben?«, erkundigt Johann sich so aufgeregt, wie ich ihn noch nie erlebt habe.

Ellie und Elisandro schauen auf ihre Schuhe, also ergreife ich die Initiative. »Das wollt ihr nicht wissen.«

»Schreiben Sie mir nicht vor, was ich wissen will«, warnt Johann mich. »Womit haben wir es zu tun?«

»Howie und Pascal wurden von keinem Menschen umgebracht«, sagt Ellie. »Das ist unmöglich.«

»Die beiden waren die Einzigen, die für den Abbruch des …« Elisandro verstummt, als die anderen nicken. Sie haben diese Schlussfolgerung bereits gezogen.

Niemand versucht, die Tode als Zufall hinzustellen. Nicht einmal ich. *Die Truman Show* ist vorbei, und ich bin nicht mehr in Kansas.

Astral nimmt die Mullbinde aus dem Mund, um sprechen zu können. »Jetzt, wo wir Mimi erschaffen haben, will sie nicht mehr gehen. Wir haben sie aus reiner Luft erzeugt, aber sie ist irgendwie lebendig.«

»Womöglich ist sie ein echter Geist, wie Ellie meinte«, sage ich in dem Versuch, nicht zu hoffnungsvoll zu klingen.

Astral gibt mir zu verstehen, leiser zu reden. Er sieht sich um, blickt durch die Glaswand in den Regieraum. »Wir dachten, hier drinnen kann sie uns vielleicht nicht hören, aber man weiß ja nie.«

Es gefällt ihm nicht, dass ich ihm ins Gesicht lache. Die Vorstellung, dass ein Geist, eine telekinetische Entität – oder was Mimi auch immer ist –, uns in einem schalldichten Raum nicht hören kann, ist lustig.

Astrals Drehstuhl quietscht protestierend, als der massige Kerl sich mir zuwendet. »Fick dich. Zwei unserer Freunde sind tot.«

»Schon gut, Kumpel!«, beschwichtige ich ihn, was für mich völlig untypisch ist. »Ich hab sie nicht umgebracht.«

Donnernd stemmt er sich vom Stuhl hoch.

Ich würde mich auf einen Kampf mit ihm einlassen und hebe die Fäuste, aber Johann springt dazwischen. »Nein! Lasst diesen Scheiß. Wir müssen zusammenhalten.« Als er auf mich zeigt, verströmt jede seiner Poren Testosteron. »*Sie* achten lieber auf Ihr Mundwerk.«

Ich fand es besser, als Johann noch seine Posttraumatische Belastungsstörung hatte. Niemand befiehlt Jack Sparks, den Mund zu halten, schon gar nicht, wenn ihm chemische Substanzen vorgaukeln, unzerstörbar zu sein. »Also schön, Fleischklops«, sage ich. »Wie geht's weiter? Wir setzen das Experiment fort, oder?«

Lisa-Jane zieht an ihrem Augenbrauenpiercing, bis die Haut so weit gedehnt ist, dass sie zu reißen droht. »Ich halte es für keine gute Idee, einfach weiterzumachen.«

»Sprecht leiser«, ermahnt Astral uns.

»Aber wenn Mimi weitermachen will«, sage ich, »wäre das gewiss am sichersten für alle.«

»Wir können uns nicht von unserer eigenen Schöpfung erpressen lassen«, wendet Lisa-Jane ein. »Lasst uns die Sache beenden.«

»Wie können wir rückgängig machen, dass wir sie erschaffen haben?«, frage ich. »Man könnte ebenso gut versuchen, nicht an einen blauen Elefanten zu denken. Und das Erste, woran man denkt, ist –«

Astral unterbricht mich. »Wir müssen eine Möglichkeit finden.«

»He«, sagt Johann, »das klingt vielleicht blöd, aber –«

»Darauf würde ich wetten«, falle ich ihm ins Wort. Das Koks macht mich misstrauisch, und es gefällt mir, dass Johann mich zwar töten will, es aber nicht kann, wegen Gefängnis und so.

»Aber«, fährt er fort, »Mimi erscheint nur, wenn wir alle zusammen sind, richtig?«

»Offensichtlich nicht«, widerspreche ich. »Das sieht man doch daran, was heute Nacht passiert ist.«

»Johann hat nicht ganz unrecht«, sagt Ellie. »Vielleicht müssen wir nicht im selben Raum sein. Aber wenn wir in derselben

Gegend sind, womöglich sogar in derselben Stadt, bleibt der telekinetische Zirkel intakt.«

»Und wenn wir uns weit genug voneinander entfernen …«, denkt Astral laut.

»Ihr greift nach Strohhalmen«, sage ich. »Zieht euch irgendwelche Regeln aus dem Arsch.«

»Halt dein Maul, du klugscheißender Junkie-Schwachkopf«, faucht Lisa-Jane.

Die Aussicht, dass sich die Gruppe trennen könnte, bewegt Ellie und Elisandro zum Händchenhalten, und ich empfinde erstmals etwas für die beiden. Das gefällt mir nicht. Kalter Zynismus ist viel sicherer.

»Lasst es uns ausprobieren«, schlägt Johann vor. »Wir entfernen uns weitestmöglich voneinander, dann klären wir das online.«

Lisa-Jane reibt sich mit beiden Händen die Schläfen. »Scheiße, scheiße. Mein Job, meine Mum, die Hunde …«

»Wir können sicher bald zurückkommen«, tröstet Ellie sie, hoffnungsvoll wie immer.

»Ich bring dich zu deiner Wohnung«, sagt Elisandro zu Ellie, »dann kannst du deinen eigenen Wagen nehmen.«

Alle stehen auf. Johann spricht von Aspen, Colorado; Lisa-Jane von der Wohnung ihres Bruders, unten in San Diego. Ich? Ich gehe nirgendwohin. Ich lasse meinen Frust mit einem Schlag an das Griffbrett der Gitarre neben mir aus, was ihr ein misstönendes »Twang« entlockt.

Astral lässt gerade seinen typischen Anführersermon ab – Ellie und Elisandro sollen bei *nächster Gelegenheit* getrennter Wege gehen –, als unvermittelt das Böse in den Raum schleicht.

»Mimi«, dringt eine leise Stimme durch unser Geplapper. »Mimi«, sagt sie erneut.

Mit kribbelndem Rückgrat schaue ich mich um.

Und da ist Mimis Gesicht. Es taucht aus der Vorderseite eines Verstärkers auf, genau an der Stelle, wo das Marshall-Logo ist.

Diesmal wirkt das Gesicht jünger und bleicher. Das markante, kecke Grinsen brennt sich in meinen Verstand ein. *Hi!*, bedeutet dieses Grinsen. *Ihr habt geglaubt, ihr könntet entkommen, stimmt's?*

Alle verstummen. Ich weiß, die anderen sind ebenso gelähmt vom Anblick der Erscheinung wie ich.

Von dem Ding.

»Mimi, Mimi!«, sagt Mimi. Die Augen der Erscheinung weiten sich, dann tritt sie ganz aus dem Verstärker hervor und schwebt auf uns zu.

Der Felsblock aus *Jäger des Verlorenen Schatzes*.

Das Grinsen weicht einem wütenden Ausdruck.

»Mimi!«, schreit das Ding.

Wir hechten zur Tür, die in den Regieraum führt.

Wie sehr wünschte ich mir, behaupten zu können, edelmütig zu sein, aber Lisa-Jane steht vor mir, daher packe ich sie bei der Hüfte und schleudere sie beiseite, um freie Bahn zu haben.

Astral erreicht die Tür zuerst, drückt die Klinke herunter und stemmt sich dagegen, doch die Tür muss nach innen geöffnet werden. Daher versperrt er mit seiner massigen Gestalt den Ausgang, und wir anderen drängen uns dicht hinter ihm zusammen.

Lisa-Jane schmeißt einen Stuhl an die Glaswand, doch der prallt einfach ab und trifft sie im Gesicht.

Mimis nächster Schrei schmerzt in meinen Ohren. Ich versenke meine Hände in Astrals teigigem Rückenfett, als könnte ich ihn irgendwie durch die geschlossene Tür zwängen. Elisandro brüllt Astral und mich an, schiebt Ellie vor sich und drückt mir ihre Brüste in den Rücken. Lisa-Jane versucht, sich mit blutiger Nase vorzudrängeln, und schreit ebenfalls.

In diesem Moment stirbt die erste Person.

Johanns abgetrennter Oberkörper klatscht gegen einen Marshall-Turm. Etwas hat ihn dagegengeschleudert. Seine Augen sind völlig verdreht, sodass nur noch das Weiße zu sehen ist. Die Gravitation zieht ihn zu Boden. Er fällt auf die Seite wie eine weggeworfene Spielzeugpuppe.

Ergibt Sinn, sagt meine innere Stimme, während ich den toten Mann entgeistert anstiere. *Erledige den Stärksten zuerst.*

Jemand übergibt sich.

Jemand anderes, vermutlich Elisandro, schlägt mir zweimal auf den Hinterkopf, sodass meine Welt von Kometen und Sternen erfüllt ist. Astral brüllt, dass er die Tür nicht aufbekommt und alle zurückweichen sollen.

»Mimi! Mimi!« Jeder Schrei ist wie eine Nadel ins Trommelfell. Elisandro schlägt mir erneut auf den Kopf, woraufhin mein Gehör ausfällt und der ganze Trubel fern und verzerrt klingt.

Astral stößt sich nach hinten ab, setzt sein Gewicht als Waffe ein, bis wir alle wie Dominosteine umkippen. Er reißt die Tür auf und verschwindet im Regieraum. Noch während ich aufspringe, jagt Lisa-Jane ihm hinterher.

Zwei Paar Hände schieben mich an. Ich taumele über die Türschwelle, allein vom Schwung getragen, bis ich stolpere und stürze. Der Regieraumteppich nähert sich rasend schnell, dann schlägt meine Gesichtshälfte ein.

Ellie und Elisandro trampeln über mich hinweg. Ich keuche auf, als ein Fuß auf meine Lendenwirbelsäule tritt, dann sehe ich ihren fliehenden Fersen nach.

Mein Gehör setzt schlagartig wieder ein, aber ich höre Mimi nicht.

Ich ziehe mich an der Seite des Mischpulttisches hoch.

Die Glastür muss einen hydraulischen Türschließer haben, denn sie hat sich von selbst geschlossen.

Hinter der Glaswand im Aufnahmeraum stehen noch Johanns Beine aufrecht da, wackeln sanft in blutigen Khaki-Shorts hin und her. Mein erster Gedanke: Was für ein erstaunlich realistischer Special Effect. Dann geben die Knie nach, und die Beine fallen um.

Mimi sieht mich an, schwebt reglos mitten im schalldichten Raum. Die sich ständig verändernden Elemente ihres Gesichts haben eine neue Form angenommen: Sie sind weiblicher als bisher, seltsam vertraut. Die Lippen bewegen sich wie ein schlagendes Herz, öffnen und schließen sich, als sie unhörbar ihren Namen schreit, zweimal hintereinander.

Mein Rücken knackt, als ich zu einer Ausgangstür stürme.

Ich werfe einen letzten Blick über die Schulter zurück, doch Mimi ist verschwunden. Zermürbend wie bei einer Spinne, die unter dein Bett krabbelt und außer Sicht verschwindet.

Ich rase durch einen Korridor, in dem an beiden Seiten Goldene Schallplatten an den Wänden hängen. Zwei Schreie ertönen gleichzeitig. Einer stammt von Mimi, der andere von Ellie, deren Rücken sich irgendwie an der Decke über einer Abzweigung verfangen hat. Sie schlägt mit Armen und Beinen um sich, aber der Putz hält sie fest.

»Mimi, Mimi, Mimi!«, heult es durch die Luft, doch ich kann das Gesicht nirgends entdecken.

Elisandro sprintet entsetzt zu Ellie zurück, als hätte er gerade erst bemerkt, dass sie nicht mehr bei ihm ist. Ich renne auf die beiden zu und will nur, dass er mir aus dem Weg geht.

»Helfen Sie mir, sie runterzuholen«, schreit er. Ehe ich etwas erwidern kann, geschieht etwas wahrhaft Grauenhaftes: Ellie röchelt, und ihr Kopf dreht sich – oder wird gedreht. Die Haut an ihrem Hals strafft sich immer mehr, bis Knochen hervortreten.

Ein wenig Blut spritzt Elisandro ins Gesicht. Er stößt ähnliche Laute aus wie meine Mutter damals im oberen Stock, nachdem Dad fortgegangen war.

Kurz bevor ich an ihm vorbeirennen will, lässt der arkane Magnetismus nach, der Ellie an der Decke hält. Sie stürzt herab und zwingt mich, scharf abzubremsen, damit ich nicht unter ihr lande.

Es ist eine kleine Gnade, dass Mimis Geheul das grausige Knirschen ihres Aufpralls übertönt.

Das entsetzliche Geistergesicht schwebt in einem Gang zu meiner Linken. Es hat sich schon wieder verändert, und ich erschauere, als ich meinen Mund erkenne. Die Züge sind nun größtenteils männlich … und sehe ich da in Astrals Augen? Ich mache auch die Züge anderer Menschen aus. Das Mimi-Gesicht gleicht einer Collage, aber mir bleibt keine Zeit nachzudenken, solange Elisandro meinen Arm gepackt hält und mich zu sich umdrehen will.

»Helfen Sie ihr! Bitte, helfen Sie ihr.«

»Sie ist tot, Mann, tut mir leid.«

»Mimi! Mimi! Mimi!«

»Aber wir können sie nicht hierlassen.«

»Sie war tot, bevor sie auf dem Boden aufschlug. Komm mit!«

»Mimi! Mimi! Mimi! *Mimimimimimi!*«

Ich bin mir des Phantoms schmerzlich bewusst, das sich uns von rechts nähert, und will Elisandro mitziehen, doch der stemmt sich auf die Fersen und lässt mich nicht los.

Ich versetze ihm einen Kopfstoß, woraufhin er zurückwankt und ich benommen die Flucht antrete.

Vor mir im Empfangsraum höre ich Astrals Stimme und sehe seinen und Lisa-Janes Schatten über den Teppich huschen. In dem verzweifelten Verlangen, den Himmel wiederzusehen, beschleunige ich mein Tempo.

Hinter mir brüllt Elisandro Mimi zusammenhanglos an, bis er unvermittelt verstummt. Wahrhaft grässliche Geräusche folgen. So klingt es also, wenn ein Mensch zerlegt wird.

Ich sprinte in den Empfangsraum und höre als Erstes Glas splittern. Die umgestürzten Verkaufsautomaten bilden jetzt eine Art Barrikade vor der Vordertür – zweifellos Mimis Werk –, daher hat Astral einen Stuhl durchs Fenster geworfen. Er und Lisa-Jane eilen auf den neu geschaffenen Ausgang zu.

Und dann waren es nur noch drei. Wenn die zwei sterben, bin ich der letzte Überlebende. Der einzige Geschichtenerzähler. Und dann hören mir alle zu, ganz gleich, wie viel ich rede.

Dass mich diese Worte entsetzen, lässt sie noch lange nicht verschwinden. Ich hatte zuvor schon ähnliche Tagträume: Opfer eines terroristischen Anschlags zu sein, zum Beispiel. Vielleicht nicht so weit in der Gefahrenzone, dass ich verletzt werden könnte, aber weit genug, um eine fesselnde Geschichte erzählen zu können. Weit genug, dass die Leute ihre Augen für viele Jahre auf mich richten und mir zuhören.

Ich bin gestört, ich weiß.

»Vorsicht«, warnt Astral Lisa-Jane und tritt nach einigen Glasscherben, die noch aus dem Fensterrahmen ragen. Als wäre ein bisschen zerbrochenes Glas jetzt unsere größte Sorge.

Immer wieder sagt Lisa-Jane: »Ich werde nicht sterben, ich werde nicht sterben.«

Im Gang, in dem Ellies und Elisandros Leichen liegen, ist es viel zu still geworden.

Astral hilft Lisa-Jane dabei, durchs Fenster zu klettern.

»Beeilt euch!«, rufe ich, während ich herbeieile. Von einer Aufregung übermannt, die nur im Angesicht des Todes aufkommt, schaue ich mich nach einem weiteren Fenster um, das man einschmeißen könnte. Doch dann …

»Mimi! Mimi-Mimi-Mimi!«

Aufgrund der schieren Lautstärke halte ich mir die Ohren zu. Astral müht sich damit ab, Lisas Rücken mit beiden Händen zu stützen. Sie steht auf dem inneren Fenstersims und hält sich am Rahmen fest. Zögerlich, unsicher, wie sie hinausklettern soll, beäugt sie die übrigen Glasscherben. »Ich werde nicht sterben, ich werde nicht sterben …«

Das Gesicht schwebt nun in der Mitte des Raums über dem Tisch. Immer im Zentrum der Aufmerksamkeit.

Mimis nächster Aufschrei ist doppelt so laut wie zuvor. Ein Schallschock, der meine Knie schwächt.

»Mimi!«

Es tut mir leid, aber man kann es nicht schön formulieren: Lisa-Janes Kopf explodiert.

Das Geräusch, das sie dabei macht, ist anders, als man erwartet. Ein abscheuliches Knacken der Knochen. Ein Augenbrauenpiercing prallt von meiner Brust ab, zusammen mit Geweberesten, die einen Würgereiz in mir auslösen.

Sie starb schneller als die anderen. Vielleicht sogar schmerzlos. Diese Art von Details wird mir zum weltweiten Durchbruch verhelfen. (Halt die Fresse, du widerliches Monster.)

Lisa-Janes schlaffer Körper fällt von der Fensterbank in Astrals Arme, der ihn voller Grausen festhält.

Mimis Gesicht weist keine feminine Komponente mehr auf. Was nun über dem Tisch schwebt, ist eine sich ständig wandelnde Mischung aus Astral und mir.

Mimi sieht mich an, doch ich weiß, für Astral sieht es so aus, als schaue sie nur ihn an.

Eine Idee flammt in meinem Kopf auf. Möglicherweise können er und ich zusammenarbeiten, um dieses Ding loszuwerden. Dann fällt mir sein YouTube-Video-Betrug ein. Seine ganzen cleveren Manipulationsversuche. Ich denke an seinen Post von letzter Nacht: »Gute Zeiten. A.«

Nur einer von uns wird das Studio lebend verlassen.

Mein Reptiliengehirn sondiert die Lage, während Astral Lisa-Jane zu Boden fallen lässt.

»Mimi, hol ihn dir!«, ruft er. »Töte ihn, damit ich der Letzte bin!«

Ja, er hat es auch kapiert.

Mimi kommt auf mich zu, mit unheimlich glitzernden Augen. Sie kreischt ihren Namen.

Dann ändert sie die Richtung und schießt in erstaunlichem Tempo auf Astral zu.

»Mimi-Mimi-Mimi-Mimi-Mimi!«

Astral öffnet den Mund zum Schrei, doch das Geistergesicht rast direkt durch seinen Nabel und tritt an seinem Rückgrat wieder aus. Alles dazwischen zerstört es. Es hinterlässt ein klaffendes Loch so groß wie ein Kochtopfdeckel.

Ein gewaltiges Knacken ist zu hören, dann neigt sich Astrals Körper in einem zutiefst unnatürlichen Winkel.

Gurgelnd betastet er das Loch unter seinen Rippen. Sein Blick wirkt ungläubig und wird zunehmend trüber.

So ist Astral nun mal, kräht mein innerer Bastard. *Hat kein Rückgrat. Ich hab ihn schon immer durchschaut, auch ohne Loch.*

Trotzdem habe ich Tränen in den Augen, als sein dicker Kopf auf dem Teppich aufschlägt. Dass alle anderen ums Leben gekommen sind, ist so unfassbar, dass ich jede Freude am Wettkampf ums Überleben verliere.

Langsam schwebt Mimi auf mich zu, lächelnd, siegesgewiss. Das Ding hat jetzt mein Gesicht – und nur noch meins.

»Mimi«, sagt es mit meiner Stimme.

»Okay«, presse ich hervor. »Es ist vorbei. Was immer du bist, verschwinde einfach, in Ordnung? Geh einfach.«

»Mi-mi«, sagt das Ding und nähert sich mir nach wie vor. »Mi-mi.«

Und zum ersten Mal wird mir klar, dass es gar nicht »Mimi« sagt.

Es sagt: »Me. Me.«

Falls Sie nicht das englische Original, sondern eine Übersetzung meines Buchs lesen: Das heißt: »Ich. Ich.«

Ich war derjenige, der den Namen Mimi ausgesucht hat. Auf den ersten Blick willkürlich, aber in gewisser Hinsicht …

»Me, me«, sagt mein schwebendes Spektralgesicht. »Me. Me. Me. *Me.*«

Ich weiche zurück und stoße an einen umgestürzten Verkaufsautomaten.

Mir bleibt keine Zeit, das eingeworfene Fenster zu erreichen. Daher trete ich den Rückzug in den Korridor an, auf der verzweifelten Suche nach einem Ausgang. Ich will bloß von Mimi weg.

Was mache ich hier? Lass es einfach geschehen. Lass es zu. Ich wurde geboren, um Großes zu erreichen, ganz gleich, was Mum und Alistair gedacht haben. (Nein, nein, dieses Ding ist böse.)

Panisch rüttele ich an der Tür in einer Seitenwand, doch sie ist verschlossen.

»Me. Me. Me. Me. Me.«

Ich schlage die Hand vor den Mund, als ich sehe und rieche, was mit Elisandro passiert ist.

Noch nie in meinem Leben bin ich so schnell gerannt, aber es ist nicht ansatzweise schnell genug. Meine eigene Stimme nähert sich mir.

»Me. Me. Me. Me. Me.«

Ich hechte um eine Ecke, meine Füße stampfen über einen anderen Teppichbelag als bisher …

… der mich direkt zu einer Feldarbeiterin im Teenageralter führt.

Maria Corvi steht zehn Schritte voraus mit ausgebreiteten Armen da, wie an ein unsichtbares Kreuz genagelt. Sie versperrt mir den Weg, ein solides Hindernis. Wie immer.

Ihr Gesicht spricht Bände. Es zeigt den vergnügten Ausdruck, den jemand aufsetzt, wenn er viel Zeit darauf verwendet hat, eine besondere Überraschung vorzubereiten.

Ihre gelben Augen blitzen vor Entzücken.

Das steife Grinsen wirkt hämisch.

Meine Gänsehaut kribbelt so stark, dass ich das Gefühl habe, meine Haut will sich von meinen Gliedern lösen.

»Me! Me! Me! Me! *Me!*«, kreischt die Stimme hinter mir, so laut, so nah.

»Genieß deine Reise«, sagt Maria selbstgefällig.

Etwas prallt gegen meinen Rücken, schleudert mich so abrupt in die Luft, dass mein Kopf in den Nacken schnellt.

Im nächsten Moment liege ich auf dem Boden, und meine Stimmbänder und mein Mund plappern ungefragt drauflos.

»Ich, ich, ich, ich, ich«, sagen sie.

»Me, me, me, me, me«, sagen sie.

Ein Gefühl von unmittelbarer Gefahr zwingt mich auf die wackligen Beine. Was passiert hier?

Maria und das Geistergesicht sind nirgends zu sehen. Mein Mund brabbelt eigenständig weiter.

»Ich, ich, ich, ich, ich … me, me, me, me, me …«

Ich versuche, den Mund mit reiner Willenskraft zu schließen, doch es gelingt mir nicht. Daher nehme ich meine Hände zu Hilfe, aber mein Kiefer ist zu störrisch. Ich könnte ebenso gut versuchen, einen Motorkolben aufzuhalten.

Ich zwinge mich, nicht die Beherrschung zu verlieren. Die sterblichen Überreste von Ellie und Elisandro erinnern mich daran, dass ich wenigstens noch lebe. Ich muss nur herausfinden, was hier vorgeht.

Ich reiße mich zusammen, atme durch und denke nach. Nicht gerade leicht, wenn dein Mund ein Eigenleben führt.

Was ist hier los?

»Me, me, me, me, me«, sagt mein Mund, während ich zum Empfangsraum zurückwanke. Habe ich einen Schock?

»Ich, ich, ich, ich, ich«, brabbelt mein Mund. Ich steuere auf das eingeworfene Fenster zu und versuche, nicht zu Astral oder Lisa-Jane zu sehen.

Habe ich eine Kokain-Psychose?

Ganz gleich, was ich mir einrede, wie immer kenne ich die Wahrheit. Mimi ist jetzt in mir. In meinem Kopf.

»Mir! Mir! Mir!«, sagt mein Mund, laut und eindringlich. Vorsichtig klettere ich durchs Fenster aufs sonnenbeschienene Gras.

Wind zerzaust mein Haar, als wolle er mich beruhigen, mir versichern, dass alles in Ordnung sei. Grillen zirpen unaufhörlich ihr durchdringendes Lied, als wäre nichts Ungewöhnliches geschehen. Ich mühe mich nach Kräften, ihre Einstellung zu übernehmen.

Entspann dich einfach. Entspann dich …

Dann fällt mir ein, dass ich nicht mit dem eigenen Auto hier bin. Also klettere ich ins Gebäude zurück und suche in Astrals feuchter Hose nach seinen Schlüsseln. Der arme Kerl starrt zu mir hoch. Die Lichter sind aus, keiner zu Haus.

»Me! Me!«, brülle ich ihn an.

Ohne mein Zutun tritt mein Fuß fest gegen sein Ohr.

Erst als ich die Schlüssel ins Zündschloss stecke, merke ich, wie stark meine Hände zittern.

Ich experimentiere mit meinem neuen Zustand und sende einen trotzigen Nervenimpuls an meinen Mund, damit er sagt: *Mir geht's gut, ich muss mir keine Sorgen machen.* Das Kommando wird ignoriert. Mein Mund behält resolut das »Me«-, »Mir«- und »Ich«-Geplapper bei.

Etwa auf halber Strecke zurück entwickelt sich die automatische Quasselei weiter. Ich sage plötzlich »Ich bin toll«, »Ihr liebt mich«, »Ich bin der Größte«, »Verehrt mich« … Sie verstehen schon.

Zugegeben, ich habe diese Sätze schon mal gesagt. Aber jetzt kommen sie unaufhörlich aus meinem Mund, ohne dass mein Gehirn sie bewusst steuert. Das erinnert mich an den Tag, an dem ich aus Neugier Viagra ausprobiert habe. Ich habe es gehasst. Obwohl mein Schwanz ungefähr so hart war wie der Griff eines Babys um einen Apfel, empfand ich keinerlei sexuelle Erregung.

Und jetzt sitze ich in einem fremden Auto und fahre über heimtückische Bergstraßen in die Stadt der Engel. Ich brabbele vor mich hin, wie brillant ich bin, unaufhörlich. Und ich weine.

»Ich bin grandios!«, ruft meine Stimme, mit Atem aus meinen Lungen, den ich dafür nicht zur Verfügung stelle, und mit dem Mund, den ich nur zu gern zum Verstummen brächte.

Langsam, aber sicher glaube ich meine Eigenlobpreisungen.

Wer auch immer die Theorie entwickelte, dass man sich nur lange genug etwas einreden muss, um es zu glauben, hätte bestimmt nicht erwartet, dass es auch in meiner Lage zutreffen würde, aber ja: Ab einem gewissen Zeitpunkt beginnt mein Gehirn zu zappeln und zu zischen und gibt nach. Es ist so viel leichter, mit allem zurechtzukommen, wenn man nicht an die schrecklichen Morde oben in den Bergen denkt. Allmählich genieße ich es sogar. Vergesst Kokain: Das ist weit stärker, intensiver und überwältigender. Das ist geradezu phänomenal.

All die Gedanken an Ruhm, der aus dem Ableben anderer erwächst, die Gedanken, die sich auf der Ranch noch so scheußlich angefühlt haben – jetzt sind sie umwerfend!

Ich empfinde weder Schuld noch Scham, keinerlei beengende Gefühle.

Während eine dunkle Macht die Kontrolle über meine Seele ergreift, glimmt die Glut meines bisherigen Entsetzens noch, aber so matt, so tief in mir verborgen, dass sie irrelevant ist.

Ich erblicke Maria Corvi am Straßenrand, genau wie in meinem wiederkehrenden Traum. Sie deutet die Straße entlang, lächelnd, völlig surreal im gleißenden Sonnenlicht.

Ich erwidere ihr Lächeln. Es erfüllt mich mit Ekstase, dass ich in ihre Falle getappt bin.

»Every time you go away«, singen Hall & Oates auf 95.5 KLOS FM, »you take a piece of me with you.«

Ich zeige Maria Corvi beide erhobene Daumen, fahre vorbei und brabbele weiter vor mich hin, dass ich der König der Welt sei.

Alistair Sparks: Brandon Hope ist ein zweiunddreißigjähriger Hotelrezeptionist aus Santa Barbara, Kalifornien. Am Nachmittag des 18. November 2014, eine Stunde nach den Morden auf der Big Coyote Ranch, arbeitete Hope im Sunset Castle Hotel in West Hollywood, als ein Gast den Hausfrieden störte.

ALISTAIR SPARKS: Bitte fassen Sie zusammen, was an jenem Nachmittag an der Rezeption geschah.

BRANDON HOPE: Mir wird übel, wenn ich nur darüber rede, vor allem wegen dem, was danach passierte. Aber schön … Kurz gesagt, hat der zutiefst gestörte Jack Sparks einen kleinen Sturm entfacht.

ALISTAIR: Sind Sie hundertprozentig sicher, dass es sich bei dem Mann um Jack Sparks handelte?

BRANDON: Oh, wissen Sie, ich will mit diesem verrückten Kram nichts zu tun haben. Diese ganzen Internet-Spekulationen sind doch die reinste Pest. Ich musste das Castle verlassen, weil so viele irre Leute anriefen, E-Mails schrieben oder sogar in der Lobby auftauchten, um mit mir zu reden. Hören Sie: Sofern er keinen Zwillingsbruder hat, war dieser Kerl Jack Sparks.

ALISTAIR: Und Sie behaupten, Sie sahen den Mann zum ersten Mal, als Sie und die Reinigungskraft Arlette Ortiz ihn im Hotelkeller fanden, in den frühen Morgenstunden des 15. November?

BRANDON: Ich kann Ihnen sagen, in jener Nacht war er alles andere als selbstsicher. Als wir ihn fanden, war er im Heizungskeller und blinzelte in das Licht meiner Taschenlampe. Seine Hose hatte einen Fleck: eine große, nasse Karte von Italien auf dem Hosenbein.

ALISTAIR: Glauben Sie, er hat sich eingenässt?

BRANDON: Ich sagte ihm, er darf sich nicht im Keller aufhalten, und er schien nach einer bissigen Antwort zu suchen. Aber dann hat er nur mit den Schultern gezuckt. Er wirkte ziemlich erschüttert und war froh, aus dem Keller rauszukommen. Aber dann, drei Tage später in der Rezeption, benahm er sich plötzlich wie der scheiß Harvey Weinstein. Ich weiß nicht, ob er auf Drogen war oder so, aber er kam mit starren, geweiteten Augen zur Rezeption und verlangte, dass ich ihm eine Deluxe-Suite gebe. Das war kurz nachdem er unserem Hoteldiener Pierre kein Trinkgeld geben wollte und stattdessen verkündete, er hätte einen Literaturpreis gewonnen. Als könnte Pierre seine Kinder mit diesem Wissen ernähren.

Als ich ihm das Upgrade verweigerte, schlug Sparks mit der Faust auf meinen Tisch und fing an zu brüllen. Dann legte er mit den üblichen Drohungen los. Das ganze Zeug, das ich schon eine Million Mal gehört habe. Ich wisse wohl nicht, wer er sei, und er könne mich feuern lassen, bli, bla, blub. Plötzlich fing er an zu stottern, aber nur bei bestimmten Wörtern. Er hat etwa tausend Mal »ich« gesagt. Dann überschritt er die Grenze, was mich zugegebenermaßen verstörte. Er fragte mich, wie es mir gefallen würde, lebendig gehäutet und in Salz gewälzt zu werden. Der Kerl lächelte dabei und blieb todernst, als ob er mich zu einer Dinnerparty einlädt oder so. Also versicherte ich ihm, alle Deluxe-Suiten seien schon belegt, und bot ihm ein Zimmerservice-Menü aufs Haus an. In meinem Kopf verglich ich die Kosten für das

Essen mit dem Wert, den es für mich hatte, ihn endlich loszuwerden. Gott, das wäre die zweiundachtzig Piepen absolut wert gewesen.

ALISTAIR: Ihre Kollegin Ruth Adler, die ihm das Essen aufs Zimmer brachte, will nicht interviewt werden. Aber sie hat ausgesagt, dass er sie ebenfalls bedroht hat, richtig?

BRANDON (seufzt): Sie hat das Zimmer schnell wieder verlassen.

ALISTAIR: Wieso?

BRANDON: Tja. Sie hat mir erzählt … sie hat mir erzählt, Mr Sparks hätte das Steakmesser zur Hand genommen und … obszöne Dinge von ihr verlangt.

ALISTAIR: Dieser Gast hat also Sie und eine andere Angestellte unmittelbar bedroht. Wieso haben Sie nicht die Polizei gerufen?

BRANDON: Oh, vielen Dank, dass Sie fragen. Das zusätzliche Schuldgefühl kann ich gut brauchen. Ruth hat mir von dem Vorfall nicht sofort erzählt – sie sprach erst mit Mr Howitz. Also was soll ich sagen? Habe ich auf den mörderischen Psychopathen in unserem Hotel falsch reagiert? Ja, wie sich herausstellte, ist das so. Aber ich habe jeden Tag mit solchen Leuten zu tun. Das ist Hollywood.

Kapitel siebzehn

Zum Glück ergreift das Mädchen vom Zimmerservice leichenblass die Flucht, ehe ich sie zum Sex zwingen kann.

Ich wische die Enttäuschung mit einem Schulterzucken beiseite und lasse mich im Schneidersitz auf dem Bett nieder, das Zimmerservice-Tablett vor mir. Ich stopfe mir ein Stück saftiges T-Bone-Steak in den Mund und kaue laut schmatzend. Wie reibungslos und unauffällig meine Rückkehr ins Hotel doch gelaufen ist. Und ich glaube das tatsächlich.

Der Raum liegt völlig im Schatten. Kein Licht, denn ich habe keinen Grund mehr, mich vor der Dunkelheit zu fürchten. Was immer hier lauert, ist mir unterlegen.

Ich spüle gerade das blutige Fleisch mit einem Fünfzig-Dollar-Wein herunter, als ich, oh mein Gott, eine Nachricht von Bex empfange.

»Hey«, schreibt sie, »ist mein Pass irgendwo im Zimmer? Ich glaube, ich habe ihn liegen lassen.«

Das gefällt mir. Die Frau, die Jack Sparks zurückwies – *Jack Sparks!* –, ist noch in Amerika. Zweifellos noch in L. A. Meine klugen, hellen Schlangenaugen suchen rasch den Raum ab. Mit meiner neuen, verdorbenen Denkweise spielt es keine Rolle, ob der Pass hier ist oder nicht. Ich kann so oder so behaupten, er sei hier, stimmt's?

Schließlich wird sie ihn nie wieder brauchen.

Bex hat offensichtlich nicht begriffen, dass sie nur zu meinem Wohl existiert. Aber jetzt ist sie für mich völlig nutzlos …

Tief in meinem Inneren horcht mein wahres Ich auf und versucht verzweifelt, die Zügel zu übernehmen. Mein wahres Ich will Bex anrufen und davon abhalten herzukommen. Mein wahres Ich will ihr den Pass mit einem Kurier zukommen lassen. Oder besser noch, ihn irgendwo für sie hinterlegen, damit ich ihren Aufenthaltsort nicht erfahre. Ich kann mir nicht mehr trauen.

Aber mein wahres Ich schafft es nicht ans Steuer. Es ist auf dem Rücksitz gefesselt und geknebelt.

Ich bin gelähmt und ringe nach Luft.

Eingesperrt in dieser erzwungenen Karikatur meiner selbst.

Das Steakmesser funkelt zustimmend, während ich im Geiste eine Antwort an Bex vorformuliere und ihr sage, sie soll herkommen und den Pass holen.

Ja, komm und hol's dir ...

Mein wahres Ich umgeht Mimis Verteidigungsanlagen und wispert Silbe um Silbe: *Vergiss nicht ... Vergiss nicht, was Sherilyn dir über Aleister Crowley gesagt hat. Über das Skalpell.*

»Ja, ich, ich, ich, ich, ich erinnere mich«, sage ich laut und nehme das Telefon auf. »Irgendein Mist darüber, dass man sich selbst schneiden soll, um das Ego zu kontrollieren. Na und?«

Na, schneide dich.

Ich verziehe das Gesicht. »Wieso sollte ich, ich, ich, ich, ich das tun?«, antworte ich und schreibe parallel Bex eine Nachricht.

Reinige dich selbst. Kontrolliere Mimi. Rette Bex.

Immer noch tippend, erwidere ich: »Du erwartest von mir, mir, mir, mir, mir, dass ich diese launische, undankbare kleine Hure rette, die Lawrence und Astral bevorzugt und nichts von mir, mir, mir, mir, mir wissen will? Niemals.«

Schneid dich jetzt.

»Nö. Das täte echt weh. Es ist viel lustiger, die Klinge an Bex auszuprobieren. Ich, ich, ich, ich, ich werde das schön in die Länge ziehen. Ich, ich, ich, ich, ich glaube, das würde mir, mir, mir, mir, mir gefallen.«

Die Nachricht ist fertig, ich muss nur noch auf »senden« drücken.

Kennen Sie das Gefühl, wenn Ihr Körper ruckhaft aus dem Schlaf schreckt? Genau das passiert mir gerade. Eine rein instinktive Warnung bringt mich dazu, das Telefon fallen zu lassen und zum Steakmesser zu greifen. Mit der anderen Hand ziehe ich mein T-Shirt hoch und lege meinen Bauch frei.

Ehe Mimi mich aufhalten kann, führe ich die gezackte Klinge über meine Brust und reiße mir die Haut auf.

Blut quillt hervor. Ich schüttele mich, zische und schwitze. Tränen treten mir in die Augen.

Der blutende Streifen aufgerissenen Gewebes ist ein Sieg für mein wahres Ich, das mehr Kontrolle bekommt und mich zwingt, es erneut zu tun, ein Stück höher.

Die ganze Welt kreist um den Schmerz.

»Hör auf damit«, sagt Mimi durch meinen Mund. »Ich, ich, ich, ich, ich bin kostbar.«

Aus Angst, dass Mimi erneut die Oberhand gewinnen könnte, schneide ich mich wieder und wieder, bis mein Oberkörper wie eine Säule aus waagerechten Mündern aussieht. Wie eine Leiter mit roten Sprossen vom Nabel bis zum Hals. Mein Schritt und die Laken unter mir sind blutdurchtränkt.

In der Hoffnung, dass ich vorerst mit dem Schneiden aufhören kann, lege ich mich keuchend auf den Rücken, erleichtert, meine echte Persönlichkeit wiederzuhaben. Obwohl mein Instinkt mir sagt, dass Mimi die groteske Verstärkung meiner dunkelsten Triebe ist. Ja, Mimi verkörpert den Jack, der Bex' Beziehung zerstört hat und der an seinen bevorstehenden Karriereschub denkt, während die Paranormals einer nach dem anderen zerfleischt werden. Mimi repräsentiert dieses faule Ego in verstärkter Form. Das Ding in Maria Corvi hat unser Experiment an sich gerissen und den Verstärker über den Anschlag hinaus aufgedreht.

Ich weiß, ich habe die Schlacht gewonnen, nicht den Krieg. Im Moment lässt die Wirkung nur nach. Ich weiß das, weil Mimi tief in meinem Verstand verborgen wispert: »Mir, mich und ich.«

Mimi wispert: »Du weißt, du willst mich, mich, mich, mich, mich zurück.«

Ein Tinnitus aus der Hölle.

Ich bringe all meine Selbstbeherrschung auf, um nicht in Tränen auszubrechen, als Alistair ans Telefon geht. Da ich Mum nicht anrufen kann, muss er herhalten.

»Ich bin's. Jack. Ich brauche wirklich deine Hilfe.«

»Wie kannst du es wagen?«, schießt er zurück. »Wie kannst du es wagen?«

Seine Verachtung erstaunt mich, dann ist die Leitung tot. Ich rufe ihn noch dreimal an, doch er geht nicht ran. Ich brauche dringend jemanden, der mich mag und der mir hilft, aber mir wird klar, wie wenig Menschen beide Voraussetzungen erfüllen. Meine Gedanken wandern zu Bex … doch um ihrer Sicherheit willen zwinge ich mich, an etwas anderes zu denken. Solange Mimi durch meinen Kopf schleicht, muss ich Bex in Ruhe lassen. Ich kann mir einfach nicht trauen.

Ich rufe meinen Agenten an. Anfangs sagt er überhaupt nichts. Ich höre nur, wie sich im Hintergrund Leute im Büro unterhalten und Telefone klingeln.

»Hallo?«, sagte ich erneut. »Murray, ich brauche wirklich Hilfe.«

Ehe er auflegt, klingt seine Stimme so kühl und forsch, wie ich es bei ihm noch nie gehört habe, selbst dann nicht, wenn ich ihn zur Weißglut gebracht habe. »Ruf hier nie wieder an.«

Ich drücke das warme Telefon ans Ohr, und meine Gedanken überschlagen sich.

Sucht man etwa schon nach mir? Wird mein Fahndungsfoto neben einem Nachrichtensprecher eingeblendet? Hat jemand die Toten auf der Big Coyote Ranch gefunden? Bestimmt noch nicht. Und ich wäre gewiss nicht schwer aufzuspüren. Wieso ist noch kein SWAT-Team durch die Scheiben gesprungen? Nein, es ist ausgeschlossen, dass Alistair und Murray von der Ranch wissen. Alistair weist mich schon zurück, seit Dad uns verließ, und seit letztem Jahr oder so hasst er mich. Murray hat wohl endlich erkannt, dass ich mehr Ärger als Geld einbringe. Ich habe auch das letzte bisschen guten Willen abgefackelt, das mir mal zuteilwurde.

Soll ich Dr. Santoro anrufen? Nein, er arbeitet nur strikt nach Terminvereinbarung. Ihm bin ich scheißegal.

Dann fällt mir Sherilyn Chastain ein. Sie verachtet mich vermutlich ebenso sehr wie Alistair, aber allmählich dämmert mir, dass nur sie mir helfen kann. Sie begreift meine Lage. Sie hat sogar versucht, mich zu warnen.

Als Sherilyn den Anruf entgegennimmt, liege ich zusammengerollt auf dem Boden. Schweiß dringt aus meinen Poren, trotz der ratternden Klimaanlage. Hier unten auf dem kratzigen Teppich, ein blutbeflecktes Handtuch an meine verstümmelte Brust gedrückt, fühle ich mich wie ein Kind, das zu seiner Mama rennt. Ein Kind, das von einem Baum gefallen ist und nach Hause humpelt.

Der golfballgroße Klumpen in meinem Hals erschwert das Sprechen. »Alles ist schiefgelaufen. Alles.«

Ein tiefer Atemzug am anderen Ende. »Okay. Bleiben Sie so ruhig wie möglich, nehmen Sie sich einen Moment Zeit, dann definieren Sie ›alles‹.«

Ich erzähle ihr, was auf der Ranch passiert ist. Ich verspreche ihr all mein Geld, wenn sie meinen Wahnsinn heilt und dafür sorgt, dass Mimi nie zurückkommt, aber sie sagt nur, sie nimmt den nächsten Flug von Auckland.

Ich atme alles andere als ruhig und tief und frage sie, wie lange ich durchhalten muss, bis sie eintrifft.

»Versuchen Sie, nicht daran zu denken, Jack. Hängt von den Flügen ab, aber wenigstens vierundzwanzig Stunden.«

»Ich weiß nicht, ob ich so lange warten kann. Weiß nicht, ob mein Körper noch mehr Schnitte aushält.«

»Konzentrieren Sie sich. Haben Sie aufgeschrieben, was passiert ist? Das könnte Mimi in Schach halten. Mailen Sie mir, was Sie bisher notiert haben. Und schneiden Sie sich erst wieder, wenn Mimi wirklich zurückkommt, okay? Keine Arterie erwischen.«

»Sherilyn.« Ich packe das Telefon so fest, dass das Gehäuse knarrt. »Ich weiß, dass Maria für alles verantwortlich ist. Das Ding in ihr, ist das der –«

»Jack, ich muss Flüge buchen. Reißen Sie sich zusammen.«

Ich kann mich nicht einmal mehr bei ihr bedanken, so abrupt beendet sie das Telefonat.

Ich bleibe auf dem Boden liegen, bis Mimi wieder zu wispern beginnt.

»Dir ist klar, dass ich zurückkomme«, sagt sie. »Nur eine Frage der Zeit. Und du weißt, es wird sich *gut* anfühlen.«

Ich wuchte mich auf und beuge mich über den Laptop. Befolge Sherilyns Rat und schreibe. Das beschäftigt mich sicher für vierundzwanzig Stunden. Dann ist sie hier, hilft mir, und alles wird *gut.* Sobald ich psychisch wieder auf dem Damm bin, werde ich mich ans LAPD wenden und versuchen zu erklären, was auf der Big Coyote Ranch passiert ist.

Ja, viel Glück damit, Jack. Bald bist du Knast-Jack.

Und hier bin ich nun. Vierundzwanzig Stunden später habe ich das Buch auf den aktuellen Stand gebracht, aber nichts ist gut. Überhaupt nichts.

Nach wie vor warte ich auf Sherilyn.

Mimi ist wie ein Hai, der langsam aus der dunklen Tiefe aufsteigt.

Die Klinge nützt seit etwa einer Stunde nichts mehr, vielleicht, weil ich so müde bin. Ich, ich, ich denke, Mimi gewinnt an Boden, wann immer ich, ich, ich über dem Laptop einnicke, selbst wenn es nur wenige Sekunden sind. Manchmal, wenn ich, ich, ich Wörter wie mir, mir, mir oder mich, mich, mich tippe, kann ich, ich, ich nicht aufhören, sie zu schreiben. Mitunter muss ich, ich, ich sie sogar laut aussprechen. Während der letzten Seiten habe ich die Kontrolle zurückerlangt und die Wörter gelöscht, aber jetzt lasse ich, ich, ich sie drin, damit Sie sie lesen können.

Es wird immer schlimmer. Ich, ich, ich habe ein ungutes Gefühl: Das Buch auf den neusten Stand zu bringen, hat mir, mir, mir zwar geholfen, mich zu fokussieren, doch im Grunde geht es darin auch nur um mich, mich, mich, mich.

Und das bedeutet, es geht nur um Mimi.

Das hat ihr den Weg für die Rückkehr geebnet.

Kann Sherilyn mir helfen? Ich, ich, ich, ich verdiene ihre Hilfe wohl nicht. Aber ich, ich, ich, ich nehme sie trotzdem an, weil ich selbstsüchtig bin. Sind wir doch alle, stimmt's? Nennt sich Überleben.

Stimmt doch, oder nicht?

Das rede ich, ich, ich, ich mir, mir, mir, mir jedenfalls unaufhörlich ein.

Ich halte es nicht aus, den Rest meines Lebens in mir, mir, mir, mir gefangen zu sein.

Oh hoffentlich, *hoffentlich* kann Sherilyn helfen.

Mimi tritt an die Oberfläche. Ich, ich, ich, ich versinke in den Wellen.

Mein Klinikbefund der Kernspintomografie kommt gerade per E-Mail rein.

Die Scans zeigen, dass mein Gehirn nur »sehr geringe« Schäden von Alkohol- und Drogenmissbrauch aufweist.

In meinem instabilen Zustand bringt mich, mich, mich, mich dieser Befund zum Heulen. Und ich, ich, ich, ich spüre, dass ich mich schnell verändere, wirklich verdammt schnell. Oh Gott. Hey, ich, ich, ich, ich, ich habe Bex eine Nachricht geschrieben. Ihr gesagt, sie kann jederzeit vorbeikommen und ihren Pass holen, ha, ha! Sie hat geantwortet. In dreißig Minuten ist sie hier, ha, ha, ha, ha, ha! Okay, Sherilyn, ich maile Ihnen das jetzt rüber, damit Sie auf dem aktuellen Stand sind. Das wird Ihnen sicher gefallen.

Jemand klopft an die Tür. Ich mach besser auf :D

Kapitel achtzehn

Endlich komme ich wieder zum Schreiben. Ich hoffe, ich lebe lange genug, um Ihnen alles zu berichten, was seit Mimis Rückkehr geschah.

Ich habe starke körperliche Schmerzen, aber es ist erstaunlich, welche Reserven man mobilisiert, wenn man die eigene Grabinschrift verfasst. Ich darf nicht daran denken, dass ich früher eine scheiß Erkältung als Vorwand angeführt habe, um nicht schreiben zu müssen.

Die Lage hat sich mehr als schlecht entwickelt. Das habe ich erwartet, doch es sind auch unerwartet tolle Dinge passiert.

Während ich das hier tippe, liegt Halloween vierzig Tage zurück. Es hat funktioniert. Es ist nicht der Tag vierzig, mit dem man gerechnet hätte, aber trotzdem Tag vierzig. Dank einer guten Samariterin liege ich in einem warmen Bett, aber Sie erraten niemals, wo, und schon gar nicht, welcher spezielle Tag heute ist.

Ich erzähle Ihnen die Geschichte trotzdem.

Ich wappne mich, und das sollten Sie auch tun.

Blut klebt an meinem nackten Hintern und der Rückseite meiner Beine.

Das obere Bettlaken ist blutdurchtränkt. Das Blut rührt größtenteils von meinen Bemühungen, Mimi zu unterdrücken, aber nicht alles davon ist meins.

Marc Howitz hat zum schlimmstmöglichen Zeitpunkt an meine Tür geklopft, gleich nach Sonnenuntergang, als Mimi die Kontrolle zurückerlangt hatte. Ich hatte bereits Selfies von meinem blutverschmierten Körper gemacht und sie auf einem frisch eröffneten Social-Media-Account gepostet.[6] Ich hatte schon die Demütigung hinter mir, Richard Dawkins um eine öffentliche Erwähnung zu bitten. Doch da ich ihn kaum kenne, hat er mich ignoriert. Mimi gefiel das gar nicht.

Als ich die Tür öffnete, stand Howitz im Gang und kochte förmlich vor Möchtegern-Gangster-Zorn. Er teilte mir mit, er habe Johnson gefeuert, nachdem er von meiner Séance Wind bekommen habe, und was mir einfallen würde, sein Zimmermädchen zu bedrohen! Ich solle augenblicklich das Hotel verlassen, scheiß Publicity hin oder her.

Ich zog ihn an der Krawatte in den Raum und schlug ihn bewusstlos. Dann habe ich ihm mit dem Steakmesser die Luftröhre durchgesägt. Sein Blut fühlte sich heiß auf meinem Gesicht an, als ich ihn in den Schrank stopfte. Nachdem ich das Messer an einem Vorhang gesäubert hatte, waren seine Röchellaute verstummt.

So fühlte es sich also an, Marc Howitz zu töten. So einfach und kaltblütig. Howitz war ein Problem, das gelöst werden musste. Er hätte nicht aufgehört zu quasseln und Ärger zu machen, daher musste ich ihn davon abhalten, zu quasseln und Ärger zu machen.

Das tut mir sehr, sehr leid.

Ich lehne mich auf dem Bett zurück. Mimi ist angewidert von den vielen Crowley-Schnitten, die ich meinem körperlichen Tempel zugefügt habe, um sie zu bändigen. Mein wahres Ich hat nichts mehr zu sagen, denn es liegt bewusstlos im Kofferraum des Wagens, den Kopf mit Isolierband umwickelt.

Jemand steckt eine Schlüsselkarte in den Schlitz vor meinem Zimmer.

6 Online konnte keine Spur dieser Fotos je gefunden werden, auch nicht der Account. Möglicherweise hat der Provider sie gelöscht, doch es gibt keine Aufzeichnungen darüber – *Alistair*

Das schreckliche Klicken und Knarren von Metallzylindern und Scharnieren, als die Tür langsam aufschwingt.

Ich sehe Bex' Gesicht im größer werdenden Türspalt. Sie erstarrt, als sie mich nackt und mit kreuz und quer aufgeschlitztem Oberkörper sieht. Ich hatte mich schlimm mit Howitz' Blut besudelt, daher hatte ich einen Striptease hingelegt. Abgesehen von den infizierten Wunden auf meiner Brust, ist das Haar auf meinen Armen, den Hüften und Oberschenkeln mit dem Blut frischer Schnitte verklumpt. Alle übrigen Hautstellen sind mit Abdrücken von Fingern, Handflächen und sonstigen Schmierspuren übersät.

Bex trägt ihren blauen Hoodie und Jeans, der Koffer steht hinter ihr. Einen Moment lang glaube ich, sie zieht wieder bei mir ein, um mich vor mir selbst zu retten.

Wäre das nur so.

»Jack, was zum Teufel …?«

Ich lächle beschwichtigend, den hölzernen Griff des Steakmessers hinter dem Rücken umklammert. »Keine Bange. Das ist harmloser, als es aussieht.«

Bex hat mich abgewiesen. Mich, mich, mich. Sie muss den Preis dafür zahlen.

Ich zeige auf den Müllkorb unterm Tisch. »Vor Wut hab ich den Pass da vor einer Weile reingeworfen, aber jetzt hab ich mich beruhigt.« Ich deute der Länge nach über meinen Körper, als enthülle ich ein Kunstwerk. »Hab die Wut gegen mich selbst gerichtet, und jetzt bin ich total ruhig.«

Sie runzelt die Stirn. »Weswegen warst *du* wütend?«

Meine Gelassenheit habe ich mir vom Erzengel Gabriel selbst geborgt. »Wegen nichts. Wegen gar nichts, das ist mir jetzt klar. Komm doch rein, bitte.«

Bex lässt den Koffer im Türrahmen stehen und nähert sich vorsichtig dem Müllkorb. »Dir geht es gar nicht gut.«

Ihr Blick wandert zwanghaft über die Wunden auf meinem

Körper. Über die Schnitte, den Eiter und den Schorf. Es dauert eine Weile, bis sie wieder etwas sagt. »Was ist mit dem Experiment? Seit gestern hat keiner mehr etwas gepostet. Ich hab versucht, Astral zu erreichen …«

Ich lockere den Griff um das Messer. Ein düsterer, alter Sisters-of-Mercy-Song kommt mir in den Sinn. *And she looked good in ribbons …*

»Keine Sorge«, sage ich. »Jack Sparks geht's gut.« Ich lege mich aufs Bett, um zu untermauern, wie entspannt und harmlos ich bin. Das blutige Laken kühlt meinen Rücken.

Bex fühlt sich endlich sicher genug, um den Blick von mir abzuwenden. Auf dem Weg zum Müllkorb sagt sie: »Jack Sparks braucht eine Ambulanz. Und redet in der dritten Person von sich selbst. Wie ich sehe, kommst du gut mit dem Koksentzug zurecht, du mieser Wichser.«

Ich richte mich auf, das Laken löst sich mit einem kaum hörbaren, schmatzenden Geräusch von meiner Haut, und ich springe vom Bett und lande gleich neben Bex. Sie beugt sich über den Müllkorb und sagt, dass sie den Pass nicht sehen kann. Ich trete ihre Beine weg, sodass sie auf den Rücken fällt. Glücklicherweise bin ich groß, daher fällt es mir schrecklich leicht, sie am Pferdeschwanz über den Boden zu schleifen. Zu schockiert, um einen Laut von sich zu geben, schlägt sie nach meinen Beinen und der Leistengegend. Ich schlage zurück. Das verschafft mir ein paar Sekunden, um sie rücklings aufs Sofa zu ziehen. Aufs selbe Sofa, auf dem ich wegen ihrer Grausamkeit schlafen musste, sofern mich mein verwirrter Geist nicht trügt.

Mit den Knien fixiere ich ihre Arme und zeige ihr genüsslich das Steakmesser. Sie weicht so weit von der Klinge zurück, wie die harte Polsterung es ihr erlaubt. Ihre aufgerissenen Augen blicken durch Strähnen ihres zerzausten Haars, folgen dem Messer, das ich quälend langsam hin und her bewege.

»Oh, Jack«, ahme ich grotesk ihre Stimme nach. »Jack

Sparks. Du redest die ganze Zeit nur von dir, aber jetzt hörst du mal mir zu.«

Rasch unterbinde ich ihren Schrei, indem ich ihr mit der freien Hand den Mund zuhalte. Sie versucht, mich zu beißen, was ihr jedoch nicht gelingen wird, solange ich meine Handfläche auf ihre Lippen presse.

Ich beuge mich vor, bis lediglich meine Hand unsere Gesichter voneinander trennt. »Oh, Jack, Lawrence will, dass ich bei ihm einziehe. Ist das nicht großartig, Jack? Sag schon!«

Ich richte mich ein wenig auf und führe die Klinge über ihren Oberschenkel. Schneide durch den Jeansstoff und ihre Haut.

Mein wahres Ich erwacht im Kofferraum und kreischt zusammen mit Bex auf.

»Gute Zeiten, was?«, sage ich und schlage zu, als sie ausflippt.

Ihr Gesicht ist tränenüberströmt, ruckhaft hebt sie das Becken, will mich verzweifelt abschütteln. Das erschwert es mir, ihr den Mund zuzuhalten. Der Gedanke, diesen Mund für immer zum Schweigen zu bringen, kommt mir so beiläufig, so selbstverständlich in den Sinn. Wie Howitz ist sie ein Problem, das es zu lösen gilt. Der Tod ist die offensichtliche Lösung bei dieser Frau, die mich nicht ansatzweise so wertschätzt wie ich mich selbst.

Und während Rebecca Lawson hilflos unter mir zappelt, führe ich die gezackte Stahlklinge an ihren Hals, zu der Stelle, wo sich ihre Sehnen spannen.

Ihre Miene sagt: *Wieso habe ich das nicht kommen sehen? Wie konnte ich ihn so falsch einschätzen?*

Und auch: *Ist das wirklich das Ende? Das kann nicht sein!*

»Such mich heim«, sage ich.

Die Klinge ritzt ihren zittrigen Kehlkopf, und Dunkelheit senkt sich herab.

Alistair Sparks: Es folgt das Transkript einer Audioaufzeichnung. Sie wurde mit einer App auf Sherilyn Chastains Handy aufgenommen und ist datiert auf den 19. November 2014, 23.02 Uhr PST.

SHERILYN CHASTAIN (sagt etwas Unverständliches): … mit einer anderen Frau?

(Pause.)

REBECCA »BEX« LAWSON: Nimmt das Ding da auf?

CHASTAIN: Ja.

LAWSON: In dem Fall: Nein. Und, äh …

CHASTAIN: Tut mir leid, das war völlig unangebracht. Der Jetlag macht mich total fertig.

LAWSON: Er … zuckt.

(Jack stöhnt.)

CHASTAIN: Ja, er wacht auf. Es geht los. Sind Sie bereit?

LAWSON: Eigentlich nicht.

CHASTAIN: Vergessen Sie nicht, was wir erreichen wollen, okay? Denken Sie an die Taktik.

LAWSON: Ja.

JACK: Was … was? Nein. Das geht doch nicht! Lasst mich, mich, mich, mich, mich frei!

CHASTAIN: Tut mir leid, Jack, auf keinen Fall. Ihre Freundin Rebecca kennt sich gut mit Knoten aus.

JACK: Ich, ich, ich, ich, ich wollte dich umbringen, also müsstest du tot sein. Wieso lebst du noch?

LAWSON: Tja, tut mir leid, dass ich so beschissen große Umstände mache. Cheryl meinte, sie würde mich bis zu deinem Zimmer begleiten, nur zur Sicherheit, und …

CHASTAIN: Ich heiße *Sherilyn*.

LAWSON: Ich hielt sie für eine Verrückte, weil sie mich auf Facebook gestalkt hat. Und bin mir noch immer nicht sicher, ob sie ganz sauber tickt.

CHASTAIN: Ich habe Rebecca auf Bildern gesehen, die Sie

gepostet haben, Jack, und konnte sie im Foyer abfangen. Sie gingen nicht ran, als ich vom Flughafen aus anrief, daher beschlich mich der Verdacht, Mimi könnte wieder Herr im Hause sein.

LAWSON: Sie haben sich ganz schön viel Zeit gelassen, mich zu retten.

CHASTAIN: Versuchen *Sie* doch mal, etwas zu finden, das hart genug ist, um einen Kerl bewusstlos zu schlagen, ohne ihm gleich den Schädel zu brechen.

LAWSON: Meinetwegen hätten Sie ihm den Schädel brechen sollen.

CHASTAIN: Das meinen Sie nicht ernst.

LAWSON: Haben *Sie* schon mal geglaubt, Sie müssten sterben?

CHASTAIN: So oft, dass ich es nicht mehr zählen kann.

LAWSON: Himmel. Au, au!

CHASTAIN: Lassen Sie die Finger von dem Bein. Das ist nur ein Kratzer. Schauen Sie sich mal diesen Kerl an.

LAWSON: Das hat er sich alles selbst zugefügt.

CHASTAIN: Tja, laienhaft ausgedrückt –

JACK: Bindet mich, mich, mich, mich, mich los, dann töte ich euch beide schneller, das verspreche ich, ich, ich, ich, ich.

CHASTAIN: Laienhaft ausgedrückt, hat er versucht, sein Ego zu kontrollieren.

LAWSON: Was? Sein Ego? Was?

CHASTAIN: Hören Sie. Das Mimi-Experiment hat bewirkt, dass Jacks Ego sich in psychokinetischer Energie manifestiert hat.

LAWSON: Wie kann ein wissenschaftliches Experiment so was bewirken?

CHASTAIN: Normalerweise geht das nicht. Aber mit kräftiger Unterstützung der Dunkelheit … Jacks Ego wurde mit dem Ego von jemand anderem kombiniert und in ein körperliches Wesen verwandelt. Als sich dieses Wesen bedroht fühlte, entledigte es sich der Teile, die es als minderwertig ansah, und ergriff von Jack Besitz.

LAWSON: Sie sind wirklich verrückt, oder?

JACK: Meine Hände … werden euch Schreckliches antun.

CHASTAIN: Nun, Sie sind eben auch nur ein Mensch, Jack. (Lacht ein wenig. Pause.) Ich finde, Humor hilft in solchen Situationen. Also, hören Sie zu, Jack: Als Sie im Entzug waren, haben Sie den vierten Schritt der Therapie bewältigt?

JACK: Fick dich!

CHASTAIN: Sie haben sich selbst aus der Klinik entlassen, oder? Sie dachten, Ihnen geht's gut.

JACK: Mir, mir, mir, mir, mir ging's gut. Jack Sparks schafft alles.

LAWSON: Abgesehen davon, einen Ständer zu kriegen.

JACK: Halt die Fresse! Halt deine dreckige Lügenfresse!

LAWSON: Und du hast dich gewundert, wieso ich Schluss gemacht habe. Du Schlappschwanz. Du bist nicht mal ein Mann.

(Pause. Jemand geht durch den Raum.)

CHASTAIN: Also, Jack …

JACK: Gehen Sie mir aus den Augen, Chastain.

CHASTAIN: Verraten Sie mir, wann Sie zum ersten Mal im Leben Todesangst hatten. Sagen Sie es mir jetzt.

JACK: Wieso sollte ich, ich, ich, ich Ihnen irgendwas verraten?

CHASTAIN: Weil ich dich dann vielleicht freilasse, Mimi. Und dann kannst du uns töten. Das würde dir gefallen, oder? Also spiel brav mit und lass den echten Jack für eine Weile reden.

(Pause.)

JACK: Sherilyn, Sie sind hier, danke, verdammt noch mal!

CHASTAIN: *Reden* Sie, Jack, ehe Mimi Sie wieder abschottet. Was war das Erste, das Ihnen eine Todesangst eingejagt hat?

JACK: Das schwarze Loch.

LAWSON: Hä?

JACK: Die Garderobe mitten in unserem Haus. Mein Bruder hat mich, mich, mich, mich darin eingesperrt. So, ich, ich, ich, ich hab's verraten. Jetzt lass mich, mich, mich, mich frei.

CHASTAIN: Ich habe gesagt, du sollst den echten Jack sprechen lassen, wenn du frei sein willst. Also bleib in der Garderobe. Lass den richtigen Jack antworten. Wovor hast du Angst?

JACK: Ihr bedeutungslosen Dreckstücke! Ich lasse euch noch um den Tod winseln.

LAWSON: Das ist schon ein bisschen dämlich, oder? Vor einer leeren Garderobe Angst zu haben. Was bringt dich darin zum Heulen?

JACK: Sie ist dunkel, du Idiotin, so dunkel. Man sieht rein gar nichts. Sag mir, mir, mir, mir noch mal: Warum bist du nicht tot? Du müsstest tot sein.

CHASTAIN: Was haben Sie in diesem Raum gemacht, außer sich einzuscheißen? Haben Sie an die Tür gehämmert? Ihren Bruder gebeten, Sie rauszulassen?

JACK: Beides. Dann wird mir, mir, mir, mir klar, dass er nicht öffnen wird, und ich, ich, ich, ich fange an zu weinen. Ich schlage gegen die Garderobentüren, flehe Alistair an. Er brüllt, dass er mich, mich, mich, mich hasst, weil ich, ich, ich, ich schuld daran bin, dass unser Dad fortgegangen ist. Er sagt, ich, ich, ich kann ruhig heulen, bis ich umfalle und in der Garderobe sterbe.[7]

CHASTAIN: Wieso glaubt er, dass Sie die Schuld daran tragen, dass Ihr Dad fortging?

JACK: Das gefällt mir, mir, mir, mir nicht. Nehmen Sie die Fesseln ab.

7 Das ist in jeder Hinsicht gelogen. In meinem Vorwort beschreibe ich, wie es sich wirklich zutrug. – *Alistair*

CHASTAIN: Wenn Sie meine Fragen nicht beantworten, können Sie meinetwegen auf dem Stuhl sterben.

(Pause.)

JACK: Er und Mum dachten immer, Dad wäre wegen mir, mir, mir, mir weggegangen. Sie haben nicht oft gesagt, dass ich, ich, ich, ich schuld daran bin, aber so, wie sie mich, mich, mich, mich behandelt haben, war das offensichtlich. Und irgendwann dachte ich, ich, ich, ich, dass sie recht haben. Dad ging fort, weil ich, ich, ich, ich so ein hässliches, brüllendes kleines Albtraumkind war.

CHASTAIN: Ich kann schon verstehen, warum er bedauert, Sie nicht abgetrieben zu haben. (Pause.) Jetzt schließen Sie die Augen und kehren in die Dunkelheit der Garderobe zurück. Wie fühlen Sie sich, als Sie begreifen, dass Sie eine Weile darin gefangen sein werden?

JACK: Ich, ich, ich erschauere. Habe solche Angst. Überall Gänsehaut. Und ich, ich, ich, ich hab gefühlt, dass noch etwas im Raum ist.

LAWSON: Du hast mal was *gefühlt?*

JACK: Ich, ich, ich höre, wie es sich bewegt. Ich rieche es auch. All diese Bilder schwirren mir durch den Kopf: eine Million Varianten, wie das Ding aussehen könnte. Ich, ich, ich höre auf, nach Alistair zu rufen, denn das nützt nichts, und ich, ich, ich, ich bringe kein Wort über die Lippen. Mäntel hängen in der Garderobe, und ich, ich, ich taste nach dem von meiner Mum.

LAWSON: Wieso?

JACK: Sie raucht und hat immer irgendwo ein Feuerzeug. Also durchsuche ich, ich, ich die Taschen und finde ein Zippo. Ich, ich, ich hab gesehen, wie sie es benutzt, daher mache ich dasselbe wie sie und drehe das kleine Rädchen. Ich, ich, ich will dieses Ding sehen und mich ihm stellen. Ihm die … Fremdartigkeit nehmen.

CHASTAIN: Ich verstehe.

JACK: Aber als ich die Flamme entfache, fängt der Ärmel eines Mantels Feuer.

CHASTAIN: Können Sie das Ding in der Finsternis sehen?

JACK: Nein, es war nie da. Ich, ich, ich habe mir bloß im Dunkeln eingebildet, es aus dem Augenwinkel zu sehen.

CHASTAIN: Bist du dir da wirklich sicher, Toto?

LAWSON: *Toto?*

JACK: Dann bekomme ich, ich, ich Panik, denn der Mantel brennt wie verrückt. Vom Rauch muss ich, ich, ich husten. Kann nicht atmen, kann nirgends hin.

CHASTAIN: Was passiert dann? Schließlich sind Sie damals nicht gestorben. Leider.

JACK: Alistair sieht, wie Rauch unter der Tür hervorquillt. Er zieht mich, mich, mich raus und ruft Mum. Sie kommt völlig erledigt aus dem Garten, und Alistair sagt ihr, ich, ich, ich hätte mich in der Garderobe verbarrikadiert und sie angezündet.[8] Sie schimpft wie verrückt, füllt in der Küche einen Eimer mit Wasser und schüttet ihn in die Garderobe. Ich, ich, ich und ihr geliebter Alistair werden in der Notaufnahme auf Rauchvergiftung untersucht, dann bringt sie uns nach Hause und schlägt mich, mich, mich fest ins Gesicht.[9] Danach habe ich zwei Wochen Hausarrest.

(Pause.)

LAWSON: Die beste Art, mit einem Jammerlappen wie dir umzugehen.

CHASTAIN: Inwiefern hat das Ihre Ansichten über das Paranormale geprägt?

JACK: Ist mir, mir, mir egal.

LAWSON: Ist das der echte Jack oder der böse Jack?

8 Gelogen. – *Alistair*

9 Wieder gelogen. Unsere Mutter hat keinen von uns jemals geschlagen. – *Alistair*

CHASTAIN: Schwer zu sagen. Mimi versucht, die Kontrolle zurückzubekommen. (Pause.) Wie standen Sie dem Unerklärlichen gegenüber, während Sie aufwuchsen?

JACK: Ich war der Ansicht, man kann alles wegerklären. Das meine ich wörtlich, im Sinne von … bannen. Man muss es nur untersuchen. Die Wissenschaft hat mir, mir, mir geholfen, die Angst zu verleugnen. Mum war eine sehr strenge Katholikin, daher habe ich, ich, ich mich auch gegen die Kirche aufgelehnt. Ich habe mit ihr über den Urknall und dergleichen geredet. Und wenn die Wissenschaft nicht half, hatte ich, ich, ich noch das Zippo. Ich nehm's noch immer überallhin mit.

(Pause.)

CHASTAIN: Hatten Sie zufällig ihr Zippo verlegt, als Sie –

JACK: Als ich bei Ihnen in der Wohnung war, ja.

CHASTAIN: Sie haben wie ein Baby im Bad geheult, bis Sie es in Ihrer Tasche fanden. (Pause.) Fürs Protokoll: Jack nickt.

JACK: Ich, ich, ich war deshalb in Panik. Kann ich, ich, ich jetzt raus? Ich, ich, ich fühle mich schon besser.

CHASTAIN: Nein, Mimi hat Sie noch gut im Griff. Aber netter Versuch.

JACK: Ich reiß dir die Eingeweide raus, ist dir das klar?

CHASTAIN: Da haben wir den Beweis.

(Pause.)

LAWSON: Warum verrätst du uns nicht, warum du wirklich dieses dumme Buch schreibst?

CHASTAIN: Oh, das habe ich mir schon zusammengereimt. Er sucht offensichtlich nach dem Übernatürlichen. Ich weiß nur nicht, warum.

JACK: Ich, ich, ich will nicht mehr reden. Und ich, ich, ich will euch auch nicht mehr verletzen, also solltet ihr mich, mich, mich freilassen.

LAWSON: Sehr überzeugend, Sir Ian McKellen.

CHASTAIN: Wie kommen Sie inzwischen mit Ihrem Bruder zurecht, und mit Ihrer Mum?

(Lange Pause.)

JACK: Ich möchte nicht mehr reden.

LAWSON: Wenn du wüsstest, wie gern ich dir die Bandagen abreißen und dieses Zeug hier auf die Wunden reiben will.

JACK: Wage es nicht.

CHASTAIN: Was ist das? Tabasco?

LAWSON: Oh, und ob ich das wage! Du wolltest mir die Kehle durchschneiden, Jack. Ich hab mir in die Hose gemacht. Ich wäre fast in einer bepissten Hose gestorben.

CHASTAIN: Ein letzter Versuch, ehe er mit der Soße eingerieben wird. Jack, wie kommen Sie inzwischen mit Ihrem Bruder zurecht, und mit Ihrer Mum?

(Pause.)

JACK: Ich, ich, ich komm gar nicht mit ihnen zurecht. Mit Alistair nicht, weil wir beide uns immer öfter stritten, je älter wir wurden. Jetzt hasst er mich, mich, mich. Und meine Mum hat ihn tausendmal mehr geliebt als mich, mich, mich. War es meine Schuld, dass ich, ich, ich wie Dad aussah?

(Pause.)

CHASTAIN: Sie verwenden die Vergangenheitsform – ist Ihre Mum tot? (Pause.) Jack nickt. Wann starb sie?

JACK: Ich, ich, ich weiß nicht genau, wann. So dreckig ging es mir, mir, mir.

CHASTAIN: Können Sie das erläutern? (Fünfzehnsekündige Pause.) Jack, erklären Sie das.

JACK: Ich, ich, ich glaube, ich hab zu viel Blut verloren. Mir ist schwindelig.

CHASTAIN: Nein, das stimmt nicht.

LAWSON: Ist sie letzten Sommer gestorben? Hast du deshalb mit den Drogen angefangen?

(Pause.)

CHASTAIN: Jack schüttelt den Kopf.

LAWSON: Also schön. Welche Bandage nehmen wir zuerst ab? Ene, mene …

JACK: Vor zwei Jahren, im Juni … Mum bat mich, mich, mich und Alistair, dass wir sie besuchen kommen. Ich, ich, ich war ein erfolgreicher Schriftsteller und hatte einen Preis gewonnen, und ich, ich, ich hielt mich für brillant, aber … es kam mir immer ungelegen, nach Suffolk zu fahren. Ich, ich, ich hatte Mum also schon ein paar Jahre nicht mehr gesehen und meinen Bruder noch viel länger nicht. Also fuhr ich, ich, ich zu dem Haus, in dem Alistair und ich, ich, ich aufwuchsen – das Haus mit dem verdammten Raum. Alistair und ich, ich, ich haben uns Mum zuliebe zusammengerissen, aber als sie in die Küche ging, herrschte zwischen uns eine seltsame Anspannung.

CHASTAIN: Was für eine Anspannung?

JACK: Oh, er wollte mit mir unter irgendeinem Vorwand die Garderobe durchqueren. Er hielt die Tür für mich, mich, mich auf und sah mich, mich, mich über den Rand seiner Brille hinweg an, mit dieser Unschuldsmiene, als wolle er sagen: »Kommst du inzwischen damit klar?« Ich, ich, ich wollte möglichst gelassen wirken, ertrug aber den Gedanken nicht, wieder dort hineinzugehen, daher nahm ich den Umweg durch die anderen Räume. Und als ich, ich, ich ihn auf der anderen Seite wiedersah, hatte er dieses grausame Grinsen aufgesetzt.[10]

LAWSON: Er hat selbst als Erwachsener noch die Oberhand über dich. Weil du schwach bist.

JACK: Ich, ich, ich, Alistair und Mum gingen hinters Haus in den Garten und setzten uns an den Tisch. Ich, ich, ich erin-

10 Ich habe nicht gegrinst. Alles gelogen. – *Alistair*

nere mich noch an die Bretter der Tischplatte, sogar an die Maserung des Holzes. Die Vögel zwitscherten, und der Geruch nach frisch gemähtem Gras lag in der Luft. Zugleich waren dunkle Wolken am Himmel, und man hatte das Gefühl … ein Sturm zieht auf. Mum zündete sich eine Zigarette an und teilte uns mit … (Pause.) Sie teilte uns mit, sie hätte die Motoneuron-Krankheit und würde nicht mehr lange leben. (Pause.) Vielleicht wusste Alistair das bereits oder hat es vermutet, immerhin lebt er mit Frau und Kindern in der Nähe. Seit Mum uns an jenem Tag die Tür geöffnet hatte, stimmte etwas nicht. Sie redete merkwürdig und schien Mühe beim Schlucken zu haben. Sie bat Alistair, uns Tee zu machen, was völlig ungewöhnlich war. Sie hat das sonst immer selbst gemacht. Also wenn ich, ich, ich mich mal dazu bequemt hatte, sie zu besuchen.

CHASTAIN: Wie fühlten Sie sich, als sie Ihnen davon erzählte?

JACK: Ich, ich, ich erinnere mich nur … ich, ich, ich erinnere mich nur noch an die vielen Tropfen, die in meinen Tee fielen. Regentropfen. Dann … äh … äh … ich, ich, ich …

LAWSON: Was hast du dann getan, Jack?

CHASTAIN: Schnell! Mimi wird mit jedem Geständnis schwächer, also spucken Sie's aus!

JACK: Ich, ich … stand auf und ging. Genauer gesagt, rannte ich aus dem Haus. Dann stieg ich, ich in mein Auto und fuhr nach London zurück.

LAWSON: Wie bitte?

JACK: Alistair brüllte mir nach, ich solle zurückkommen, und ich sei ein Feigling! Es schüttete wie aus Eimern, und obwohl er meilenweit entfernt schien, hörte ich, ich, ich ihn. Ich, ich redete mir ein, ich hätte Mum verlassen, damit sie meine Erschütterung nicht mitbekam.

CHASTAIN: Aber Sie waren nur feige, stimmt's? (Kurze Pause.) Jack nickt.

JACK: Ich, ich rannte davon, als sie mich brauchte. Genau wie Dad. Ich, ich war entsetzt. Wenn man an die Wissenschaft glaubt und Atheist ist …

CHASTAIN: Dann bedeutet das, dass der Tod keine Tür ist. Sondern eine Backsteinmauer.

JACK: Ja, ja. Und … oh Gott … Ich, ich wollte nicht, dass sich mein Leben ändert. Ich wollte meinen Lebensstandard und meine scheiß kostbare Karriere behalten. Ich, ich wollte meine Mutter nicht pflegen … (Stimme bricht) … und all das … Daher fuhr ich so schnell wie möglich nach London zurück. Und auf dem Weg beschloss ich, mein nächstes Buch solle den Titel *Jack Sparks' Welt der Drogen* tragen.

LAWSON: Oh. Klar.

JACK: Ja, so war's.

CHASTAIN: Ihre Mum stirbt, also dröhnen Sie sich zu.

JACK: War keine bewusste Entscheidung. Ich hab mich einfach in die Arbeit für das Buch gestürzt und es Recherche genannt.

LAWSON: Und die hast du wirklich gewissenhaft betrieben.

JACK: Ich, ich habe Alistairs Voicemails und E-Mails ignoriert. Ich, ich habe sogar einen Anruf von Mum ignoriert. Sherilyn? Ich, ich fühle mich seltsam. Ist Mimi jetzt fort?

CHASTAIN: Haben Sie Ihre Mutter noch einmal vor ihrem Tod gesehen?

JACK: Im Juni diesen Jahres, ich, ich war an meinem Tiefpunkt, völlig fertig.

LAWSON: Du warst unerträglich.

CHASTAIN: Haben Sie Ihre Mutter gesehen, ehe sie –

JACK: Ich, ich entsinne mich, wie du mir eines Tages die Post brachtest, als ich, ich noch im Bett lag.

LAWSON: Und?

JACK: Die Fenster standen weit offen, trotzdem schien es im Raum schrecklich heiß zu sein, als ich den Brief las. Alistair wusste, dass Voicemails und E-Mails nichts brachten, daher schrieb er ein Blatt Papier mit seiner großen, wütenden Handschrift voll. In dem Brief stand: »Mum ist letzte Woche gestorben. Beerdigung am kommenden Montag. Ruf mich an, falls dich das überhaupt interessiert.«

CHASTAIN: Fuhren Sie hin? (Pause.) Jack schüttelt den Kopf.

LAWSON: Du bist nicht zur Beerdigung deiner eigenen Mutter gegangen?

JACK: Ich, ich stand unter Schock, als wäre ich gerade aus dem All in die Erdatmosphäre eingetreten. Die Schuld und Scham waren so groß, dass ich es nicht mit Drogen übertünchen konnte. Ich, ich habe mich nicht sonderlich um Alistair geschert, aber Mum … ich meine, sie war bei Weitem nicht perfekt. Meistens sorgte sie dafür, dass ich, ich mich richtig mies fühlte. Dann habe ich Ausreden erfunden, warum es mir trotzdem ganz gut geht. Kennt ihr das, wenn man sich als Kind immer das Gegenteil von dem sagt, was andere behaupten? Tja, so fing das an mit dem Selbstbewusstsein – oder der Arroganz, was auch immer. Mum oder Alistair behaupteten, dass ich, ich dumm sei, und ich sagte mir automatisch, das stimmt nicht. Was immer sie über mich, mich sagten: Ich, ich entgegnete, sie hätten unrecht. Und als ich, ich älter wurde, glaubte ich, ich es selbst. Mein Selbstbewusstsein wurde zum Standard: Ich, ich hatte recht und die anderen nicht.

Ich lasse Mum in schlechtem Licht dastehen, aber das ist nicht ganz fair. Sie war immerhin meine Mum. Sie hatte zwei oder drei Jobs gleichzeitig, während Alistair und ich, ich aufwuchsen. Sie hat sich … zugrunde geschuftet. Und am Ende ihres Lebens, als ich ihr eine Gegenleistung schuldete, ließ ich, ich sie im Stich. Der Gedanke, dass diese starke Frau ans Bett gefesselt war, jeden Tag kranker wurde, immer mehr Angst hatte, sich immer weniger bewegen konnte …

CHASTAIN: … sich fragte, ob ihr jüngerer Sohn sich je von ihr verabschieden würde … (Jack schluchzt für achtundzwanzig Sekunden.) Und nach dem Tod Ihrer Mutter gingen Sie in den Entzug?

JACK: Das war purer Masochismus. Ich, ich wollte mich meinen Dämonen stellen, meinen Taten, und zwar nüchtern. Um mich, mich zu bestrafen. Aber als ich in der Klinik einen klaren Kopf bekam, wurde es einfach unerträglich. Ich, ich war besessen davon, mich zu entschuldigen.

LAWSON: Du hast dich im Schlaf entschuldigt.

CHASTAIN: Sie haben sich im Schlaf bei Ihrer Mutter entschuldigt?

JACK: Muss wohl so gewesen sein.

LAWSON: Aber wem sollte diese Entschuldigung etwas nützen? Deiner Mum oder dir?

CHASTAIN: Das ist Eigennutz in Reinform. Sie waren so verzweifelt, dass Sie sich bei einer toten Frau entschuldigen wollten, obwohl es Ihrer Ansicht nach gar kein Jenseits gibt. Sie leben in einer Welt ohne Geister.

JACK: Tja … ich, ich fragte mich … wisst ihr, ob es da draußen etwas geben könnte. Nur … etwas nach dem Tod. Zum ersten Mal seit Langem dachte ich, ich an das Ding in der Garderobe, und das gab mir, mir Hoffnung. Aber …

LAWSON: Ich dachte, du hättest nichts in der Garderobe gesehen?

JACK: Sogar vor Wunschdenken hatte ich Angst. Das ist, als … hätte man Angst vor Hoffnung. Vor falscher Hoffnung. Das ist sowieso das Schlimmste: falsche Hoffnung. Ich, ich hatte solche Angst davor, den sicheren Boden zu verlassen, wisst ihr, die Wissenschaft aufzugeben, denn das bedeutete …

CHASTAIN: … sich wieder der Dunkelheit zu stellen. Okay. Wollten Sie deshalb Ihr aktuelles Buch schreiben?

JACK. Das Buch ermöglichte mir, mir, in der Öffentlichkeit

mein Gesicht zu wahren. Diese Reise anzutreten, ohne dass mir das Geld ausging … und … äh … oh Gott … Es bot mir die Möglichkeit, das Leben nach dem Tod suchen.

LAWSON: Boah, du Heuchler!

CHASTAIN: Das ist, als hätte Dawkins *Der Gotteswahn* geschrieben und zugleich gehofft, den Beweis für einen Schöpfer zu finden.

LAWSON: Und was hättest du geschrieben, wenn du einen Beweis fürs Übernatürliche gefunden hättest?

JACK: Tja … ich, ich … (Pause.) Ich wollte es für mich behalten. Um mein Gesicht in der Öffentlichkeit zu wahren. Meine Medienpersönlichkeit. Meine … meine Marke. (Lawson gibt Würgelaute von sich.) Im Buch wollte ich aufzeigen, dass paranormale Phänomene Unsinn sind. Aber in Wahrheit hoffte ich auf ein Zeichen. Auf einen Hinweis darauf, dass ich entweder eines Tages Mum im Jenseits wiedersehe oder mit ihr in Kontakt treten kann.

CHASTAIN: Himmel, Sie sind so drüber, ist Ihnen das klar? All die Gläubigen, die Sie verspottet haben, die Sie als dumm beschimpft und erniedrigt haben. Und zugleich sind Sie um sie herumgeschleimt, auf der Suche nach dem, was diese Leute gefunden haben.

JACK: Ja.

CHASTAIN: Sie sind ein feiger, schwacher, selbstsüchtiger Drecksack.

JACK: Ja. Ja, das bin ich. (Pause.) Ich kann wieder normal reden. Hat es funktioniert? Ist Mimi fort?

CHASTAIN: Scheint sich verzischt zu haben, ja. Wir haben Ihre psychische Rüstung zerlegt, Jack. Wir sind bis zu Ihrem Kern vorgedrungen, haben Ihr Ego gesäubert, sodass Mimi sich an nichts mehr festhalten konnte. Ein ungekürztes Transkript dieser Aufzeichnung kommt definitiv in Ihr Buch. Ist das klar?

JACK: Ist das Ihre Rache, Sherilyn? Ich kann's Ihnen nicht verübeln.
CHASTAIN: Wenn ich Rache wollte, Jack, wäre ich noch in Auckland und würde gerade eine erstklassige Fellatio genießen. (Aufzeichnung endet.)

Kapitel neunzehn

Meine Unterarme sind mit blutleeren Abdrücken übersät. Ich habe sie den Fesseln der Frauen zu verdanken, doch sind sie nichts im Vergleich zu den Crowley-Schnitten. Und der ganze Schmerz zusammengenommen ist wiederum nichts im Vergleich zu dem, was noch passieren wird.

Sherilyn hat Bandagen und Wundpflaster dabei. Das Zeug bedeckt meinen halben Körper. Da die beiden mich schnell außer Gefecht setzen mussten, bin ich noch nackt. Verständlich.

Unter Qualen schlüpfe ich in mein T-Shirt, ziehe die zuvor überall verstreuten Kleider an, und ein seltsames Gefühl steigt in mir auf. Ich glaube, es ist Dankbarkeit. Große Dankbarkeit darüber, dass diese zwei Engel mich aus der dunklen Höhle geführt haben.

Doch als ich Sherilyn in die Arme schließe, scheint sie die fleischgewordene Leichenstarre zu sein und löst sich rasch von mir. Bex sieht mich kaum an, von körperlichem Kontakt ganz zu schweigen. Eine Entschuldigung nach der anderen kommt mir über die Lippen, und beklommen versuche ich, sie zu umarmen, doch sie weicht mit erhobenen Händen zurück. Ihre Hände zittern, ihre Stimme hingegen klingt fest. »Jack, ich wollte schon nichts mehr mit dir zu tun haben, *bevor* du versucht hast, mich umzubringen.«

Wenigstens begreift sie, dass nicht ich es war, nicht mein wahres Ich, denn sie sichert mir zu, mich nicht anzuzeigen.

Oh mein Gott.

Howitz.

Die Erinnerung daran, ihn ermordet zu haben, gleicht einem verschwommenen Traum. Ich bin fast davon überzeugt, dass es nie geschehen ist. Dann öffne ich die Schranktür, nur einen Spalt, und sein süßlicher Geruch steigt mir in die Nase. Ich sehe seine schlaffe Gestalt, herabgefallene Kleiderbügel auf dem Schoß, glupschäugig, die Kehle ein obszönes Grinsen mit blutverschmierten Zähnen.

Der Anblick raubt mir den Atem. Ich drücke die Tür zu und lehne mich mit dem Rücken dagegen, die Arme an die Brust gedrückt. Mein Herz pocht unter meiner Handfläche. Ich sehe mich im verschwommenen Raum um, vergewissere mich, dass niemand ihn gesehen hat – eine Aktion, die sich verdammt nach Mimi anfühlt.

Ich sollte Bex und Sherilyn sagen, was mit Howitz geschehen ist. Doch ich ertrage den Gedanken nicht, wie sie mich ansehen werden, sobald sie begreifen, dass sie einem echten Killer geholfen haben, auch wenn der zum Tatzeitpunkt besessen war.

Bex hat ihren Heimflug heute verpasst – inzwischen gestern, denn es ist weit nach Mitternacht –, wegen ihres Passes. Sie wird noch wütender, als ich ihr gestehe, dass ich ihn nie hatte.

Mein Herz setzt einen Schlag lang aus, als sie trotzdem das Zimmer durchsucht.

Ich sehe zu, wie sie Türen öffnet und Schubladen aufreißt.

Sie nähert sich Howitz' Ruhestätte.

Kalter Schweiß und Kälteschauer zwingen mich zum Handeln. Erneut obsiegt mein Selbsterhaltungstrieb. Habe ich denn nichts gelernt?

Gerade als sie den Schrank direkt neben Howitz öffnet, entdecke ich Bex' Reisepass auf dem Boden. Ich reiche ihn ihr, und sie stopft ihn wortlos in ihren Koffer. Sie verkündet, dass sie duschen will und gleich danach zum Flughafen fährt, verschwindet im Badezimmer und verriegelt es von innen.

Chastain und ich bleiben im Zimmer zurück. Ihr Haar ist

heute ein dunkelgrünes Durcheinander. Sherilyn legt sich aufs Sofa. »Verdammt müde«, brummelt sie.

Ich weiß, wie sie sich fühlt. Ich unterdrücke den starken Drang, sie nach Maria Corvi und dem Buch aus der Zukunft zu fragen, in dem mein Tod genau beschrieben ist. Augenscheinlich muss sie sich noch von dem letzten Gefallen erholen, den sie mir erwiesen hat. Daher benehme ich mich, wie es vom neuen, selbstlosen Jack erwartet wird.

»Wie viel bin ich Ihnen schuldig, Sherilyn? Akzeptieren Sie PayPal oder …«

Sie hebt die schlaffe Hand vom Schoß und winkt ab. »Wenn Sie die Wahrheit wissen wollen: Ich hab das ebenso sehr für mich wie für Sie getan.« Auf meinen fragenden Blick hin fügt sie hinzu: »Vor drei Monaten habe ich einen Auftrag in London vergeigt. Wirklich vermasselt. Nicht gut. Und in Hongkong wurde die Tochter der Lengs verletzt, weil ich einen Fehler gemacht habe.«

Schweigen breitet sich aus, während ich das Gesagte verarbeite. »Also bringe ich Ihr Karma wieder ins Gleichgewicht?«

Sie nickt mit halb geschlossenen Augen.

»Jedenfalls danke, Sherilyn.«

»Sie haben sich schon bei mir bedankt.«

»Das genügt mir anscheinend nicht.«

»Verziehen Sie sich, Jack. Mir fehlt die Kraft für Verlegenheit.«

Ich zwinge mich, ihr eine Frage zu stellen, deren Antwort ich eigentlich nicht hören will. »Haben Sie das Kapitel über mich in Di Stefanos Buch gelesen?«

Prompt schüttelt sie den Kopf. »Diesen Teil des Buches haben Sie völlig verbrannt. Aber ein paar Dinge sollten Sie wissen. Erstens: Sobald Sie wieder in Ihr selbstsüchtiges Verhalten abgleiten, ergreift Mimi erneut von Ihnen Besitz.«

Soll ich Sherilyn jetzt von Howitz erzählen? Ich sollte es ihr wirklich sagen.

Im Bad rauscht die Dusche los.

»Zweitens: Menschen sehen nur, was sie sehen wollen. Das Unterbewusstsein filtert zuverlässig alles aus, was den Status quo gefährdet. Jetzt, wo Sie von Ihrem Riesen-Ego befreit sind, sehen Sie vielleicht endlich die Toten. Oder Geister. Oder welches Modell Sie auch immer dieser Art von Energie zuordnen wollen.«

»Himmel«, keuche ich. »Ja. Ich will einen echten Geist sehen. Eine echte Person, einen Toten.«

Mit geschlossenen Augen deutet Sherilyn mit beiden Zeigefingern zu Boden. »Dann sind Sie vermutlich am richtigen Ort, Mann.«

Ich brauche einen Moment, um ihre Anspielung zu verstehen. Wie ein Mann ohne Gedächtnis senke ich den Blick und denke nach. Dann begreife ich. »Was, wenn die Paranormals das Video wirklich nicht gedreht haben?«

Schläfrig schiebt sie sich ein Kissen unter den Kopf. »Ich sag Ihnen was: Wenn es von den Paranormals ist, haben sie erstklassige Arbeit geleistet. Immerhin ist es ein Video, in dem nur Sie drei Wörter auf der Tonspur hören.«

Mein Magen verkrampft sich. »Ja. Irgendeine Ahnung, was sie bedeuten?«

»Sie bedeuten, dass jemand oder etwas in Ihrem Kopf herumpfuscht.«

Maria.

»Aber wieso diese drei Namen?«, frage ich. »Wieso diese drei Dämonen?«

Ruckartig erhebt Sherilyn sich vom Sofa. »Ach ja! Das hab ich herausgefunden, irgendwo über Niue. Hab es auf einen Zettel geschrieben.« Sie klopft ihre Taschen ab, dann durchsucht sie die Reißverschlussfächer ihres Koffers, der neben dem von Bex steht. »Ich hab ihn irgendwo …«

Ich bemühe mich, nicht undankbar zu klingen. »Könnten Sie es mir nicht einfach sagen, bitte?«

»Am besten zeige ich es Ihnen. Ah. Hier ist er.«

Als sie mir die Seite von dem kostenlosen Notizblock von Air New Zealand reicht, verwandelt die Welt sich in Scheiße.

Aus dem Badezimmer ertönt ein Geheul wie aus dem Schlachthaus.

Schiere Agonie, Entsetzen und Schock schwingen darin mit.

Ich hoffe, am Tag meines Todes wird dieses Heulen aus meiner Erinnerung gelöscht.

Sherilyn und ich versteifen uns, dann rennen wir zur Badtür. Ich komme zuerst an, rüttele an der Klinke, doch die Tür ist wie erwartet verschlossen.

Erneut ertönt ein Heulen und bricht abrupt ab. Mir steigt die Galle hoch.

Ehe ich die Tür eintreten kann, knallt schon Sherilyns Ferse dagegen, und das Schloss springt aus der Verriegelung. Dann sind wir drin.

Der Raum ist dampfverhangen.

Die Duschkabinentür ist geschlossen.

Ich ziehe sie auf und sehe gerade noch, wie etwas Rotes, Unvorstellbares in einem sternförmigen Loch verschwindet, das von unten in die Duschwanne geschlagen wurde. Blut, so viel Blut läuft und spritzt mir über die nackten Füße, dann verschwindet der Rest mit lautem Gluckern durch das Sternloch.

Ich gleiche einer benommenen Schaufensterpuppe, und Sherilyn schubst mich beiseite. Ich stehe mit Bex' Blut auf den Füßen da, sehe, dass sich ein paar Haarsträhnen von ihr um meine Zehen gewunden haben, und höre entfernt Sherilyns Fluch. Sie sprüht die Ränder des Lochs mit ihrem Aerosol ein. Ich will sie fragen, was geschehen ist, bringe aber nur hervor: »Holen Sie sie zurück.« Dann lenkt mich das Waschbecken ab, in dem etwas geschieht.

Durch den Dampf erkenne ich, wie grünlich braunes Wasser aufsteigt. Blätter treiben auf der Oberfläche. Als wäre es lebendig, erhebt sich das Wasser über den Beckenrand, ohne einen Tropfen zu verlieren, und nimmt die grobe Form eines menschlichen Kopfes an. Eine einzelne Braue ist über den Augen zu sehen. Schmutziges Wasser verformt sich zu Zähnen in einem offenen Mund, dann ertönt dieselbe gurgelnde Stimme, die ich schon in der Rainbow Bar gehört habe.

»Die Hölle«, sagt Tony Bonelli mir, »hat keine Kontrolle.«

Tonys Kopf bricht zusammen und versiegt rasch im Abfluss. Als nur noch die Blätter übrig sind, eilt Sherilyn zum Waschbecken und sprüht es ein. Dasselbe macht sie mit der Toilette und sämtlichen Zu- und Abflüssen im Raum.

Ich sitze auf dem Boden, ohne zu wissen, wie ich dort hingekommen bin. Mir fehlt die Kraft aufzustehen. Sherilyn packt mich unter den Armen und schleift mich auf dem Rücken über die Fliesen aus dem Bad.

Auf dem Weg frage ich sie: »Wir können sie zurückholen, oder?«

Und alles, was Sherilyn über die Lippen bringt, ist: »Es tut mir so leid.«

Ganz gleich, wie lange ich auf dem Boden sitze, mich vor und zurück wiege und Zigaretten bis zum Stummel rauche: Die Tränen wollen nicht fließen.

Wie kann man wegen etwas weinen, das man nicht akzeptieren will? Etwas so Unfassbares, so Unmögliches?

Ich habe die wundervolle, gütige, hilfsbereite Bex nach Los Angeles geholt.

Ich habe sie hergeholt, und sie fand hier ihr Ende …

Ebenso gut hätte ich sie selbst umbringen können. Gott weiß, ich hab's versucht.

Mein Verstand versagt mir den Dienst. Kann nicht nachdenken. Als stünde ich direkt am Fuß des Everests, das Gesicht an den kahlen Fels gepresst, in der Absicht, den ganzen Berg zu sehen.

Alle Fragen, die ich Sherilyn stelle, enthalten das Wort »warum«.

Warum hasst Tony mich so sehr?

Sherilyn sprüht die Fugen rings um die Badtür ein, während sie mir antwortet. Da ich ihr im Vorfeld das Exposé meines Buchs gemailt hatte, ist sie der Ansicht, Maria Corvi schikaniert Tony, weil er meine spöttischen Kommentare in der Kirche gedolmetscht hat. Somit ist er schuldig im Sinne verbaler Komplizenschaft.

»Oh.« Mehr fällt mir nicht dazu ein. Und dann: »Oh Gott, warum kann Maria mich nicht einfach vergessen?«

Sherilyn steht auf einem wackligen Stuhl und sprüht die Klimaanlage an der Decke ein. »Weil Sie gelacht haben, Jack. Während des Exorzismus haben Sie dem Dämon das Rampenlicht streitig gemacht. Dieses Ding in Maria will alle Aufmerksamkeit für sich. Es verlangt Furcht und Respekt. Und es lacht immer zuletzt.«

»Bex hatte mit der Sache nichts zu tun«, knurre ich und zwänge meine Füße in Schuhe, trotz des Bluts und der Haare. »Maria will mich.« Ich brülle in den Äther: »Du willst mich!«

Jemand im Nachbarzimmer klopft an die Wand, und ich beschimpfe ihn.

»Jack …«

Schon wieder diese Stimme. Die Wisperstimme, die mich in den Keller lockt.

»Hören Sie das?«, frage ich Sherilyn. »Jemand wispert meinen Namen.«

Kopfschüttelnd sprüht sie einige Steckdosen ein.

»Jack«, sagt die Stimme.

Ich stehe auf und verlasse wutentbrannt die Suite, laufe durch diverse Korridore. Sherilyn ruft mir nach, will wissen, wohin ich will. In den Keller? Falls ja, solle ich auf sie warten. Sie brauche mehr Zeit, um sich vorzubereiten.

Durch die sich schließenden Lifttüren brülle ich ihr zu, dass sie mir nicht folgen solle.

Außer Atem stößt Sherilyn an der Rezeption zu mir. Ich deute durchs Foyer auf die Tür, die zum Keller führt, und befehle einem Typen mit Stoppelbärtchen – diesmal nicht Brandon –, mir den Schlüssel zu geben.

Stoppelbart erbleicht, dann läuft er rot an, greift zum Telefonhörer und drückt eine Taste. Anschließend ruft er einen anderen Anschluss an und fragt: »Ruthie, wo ist Howitz?«

Ich greife über den Tresen, entreiße ihm den Hörer und knalle ihn inmitten des verdrehten Kabels auf die Gabel.

»Raus, oder ich rufe die Polizei«, droht Stoppelbart.

»He!«, ruft eine Nachteule aus dem Foyer. Ein etwa dreißigjähriger schwarzer Kerl mit Bürstenhaarschnitt erhebt sich vom Sofa. Er schreitet auf uns zu und sieht dank der Reflexion auf dem polierten Boden doppelt so groß aus.

Nach wie vor wispert die körperlose Stimme meinen Namen.

Sherilyn beäugt den sich nähernden Gegner und zieht einen Schlagstock aus dem Futter ihres kleinen Rucksacks. »Kommt schon, Jungs. Niemand will, dass die Sache unangenehm wird.«

Stoppelbart ballt die Hände zu Fäusten und blinzelt nicht einmal. »Sie verlassen sofort das Hotel.«

Ich ziehe mein T-Shirt bis über die Schultern und hänge es mir um den Hals, damit Stoppelbart meinen verstümmelten Oberkörper sieht. Sämtliche Bandagen sind rosa vom Blut und grün vom Eiter. Die Stellen, an denen die Verbände sich gelöst haben, zeugen von einem kranken Geist.

Stoppelbart fischt einen Schlüssel unter dem Tisch hervor

und reicht ihn mir, als wäre ich ein tobender Irrer auf der Straße, den er mit einem Vierteldollar beruhigen will.

Sherilyn steckt den Schlagstock wieder in das Geheimfach.

Im Dienstbotengang stellen die flackernden Leuchtstoffröhren meine Nerven auf eine Zerreißprobe. Hier unten wird die Luft wärmer und feuchter. Die wispernde Stimme ist verstummt.

Mein sengender Zorn fühlt sich nützlich an. Man kann ihn viel besser kontrollieren als beispielsweise tiefe Trauer oder unerträgliche Verlustgefühle.

»Ich musste die Hälfte meiner Ausrüstung oben lassen«, nörgelt Sherilyn.

»Ich sagte doch, Sie sollen mir nicht folgen. Ich muss das hinter mich bringen. Etwas will, dass ich hier runterkomme, und seine Stimme klingt wie die von Maria.«

»Ich lasse nicht zu, dass Sie sich dem Ding einfach ausliefern, Jack.«

Je dunkler die Gänge werden, desto größer wird die Angst. Meine Entschlossenheit gerät ins Wanken. Ich greife in die Tasche, wo sich normalerweise das Zippo befindet, doch sie ist leer. Ich bleibe stehen und weiß nicht, was ich tun oder sagen soll.

Sherilyn dreht den Kopf. Katzengleich. Alarmiert. Sie stößt ein Raunen aus und verscheucht mit der Hand etwas Unsichtbares.

»Was ist los?«, frage ich.

»Nur ein Psychoangriff.«

Sherilyns Umriss zeichnet sich neben mir vor dem matten Licht aus dem Heizungskeller ab. Plötzlich wird es unnatürlich kalt: ein abrupter Jahreszeitenwechsel. Diesmal kann ich es nicht auf die Ausrüstung der Paranormals schieben. Mein Gott, was, wenn sie wirklich nicht das Video gedreht haben? Es ist seltsam tröstlich, die raue, feuchte Oberfläche der Wand zu berühren.

»Was ist ein Psychoangriff?«, frage ich.

»Was immer dieses Ding ist, es weiß, dass es Gesellschaft bekommt. Vermutlich spürt es mich, daher schlägt es um sich. Sie bleiben hier stehen, während ich den Raum sichere. Keine Widerrede.«

Ich stimme viel zu schnell zu. Wie sie schon während des Ego-Säuberungsrituals sagte: Ich bin ein Feigling. Ich wollte unbedingt, dass sie mir in den Keller folgt.

Sherilyn nimmt das Aerosol aus dem Rucksack sowie eine Art Statuette und einen Beutel mit Reißverschluss, dessen Inhalt ich nicht erkenne.

Sie reicht mir den überraschend schweren Rucksack. »Halten Sie den für mich, und rühren Sie sich nicht.«

Ich bekämpfe mein Grauen, während ihre stampfenden Schritte immer leiser werden, bis das Brummen des Generators sie überlagert. Sie biegt um die Ecke, die dank des Internets Berühmtheit erlangte.

Ich warte in der Dunkelheit.

Meine Hand gleitet wieder in meine Zippo-Tasche.

Warte in der Dunkelheit.

Durchsuche sinnlos die leere Hosentasche.

Warte in der Dunkelheit.

Meine Herzfrequenz gleicht improvisiertem Jazz mit Gongschlägen.

Dann fällt mir ein, was ich in der anderen Tasche habe. Ein zerknülltes Stück Papier … das sich um mein Telefon gefaltet hat.

Warte in der Dunkelheit.

Ich nehme das Handy zur Hand und entsperre es. In seinem blassblauen Licht schaue ich mich unruhig um, für den Fall, dass es etwas Schreckliches offenbart.

Sherilyn gab mir das Blatt aus dem Air-New-Zealand-Notitzblock, ehe die Hölle aus der Kanalisation heraufkam.

Verwundert falte ich es im Licht des Smartphones auseinander, denn ich habe fast schon wieder vergessen, warum sie mir den Zettel gab.

Sie hat Folgendes notiert:

ADRA **ME** LECH
ME PHISTOPHELES
BAPHO **ME** T

Sherilyns Stimme hallt durch den Gang, laut wie ein Peitschenknall, befehlend wie die einer Löwenbändigerin. »Oh, nein, nein, nein. Zurück! Du bleibst, wo du bist, sonst verpass ich dir das hier.«

Ihre nächsten Worte klingen gedämpft und angestrengt. Die plötzliche Angst in ihrer Stimme bereitet mir eine Gänsehaut.

Ein dumpfes Geräusch ist zu hören, als falle etwas oder jemand zu Boden.

»Sherilyn?«, rufe ich. »Sherilyn, alles in Ordnung?«

Keine Antwort.

Der Generator brummt.

Am liebsten würde ich wegrennen. Ja, so wie mein Dad es getan hat. Wegrennen, wie ich es immer tue. Aber diese Frau ist durch die halbe Welt gereist, um mich zu retten, auch wenn sie behauptet, sich damit selbst retten zu wollen.

Ganz gleich, wie sehr es meiner Intuition widerspricht, ich hänge mir Sherilyns Rucksack um und zwinge mich, auf den Heizungsraum zuzugehen. Ich gebe mir zwar den Anschein von Tapferkeit, doch meine Stimme versagt mir den Dienst, als ich Sherilyns Namen erneut rufen will. Am besten konzentriere ich mich auf meine Atmung. Solange ich weiße Dampfwölkchen ausstoße, bin ich am Leben.

Ich starte mit dem Handy eine Videoaufzeichnung. Falls es hier wirklich einen Geist gibt, soll die ganze Welt ihn sehen.

Zum ersten Mal in meinem Leben will ich, *muss* ich etwas Positives bewirken. Womöglich lässt sich dieses Ding ebenso wenig auf Film bannen wie Mimi, trotzdem muss ich es versuchen. Also schleiche ich an der Wand mit den Rohrleitungen entlang und nähere mich der Abzweigung. Mein Herz schlägt mir bis zum Hals. Jedes Glied fühlt sich schwerer an als normal, fester, als es sein sollte.

Falls der Geist hinter der Ecke auf mich wartet, kann ich ihn vielleicht verblüffen. Daher gehe ich auf alle viere und krieche weiter. Etwas klopft an die Tür, die mein Unterbewusstsein von meinem Bewusstsein trennt.

Langsam halte ich das Telefon um die Ecke, dicht über dem Boden, Millimeter um Millimeter, dann bewege ich vorsichtig den Kopf, um das Display im Blick zu behalten.

Ich keuche auf. *Wie kann das sein?*

Sherilyn Chastain liegt bäuchlings auf dem Boden. Wegen der vielen Schatten erkenne ich sie kaum, weiß aber, dass sie es ist.

Ich kenne diesen Anblick.

Nur zu gut.

Vor ihr steht eine dunkle, menschenähnliche Gestalt mit dem Rücken zu mir. Sie pulsiert, ist mal weniger, mal mehr durchscheinend.

Ich sehe nur ihren Unterleib auf dem Display.

Um mich zu vergewissern, dass ich mir diesen Wahnsinn nicht einbilde, schaue ich am Telefon vorbei.

Anfangs rede ich mir ein, dass sich einfach die Geschichte wiederholt.

Aber ich kenne die Wahrheit. Oh, ja.

»Oh Gott«, wispere ich. »Das ist echt.«

Ich bin Kamerajunge.

Mir läuft es eiskalt den Rücken hinunter, und ich ziehe mich um die Ecke zurück, filme weiterhin die schreckliche Erscheinung, auch wenn jetzt die Mauer die Hälfte des Bildes einnimmt. Dieselbe entsetzliche Szene, die ich mir schon Hunderte Male angeschaut habe, genau wie eine Million anderer Menschen.

Das ist einfach zu viel für mich. Mir schwirrt der Kopf, und ich muss hier weg. Meine Tapferkeit zerbröckelt, und mein Überlebensinstinkt übernimmt die Kontrolle, rät mir zur Flucht.

Der Bildsucher zeigt mir, dass die dunkle Gestalt sich mir inzwischen zugewandt hat. Sie muss sich langsam umgedreht haben, als ich kurz die Fassung verloren habe. Natürlich hat sie sich umgedreht. Ich kenne die Szene in- und auswendig.

Das Gesicht der Gestalt sehe ich nicht und bei Gott, ich will es auch nicht sehen.

Während ich auf dem Hintern von der Ecke zurückweiche, weiß ich, was als Nächstes geschieht.

Herr im Himmel, gleicht geht es auf mich los.

Die schiere Unausweichlichkeit macht es nur noch schlimmer.

Schnell gleitet die Gestalt um die Ecke, nähert sich mir mit in der Luft hängenden schwarzen Füßen.

Ich rappele mich auf, und mein Schrei bleibt mir in der staubtrockenen Kehle stecken.

Das Gesicht des Geists ist verkohlt und rissig, der Mund skelettiert.

Oh, aber diese Augen. Oh Gott, diese Augen sind voller Qual.

Das Gesicht der Erscheinung ist keine groteske Parodie meiner Gesichtszüge.

Es *ist* mein Gesicht.

Natürlich ist es meins!

Ich rechne damit, unvermittelt am Boden festzukleben wie in den schlimmsten Albträumen. Stattdessen bewegen sich meine Beine schnell wie die einer Gazelle.

Ich renne durch die Dunkelheit, unter Glühbirnen hindurch, die schon seit Langem defekt sind.

Ich stoße gegen Wände, an die ich mich nicht erinnere und daher nicht kommen sehe.

Zwar höre ich den Geist nicht, weiß aber, dass er da ist. Er rast mir nach.

Lautlos, untot.

Ich falle auf die Stufen, die ins Foyer hinaufführen. Auf allen vieren krieche ich hoch und ignoriere die Holzsplitter, die sich in meine Hände bohren.

Bitte, bitte, ich will nur das Licht erreichen. Was kann mir dieses Ding oben schon antun, im offenen Foyer mit all den Menschen, bei all dem Trubel?

»Geh nicht durch die Tür«, krächzt eine abscheuliche Version meiner Stimme hinter mir.

Ich blicke zurück und sehe mein totes Ich die Stufen hochschweben.

Sehe das Weiße in meinen toten Augen.

Im Stockdunkeln pralle ich gegen die verschlossene Tür und fasse verzweifelt nach der Klinke. Falls irgendein Idiot die Tür abgeschlossen hat, sterbe ich entweder durch den Geist oder an einem Herzanfall.

»Geh nicht durch die Tür«, wiederholt meine Stimme, nah, so nah.

Eisiger, toter Atem weht mir in den Nacken.

Ich stemme die Tür auf und eile hindurch. Schwindel übermannt mich, und ein grelles rotes Licht blitzt auf.

Ich knalle die Tür hinter mir zu, doch ich stehe nicht im Gang, der zur Lobby führt. Sondern in völliger Finsternis.

Bitte einsteigen, die Geisterbahn fährt los.

Ich halte die Türklinke umklammert. Als könnte ein Phantom nicht durch Holz gleiten, falls es das wollte.

Ich bete um Hilfe und um Licht.

Die Klinke fühlt sich irgendwie anders an als sonst. War sie zuvor aus Metall, ist sie jetzt aus Holz. Und sie fühlt sich überwältigend vertraut an. Die Form, die Rillen …

Bitte, bitte, bitte … falls es irgendeinen Gott gibt, *werde es Licht.*

Neben mir ertönt ein metallisches Klirren und Knirschen.

Eine winzige Flamme flackert auf.

Zuerst glaube ich, mein Gebet wurde erhört, doch dann sehe ich das Profil eines Jungen.

Er hält ein brennendes Zippo-Feuerzeug in den stark zitternden Händen. Die tanzende Flamme bricht sich in den Tränen, die ihm über die Wange kullern.

Neben ihm hängen Mäntel im beengten Raum. Einer davon fängt Feuer.

»Jacob?«, dringt Alistairs gedämpfte Stimme durch dieselbe Tür, durch die ich eben getreten bin. »Hör auf, mich zu ärgern, du hässlicher kleiner Scheißkerl.«[11]

Wie angewurzelt stehe ich da und sehe die Reflexion meines offenen Mundes im blitzblanken Messing des neuen Zippos. Mit reiner Willenskraft versuche ich zu verhindern, dass mein fünfjähriges Ich meine Anwesenheit bemerkt.

Aber natürlich richtet der Junge den Blick blitzschnell in meine Richtung, in die Dunkelheit.

Und er wimmert los.

Es ist unausweichlich.

Der Junge will tapfer sein. Sich dem Ungewissen stellen. Er will unbedingt nachsehen, in der Hoffnung, nichts zu finden, damit alles gut ist.

Und doch ist er zu keiner Regung fähig und nässt sich ein.

Denn er weiß nur zu gut, dass ich da bin.

Dieser prägende Moment wird ihn für immer quälen. Fort-

11 Ein frei erfundenes Zitat. – *Alistair*

an wird der Junge sämtliche Zweifel unterdrücken. Er wird alles verdrängen, auch die Möglichkeit, dass er etwas in diesem Raum gesehen hat.

Trotz der Angst weigert er sich, seinem Bruder Genugtuung zu verschaffen.

Als ich den Jungen in die Arme schließen will, blendet mich eine grüne Explosion.

Kapitel zwanzig

Kalte Erde entzieht mir die Körperwärme. Grashalme streichen mir über die Wange. Vögel zwitschern und singen.

Hände – meine Hände – schirmen meinen Kopf vom Sonnenlicht ab. Sherilyns Rucksack ist wie ein schützender Rückenpanzer.

Es verleiht mir ein Gefühl der Sicherheit, eingerollt dazuliegen, blind und reglos. Seh- und Tastsinn sind überbewertet.

Mein Gehirn indes ist wie eine gnadenlose Flex, versprüht Fragen wie Funken.

Wie konnte es sein, dass ich im Keller meinem eigenen Geist begegnete?

Wie konnte ich ein Video aufzeichnen, das ich schon zwanzig Tage zuvor gesehen habe? (Es tut mir leid, Paranormals, so, so leid. Ich habe euch die Schuld an dem Clip gegeben, dabei war es *mir* vorherbestimmt, ihn zu drehen. Und, Sherilyn, noch mehr tut mir leid, dass ich dich da unten liegen gelassen habe.)

Und wie zur Hölle ist es möglich, dass ich als Kind in der Garderobe in Suffolk eine Präsenz wahrnahm, bei der es sich um mein erwachsenes Ich handelte?

Bilder ziehen vor meinem geistigen Auge vorbei. Schreckliche Bilder von mir selbst. Die kreischende, in der Luft schwebende Mimi mit meinem Gesicht. Der verkohlte Kellergeist mit meinem Gesicht. Ein traumatisiertes Kind, das damals Jacob hieß, und ebenfalls mein Gesicht hat.

Jacob Titherley, mein bürgerlicher Name.

Ich habe Ihnen ein Detail über Maria Corvi vorenthalten. Nämlich ihren Abschiedsgruß in Italien, aus dem Mund des

Bastards Bonelli. Sie sagte nicht: »Hey, Jack Sparks. Genieß deine Reise.« Nein, das wäre zu schlicht, zu einfach. Sie sagte: »Hey, Jacob Titherley.«

Und mir wird klar: Alles Abscheuliche, was seither geschehen ist, kreiste nur um mich. Etwas oder jemand hat gesagt: »Du willst, dass es nur um dich geht? Bitte sehr.«

Die Silbe »ME«, also ich, kommt in allen drei Namen vor, die nur ich auf der Videotonspur hören kann.

Ich selbst spiele in dem Video mit, das ich mir so oft angeschaut habe, als verkohlter Toter mit Augen, die vor Verzweiflung überquellen.

Auf dem Ouija umkreiste die Planchette immer wieder den Buchstaben »I«, der ebenfalls für »Ich« steht.

So muss sich eine Maus fühlen, wenn die Katze mit ihr spielt und ihren Tod hinauszögert. Ich bin auf einer Reise, die Maria geplant hat, mein Leben verläuft auf Gleisen. Wäre Maria mir nicht in Hongkong erschienen, hätte ich niemals Astrals soundsovielte E-Mail gelesen und wäre nie nach Los Angeles geflogen. Wäre ich von dem Video nicht so besessen gewesen, hätte meine paranoide Beziehung zu den Paranormals nie ihre kritische Masse erreicht, und sie würden noch leben. Ich wurde auf jedem Schritt des Weges manipuliert.

Ich weiß nicht, wo ich mich befinde. Nur, dass ich draußen bin und dass es Tag ist.

Ich habe Angst davor, die Augen zu öffnen und mich in einer weiten, kargen Hölle wiederzufinden. Mich kann nichts mehr überraschen.

Erst, als ich an die Dusche voller Blut denke, finde ich die Motivation, etwas zu unternehmen, und sei es nur, die Erinnerung zu verdrängen. Denn wenn ich jetzt anfange, Bex zu beweinen, höre ich vielleicht nie wieder auf.

Also setze ich mich auf und stöhne vor Schmerz, den die vielen Crowley-Schnitte mir bereiten.

Ich winkle die Beine an, um meinen Oberkörper vor allem zu schützen, was mich erwarten könnte.

Dann öffne ich die Augen.

Es gibt keine Hölle. Jedenfalls nicht hier. Unter dem aschfahlen Himmel erstreckt sich ein dichter grauer Wald bis zum hügligen Horizont. *(Eleanor: Ich bemühe mich nach Kräften, so gut wie möglich zu schreiben, trotz des Schmerzes. Ich will wirklich als guter Autor in Erinnerung bleiben. Momentan überkommen mich Selbstzweifel besonders schnell, wenn du also eine holprige Stelle findest, ändere oder streiche sie bitte. Ich vertraue auf deine Diskretion.)*

Ich sitze im Gras am Rand einer Klippe, die zwei Baumlängen hoch ist. Das abstoßende Waldgebiet wirkt zu tot und karg, als dass es sich um Kalifornien handeln könnte. Aber wieso sollte ich auch in Kalifornien sein? Eben noch war ich in Suffolk, im Jahr 1983. Tony Bonellis Worte fallen mir ein: »Sie kann tun, was sie will, Jack. Alles. Sie kann dich überall hinbringen, zu jeder Zeit, an jeden Ort.«

Überallhin. Zu jeder Zeit ... *in* jede Zeit?

Die kahlen, knorrigen Bäume erstrecken sich so verwunden in den Himmel wie ... Wie arthritische Finger.

Oh Gott, nein, bitte nicht. Nicht hier. Sehr viele Gegenden sehen so aus; ich könnte überall sein!

Nur, dass meine Reise auf Gleisen verläuft. Hinter alldem verbirgt sich eine merkwürdige Absicht.

Ich drehe mich auf der kalten Erde um und erblicke die Rückseite der Kirche, die vor mir aufragt. Durch das bunte Bleiglasfenster fällt ein abtrünniger Sonnenstrahl.

So mulmig mir auch zumute ist, irgendwie beruhigt es mich, etwas Vertrautes zu sehen.

Mir fällt auf, dass ich mein Handy noch immer fest in der Hand halte. Es zeigt mir Uhrzeit und Datum an: 14.36 Uhr ... am 31. Oktober.

Halloween. Dasselbe Halloween, das ich eigentlich nur im Rückspiegel sehen dürfte.

Ich betrachte das Bild im Buntglasfenster und spüre einen dumpfen Druck im Kopf. Jesus auf den Felsen. Pater Primo Di Stefanos Worte hallen durch die Gewölbe meiner Erinnerung: »Das ist Christus während seiner vierzig Tage in der Wüste.«

Nach Halloween hielt ich zwanzig Tage durch. Und jetzt bin ich zwanzig Tage in der Vergangenheit. Falls Sie ausrechnen können, wie viel Tage das insgesamt sind, bekommen Sie keinen Preis dafür.

Ich vergleiche mich lieber nicht mit Jesus Christus. Das würde Mimi nur in die Hände spielen.

Aus der Kirche ist Gelächter zu hören. Ein hysterisches, bauchiges Lachen, so abrupt wie ein Vulkanausbruch. Ich sitze wie angewurzelt da.

Dieses Lachen klingt ganz nach mir.

Meine Haut kribbelt, als ich zum Fenster aufschaue. Ich eile darauf zu.

In der Mauer fehlen ein paar Ziegelsteine, die Lücken bieten mir Halt beim Klettern.

»Signore!«, sagt eine Stimme in der Kirche, die genau wie die von Pater Primo Di Stefano klingt. »Bitte, was soll das? Zeigen Sie ein wenig Respekt.«

Ich ziehe mich am Fenstervorsprung hoch und blicke durch das Glas. Ich halte mich am rauen Mauerwerk fest, und meine Oberschenkel und Waden zittern vor Anstrengung.

Aus meiner Perspektive sehe ich den schlichten Altar und die Kanzel im Vordergrund, dahinter erstrecken sich viele Bankreihen bis zur gegenüberliegenden Wand. Vor dem Altar steht Pater Primo Di Stefano, der mir sein Profil zuwendet. Seine Assistenten Bart und Bartlos flankieren Maria Corvi, jeder hält einen ihrer Arme fest.

Mein Blick verweilt nicht lange auf ihnen, denn drei Gestalten fünf Reihen weiter hinten erregen meine Aufmerksamkeit.

Ich sehe Marias Mutter, Maddelena. Zurück von den Toten.

Außerdem sitzt dort der Mann, den ich Dolmetscher-Tony nannte. Zurück von den Toten.

Der Kerl, der zwischen ihnen sitzt? Das bin ich. Grinsend und applaudierend, die Hände hoch über den Kopf gehoben.

Ich weiß nicht, ob Sie jemals Ihr früheres Ich durch ein Fenster betrachtet haben, aber das ist befremdlich. Der Anblick ist so überwältigend, dass sich das Gehirn überschlägt, um eine Erklärung dafür zu finden. Ich sehe wohl mein Spiegelbild, schlägt es vor. Oder vielleicht sehe ich ein Video auf einem großen Bildschirm. Womöglich ist das da drinnen gar nicht Jack Sparks.

Mein Gehirn belügt mich nicht zum ersten Mal.

Maria dreht den zerzausten Kopf, schaut zu meinem Fenster. Ihre Augen reflektieren das Sonnenlicht, ihr Blick bohrt sich in mich.

Ihr wissender Ausdruck wird deutlicher. *Ah, hallo, Zukunfts-Jack. Wie läuft die Reise so für dich?*

Mein Ich aus der Vergangenheit blickt ebenfalls in meine Richtung. Ich erinnere mich noch, dass ich in dem Moment gedacht habe: *Wo sieht die lustige Schauspielerin hin?*

Der Gedanke, Blickkontakt mit meinem früheren Ich aufzunehmen, lässt mich an die Garderobe denken. Seelenbeben! Ich stoße mich von der Wand ab und lande keuchend auf dem Rücken.

Angst droht mich zu überwältigen, während ich mir alles in Erinnerung rufe, was ich über Zeitreisen weiß – oder zu wissen glaube. Wieso habe ich mir in Culver City nicht Pascals Theorien angehört? Das bisschen, das ich über Zeitreisen weiß, habe ich aus Romanen. Ich bezweifle, dass mir die Folgen von *Doctor Who*, die ich gelegentlich gesehen habe, jetzt eine Hilfe sind.

Ein zentraler Grundsatz jedoch wirkt instinktiv plausibel: Sich selbst in der Vergangenheit zu treffen ist schlecht. Falls wir uns berühren oder auch nur miteinander reden, könnte die Welt explodieren oder implodieren oder so. Antimaterie und Materie. Der Gedanke bringt mich zum Lachen. Ein Mann liegt hinter einer Kirche am Boden vor Lachen, während sein früheres Ich drinnen einem Exorzismus beiwohnt, ohne zu ahnen, dass er in einer Zeitschleife steckt.

Ich bin in Fifty Shades of Fucked-up.

Ich höre auf zu lachen, als mir der Gedanke kommt, dass ich tot sein könnte. Sieht so der Tod aus? Es beruhigt mich, dass sich mein Hals warm anfühlt und ich einen Puls spüre. Kann sich ein Toter überhaupt lebendig fühlen? Was, wenn nur das Ding, das sich Maria Corvis Augen bedient, mich sehen kann, und sonst niemand?

Ich muss an den Geist im Keller denken, damals in L. A. Oder eher im *künftigen* L. A., je nach Blickwinkel. *Das* war … ist ganz sicher mein Geist … oder wird es sein. Mein Zukunftsgeist. Im Gegensatz zu mir war er durchscheinend und pulsierte, mal mehr, mal weniger sichtbar. Dann fällt mir ein, dass er starke Verbrennungen aufwies, und Angst befällt mich.

Meine Gedanken kreisen eine Weile um diese Dinge, bis mein hektischer Atem sich beruhigt und die Panik nachlässt. Ich beschließe zu handeln.

In der Kirche stößt Pater Di Stefano einen Schmerzensschrei aus. Ah, das liegt sicher daran, dass Maria ihm einen hochgewürgten Nagel ins Bein jagt. Wie konnte ich das je für einen Trick halten? Ich habe mich unaufhörlich von der Realität abgeschirmt. Vor einer Ewigkeit.

Was soll ich tun? Kann ich es wagen, mit meinem früheren Ich zu reden? Ihm raten, das Buch nicht zu schreiben? Was, wenn ich dem anderen Jack sage, er soll sich überschwänglich bei Di Stefano entschuldigen und ganz besonders bei Maria?

Wenn ich verhindere, dass mein Gelächter sie beleidigt, wendet das vielleicht das anschließende Grauen ab.

Womöglich bekomme ich eine zweite Chance.

Wie lauten die Regeln dafür?

Ich mache exakt das, was ich den Paranormals vorgeworfen habe: Ich stelle sie während der Handlung selbst auf.

Nachdem ich etliche Male im Kreis gelaufen bin und mich gewappnet habe, gehe ich um die Kirche herum.

Hinter der zweiten Ecke erblicke ich Tony Bonelli. Er steht ein gutes Stück vom Eingang entfernt, bei den geparkten Autos. Er raucht und hat mich noch nicht bemerkt. Doch ich erinnere mich vage, dass er mich gleich sehen wird.

Tatsächlich erblickt er mich und nickt mir beiläufig zu. Ich hätte erwartet, dass er durchdreht oder zumindest Angst bekommt, aber natürlich hält er mich für denselben Jack, der in der Kirche sitzt. Auf die Entfernung erkennt er vermutlich nicht, dass ich ein anderes T-Shirt trage. Ich habe dasselbe Jackett und wohl auch dieselbe alte Jeans an. Er sieht weder Sherilyns Rucksack noch, dass ich aufgrund der vielen Bandagen und Pflaster unter dem Shirt ein wenig dicker wirke.

Zornig stapfe ich auf ihn zu. Meine Hand zuckt in freudiger Erwartung, die sanfte Haut seiner Kehle zu umklammern, ihm die Augen auszustechen, ihn so stark zu verletzen wie nur möglich. Ich will diesen Mistkerl leiden lassen wegen dem, was er Bex angetan hat, auch wenn das noch in der Zukunft liegt. Und obwohl er die Tat zweifellos nur deshalb begeht, weil er wahnsinnig geworden ist.

Bonelli runzelt die Stirn und weicht einen Schritt zurück. Er will etwas sagen – vermutlich fragt er gleich, ob alles in Ordnung ist, doch im selben Moment tritt mein früheres Ich durch die Seitentür ins Freie. Von unbeschreiblicher Furcht gepackt, ziehe ich mich hinter die Ecke der Kirche zurück und verschwinde außer Sicht.

Ich höre Tony verwirrt aufkeuchen und erinnere mich, wie sonderbar dieser Augenblick für mein früheres Ich war. Ich dachte, der Exorzismus hätte den Kerl aufgewühlt, dabei hat er völlig natürlich reagiert – schließlich hat er soeben meinen mörderischen Doppelgänger gesehen. Es überrascht mich, dass er nicht schreiend fortgerannt ist.

Was zur Hölle mache ich jetzt? Vergiss Bonelli, vergiss deine Rache, vergiss deine Angst: Ich muss die Zukunft ändern. Momentan verläuft alles genau so, wie es sich schon mal ereignet hat. Ich wappne mich, um erneut um die Ecke zu treten. Diesmal werde ich etwas bewirken. Ich suche mein früheres Ich auf und erzähle ihm alles, was ich weiß. Das Universum wird nicht implodieren.

Auf geht's.

»Hallo Jacob«, krächzt die Stimme eines jungen Mädchens hinter mir.

Ich drehe mich um und stehe direkt vor Maria Corvi. Sie hat die Hände vor dem blauen Kittel verschränkt und ein breites Lächeln aufgesetzt. Sie würde wie ein fröhliches Mädchen wirken, wäre ihre Mundpartie nicht mit ihrem eigenen Blut, Magensäure und Rostflecken beschmiert. Ja, sie sähe fast menschlich aus ohne die rissige Gesichtshaut und die eitergelben Augen.

Die Augen, in denen ein Höllenfeuer tanzt, wo eigentlich Netzhäute und Sehnerven sein sollten. War wohl doch keine Reflexion der Sonne.

Sie legt den Zeigefinger auf die Lippen. Den Finger mit dem abgebrochenen Nagel, feucht vom Blut. Ihr faulig räucheriger Atem steigt mir in die Nebenhöhlen. »Das lief gut da drinnen, findest du nicht, Jack? Es macht Spaß, das ganze Zeug aus der Bibel zu zitieren, das der Priester hören will.«

Ich frage mich, ob sie mir gleich sagt, dass alles nur ein Witz war. Ob sie den Vorhang zurückzieht und mir das wahre Oz zeigt. Die echte *Truman Show*. Dann bin ich auf magische Weise vom Haken. Kleiner Scherz, nichts passiert.

Das ist ein Paradebeispiel für falsche Hoffnung.

Sie berührt meine Lippen mit dem Finger und beschmiert sie mit einer widerlichen Flüssigkeit. Dann zieht sie die Hand zurück. Ich ergreife die Gelegenheit. »Bist du … bist du der, für den ich dich halte?«

Mit Unschuldsmiene sagt Maria kokett: »Mamma ruft mich sicher gleich. Ich will nicht, dass sie sich Sorgen macht.«

Maddelena Corvi. Die Mutter, die absolut recht damit hatte, dass ihre Tochter besessen ist. Die Frau, die nur noch Stunden zu leben hat.

»Hör mal«, sage ich. »Es tut mir leid, dass ich gelacht habe, okay? Es tut mir sehr, sehr leid.«

Ich begreife Marias halbherziges Achselzucken nur zu gut. Mit so einem Schulterzucken gebe ich meinem Gegenüber für gewöhnlich zu verstehen, dass mir die Sache egal ist.

»Ich nehme alles zurück«, beharre ich. »Ich weiß, wer du bist. Du bist echt, und ich werde das der Welt mitteilen.«

In der Kirche ruft mein früheres Ich laut und deutlich: »So etwas wie den Teufel gibt es nicht!«

Maria stößt ein leises, kehliges Lachen aus.

»Maria?«, ruft Maddelena aus der Kirche. Marias widerliche Augen blicken in die Richtung, aus der der Ruf kam, und ihr Mund öffnet sich. Aus ihrem Hals ertönt das laute Ticken einer Standuhr.

Mich überkommt das verzweifelte Gefühl, auf einer Falltür zu stehen. »Ich will leben. Ich habe so viel gelernt. Bitte vergib mir.«

Maria neigt den Kopf zur Seite, hebt den Blick und legt den Zeigefinger ans Kinn. Als denke sie ernsthaft über meine Worte nach.

Ticktack, hallt es aus ihrem Mund. *Ticktack*.

Maddelenas Stimme wirkt dünn wie Papier im Wind, als sie erneut nach ihrer Tochter ruft.

Ticktack.

»Bitte, verschone wenigstens Bex. Rebecca Lawson. Sie hat das nicht verdient.«

Tut mir leid, Sherilyn. So leid. Ich habe nur wenige Sekunden Zeit, nur Sekunden für mein Plädoyer.

Das Ticken verstummt, als Maria das Wort ergreift. »Kann ich nicht beeinflussen. Aber war unterhaltsam. Hast du das Knacken gehört, als sie im Abfluss verschwand? Bex' gebrochene Knochen.«

Tränen brennen mir in den Augen, und mir wird übel. Blinder Hass packt mich. Ich fasse hinter mich und taste nach dem Geheimfach in Sherilyns Rucksack.

Maria blinzelt. »Natürlich wollte mein kleiner Antonino *dich* töten. Das habe ich ihm verwehrt. Aber man sollte seinen Haustieren ab und zu ein Leckerchen zuwerfen.«

Meine tastenden Finger finden das Fach – es ist leer.

»Du siehst Tony nicht wieder«, sagt Maria kichernd. »Ich habe ihn weit in der Zeit zurückgeschickt. Oh, was für einen Spaß er haben wird.«

Was könnte ich mit einem Schlagstock überhaupt bewirken? Ich würde nur das dreizehnjährige Mädchen verletzen, das diesem Ding als Wirt dient. Verdammt, nein.

Nein. Ich habe mir vorgenommen, meine Leser nicht mehr zu belügen: Nicht die Furcht, die unschuldige Maria Corvi zu verletzen, lähmt mich. Es ist allein die Furcht. Die Art von Furcht, die man empfindet, wenn man dem Bösen in die eiskalten Augen blickt. Die Art von Furcht, die erst die Leistengegend meiner Jeans wärmt und dann durchnässt, was ich kaum mitbekomme.

Maria greift in die Tasche ihres Kittels und zieht den Schlagstock hervor.

Suchst du das, Jack? Wie unartig!

Mein Magen verkrampft sich, und ich weiche vor ihr zurück. Maria folgt mir mit grausamem Grinsen und steckt den Schlagstock wieder ein.

Die Schlussfolgerung, die meine verrückten Gehirnwellen ziehen, fußt eher auf schierer Verzweiflung als auf Logik: Maria hat Mimi erschaffen und dabei meine Ego-Energie genutzt – und die der Paranormals. Falls es mir gelingt, Mimi zurückzuholen, sie absichtlich zu wecken, beschützt sie mich vielleicht. Möglicherweise kann ich Marias Schöpfung gegen sie richten.

»Ich bin die Perfektion höchstselbst«, sage ich zu Maria und mühe mich nach Kräften, daran zu glauben. »Man kann mich nicht aufhalten. Ich bin der größte Schriftsteller aller Zeiten. Ich war gerade vierzig Tage in der Wüste. Ich bin Er. Ich bin Jesus Christus!«

Mimis schwebendes Gesicht taucht nicht auf. Gar nichts geschieht.

Marias bestialische Züge nehmen einen Ausdruck an, der an Mitleid erinnert. »Oh, Jacob, du hast wirklich nicht aufgepasst. Mimi und ich stehen uns sehr nahe. Genau genommen, sind wir unzertrennlich.«

Ihre rechte Hand schießt vor und packt mich an der Kehle. Meine Haut wird zu gebratenem Speck, zischt und brutzelt unter ihrer Berührung.

Maria verzieht vor Wonne das Gesicht. Diese Sturmflut aus Schmerz ist für sie wie erlesener Wein.

Ich bringe keinen Laut über die Lippen. Mir bleibt nur die Unterwerfung. Ich gehe in die Knie, und alles wird schwarz.

Dann wird mir klar, dass ich das Privileg der Besinnungslosigkeit verweigert habe. Ich liege auf dem Bauch und werde an den Haaren durchs Gras geschleift. Alle paar Schritte geben meine Haarwurzeln nach, mein Kopf knallt zu Boden, und

Maria steht mit einer Faustvoll Haaren da. Sie wirft das ausgerissene Büschel beiseite, packt meinen Schopf erneut und zieht mich weiter.

Ich habe den hölzernen Schlagstock zwischen den Zähnen, Maria hat mir sein rundes Ende tief in den Mund gerammt. Er sorgt dafür, dass ich nur durch die Nase atmen kann.

Während ich skalpiert werde und meine Sinne schwinden, rieche ich den Duft einer brodelnden Pizza Peperoni, der von der Haut um meinen Kiefer ausgeht.

Ich greife nach Marias Beinen, streife sie jedoch nicht einmal mit den Fingerspitzen.

Stammt das Geräusch, das ich da höre, von mir? Bringe ich endlich einen Schrei zustande? Nein, das ist das Martinshorn der sich nähernden Ambulanz.

Das dreizehnjährige Mädchen schleift mich zum Rand der Klippe. Erstaunlich, wie zerbrechlich wir alle sind. Verstümmle einen Menschen nur genug, schlag ihn ordentlich zusammen, und schon hält er einen tödlichen Sturz für eine Gnade.

Irgendwo im Hintergrund ruft Maddelena: »Maria? Dove sei, la mia bambina?« Aber sie wird mich nicht retten. Denn das alles ist schon passiert, und inzwischen verstehe ich die Botschaft: Ich kann gar nichts ändern. Es ist bereits geschehen, auch um mich.

Maria sagt etwas in triumphierendem Ton. Vergeben Sie mir, aber mein bevorstehender gewaltsamer Tod lähmt mich so sehr, dass ich ihr nicht mehr zuhöre.

Sie stößt mich hart über die Klippe, der grasbewachsene Boden verschwindet aus meinem Blickfeld, und die Gravitation zieht mich an sich.

Kapitel einundzwanzig

Ich wache mit gespreizten Gliedern in den rauen Armen eines Baumes auf und weiß nicht, wo hinten und vorne ist.

Mein linkes Bein sendet starke Schmerzreize aus. Etwas stimmt damit ganz und gar nicht.

Gott weiß, wo der Schlagstock gelandet ist, aber ich habe noch den Holzgeschmack im Mund.

Ich erkenne immerhin, wo oben und unten ist, und zwar an der Richtung, in die mein Blut tropft. Der natürliche Kompass des Körpers. Blut läuft mir aus der frischen Platzwunde auf der Stirn, und einige der Crowley-Schnittwunden haben sich wieder geöffnet. Der Richtung nach zu urteilen, in die mein Lebenssaft fließt, hänge ich definitiv über Kopf.

Alles wirkt hyperreal. Ich sehe die Äste und Blätter in Hochauflösung. Regenbogenfarben in den Tautropfen. Vermutlich ist die menschliche Wahrnehmung so geschärft, wenn man dem Tod von der Schippe springt.

Eine Zeit lang blute ich vor mich hin und versuche, bei Bewusstsein zu bleiben. Dann muss ich an Maria Corvis Stimme denken, die aus Tony Bonellis Mund dringt: »Ich bin in ein paar Stunden zurück, ja?«

Diese Ankündigung wirkte zunächst seltsam, doch jetzt lässt sie meine Alarmglocken schrillen.

Maria fährt mit der Ambulanz ins Krankenhaus, aus dem sie anschließend flieht. Die arme Maddelena Corvi, der arme Pio Accardo. Und ich bin ebenfalls arm dran, denn Maria kehrt zu mir zurück, um mich endgültig zu beseitigen.

Ich kann nicht behaupten, dass ich mich auf den Gnadenstoß freue.

Ich spanne die Bauchmuskeln an, richte den Oberkörper auf und schlinge die Arme um einen Ast. Mein linkes Bein schmerzt höllisch.

Kalter Schweiß bedeckt meinen Körper, und meine Sicht verschwimmt. Um nicht bewusstlos zu werden, beiße ich mir auf die Lippe. Mein eigenes Blut vermengt sich mit der rötlich schwarzen Substanz, die Maria mir auf den Mund geschmiert hat.

Mein Bein ist unterhalb des Knies gebrochen. Die Haut ist unverletzt, doch der Fuß ist unnatürlich weit nach rechts abgewinkelt. Sobald ich ihn bewege, wird mir vor Schmerz übel.

Das erleichtert es mir nicht gerade, mich zu Boden fallen zu lassen. Ich lande auf dem heilen Bein und lehne mich mit dem Rücken an den Baumstamm. Sherilyns Rucksack schabt über die Rinde. Da mir klar ist, dass ich nicht ohne Hilfe laufen kann, biege ich einen dicken Ast herab. Er leistet Widerstand und verformt sich zu einem U, bevor er endlich dicht am Stamm abbricht. Auf die behelfsmäßige Krücke gestützt, humple ich vorsichtig ein Stück. Ein langsamer, schmerzvoller Prozess, aber ich komme voran.

Behutsam berühre ich die Verbrennung an meinem Hals, und als ich die Finger zurückziehe, klebt ein Klumpen verschmorten schwarzen Fleisches daran. Ich nehme mir vor, die Stelle nicht mehr zu berühren, wische mir Blut aus den Augen und sehe mich um.

Ich bin am Fuß der Felswand, am Rande des Waldes. Da Maria zur Kirche zurückkommen will, muss ich so schnell wie möglich von hier weg. Vor allem muss ich den Gedanken verdrängen, dem Schicksal hoffnungslos ausgeliefert zu sein, ganz gleich, was ich tue. Dieses Denken wäre mein Untergang.

Durch die Bäume sehe ich ab und an den hügligen Horizont. Ich plane gerade eine Route zu diesen Hügeln, als ein vertrautes Piepen in meiner Tasche ertönt.

Das Display des Telefons hat einen Sprung, doch das Gerät funktioniert noch. Ein Pop-up-Fenster verrät mir, dass dem Akku noch zehn Prozent seiner Leistung verbleiben.

Dahinter ist eine zweite Nachricht aufgepoppt: »Dein Video *ohne Titel* wurde erfolgreich auf YouTube hochgeladen!«

Ich brauche viel zu lange, um zu begreifen, was das bedeutet. Welches Video? Mir schwirrt der Kopf. Meine Verletzungen sind der erklärte Feind der Logik, der Erinnerung und des gesunden Menschenverstands. Doch all das benötige ich zum Überleben.

Natürlich. Es geht um *das Video*. Das Video, das ich im Heizungskeller des Sunset Castle gedreht habe, bevor ich mich zunächst im Jahr 1983 und dann am heutigen Halloweentag wiederfand. Da ich hier fürchterlich schlechten Empfang habe, muss der automatische Upload des zweiundvierzigsekündigen Clips eine Ewigkeit gedauert und die Batterie stark beansprucht haben.

Und jetzt wird mein früheres Ich das Video in Rom am Flughafen sehen und zu seiner unehrlichen Quest aufbrechen. Zukunfts-Jack nimmt sich vor, das Video als Fälschung zu entlarven, während er insgeheim nach einem Beweis für seine Echtheit sucht. Das alles zu durchschauen, bereitet mir flammende Kopfschmerzen und raubt mir die Konzentrationsfähigkeit. Beim dritten Schritt in den Wald hinein strauchele ich und fuchtele wie wild mit dem Arm herum, um das Gleichgewicht zu bewahren.

Ich bin dazu gezwungen, gleichzeitig zu laufen und zu denken, obwohl mich schon eine dieser Tätigkeiten überfordert. Ich lechze nach Ablenkung und zähle meine qualvollen, holprigen Schritte. Erst nach zweihundertfünfzig gestatte ich mir, einen Blick zurückzuwerfen.

Die Kirche und die Klippe sind durch die knorrigen Äste noch als grün-graue Flecken zu erkennen. Die vielen kahlen

Bäume bieten mir weniger Deckung als erhofft, doch immerhin habe ich eine beachtliche Strecke geschafft. Ein Erfolg. Ich versuche, nicht daran zu denken, wie unwahrscheinlich es ist, dass ich einem Wesen entkommen kann, das die Zeit selbst zu manipulieren vermag. *Denk nicht dran. Geh einfach weiter.*

Der Motörhead-Song *Killed by Death* kommt mir in den Sinn. Darin krächzt Lemmy: »I ain't gonna be easy, easy / The only time I'm gonna be easy's when I'm killed by Death.« Nicht gerade poetisch, keine Frage, aber zutreffend. Ich will nicht kampflos aufgeben. Ich werde alles tun, um Maria die Jagd zu erschweren. Mein Ego hat mir die ganze Suppe eingebrockt, und jetzt könnte es mir dabei helfen, mein Leben zu verlängern. Ein bestimmter Aspekt des Egos ist fest im Menschen verankert: der Überlebenstrieb. Manchmal kommt man einfach nicht umhin, selbstsüchtig zu sein.

Man würde alles tun, um die eigenen Schmerzrezeptoren zum Schweigen zu bringen.

Und man täte alles, damit die Lungen einem den Dienst nicht versagen.

Ich ärgere mich sehr, dass es mir nicht gelungen ist, mein früheres Ich zu konfrontieren, und beschließe, das nachzuholen. Ich tippe meine eigene Telefonnummer ein und drücke auf das Anrufsymbol.

Sich selbst anzurufen ist grundsätzlich verrückt. Doch entgegen jedem physikalischen Gesetz, mit Ausnahme spezieller Quantentheorien, gibt es jetzt zwei identische Telefone auf der Welt. Ganz zu schweigen von zwei identischen Jack Sparks.

Ich bekomme eine Verbindung, es klingelt am anderen Ende der Leitung, und ich gehe ran. Genauer gesagt, geht mein früheres Ich ran.

Für die Dauer eines Schmetterlingsflügelschlags, nicht länger, höre ich das Brummen eines Automotors. Dann dröhnt ein schreckliches elektronisches Aphex-Twin-Kreischen aus dem Hörer, und ich beende abrupt den Anruf. Oh, Gott, komme ich mir dumm vor. Das hätte ich wirklich wissen müssen, schließlich habe ich die Situation schon einmal erlebt.

Es entsteht also eine Art chaotischer Endlosschleife, wenn ich mein früheres Ich anrufe. Damit kommt das Universum nicht klar. Ich gebe auf, ramme den Ast in den Dreck und hinke weiter.

Ich habe keinen Empfang mehr, daher schalte ich das Handy aus, um Energie zu sparen. Natürlich fällt mir beim vierhundertsten Schritt ein, was ich mit dem Telefon hätte machen sollen, aber dafür ist es zu spät. Würde ich die hundertfünfzig mühsamen Schritte durch die spitzen Dornen zurückgehen, zu der Stelle, an der ich Empfang hatte, wäre die ganze Mühe umsonst gewesen. Ich werde das Gefühl nicht los, dass Maria Corvi mir schon auf der Spur ist, deshalb nehme ich mir vor, das Handy erst wieder einzuschalten, wenn ich höher gelegenes Gelände erreiche.

Jeder Schritt ist ein eigenes Unterfangen. Bei jedem Meter rammt sich der Ast in meine Achselhöhle, bis die Haut aufgeschürft ist. Der hohe Blutverlust ist meinem Energiehaushalt ebenso zuträglich wie die untergehende Sonne meiner Moral.

Der Himmel ist von trübem, mattem Rot. Alle Schatten haben ihre maximale Länge erreicht.

Ich habe Angst vor dem Einbruch der Nacht. Und wie.

Alle zehn Schritte explodiert ein Regentropfen auf meinem teilweise kahlen Schädel. Dann alle fünf Schritte. Dann bei jedem. Als die dicken Wolken schließlich aufbrechen, verwandelt der Regen meine Kleidung in zusätzliche Gewichte. Der vormals mürbe, ausgedörrte Waldboden beginnt, an meinem unverletzten Fuß zu saugen. Ich halte inne, lege den Kopf in den Nacken und genieße die Feuchtigkeit auf meiner Zunge. Noch mehr genieße ich die kühlende Wirkung des Wassers in meinem wunden Hals. Eine kleine Gnade, die gewaltig groß wirkt.

Ich stelle mich unter einen breiten, knorrigen Baum, lasse mich nieder, komme härter auf, als mir lieb ist, und strecke mit einem zischenden Schmerzenslaut das verletzte Bein aus. Nur fünf Minuten Pause, dann gehe ich weiter.

Als ich das Handy wieder einschalte, schwankt der Empfang zwischen nicht vorhanden und einem Balken. Ich habe meine tolle neue Idee noch nicht vergessen, daher starte ich die YouTube-App. Aus der Liste meiner hochgeladenen Videos wähle ich das *ohne Titel* aus und lösche es. Das kommt mir wie ein genialer Plan vor, denn nun wird mein früheres Ich das Video nie zu Gesicht bekommen. Vermutlich halten Sie sich jetzt für besonders clever, weil Sie wissen, warum dieser Plan nicht funktioniert, was? Ja. Humpeln *Sie* mal eine Meile weit mit einem vor Schmerz zerspringenden Kopf, einem Klumpfuß, einer aufgeplatzten Stirn, einem verätzten Hals, halb ausgerissenem Haar, Crowley-Schnittwunden, einer Blutlache im Schuh ihrer gesunden Ferse und einer vollgepissten Hose. Dann sehen wir, wie clever Sie noch sind.

Ich erkenne meinen Fehler, kurz nachdem ich das Video gelöscht habe. Denn ja: Mein früheres Ich ist schon am Flughafen und hat den verdammten Clip gesehen. Dass ich es gelöscht habe, bewirkt nur, dass er mit seiner Spürhundnase umso mehr herumschnüffelt.

Der Status des Handyakkus: fünf Prozent. Panik überkommt mich bei dem Gedanken, bald nicht mehr genug Kraft für den Weg durch das immer dunkler werdende Labyrinth zu haben, ohne Verbindung zur Außenwelt. Panik wiederum sorgt für einen Adrenalinschub, der meine Sinne schärft. Ich muss etwas tun, das nicht schon zum festgelegten Programm gehört. Etwas, was nicht so sauber in das ausgelegte Puzzlespiel passt.

Ich muss jemanden telefonisch um Hilfe bitten. Jemanden, der nicht ich ist.

Sie denken vielleicht, diese Idee müsste eigentlich auf der Hand liegen. Für mich hingegen ist sie eine Offenbarung. Angesichts aller Funktionen, die mir mein Handy bietet, denke ich zuallerletzt ans Telefonieren. Wenn man heutzutage jemanden anruft, befürchtet derjenige gleich, dass jemand gestorben ist.

Ich kenne die Nummer der italienischen Polizei nicht, und es würde zu lange dauern, sie herauszufinden. Aber ich kann es bei Alistair probieren. Klar, wir hassen uns. Das Muttersöhnchen legt vielleicht einfach auf, aber womöglich nimmt er mich diesmal ernst und organisiert meine Rettung.

In diesem Moment kommt mir ein überwältigend kostbarer Gedanke, der mir die Kehle auf den Durchmesser eines Trinkhalms zuschnürt.

Oh mein Gott. Momentan ist *Bex noch am Leben*. Sie liegt nicht tot in den Tiefen des Sunset Castle und verstopft den Abfluss. Sie ist noch in Brighton, voller berauschender Endorphine und glaubt, mit Lawrence läuft alles prima. Und so könnte es auch bleiben, wenn kein manipulativer Scheißkerl die beiden auseinanderbringt.

Ich könnte Bex anrufen und ihr sagen, dass sie niemals, niemals nach L. A. fliegen soll.

Ich könnte ihr Leben retten.

Ich könnte sie vor mir bewahren. Vor Tony.

Handy-Akku: vier Prozent. Das Telefon ist über zwei Jahre alt, daher geht der Batterie schnell der Saft aus.

Ich schaffe garantiert nur einen einzigen Anruf.

Es gilt, eine wichtige Entscheidung zu fällen.

Rufe ich Alistair an und rette mich selbst – oder rette ich Bex?

Entweder oder.

Rings um den Baum prasselt der Regen zu Boden.

Der automatische Überlebensdrang, den ich vorhin erwähnte? Jetzt meldet er sich erst recht zu Wort, ob ich will oder nicht. Irgendwo in meinem Gehirn dreht der Hypothalamus durch. Zweifellos hat Mimi, die Göttin der Selbsterhaltung, sich um ihn gewunden, um dem natürlichen Prozess auf die Sprünge zu helfen.

Ich will leben. Mein Gott, ich will unbedingt weiterleben.

Auf meiner eigenen, vermasselten Zeitachse ist Bex bereits gestorben. Sie ist fort, und die Welt ist nicht untergegangen. Doch wenn ich sterbe, geht die Welt für mich definitiv unter. Ich habe den Beweis, dass es ein Leben nach dem Tod gibt – ich habe *mein* Leben im Jenseits gesehen –, aber was für eine Art von Dasein ist das? Das schwarze Ding im Heizungskeller schien mein künftiger Geist zu sein, der dort gefangen ist und den Verstand verloren hat. Hoffentlich ist das nur ein vorübergehender Zustand, eine Art Buße. Aber was, wenn es nach dem Tod keine eigene jenseitige *Welt* gibt? Was, wenn wir alle nur elektromagnetische Echos sind, die an unsere Erde gebunden sind?

Als die Batterie die Drei-Prozent-Marke erreicht, höre ich auf nachzudenken.

Ich mache mich bereit, eine Kurzwahltaste zu drücken, und im Bruchteil einer Sekunde ziehen drei lebhafte Bilder vor meinem inneren Auge vorbei.

Kurz darauf bekomme ich eine Verbindung. Das angerufene Telefon klingelt eine quälend lange Zeit, bis schließlich jemand abhebt.

»Hallo, Dolly«, sagt Bex. »Du bist in Griechenland, stimmt's?«

Ich hatte fest vor, Alistair anzurufen. Dann fiel mir der Ausdruck in Bex' Gesicht ein, als ich sie auf dem Hotelsofa festhielt und in geistiger Umnachtung das Messer schwang. All die falsche Hoffnung und das enttäuschte Vertrauen in ihrer Miene und den glänzenden Augen. *Ist das wirklich das Ende? Das kann nicht sein!*

Mir fiel ein, wie Bex neben mir auf dem riesigen gelben Sofa saß. Sie hielt meine Hand, sah mir in die Augen und sagte, alles sei gut.

Mir fiel unsere allererste Begegnung ein. Bex stieg im Fitnessstudio vom Crosstrainer, schweißgebadet. Motiviert und glücklich, denn ein normales Leben lag vor ihr, bis ich großspurig antanzte und Hallo sagte, was ihr Schicksal besiegelte.

Diese Erinnerungen kamen genau zur richtigen Zeit an die Oberfläche. Tja … zur richtigen Zeit für sie, zur falschen für mich.

Beim Klang von Bex' Stimme fühlt sich mein Hals wie ausgetrocknet an.

Ich will ihr so viel sagen, aber die geringe Restladung meines Akkus verbietet das meiste davon. Ich muss sie vom Pfad des Todes abbringen, solange mein schwächelnder Lithium-Ionen-Akku noch mitspielt.

»Leg auf«, sagt Bex frech, ehe ich etwas sagen kann. »Leg sofort auf.«

Ich bin verwirrt. Denn jetzt klingt Bex' Stimme anders. Sie kommt nicht aus dem Hörer. Sie kommt direkt aus dem Boden vor mir.

In der Leitung aus Brighton höre ich, wie Bex mir direkt ins Ohr sagt: »Hallo? Hast du den Anruf versehentlich in der Hosentasche ausgelöst, du Idiot?«

Eine Blutlache bildet sich auf dem Boden, einen Schritt vom Baum entfernt. Das Blut scheint zu tanzen, Regentropfen lösen winzige Explosionen auf der Oberfläche aus.

Aus der Mitte der Pfütze steigt das schwebende Gesicht von Rebecca Lawson. Zuerst die Nase, dann die Lippen und schließlich die Stirn und das Kinn. Am Ende durchbrechen ihre babyblauen Augen die Oberfläche, blicken gen Himmel, schlierig wie alte Glasmurmeln. Trotz des Regens blinzeln sie nicht. Ihr Gesicht schwebt nicht mehr als vier Zentimeter über der Lache und gleicht einer einsamen Insel inmitten eines unsteten roten Meers.

All mein Schmerz löst sich in Bedeutungslosigkeit auf.

In meinem Bauch donnert, pfeift und brennt ein Feuerwerk.

Ich beende den Anruf, unterbreche die Verbindung zur lebendigen Bex, während meine Augen auf das Gesicht der toten Bex gerichtet sind. Ich krieche auf die Blutlache zu, und eine Flut an Emotionen droht den Damm zu durchbrechen, den ich seit ihrem Tod aufgebaut habe. Trotz der Freude und des Staunens empfinde ich so große Schuld, ganz zu schweigen von dem mulmigen Gefühl, das mir ihre fremdartige, makabre Erscheinung bereitet.

»Das bist du nicht, oder?«, frage ich tumb.

Als mir die tote Bex antwortet, ist mir die Veränderung ihrer Stimme nur zu bewusst. Sie klingt melodiöser, mit einem Akzent, den ich noch nie im Leben gehört habe. »Wir kehren nur dann zurück, wenn es einen guten Grund dafür gibt«, sagt sie. »Bei unerledigten Angelegenheiten. Oder um einen Tod zu verhindern. Gute Gründe wie diese nennen wir XXX.«

Sie sagt nicht wirklich »XXX« oder dergleichen, aber ich weiß nicht, wie das Wort buchstabiert wird, das sie aussprach. Es hat einen völlig fremdartigen Klang, besteht aus Lauten einer seltsamen Sprache. Ein Wort, das die menschliche Stimme vermutlich nicht aussprechen kann.

Ich kauere auf allen vieren am Rand der Lache. Regen prasselt mir auf den Hinterkopf, während ich die unfassliche Erscheinung ansehe. Fragen kommen mir in den Sinn und lösen sich wieder auf. So viele Fragen konkurrieren miteinander um die Poleposition. Ja, ich habe Tony Bonelli nach seinem Tod gesehen, aber das schien Marias Werk zu sein. Ja, ich habe meinen künftigen Geist gesehen, doch das konnte mein Verstand unmöglich verarbeiten. Was ich gerade erlebe, fühlt sich an, als lüfte das Universum den Vorhang, um sein höchstes Geheimnis preiszugeben.

Ich presse hervor: »Also gibt es wirklich ein Leben nach dem Tod?«

Unablässig spült der Regen das Blut von Bex' Gesicht und offenbart ihre bläulich weiße Haut. »Ruf besser deinen Bruder an, ehe dein Akku leer ist.«

»Ist der Himmel so, wie man sich ihn vorstellt, oder eher …«

»Vergiss den Kram«, unterbricht sie mich. »Die Leute vergeuden ihre Zeit mit Mutmaßungen. Ihr seid bloß Würmer, Jack, die sich ausmalen, was sich über der Erde befindet. Die Realität ist viel zu komplex für euch.«

Ich weiß nicht mehr genau, was ich geantwortet habe, aber im Grunde waren es ungläubige Flüche. Zum ersten Mal bewegen sich ihre Augen und suchen meinen Blick.

»Hör mal«, faucht sie. »Ich weiß es zu schätzen, dass du endlich Rückgrat zeigst und dein Ego mal zurückstellst, aber ich will nicht gerettet werden. Ruf lieber deinen Bruder an.«

Mit weit geöffnetem Mund versuche ich, ihre Worte zu verarbeiten. »Moment mal … heißt das … das Leben nach dem Tod ist *so* gut, dass du …«

»Durch ein acht Zentimeter dickes Rohr gesaugt zu werden, um hierherzukommen, war die Sache wert, ja.«

Verschämt senke ich den Kopf. Bex mag mit ihrem neuen Leben zufrieden sein, trotzdem ist es eine Tatsache, dass ich ihr altes deutlich verkürzt habe. »Es tut mir so leid«, gestehe ich ihr. »Alles. Ich mach's wieder gut.«

»Nicht nötig«, antwortet das Gesicht über der Blutlache.

Unvermittelt kommt mir eine Idee. »Hast du … hast du da drüben Mum gesehen?«

»Ja, klar, Jack, ich habe deine Mum gesehen. Oh, ich hab sogar Neil Yates gesehen.«

Bex' beißender Sarkasmus verletzt mich, doch ihre glasigen Augen wirken völlig teilnahmslos.

»Weißt du«, fährt sie fort, »warum die meisten von uns nicht bei euch bleiben? Wegen *dieser* Scheiße. Die ganzen Fragen. Die Leute wollen, dass man Nachrichten und Entschuldigungen überbringt. Die Leute wollen unbedingt etwas mitteilen, das sie den Lebenden hätten sagen sollen. Ich kenne nicht mal den Namen deiner Mum, Jack. Du hast nie über sie gesprochen. Du warst viel zu sehr damit beschäftigt, über dich zu reden.«

Mein emotionaler Damm schwillt an und knirscht. Ein breiter Riss bildet sich in ihm. »Sagst du ihr etwas von mir?«

»Sag's ihr selbst, wenn du …«

»Bex, bitte! Sie soll wissen, dass es mir leidtut.«

»Ruf. Deinen. Bruder an.«

Bex richtet die Augen wieder gen Himmel. Dann versinkt ihr inselgleiches Gesicht langsam in der Blutlache.

Im selben Moment bricht mein Damm. Das Feuerwerk in meinem Bauch artet zu einem rekordverdächtigen Neujahrsfeuerwerk aus. Meine Tränen vermischen sich mit dem Regen. Halb blind hocke ich da und lege die Hand auf Bex' grabeskalte Porzellanwange. Und sage ihr, dass ich sie liebe.

Ich sage es ihr immer wieder. Zum ersten Mal sage ich es jemandem und meine es ernst. Schluchzend gestehe ich der untergehenden toten Frau, dass es mir leidtut, bis ihr Gesicht im Blut verschwunden ist.

Als ihre Nasenspitze untertaucht, rufe ich: »Hast du gehört? Bitte, sag, dass du es gehört hast. *Ich liebe dich.*«

Die quälende Stille scheint ein ganzes Leben anzudauern, dann höre ich ihre Antwort aus der Lache.

»Verdammt komische Art, das zu zeigen.«

Endlich weicht das Blut dem Regen und versickert in der Erde.

Ich lege mich auf den Rücken und glotze benommen in den immer dunkler werdenden Himmel.

Das Telefon in meiner Hand ist durchnässt. Völlig nutzlos.

Hätte ich nicht versucht, Bex zu retten, hätte ich vielleicht meinen eigenen Hals gerettet.

Aber zum ersten Mal im Leben habe ich die richtige Entscheidung getroffen.

Hier draußen im finsteren Wald, exakt vierhundert Schritt vom Nirgendwo entfernt, verziehe ich den Mund zu einem idiotischen Grinsen.

Als der Regen nachlässt, lache und jauchze ich.

DIE ENDGÜLTIGE SPUK-LISTE (Sparks' Prinzipien des Unheimlichen Kokolores)

Die Leute behaupten, übernatürliche Phänomene aus folgenden Gründen erlebt zu haben:
(1) Sie versuchen, andere zu täuschen
(2) Sie wurden von anderen getäuscht
(3) Sie haben sich selbst getäuscht
(4) Gruppentelekinese erzeugt verrückte, unerklärliche Ergebnisse
(5) Paranormale Phänomene sind real
(6) Es gibt ein Leben nach dem Tod
(7) Satan existiert wirklich
(8) Es gibt verdammt noch mal alles. Wir sind nur zu sehr mit uns selbst beschäftigt, um das zu erkennen

Im fahlen Mondlicht durchsuche ich Sherilyns Rucksack. Alle möglichen magischen Gegenstände befinden sich darin. Und ein Netbook. Auf dem Ding ist sicher die letzte Version meines Buchs gespeichert, die ich ihr gemailt habe. Wenn ich es aus dem Regen schaffe und einen geschützten Ort zum Schreiben finde, kann ich das verfluchte Werk vollenden.

Das wird meine letzte Tat sein.

Immerhin ist Halloween. Ich weiß, wie das funktioniert.

Bis vor Kurzem hätte ich niemals gedacht, dass die Welt sich auch ohne mich weiterdrehen könnte.

Der Mond verschwindet hinter einer Wolkenbank und taucht den Wald in Finsternis. Ich kann die Hand nicht mehr vor den Augen erkennen.

Meine Fantasie gaukelt mir vor, dass es sich bei jedem noch so grotesken Umriss vor mir um Maria Corvi handelt, die mir geduldig auflauert.

Ganz unten im Rucksack schließen sich meine Finger um glattes Messing.

Ohne hinsehen zu müssen, weiß ich, dass es mein Zippo ist. Sherilyn muss es für mich eingepackt und dann vergessen haben, es mir zu geben.

Ich halte das Feuerzeug fest in der Hand und rappele mich auf.

Ich gebe dem warmen Messinggehäuse einen Kuss.

Dann werfe ich das Zippo weg und schreite in die Dunkelheit.

Nachwort von Alistair Sparks

Inspektor Tacito Vivantes Anruf erreichte mich am Morgen des 13. November 2014.

Ich kleidete mich gerade im großen Schlafzimmer meines elterlichen Hauses in Suffolk an, das meine Mutter Chloe und mir hinterlassen hatte. An jenem Nachmittag wollte ich eigentlich zwanzig Kilometer laufen, im Rahmen eines Benefizprojekts für die MNK-Forschung (Motoneuron-Krankheit). Als ich Mr Vivantes Tonfall hörte, wusste ich gleich, dass ich an dem Lauf nicht teilnehmen würde.

Am 31. Oktober traf die italienische Feuerwehr gegen Mitternacht zwei Meilen östlich der Kirche ein, in der Jack am selben Tag dem Exorzismus beigewohnt hatte. Ein kleines Landhaus am Fuße eines Hügels stand in Flammen, und trotz des beherzten Feuerwehreinsatzes gab es keine Überlebenden.

Die Identifizierung der beiden stark verbrannten Leichen ergab, dass es sich bei der einen um den Besitzer des Hauses handelte, den fünfundsiebzigjährigen Sergio Acierno. Zum Entsetzen aller hatte man Acierno an der eigenen Küchenwand mit zwei rostigen Nägeln gekreuzigt und ihm einen dritten durch die Stirn getrieben.

Deutlich mehr Zeit benötigten die italienischen Behörden, um die sterblichen Überreste der zweiten Leiche einem gewissen Jacob Titherley zuzuordnen. Die Identifizierung wurde durch seine Nationalität, sein Pseudonym und die Anforderung der zahnärztlichen Unterlagen aus Brighton verzögert. Jacob erlag allein den Folgen der Verbrennung, auch wenn sein Körper Wunden aufwies, die zu den in diesem Buch beschriebenen passen.

Als Vivante mir die Nachricht überbrachte, saß ich benommen und nur in Jogginghose auf dem Bett, von dem ich mich nicht fortbewegte, bis Chloe zwei Stunden später von der Arbeit nach Hause kam. Ich hatte lange Zeit damit gerechnet, dass Drogen oder Alkohol meinen Bruder eines Tages dahinraffen würden. Doch die Art, in der er ums Leben gekommen war, erschütterte mich zutiefst. Das Ganze war umso ergreifender, da ich in ebenjenem Bungalow saß, in dem Jacob und ich gemeinsam aufgewachsen waren.

Jacob wurde im Schlafzimmer des Landhauses aufgefunden. Die Polizei glaubt, Mr Acierno habe ihm dort ein Quartier zum Ausruhen angeboten und ihm sogar behelfsmäßig das linke Bein geschient. Das Feuer erfasste das Bett und den Großteil des Zimmers, nicht jedoch das Netbook, das auf dem Fußboden stand. Sowohl dem Getratsche der Kleinstädter als auch den übertriebenen Berichten der Boulevardblätter zufolge verriet angeblich ein »Insider« der Zeitung *La Repubblica:* »Der Computer hat aufgeklappt auf der Seite gelegen, inmitten einer kreisrunden Fläche völlig unversehrter Bodendielen. Der Bildschirm und das ganze Gehäuse haben nicht den kleinsten Aschepartikel aufgewiesen.«

Die Polizei untersuchte das Netbook und diverse andere Gegenstände aus dem Haus. Mein Anwalt riet mir von jeglicher Schuldzuweisung ab, dennoch ist es eine Tatsache, dass *Jack Sparks' Welt des Paranormalen* im Internet auftauchte, und zwar in der unredigierten Fassung.[12] Die Torrent-Datei wurde anfangs in den dunkleren, esoterischen Ecken des Internets angeboten und verbreitete sich mit der Zeit immer schneller. Als

12 In dieser Fassung fehlte das Transkript der Sitzung, in der Sherilyn Chastain und Rebecca Lawson den »Ego-Exorzismus« an Jack vornahmen. Doch da die Audiodatei »SherilynBexJackConvo.mp4« ebenfalls im Internet auftauchte, veröffentlichten einige Anhänger ihre eigene minderwertige und von Rechtschreibfehlern strotzende »Fan-Edition« des Buches. Das Transkript haben wir unserem Material hinzugefügt.

Jacks Tod am 19. November öffentlich verkündet wurde, explodierte das Internet geradezu. Viele seiner Fans griffen mich an, gaben mir lächerlicherweise die Schuld an seinem Niedergang – sogar an seinem Tod – und machten mir mein Online-Leben monatelang zur Hölle. Unterdessen verschwor sich die britische Presse gegen mich und erschwerte mir auch mein echtes Leben.

Jacks Tod und sein parallel im Internet auftauchendes Buch boten den Nährboden für alle erdenklichen Theorien. Für Leute von Anti-Drogen-Kampagnen hatte Jack Sparks den unausweichlichen geistigen Zusammenbruch erlitten, Mr Acierno ermordet und anschließend das Landhaus angezündet. Für Liebhaber von echten Kriminalfällen sind Jack und Mr Acierno mit der psychotischen jungen Teufelsanbeterin namens Maria Corvi aneinandergeraten. Und Abonnenten und Anhänger der Zeitschrift *Fortean Times* nehmen Jacks Bericht für bare Münze, wodurch *Jack Sparks' Welt des Paranormalen* zum unumstößlichen Beweis für alles wird, angefangen vom Jenseits bis hin zur Zeitreise.

Und ich? Ich verfolge keine Agenda und halte mich lieber an die Fakten.

Fakt eins: Jack kam nicht mit dem Tod unserer Mutter zurecht; weder, als sie im Sterben lag, noch danach. Obwohl er davon überzeugt war, habe ich ihm seine Schwäche nie zum Vorwurf gemacht, doch dieses Buch zeugt von seiner schwelenden Trauer und von Schuldgefühlen, die durch die Drogensucht nur verstärkt wurden. Ich vermute, all das verzerrte seine vormals wissenschaftliche Haltung und verursachte psychologische Widersprüche und extreme Wahnvorstellungen. Das führt mich zu …

Fakt zwei: Jack starb in der Nacht vom 31. Oktober 2014. Folglich kann er die anschließenden zwanzig Tage nicht erlebt haben, die im Buch »dokumentiert« sind. Wir vernachlässigen an dieser Stelle die Theorie, dass nicht Jack der Autor von *Jack Sparks' Welt des Paranormalen* ist (ein Kaninchenbau, durch den zahllose Internet-Essays gepurzelt sind). Insofern muss er den Text lange vor seinem Tod verfasst haben, vermutlich parallel zu oder gleich nach *Jack Sparks' Welt der Drogen.* Ich glaube, er hat sich mit Leuten wie Pater Primo Di Stefano und den Hollywood Paranormals befasst, um seiner Geschichte Glaubhaftigkeit zu verleihen. Die Geschichte sollte das Leben nach dem Tod beweisen, auch wenn sie so fantasievoll wirkt, dass sie die Grenze zum Wahnsinn streift. Sie ist nichts als Wunschdenken. Sein Buch ist ein Fantasyroman im Gewand einer Autobiografie, so wie *Fear and Loathing in Las Vegas,* der Bestsellerroman von Jacks Lieblingsautor Hunter S. Thompson aus dem Jahre 1971. Nicht mehr und nicht weniger.

Fakt drei: Viele Jahre lang schrieb der Pseudowissenschaftsgegner und ehemalige Zauberkünstler James Randi ein Preisgeld von über einer Million Dollar aus, für jeden, der beweisen kann, telekinetische Fähigkeiten zu besitzen. Bislang hat niemand das Preisgeld eingestrichen. Mit oder ohne Hilfe des Teufels: Die Hollywood Paranormals haben aus den eigenen Egos kein telekinetisches Wesen erschaffen, das sie letztlich umbrachte. So etwas ist absurd.

Fakt vier: Der Teufel gehört zur christlichen Mythologie und wurde vom Menschen zu dem Zweck erschaffen, andere Menschen zu kontrollieren. Und nicht einmal die verrückte Welt der Quantenphysik befasst sich mit dem lächerlichen Konzept der Zeitreise. Daher hat Satan meinen Bruder bestimmt nicht auf eine vierzigtägige Zeitreise geschickt, um ihm eine Lektion über sein Ego und Gewissheit zu erteilen. Im Gegensatz zu dem, was viele Fans glauben, wurde mein Bruder nicht zwei Jahre in die Zukunft gesandt, damit er sich am Flughafen von Rom *Die Opfer des Teufels* kaufen und wieder durch die Zeit zurückreisen kann. Auch hatte er keine Panikattacke auf dem anschließenden Flug, während sein zukünftiges Ich in einem Landhaus Tausende Fuß unter ihm verbrannte. Ich habe keine Ahnung, welchen Passagier die Stewardess Isla Duggan auf dem Rom–Gatwick-Flug beruhigen musste, aber es war ganz gewiss nicht mein Bruder.

Seit seinem Tod erkennen Hunderte Blogs, Essays und Artikel die genannten Fakten an, während fast ebenso viele sie anzweifeln. Und besagte Zweifler führen mit Vorliebe »Beweise« an, um die Fakten zu entkräften.

Sie führen an, das LAPD habe DNS-Spuren von Jack am Tatort der Big Coyote Ranch gefunden. Ganz zu schweigen von den vielen Augenzeugen, die Jack während der zwanzig Tage nach Halloween gesehen haben wollen, ob in Brighton, Hongkong oder Los Angeles. Eine Theorie, die diese vermeintlichen Widersprüche zu erklären versucht, ist glaubwürdiger als alle anderen.

Die Hochstapler-Theorie geht davon aus, dass eine geistig instabile Person – vielleicht ein besessener Fan und/oder ein Satanist – die Schlüsselszenen aus *Jack Sparks' Welt des Paranormalen* nachgestellt hat, und zwar zwischen dem 31. Oktober und 20. November. Besagte Person gelangte nicht nur an das Manuskript, sondern auch an Jacks Habseligkeiten wie seinen Laptop und Reisepass. Vermutlich – so glauben einige Vertreter dieser Theorie – hat der Hochstapler meinem Bruder die Sachen gestohlen, bevor er ihn und Mr Acierno ermordete. Man munkelt, er habe außerdem die Ranch in den Hollywood Hills mit Jacks DNS kontaminiert.

Die italienische Polizei sucht derweil nach Beweisen für deren eigene Theorie, dass Maria Corvi die Morde begangen habe – sie ist bis heute, da ich diese Zeilen schreibe, noch nicht gefasst.

Die Hochstapler-Theorie würde zugegebenermaßen erklären, dass *jemand* in Hongkong und Los Angeles unter dem

Namen Jack Sparks in den Hotels wohnte. Auch, dass die Hollywood Paranormals mit *einer Person* zusammengearbeitet haben, die auf keinem ihrer Filme oder Sitzungsfotos zu sehen ist; und sie würde auch erklären, dass Sherilyn Chastain sich mit *jemandem* traf, den sie bis zum heutigen Tage für Jack Sparks hält.[13]

Wie ich neulich der Zeitung *Sun* und dem Magazin *Closer* mitteilte, war meine Aussage, mit einem Mann geredet zu haben, der sich als mein Bruder ausgab, Wasser auf die Mühlen der Hochstapler-Theorie. Als Jacks Agent Murray Chambers und ich von Jacks Tod erfuhren, machte mich Murray darauf aufmerksam, dass jemand seit Halloween auf Jacks Social-Media-Kanälen Posts veröffentlicht. Gemeinsam kämpften wir darum, dass diese Accounts gesperrt und gelöscht wurden. YouTube war der letzte Betreiber, der unserer Aufforderung nachkam. Daraufhin erreichten Murray und mich am 18. November grausame Scherzanrufe aus West Hollywood, im Minutenabstand. Wie im Buch beschrieben, flehte uns jemand um Hilfe an, mit einer Stimme, die Jacks sehr ähnelte. Wir legten beide schockiert und angewidert auf. Im Nachhinein ging uns auf, dass wir den Hochstapler in der Leitung hätten halten sollen, aber im Nachhinein ist man immer schlauer.

Die Verlegerin Eleanor Rosen und ich beschlossen, das zusätzliche Material zwischen einigen Kapiteln einzufügen, und zwar aus zwei Gründen: (a) um Käufern des offiziellen Buchs

13 Falls Sie es noch nicht wissen: Ms Chastain erholte sich vollständig von dem Angriff, dem sie in den frühen Morgenstunden des 20. November im Heizungsraum des Sunset Castle zum Opfer fiel. Ms Chastain behauptet, auf dem weitverbreiteten YouTube-Video, um das es in diesem Buch geht, sei ihr regloser Körper zu sehen, obwohl das unmöglich ist. Tragischerweise kamen der Pfleger Pio Accardo, Hoteldirektor Marc Howitz, Rebecca Lawson und alle sieben Mitglieder der Hollywood Paranormals größtenteils so ums Leben, wie es in *Jack Sparks' Welt des Paranormalen* beschrieben wird. Der Dolmetscher Antonino Bonelli beging tatsächlich Selbstmord, anscheinend aufgrund des Vorwurfs von Inzest und Pädophilie. – *Alistair*

einen Mehrwert zu der minderwertigen Torrent-Datei zu bieten; und (b), weil manche dieser Passagen theoretisch das Vorgehen des Hochstaplers beschreiben. Aber natürlich steht es Ihnen frei, das Material nach Belieben zu interpretieren. Jede Passage für sich.

Im vergangenen Jahr hat sich mein Leben dramatisch verändert. Ich rief viele Social-Media-Trolle auf den Plan, indem ich die Anhänger des Paranormalen und Religiösen zu wissenschaftlichem Denken anhielt. Zudem unterschrieb ich einen Vertrag für mein TV-Debüt als Moderator einer Dokumentarreihe für den Kanal Sky Living. Ich halte mich zwar nicht für eine geborene Fernsehpersönlichkeit, aber die Gelegenheit bot sich überraschend an. Allem Anschein nach zeige ich sogar eine gewisse Begabung für den Beruf.

Die Dokumentarreihe trägt den Titel *Alistair Sparks widerlegt den Teufel*, und ich nehme für sie den Künstlernamen meines Bruders an, um meine tiefe Liebe zu ihm auszudrücken – und damit sein Name nicht in Vergessenheit gerät. Wir thematisieren unter anderem einige der Theorien, die über seinen Tod kursieren. In der ersten Folge zeigen wir Ihnen meine Pilgerreise zum Sunset Castle Hotel in West Hollywood, bei der mich Pater Primo Di Stefano begleitet. Ganz gleich, was ich glaube, Jack befürchtete offenbar, dass sein Geist auf ewig im Heizungskeller des Hotels gefangen sein würde. Daher ließ ich – als Geste des Respekts – Pater Di Stefano einen simplen Ritus abhalten, um Jack den Übertritt ins Jenseits zu erleichtern. Das war eine ergreifende, persönliche Erfahrung, aber überzeugen Sie sich selbst davon in Folge eins.

Kürzlich erschien Pater Di Stefanos Buch *Die Opfer des Teufels*, was für einen lauten Aufschrei unter Jacks Fans sorgte. Sie warfen Mr Di Stefano vor, aus rein monetären Gründen jenen Titel aufzugreifen, den Jack in seinem Buch *Jack Sparks' Welt des Paranormalen* erwähnt. Mr Di Stefano weist diesen Vorwurf »aufs Schärfste« zurück und behauptet, der Titel habe schon seit Jahren festgestanden.

Eine Passage aus *Die Opfer des Teufels* hat Sherilyn Chastain und einige von Jacks Anhängern schockiert und mit Trauer erfüllt, aus Gründen, die ich nicht gelten lasse. Sie dokumentiert unseren gemeinsamen Besuch im Sunset Castle und die anschließenden Tage. Falls Sie an das Übersinnliche glauben, bildet diese Szene gewissermaßen eine Art Schlusspunkt für Jacks Geschichte. Ich persönlich sehe das nicht so. Doch da ich geneigt bin, Jacks Fans ein wenig zu entschädigen – schließlich hat die Ungewissheit ihnen großes Kopfzerbrechen bereitet –, füge ich die Passage hier ein, mit freundlicher Genehmigung von Chiesa Books.

Ich kniete auf dem schmutzigen Boden, mitten im Heizungskeller des Hotels, und versuchte, mich während des Rituals nicht von den Fernsehkameras ablenken zu lassen. Ich zwang mich, mich allein auf den Geist von Mr Jack Sparks zu konzentrieren, dessen Seele wohl von unserem abscheulichen Feind Satan befallen und hier eingesperrt wurde. Mr Sparks und ich hatten bei unserer kurzen Begegnung gewisse Differenzen, trotzdem ist er wie jeder andere ein Kind Gottes und verdient es daher, gerettet zu werden.

Es war frustrierend, als der Produzent mich aus der Konzentration riss und um eine kurze Pause bat, weil einer der Kameramänner die Batterien wechseln musste, dennoch gelang es mir, mit Mr Sparks' Essenz Kontakt aufzunehmen.

Anfangs war Mr Sparks schwermütig und befürchtete, wir könnten seinen »Meister« erzürnen. Dann packte ihn freudige Erregung, als ich ihm sagte, ich könne ihn befreien. Ich hielt mein Versprechen und fühlte mich die restliche Zeit in Los Angeles selig, weil ich die Fähigkeit besitze, Menschen zu helfen.

Dann hatte ich die Vision.

Die stärkste Vision, die mich in den letzten dreißig Jahren heimsuchte.

Sie überkam mich eine Woche nach dem Ritual, während ich über das Straßenpflaster in Vatikanstadt schlenderte. Sie nahm mich mit solcher Macht in Beschlag, dass ich nichts anderes zu sehen und hören vermochte. Ich blieb wie angewurzelt stehen. Zwei Zeugen riefen einen Krankenwagen, weil sie befürchteten, ich erleide einen Schlaganfall oder dergleichen.

Ich sah den Not leidenden Jack Sparks als Geist durch den Himmel schweben, von der kalifornischen Küste aus durch Amerika. Er wehrte sich schwach, versuchte vergebens, Widerstand zu leisten, doch eine finstere Macht hatte von ihm Besitz ergriffen. Die Vision warf einen dunklen Schatten auf meine Seele, denn nun wurde mir klar, dass ich versagt hatte. Mein Ritual hatte Jack Sparks nicht befreit, sondern den Teufel dazu bewegt, ihn an einen anderen Ort zu binden.

Während Jack Sparks nach Osten schwebte, verwandelte sich seine menschliche Geistform in eine düstere, wirbelnde Rauchwolke.

Diese Vision wurde überlagert vom Bild eines grünen Ziffernblatts, einer Uhr, deren Zeiger sich mit hoher Geschwindigkeit bewegten, sodass die Stunden in Sekundenschnelle vergingen.

An Englands Ostküste verharrte Jack Sparks' Geist schließlich.

Das Ziffernblatt verfärbte sich rot. Die Zeiger drehten sich rückwärts, in die Vergangenheit, und gottlose Winde trugen Mr Sparks weiter nach Osten, über den südchinesischen Ozean bis zur Küste.

Dann verblassten diese Bilder, und ich sah nur noch eins.

Ein neues Bild. Ein wunderlicher Anblick, der mir bis zum heutigen Tag Rätsel aufgibt, mich fasziniert und zutiefst besorgt.

Ich sah eine kleine, hellrote Glasflasche ohne Deckel im Meer treiben. Ihr Inhalt war für immer verloren.

Während der Dreharbeiten in den letzten sechs Monaten interviewte ich Leute aus Los Angeles, Waco, dem Gazastreifen sowie aus Lusaka, London und Rom. Nun, da diese vielen Flugmeilen hinter mir liegen (bis Staffel zwei, worauf ich hoffe) und meine Arbeit an diesem Buch getan ist, habe ich das Gefühl, eine emotionale Reise abgeschlossen zu haben.

Womöglich lag es an der medialen Aufregung um den Tod meines Bruders, dass ich erst seit heute Morgen um ihn trauern kann. Ich stöberte in einer Kiste mit unseren Kindheitsfotos und Spielsachen und fand dabei zufällig einen kleinen Holzesel. Einer von denen, die man mit dem Daumen zum Tanzen bringt. Als ich den Esel zusammenbrechen ließ, überkam mich tiefe Traurigkeit, wie ich ohne Scham zugebe.

Zwar beginnt meine Karriere als TV-Moderator gerade erst, trotzdem möchte ich mich wieder auf meine Rolle als Ehemann und Vater konzentrieren. In den letzten Wochen haben mir meine zauberhaften Töchter Xanna (neun Jahre alt) und Sophie (sieben) ein wenig Sorge bereitet. Zu meinem Missfallen lasen sie die Raubkopie von *Jack Sparks' Welt des Paranormalen,* die unter ihren Schulfreunden die Runde machte. Nachdem die beiden den Bericht über die Garderobe in unserem Bungalow gelesen hatten, träumten sie davon, »Onkel Jack« darin zu sehen. Im Laufe der letzten Tage schlich sich dieser schreckliche Albtraum in ihren Alltag, sodass sie ihn auch tagsüber in dem Raum zu sehen glauben – wie es typisch für junge Menschen ist. Die Mädchen stellen seltsame Behauptungen auf, etwa die, dass sie Onkel Jack in der Garderobe lachen gehört haben. Offenkundig hat der entsetzliche Vorfall meine Kinder ebenso verstört wie Chloe und mich, doch ich bin entschlossen, wieder Ruhe in unser Leben zu bringen.

Trotz des traumatisierenden Verlusts meines Bruders muss unser häusliches Leben weitergehen, mit all seinen beruhigenden Alltäglichkeiten. Im Kühlschrank muss die Lampe ausgetauscht werden. Die Garage könnte mal ausgefegt werden. Meine Familie braucht und verdient meine volle Aufmerksamkeit.

Und Sie sehe ich hoffentlich auf Sky Living.

Bis dahin sage ich wie in der Sendung: Bleiben Sie rational!

Anmerkung des Verlags

Während nach Jacks viel zu frühem Ableben die meisten seiner Social-Media-Accounts aus Respekt gelöscht wurden, lassen wir auf Wunsch der Fans ausgewählte Seiten seiner Domain www.jacksparks.co.uk online, als Anlaufstelle für seine Anhänger. Dort können sie Erinnerungen und Theorien darüber austauschen, welche Ereignisse zu seinem Tod führten.

Besuchen Sie die Site, und erweisen Sie ihm die letzte Ehre.

Danksagung

Dieser Roman entstand mit der Hilfe vieler Leute, nicht zuletzt der meines Agenten Oli Munson, der schon mit ganzem Herzen an meine Geschichte glaubte, als sie noch eine kurze Zusammenfassung war. Zudem danke ich meiner Lektorin Anna Jackson, deren Anmerkungen, Begeisterung und Vertrauen von unschätzbarem Wert für mich waren, sowie allen anderen im wunderbaren Orbit-Team.

Großen Dank schulde ich Sarah Lotz, John Higgs, Rebecca Levene, Esther Dickman, James Moran und William Gallagher fürs Testlesen, für ihre messerscharfen Gedanken und ihre Ermutigung. Ein Riesendankeschön geht an Ian »Cat« Vincent, ohne den Sherilyn Chastain eine weit weniger überzeugende Kampfmagierin geworden wäre, und an Dijana Capan, ohne die die Figur weit weniger australisch geraten wäre.

Weitere großartige und hilfreiche Leute sind: Dave Morris, Ray Zell, Oliver Johnson, Peter Brian Taylor, Daisy Campbell, Phill Barron, Benjamin Cook, Scott K. Andrews, Greg Taylor beim *Daily Grail*, Andrew Smith, Shardcore, Steven Barber, Natasha von Lemke, Sparrow Morgan, Ian Richardson und alle auf Facebook, die mir unaufhörlich Fragen über Autos, MRT-Scans und andere Dinge beantworteten, über die ich nichts wusste.

Sehr dankbar nicke ich A. R. G. Owen, Iris Owen und den anderen Forschern aus Toronto zu, die 1972 das Philip-Experiment durchführten, aus dem ich in diesem Werk das Harold-Experiment machte. Interessierten Lesern empfehle ich ihre Dokumentation *Conjuring Up Philip: An Adventure in Psychokinesis* (1976).

Nicht zuletzt bezeuge ich meinen großen Respekt den legendären Filmemachern Roger Corman, Eduardo Sánchez und Daniel Myrick. Sie erlaubten mir, sie in diesem Buch als sie selbst auftreten zu lassen. Das finde ich noch immer unglaublich.

Interview mit Jason Arnopp

Wollten Sie schon immer Autor werden?

Anscheinend schon, denn *Doctor Who* inspirierte mich dazu, meine eigenen Comicstrips zur Sendung zu schreiben, als ich vier Jahre alt war. Ja, *Doctor Who* ist schuld. Im reifen Alter von zwölf schrieb und illustrierte ich Geschichten mit eigenen Figuren. Meine sehr coole Schulleiterin fasste sie in gebundenen Büchern zusammen und nahm sie in den Bestand der Schulbibliothek auf. Rückblickend war das wohl das erste Mal, dass ich für meine Werke echte Wertschätzung erfuhr; die Art von Bestätigung, nach der wir verzweifelt bedürftigen Autoren uns sehnen und die uns jeden Morgen die Kraft verleiht, an unsere Schreibtische zu kriechen. Einige Jahre packte mich die Begeisterung für Rockjournalismus, der ich etwa zehn Jahre lang frönte. Doch im Grunde erzählte ich auch in diesen Artikeln immer Geschichten.

Was ist Ihnen aus der Zeit, in der Sie Journalist waren, am besten in Erinnerung geblieben?

Die beste Auslandsreise unternahm ich vermutlich 1994, als ich die Manic Street Preachers auf deren Japan-Tour begleitete. Mein Lieblings-Rock-Interview führte ich in einem Biergarten in Baton Rouge, wo ich unter Alkoholeinfluss mit den legendären Metallern Pantera in eine Art Halbstreit geriet. Mein Lieblings-Interview außerhalb der Rock-Szene führte ich mit *Doctor-Who*-Legende Tom Baker auf seinem Anwesen in Sussex.

Was die besten Momente anbelangt, so habe ich Morddrohungen erhalten, war von wütenden, bewaffneten Sicherheitskräften in Vatikanstadt umzingelt und fand mich 1993 auf der Titelseite eines Boulevardblatts wieder, in einem Bericht über einen TV-Star. Ich sollte Ihnen wohl eines Tages auf meinem Blog mehr darüber erzählen.

Wie gefiel es Ihnen, Tie-In-Geschichten für so populäre Stoffe wie *Doctor Who* und *Freitag den 13.* zu schreiben?
Das macht richtig Spaß, wenn man die Stoffe so sehr mag wie ich *Doctor Who* und *Freitag den 13.* Man darf mit etablierten und total kultigen Spielsachen spielen. Der einzige echte Nachteil besteht darin, dass man sich das Spielzeug nur borgt und daher manches nicht damit tun darf. Deshalb ist es auch so toll, seine eigenen fiktiven Spielsachen zu erfinden, dann hat man die totale Freiheit.

Welchen Rat würden Sie angehenden Autoren erteilen?
Es ist gesund zu begreifen, dass es keine magischen Abkürzungen gibt. Bezahlen Sie niemandem gutes Geld, der Ihnen angeblich welche aufzeigen kann – und wenn man sich Rat fürs Schreiben holt, sollte man die meisten starren Verabsolutierungen mit Vorsicht genießen. Lesen Sie viel, schreiben Sie viel, und widerstehen Sie dem sengenden Drang, Ihr Material Entscheidungsträgern in der Branche zu zeigen, solange es nicht so hell strahlt wie tausend Sonnen. Machen Sie sich keine Sorgen darum, dass Sie nie so werden wie andere Autoren. Vermutlich können die nämlich im Gegenzug auch nicht dasselbe wie Sie, denn Sie sind völlig einzigartig. Also verstellen Sie sich nicht, und verarbeiten Sie Ihre eigenen verrückten Vorlieben in fesselnden Geschichten. Falls Sie je eine Blockade bekommen oder eingeschüchtert sind, schreiben Sie so, als würde nie jemand Ihren Text lesen. Denn dann schreiben Sie vermutlich Ihr bestes Werk.

Hassen Sie die sozialen Medien?
Nein! Jedenfalls bisher nicht. Ich nutze sie täglich, muss aber zugeben, dass ich eine Art Hassliebe für sie empfinde. Mir gefällt daran, dass wir durch sie schneller miteinander in Kontakt kommen als je zuvor. Und mir gefällt nicht, dass wir durch sie schneller miteinander in Kontakt kommen als je zuvor. Eine derart rasante Kommunikation bringt gute und schlechte Dinge hervor, und mich erstaunt das Ausmaß der binären Meinungsbildung, die die sozialen Medien zu fördern scheinen. Ich frage mich oft, was das Internet wohl mit unserem Gehirn gemacht hat. Aber alles in allem würde ich lieber mit sozialen Medien leben als ohne.

Was machen Sie als Nächstes?
Ich arbeite für den mächtigen Verlag Orbit Books an meinem zweiten Roman, der den Arbeitstitel *Jack Sparks: Ha, ha, ihr Wichser, ich lebe noch* trägt. Kleiner Scherz am Rande. Aber ja, ich arbeite am zweiten Roman. Auf JasonArnopp.com habe ich auch einige kostenlose Texte veröffentlicht: in sich abgeschlossene Kurzgeschichten, von denen ich noch mehr publizieren will. Außerdem habe ich vor, Geld, das ich eigentlich nicht habe, für gute alte VHS-Filme auszugeben. Und zwar im Ziegenkostüm, während ich alle 666 Sekunden Satans Namen kreische. Natürlich.